일러두기

1. 번역에 쓰인 원전은 2013년 중국 장강문예출판사에서 출간한 '얼웨허 문집' 제1판을 사용했다.
2. 맞춤법과 띄어쓰기는 한글 맞춤법과 외래어 표기법에 따랐다.
3. 한자는 우리말로 표기하고, 꼭 필요한 경우에만 괄호 속에 원음을 병기해 이해하기 쉽도록 했다.
   예 : 다이곤多爾滾(도르곤)
4. 인명과 지명은 우리말로 표기했다. 단, 이미 굳어진 표현은 원지음을 존중했다.
   예 : 나찰국羅刹國(러시아). 이후에는 '러시아'로 표기
5. 본문 중의 괄호 안에 뜻을 풀이한 것은 모두 옮긴이의 설명이다.

乾隆皇帝

【전면개정판】

건륭황제 5

인류 역사상 최대의 제국을 지배한 위대한 황제

얼웨허 역사소설
홍순도 옮김

더봄

건륭황제 5권

개정판 1판 1쇄 인쇄 2016년 5월 13일
개정판 1판 1쇄 발행 2016년 5월 18일

지은이 얼웨허(二月河)
옮긴이 홍순도
펴낸이 김덕문

펴낸곳 더봄
등록번호 제399-2016-000012호
주소 경기도 남양주시 별내면 청학로중앙길 71, 502호(상록수오피스텔)
대표전화 031-848-8007 **팩스** 031-848-8006
전자우편 thebom21@naver.com
블로그 blog.naver.com/thebom21

ISBN 979-11-86589-57-1 04820
ISBN 979-11-86589-52-6 04820(전18권)

책값은 뒤표지에 있습니다.

아계阿桂

1717~1797. 성은 장가章佳씨. 만주정백기滿洲正白旗 출신으로, 대학사 아극돈阿克敦의 아들이다. 건륭 시대에 가장 신임을 받은 대신 중의 한 명으로, 금천金川과 준갈이準噶爾, 감숙甘肅 회민回民의 반란을 토벌하는 데 공을 세워 공작公爵 작위를 받았다. 그후 이슬람교도의 반란과 대만의 임상문林爽文의 난 등을 평정했고, 네팔 원정에도 참가했다. 이부와 예부, 병부, 공부 상서를 역임했다. 만년에 화신和珅의 부정부패에 맞서 결코 타협하지 않는 강직한 성품이었다. 사후에 태보太保로 추증되었고, 시호는 문성文成이다.

기윤紀昀

1724~1805. 직예直隸 헌현獻縣 사람. 자는 효람曉嵐이고, 시호는 문달文達이다. 건륭 연간에 《사고전서四庫全書》를 책임 편집한 사람으로 잘 알려져 있다. 또 자신의 해박한 지식과 폭넓은 경험을 바탕으로 《열미초당필기》를 지어 사회의 비리를 고발하기도 했다. 루쉰魯迅은 기윤을 일컬어 "후인들 가운데 어느 누구도 그의 자리를 꿰찰 수 없었다"고 호평했다. 또 조선의 사신과 문인들과도 많은 교류를 나누었는데, 정조 때의 학자 유득공柳得恭은 자신의 《열하기행사주》에서 '기효람 대종백大宗伯'이란 소제목의 글을 남기기도 했다. 사진은 그의 고택에 있는 초상화이다.

장광사張廣泗

?~1748. 청나라 옹정과 건륭 연간의 명장이다. 지부知府 벼슬을 제수 받아 관직에 나아간 후 강희 말년과 옹정 연간에 준갈이准噶爾와 묘강苗疆 등지를 평정하는 전공을 세워 귀주순무贵州巡抚, 호광총독湖广總督, 귀주총독贵州總督으로 승승장구했다. 건륭 초기 묘강 지역에서 다시 반란이 일어나자 경략대신으로 출전하여 공을 세워 천섬총독川陕總督, 태자태보太子太保에 임명되었지만 그 과정에서 건륭을 기만한 죄가 밝혀져 나중에 북경으로 압송되어 참형에 처해진다.

2부 석조공산夕照空山

16장

군비 65만 냥을 털리다

얼굴이 완전히 사색이 된 양부운이 두서없이 털어놓은 전후의 사연은 정말 기가 막혔다.

……양부운은 연입운과 황보수강을 따라 노무 객잔을 나선 뒤 이 골목 저 모퉁이를 돌아 한참이나 걸었다. 그러기를 얼마나 했을까, 눈앞에 희끄무레한 건물 한 채가 나타났다. 연입운이 입을 열었다.

"여기는 우리 둘째마누라가 운영하는 가게라오."

양부운은 별 의심 없이 고개를 끄덕이고는 연입운을 따라 들어갔다. 과연 뜰 안 여기저기에 크고 작은 자루가 쌓여 있었다. 각종 약재의 향기가 뒤섞여 마치 한약방에 들어선 느낌이 들었다. 손님들을 맞이하고 차를 나르는 하인들의 움직임이 다소 부산스럽기는 했으나 특별히 이상하다고 생각하지는 않았다. 양부운이 적이 안도하면서 한마디를 내뱉었다.

"꽤 큰 집인데 문간방이 너무 낡았구먼!"

연입운이 히죽 웃으면서 말을 받았다.

"역시 예리하시군. 이 가게를 인수한 지 며칠 안 돼서 그렇다오. 유씨라고 집안을 말아먹은 망나니가 있는데, 그놈에게 은자 팔백 냥을 던져주고 이 집을 사들였다오. 솔직히 우리 둘째마누라는 여간 영악한 사람이 아니오. 지금 위층에서 기다리고 있으니 그대는 여기서 잠깐 기다려주시오. 내가 약을 가지고 올라가서 마누라에게 보여줄 테니. 내가 이래봬도 마누라한테 꽉 잡혀 산다오. 팔불출이라고 해도 좋고 공처가라고 해도 좋은데 약이 일단 마누라 눈에 차야 돈을 지불할 것 아니오!"

사실 물건과 돈을 동시에 주고받는 것은 장사꾼의 기본이라고 할 수 있었다. 때문에 양부운은 바로 난색을 표했다.

"그렇게는 못하겠소. 그대를 못 믿어서가 아니라 장사꾼이라면 기본 원칙은 지켜야 할 것 아니오. 우리 주인나리께서 돈을 받기 전에는 물건 옆을 한 발자국도 떠나지 말라고 신신당부했소. 그대가 마님에게 양해를 구하든지 아니면 먼저 결제를 해주든지 해주시오. 물건은 따로 볼 필요도 없소. 죄다 상등품이니까. 안 그러면 우리도 그렇게 높은 값을 부를 수가 없소."

양부운의 태도는 결연했다. 그러자 이번에는 연입운과 황보수강이 난색을 표시했다. 이어 재빨리 시선을 교환했다. 그리고는 뭔가 합의가 된 듯 연입운이 입을 열었다.

"우리도 그쪽 입장은 충분히 이해하오. 그러나 우리도 나름 사정이 있다오. 실은 우리 큰마누라가 둘째를 못 잡아먹어 안달이거든. 둘째마누라가 숨겨놓은 어마어마한 돈이 들통이 나면 나는 끝장이라는 말이오. 아마 할퀴고 뜯고 하면서 두고두고 못살게 굴 거요. 어떻게든 큰마누라 몰래 거래를 해야 하는 일이라 무리한 요구인 줄 알면서도 부탁을 하는 거요!"

"글쎄, 안 된다니까 그러시네. 지게 메고 제사 지내든 부지깽이로 이를 쑤시든 그거야 그쪽 사정이고."

양부운은 한 치의 양보도 없었다. 하는 수 없이 연입운은 황보수강을 끌고 구석으로 가서는 뭐라 귀엣말로 속닥거렸다. 이어 바로 2층으로 올라갔다.

잠시 후 하녀 한 명이 계단 입구에 모습을 드러냈다. 그러더니 양부운과 황보수강에게 올라오라는 손짓을 했다. 둘은 젖 먹던 힘까지 다해 낑낑거리면서 자루를 둘러메고 계단을 올라갔다.

2층에는 방이 세 칸 있었다. 그곳도 모두 허름하고 볼품이 없었다. 그런데 대청은 타작을 해도 충분할 정도로 널찍했다. 또 서쪽 벽에는 긴 장롱이 놓여 있었다. 그러나 대청 한 가운데에 팔선탁八仙卓이라 일컫는 책상이 있는 것 말고는 다른 가구는 없었다. 안방 문에는 얇은 휘장이 드리워져 있었다. 황보수강이 자루를 내려놓고는 휘장 앞으로 다가갔다.

"둘째마님, 손님이 물건을 가지고 왔습니다."

역영은 이때 휘장 뒤에 있었다. 예정대로 황보수강의 신호를 받고는 또렷한 목소리로 지시를 내렸다.

"손님을 잘 모시게. 일단 내가 물건을 좀 봐야겠어."

말소리와 함께 휘장이 걷혔다. 이어 하녀 차림을 한 뇌검이 나왔다. 그녀는 약재 자루를 바로 안으로 끌어들이려고 했다. 양부운이 바로 막고 나섰다.

"마님! 물건은 틀림없는 최상급입니다. 저희들은 이 바닥에서 하루 이틀 장사하는 뜨내기가 아닙니다. 절대 사람의 이목을 속이는 졸렬한 짓은 하지 않습니다. 정 믿지 못하시겠다면 한 줌만 가져다 진위를 가려 보십시오."

양부운이 말을 마치고는 바로 자루를 풀기 시작했다. 그때 갑자기 아래층에서 왁자지껄 떠드는 소리가 들려왔다. 대단한 손님을 맞는 듯 하인들이 수선을 떠는 움직임이 범상치 않았다.

연입운과 황보수강은 놀란 표정으로 서로의 얼굴을 바라봤다. 역영의 목소리도 다급해졌다.

"어미 호랑이가 출몰했잖아! 어떤 썅년이 일렀어? 여봐라, 어서 물건부터 단단히 숨겨라!"

삽시간에 2층에서는 난리법석이 벌어졌다. 연입운과 황보수강은 두말없이 장롱 문을 열고 두 개의 자루를 그 안에 집어넣었다. 그리고는 무엇을 더 해야 할지 모르는 표정을 한 채 발만 동동 굴렀다. 역영은 짐짓 대경실색한 표정을 하고는 휘장 밖으로 뛰쳐나왔다. 이어 갈팡질팡하는 연입운을 잡아끌면서 영문을 몰라 멍해 있는 양부운에게 말했다.

"나와 이 사람은 아래로 내려갈 테니, 양 나리는 여기서 우리가 올 때까지 기다리세요. 만약 큰마님이 누구냐고 물으면 나의 먼 친척이라고 둘러대세요."

역영이 다급히 말을 마치고는 바로 연입운을 끌고 계단을 내려갔다. 황보수강 역시 큰마님께 인사를 드려야 한다면서 역영의 뒤를 따라 계단을 내려갔다.

양부운은 졸지에 때 아닌 난리를 겪고 홀로 남았다. 순간 그는 자신이 혹시라도 첩실을 들이지 않을까 전전긍긍하던 마누라의 얼굴을 떠올렸다. '여자들의 질투는 초가삼간을 태우고도 남는다'는 속담이 뇌리를 스치고 지나갔다. 그는 연입운이 작은 부인과 함께 어딘가에 숨어 큰마님이 떠나기만 눈 빠지게 기다리고 있을 모습을 생각하면서 자신도 모르게 히죽 웃었다.

곰방대 하나를 다 태울 정도의 시간이 흘렀다. 그런데 시끌벅적하던 뜰이 쥐죽은 듯 고요해졌다. 인기척 하나 들리지 않았다.
양부운은 그제야 슬며시 불길한 예감이 엄습해왔다. 부랴부랴 곰방대를 발뒤꿈치에 털어 끄고는 계단을 내려갔다. 그러나 뜰에는 사람은 커녕 개미새끼 한 마리도 보이지 않았다. 그 많던 하인들이 그림자조차 보이지 않았다.
양부운은 뭔가 잘못됐다는 직감에 가슴이 철렁 내려앉았다. 다리에 힘이 쭉 빠지면서 당장 주저앉을 것 같았다. 그는 거의 벌벌 기다시피 해서 뜰로 가서는 쌓아놓은 약재 자루를 열어봤다. 아니나 다를까, 그 속에는 검불만 꽉 차 있을 뿐 약재는 그림자도 보이지 않았다. 그는 눈앞이 캄캄하고 정신도 아득해졌다. 급기야는 정신없이 계단을 달려 올라가 장롱문을 열어봤다. 순간 그는 "으악!" 하는 비명소리와 함께 뒤로 벌렁 넘어지고 말았다. 장롱 자체가 가짜였던 것이다. 게다가 그 밑으로는 바깥으로 통하는 문이 있었다. 당연히 약재는 남아 있을 리 만무했다. 이런 경우를 일컬어 마른하늘의 날벼락이라고 하는가. 그는 그야말로 억장이 무너지는 것 같았다.
"우리 약재! 우리 약재, 어디 갔어?"
양부운은 식은땀을 철철 흘리면서 마치 구르듯 위태롭게 계단을 달려 내려갔다. 그리고는 허겁지겁 이 구석, 저 모퉁이를 기웃거리면서 "사 선생!", "둘째마님!" 하고 애타게 불렀다. 그러나 그 어디에서도 대답은 없었다.
양부운은 황천패의 문하에 들어간 이후 늘 "대담하면서도 세심하다"라는 칭찬을 들었다. 멀쩡히 눈 뜨고 어이없이 당해보기는 이번이 처음이었다.
'시퍼런 대낮에 눈 깜짝할 사이에 수만 냥어치의 약재를 도둑맞다니!'
양부운은 아무리 생각해도 자신이 직면한 상황을 이해할 수가 없었다. 급기야 접시 물에 코를 처박은 채 죽고 싶은 생각도 들었다.

그는 미친 사람처럼 거리로 뛰쳐나갔다. 다짜고짜 길가는 사람들을 붙잡고 이 집에 사는 사람들을 아느냐고 물었다. 사람들로부터 들려오는 대답은 뻔했다. 웬 뚱딴지같은 소리냐는 것이었다.

그나마 그런 노력의 결과 실타래 같은 정보는 가까스로 얻을 수 있었다. 한 노인으로부터 문제의 집이 원래 '산협회관'山俠會館이었다는 얘기를 들을 수 있었던 것이다. 몇 년 동안 방치된 곳을 며칠 전 외지에서 온 사람들이 며칠만 빌려 쓰겠다면서 은자 몇 십 냥을 들여 수선했다는 것이 노인의 전언이었다. 말할 것도 없이 노인은 그들이 어디서 왔고 어디로 갔는지 그 누구도 모른다고 덧붙였다.

"이 등신, 머저리, 천치 같은 제자는 이렇게 꼼짝없이 당하고 말았습니다. 사부님……."

양부운이 털썩 무릎을 꿇었다. 그리고는 목 놓아 울었다. 칠 척 사내가 어깨를 들썩이면서 우는 모습은 처참하기 그지없었다. 곧이어 소식을 듣고 다른 제자들이 달려왔다. 그들은 울고 있는 양부운을 바라보면서 분노에 치를 떨었으나 뾰족한 해결 방법이 없었다. 고항 역시 책상을 치면서 분노했다.

"당장 이곳의 진장을 불러와. 태평세월에 성명聖明하신 군주의 코앞에서 두 눈 뻔히 뜨고 있는 사람의 코를 베어가는 날강도가 웬 말이야! 감히 우리 물건에 손을 대?"

황천패는 주름이 깊게 팬 미간을 구긴 채 눈을 지그시 감고 있었다. 그나마 모인 사람들 중에서는 가장 침착해 보였다. 그가 뭔가 조용히 생각하더니 한참 후 입을 열었다.

"고 대인, 이럴 때일수록 침착해야 합니다. 빈대 잡으려고 초가삼간 태우는 치기를 범해서는 안 됩니다. 우리 은자는 아직 무사하니 불행 중

다행이 아니겠습니까. 초록은 동색이라고 이곳 진장도 믿을 놈이 못 됩니다. 일이 생기면 제일 먼저 도망갈 놈입니다. 또 진장이 그자들과 손을 잡지 않았다고 장담할 수도 없습니다. 이런 불상사를 우려해 제가 이곳 마두진에 머물기를 저어했던 것입니다."

"자네는 지금 나를 원망하는 겐가? 내가 이곳에 머물자고 우겨서 이런 사고를 당했다는 것인가? 나에게 책임을 묻는 거냐고!"

고항이 대뜸 눈썹을 치켜뜨면서 따지고 들었다. 황천패가 흥분하는 그를 달래려는 듯 웃음 띤 얼굴로 대답했다.

"당연히 그런 뜻은 아닙니다. 큰 손실을 면한 것을 다행으로 여기고 더욱 경각심을 높여야 한다는 얘기입니다. 이번 일이 새옹지마가 될지 누가 알겠습니까."

"그러면 앞으로 어찌해야 할지 묘책이라도 있는가?"

고항 역시 앞으로 남은 이천 리 길을 가려면 황천패가 없이는 불가능하다고 생각한 듯 한결 누그러진 어조로 물었다. 황천패가 다시 입을 열었다.

"일단 일차적인 책임은 저에게 있으니 손실이 난 부분은 제가 배상하도록 하겠습니다. 더불어 사건의 경위와 분실된 품목을 적어 한단 지부에게 발송해야 합니다. 그의 관할 지역에서 사고가 났으니 지부도 어느 정도 책임을 지는 것은 당연지사 아니겠습니까? 그런 다음 우리는 갈 길이 급하니 원래 계획대로 내일 아침에 떠나면 됩니다. 길을 재촉해 은자를 무사히 운반하고 나서 돌아오는 길에 내가 이 도적놈들을 색출해 껍질을 벗겨내겠습니다. 단, 지금은 때가 아닙니다."

고항은 황천패의 말에 수긍하는 것 같았다. 조용히 혼잣말처럼 중얼거렸다.

"허참, 그 돈이면 교미의 몸값을 치르고도 남았을 텐데……."

황천패는 약재 도난 사건을 내부단합과 전화위복의 계기로 삼으려는 생각인 듯했다. 고항과 대화를 마치자마자 바로 여섯 명의 태보를 불러놓고 단단히 주의를 줬다.

"다들 봤지? 강호 바닥이 얼마나 무서운 곳인지 잘 알겠지? 이보다 더 한 경우도 얼마든지 있을 수 있으니 각별히 조심해야 해. 암기나 비수를 항시 몸에 지니고 언제 어디서나 경계를 늦춰서는 안 돼. 괜히 도둑을 잡겠다고 혼자 옆길로 새지 말고 원래 계획대로 임무를 완수하는 데만 집중해야 해. 무슨 말인지 알겠나?"

"예!"

황천패의 당부에 답하는 휘하 태보들의 고함소리는 우렁찼다.

큰 어려움 없이 귀중한 약재 두 자루를 손에 넣은 역영 일행은 곧 마두진 북쪽에 위치한 마왕묘馬王廟로 조용히 숨어들었다. 이어 황천패 일행의 동향을 면밀히 주시했다. 그러나 황천패가 이성을 잃고 부하들을 보내 마두진을 이 잡듯 뒤질 것이라는 역영의 예상은 보기 좋게 빗나갔다. 한 시간이 넘도록 황천패 쪽에서는 아무런 움직임도 보이지 않았다.

역영이 사람을 풀어 어찌 된 영문인지 염탐에 나서려고 할 때였다. 노무객잔의 일꾼 두 명이 헐레벌떡 달려와 보고했다.

"저자들은 수색을 포기한 것 같으니 속히 다른 방책을 강구해야겠습니다!"

역영이 일꾼들의 말에 턱을 치켜 올리고 잠시 뭔가를 생각하는 듯했다. 이어 야릇한 웃음을 지은 채 일꾼들에게 지시했다.

"황천패, 두 번은 안 당한다 이거지? 자네들은 먼저 객잔으로 돌아가 있게. 조금 있다 저 둘을 다시 보낼 테니 자네들은 미리 짠 극본대로 멋진 연기나 보여주게."

역영이 두 일꾼을 보내고 나서 다시 연입운과 황보수강을 향해 덧붙였다.

"쇠뿔도 단김에 빼랬다고 했어. 이번에야말로 제대로 해보자고! 승산은 충분히 있어!"

역영 일행은 즉시 작전에 돌입했다. 우선 연입운과 황보수강이 술을 바가지째로 꿀꺽꿀꺽 들이마셨다. 이어 서로 어깨동무를 한 채 취기가 몽롱한 두 눈을 끔벅이면서 노무 객잔으로 향했다.

해는 어느새 서산에서 너울대고 있었다. 이때 객잔의 두 일꾼은 목을 빼든 채 연입운과 황보수강이 모습을 드러내기만 기다리고 있었다. 아니나 다를까, 그들은 둘이 모습을 나타내자마자 크게 소리를 질렀다.

"도둑이야!"

그것은 바로 행동개시를 알리는 고함소리였다. 두 일꾼은 소리를 지르는 것과 동시에 쏜살같이 뛰쳐나가 몸도 제대로 가누지 못하는 연입운의 덜미를 움켜잡고는 째지는 목소리로 떠들어댔다.

"네 이놈, 오늘 잘 걸렸다. 이 더러운 도둑놈아! 우리 마두진이 생긴 이래 별별 족속들이 다 다녀갔으나 네놈들처럼 무식하게 대담한 놈들은 정말 처음이다!"

객잔의 다른 손님들은 황천패 일행의 봉변을 들어 익히 알고 있던 차였다. 당연히 도둑을 잡았다는 소리를 듣고는 재미있는 구경거리가 생겼다는 생각을 하고는 먹던 밥그릇을 내던지고 뛰쳐나왔다.

"뭣이라고, 이게 무슨 귀신 씻나락 까먹는 소리야? 꺼억!"

연입운은 가자미눈을 부릅뜬 일꾼에게 단단히 덜미를 잡히자 일부러 술 트림까지 토해냈다. 이어 만취한 연기를 제법 그럴싸하게 하기 시작했다.

"도둑이라니? 도대체 누구보고 도둑이라고 그래, 꺼억! 자, 술이나 마시자고. 화무십일홍이요, 빈손으로 왔다 빈손으로 가는 인생……. 끄윽! 기생 장단에 덩실덩실 춤이나 추자고……. 끄윽!"

한쪽에서 점입가경인 연입운의 연기를 가만히 지켜보던 황보수강은 당초 대본대로 갑자기 술이 확 깨는 시늉을 했다. 그리고는 자신의 뒤통수를 만지면서 중얼거렸다.

"우리가 어쩌다 여기까지 왔지? 여기는 왜 온 거야?"

바로 그 순간 두 일꾼은 비틀대는 황보수강을 주먹으로 쳐서 쓰러뜨렸다. 이어 그의 다리를 으스러지게 움켜잡고는 돼지 멱따는 소리를 질렀다.

"도둑놈 잡았다! 간덩이도 부었지, 죄를 짓고 어디를 쏘다녀? 고 나리, 황 나리! 도둑을 잡았어요. 어서 나와 보세요."

두 일꾼의 소리를 들었는지 바깥 동정을 살피던 황천패의 두 조카가 가장 먼저 달려왔다. 이어 양부운과 다른 태보들도 노기충천한 얼굴을 한 채 뛰어들었다. 황천패는 어렴풋이 잠이 들었다가 깜짝 놀라 눈을 떴다. 그러나 주위에는 아무도 보이지 않았다. 고항도 부하들을 대동하고 현장을 덮치러 간 듯했다.

'다 가버리면 이 방에 있는 은자는 누가 지키지?'

황천패는 문득 뇌리를 스치는 불길한 생각에 뛰쳐나가지 않고 잠시 제자리에서 머뭇거렸다. 그리고는 날렵하게 벽에 걸려 있던 보도寶刀를 움켜잡고 금사金絲 채찍을 허리춤에 둘렀다. 이어 방문을 나섰다. 그러나 치고받던 소리는 어느새 잠잠해졌다. 주변도 조용했다. 그제야 그는 낮에 있었던 사기극이 결코 단순한 사건이 아니었을 수 있다는 사실을 깨달았다. 순간 그는 적들의 주도면밀함에 등골이 오싹해지는 기분을 느꼈다. 그는 서둘러 방으로 들어가서 문을 꼭 닫아걸었다.

그는 두 눈에 불을 켜고 잠시 동향을 살폈다. 그러자 담소를 나누는 말소리가 점점 가까이 들려오기 시작했다. 아마 구경을 갔던 객잔의 손님들이 거처로 돌아오는 모양이었다.

"사성공, 양천비라는 이름이 아깝군. 허수아비가 따로 없잖아!"

"그러게, 너무 허무하게 제압당했어. 차라리 우리 집 고양이가 새끼 낳는 걸 보는 것이 훨씬 재미있었겠다."

"그 주제에 무슨 배짱으로 도둑질을 했을까?"

객잔의 손님들은 횡설수설 의견이 분분했다. 마침 그때 손님들 중에 끼어 있던 객잔 주인이 황천패를 발견하고는 외쳤다.

"이봐요, 황 나리! 셋은 도망가고 양천비라는 자식만 잡혔습니다!"

"어디서 잡았지? 그 많은 사람들이 달려들어 겨우 한 놈밖에 못 잡았다는 말인가?"

황천패는 화가 치밀었다. 그러나 동시에 두목 하나라도 잡았다는 소리에 긴장을 늦췄다. 그리고는 아무 생각 없이 방문을 열고 나가려고 했다. 그때 갑자기 문이 벌컥 열리더니 밖에서 험상궂은 사내 대여섯 명이 뛰어들었다. 무방비 상태에 있던 황천패는 죽을힘을 다해 반항했다. 그러나 때는 이미 늦었다. 눈 깜짝할 사이에 적들에게 꽁꽁 묶이고 말았다.

동아줄은 움직이면 움직일수록 몸을 파고들었다. 얼마 후 아픔도 잊은 채 버둥대는 황천패의 목에 차가운 장검이 들어왔다. 황천패는 천천히 고개를 들었다. 검정색 호롱바지와 짧은 옷을 입고 사슴가죽 쾌화快靴를 신은 여자가 칼을 겨누고 있었다. 그 여자의 얼굴을 확인하는 순간 황천패의 눈에서는 분노의 불길이 활활 타올랐다. 상대는 바로 얼마 전에 마씨의 집에서 만났던 일지화 역영이 틀림없었다.

"수캐 그것만 빨다 나온 음탕한 갈보 년아! 반갑지 않지만 또 만났구나! 어디 그리 잘났으면 일대일로 붙어보자!"

그러나 입으로는 큰소리를 쳐도 몸은 옴짝달싹도 할 수가 없었다. 아무리 몸부림을 쳐봤자 소용없었다. 일지화의 유인책에 꼼짝없이 넘어간 비참한 패자일 뿐이었다. 역영은 그런 그를 마치 벌레 보듯 하며 가소롭다는 표정으로 냉소를 지었다. 이어 검을 도로 집어넣었다. 그리고는 부하들에게 명령했다.

"주둥아리가 뒷간보다 더 더럽네. 걸레라도 쑤셔넣어야겠다. 어서 물건을 수레에 실어! 이런 별 볼 일 없는 놈과 입씨름할 필요 없어. 한시바삐 튀어야 해!"

역영은 짐짝처럼 묶인 데다 입까지 틀어 막혀 꼼짝달싹 못하는 황천패를 보면서 쏘아붙였다.

"지난번에도 내가 한 번 봐 줬지? 이번에 또 한 번 봐 줄게. 내가 굳이 손에 피를 묻히지 않아도 자연히 누군가 알아서 손을 봐줄 테니까! 흑도黑道에서도 무식하게 오기만 믿고 덤비는 놈은 오래 못 버텨. 지혜를 겨뤄야지. 다음에 또 봤으면 좋겠네. 그럼 안녕!"

황천패는 턱을 힘껏 빼든 채 처절하게 몸부림을 쳤다. 그러나 허사였다. 어느새 역영의 무리들과 한통속이 된 객잔 주인과 일꾼들은 은자가 든 수십 개의 자루를 미리 준비한 수레에 옮겨 싣고는 유유히 사라졌다. 황천패는 속수무책으로 그 모습을 지켜봐야만 했다. 그 괴로움은 죽음보다 더하다고 해도 틀리지 않았다. 황천패는 수레바퀴 굴러가는 소리가 점점 귓전에서 사라지자 분노와 공포를 못 이겨 그예 그 자리에서 기절하고 말았다.

군비 65만 냥이 깨끗하게 털렸다!

마른하늘의 날벼락 같은 이 소식은 불과 두 시간도 안 돼 한단 경내를 큰 충격으로 몰아넣었다. 한단 지부 주보강朱保强은 황급히 800리 긴급 서찰을 통해 이 소식을 보정保定에 보냈다. 총독부 공문결재처의 당직 막료는 사태의 심각성을 깨닫고 미처 총독에게 보고도 올리지 못한 채 직접 총독부의 관방을 찍어 화칠로 봉한 다음 쾌마 편으로 북경에 보냈다.

다음날 오후 날이 어두워질 무렵 긴급 보고문이 군기처에 도착했다. 당직을 마치고 막 귀가하려던 부항은 글을 읽는 눌친의 표정이 심상찮다는 것을 알아차리고 옆으로 다가가 들여다보았다. 보고문 첫줄을 읽던 부항의 낯빛 역시 새파랗게 질리고 말았다. 눌친이 그를 힐끗 쳐다보고는 바로 입을 열었다.

"엄청난 사건이 터졌소! 폐하께서 틀림없이 우리를 다시 부르실 테니 집에 가지 말고 여기서 기다려야겠어요. 군기처 장경을 시켜 내무부에도 알려야 해요. 폐하께서 저녁 수라를 마치시는 대로 우리에게 연락을 하라고 해야겠어요. 아직 수라 전이시면 잠시 덮어두고요!"

부항은 눌친의 말에 고개를 끄덕이며 도로 자리에 앉았다.

"장상과 악상에게도 알리는 게 좋겠습니다. 나중에 폐하께서 그분 둘을 부르시면 그때 가서 경황없이 어지를 전하느라 하지 말고요."

부항의 말을 끝나기 무섭게 눌친이 긴급 보고문에 자신의 관인을 찍은 다음 그에게 건네주었다.

"어제 보니 악상의 병세가 심각하더군요. 옆 사람이 부축하지 않으면 몸을 일으키지도 못하던데요. 그쪽에는 알리지 않는 것이 좋을 것 같네요."

부항은 상황의 다급함을 말해주듯 비뚤비뚤 갈겨 쓴 한단 지부의 보고문을 다시 들여다봤다. 그리고는 안 되겠다는 듯 고개를 흔들면서 말했다.

"그래도 알려야 해요. 악상의 성격을 몰라서 그러시오? 그렇지 않아도 병상만 지키고 있다는 자격지심에 하찮은 일에도 얼마나 노여워하는데요! 먼젓번에 회하淮河 제방이 무너졌을 때 악상에게 알리지 않고 우리끼리 알아서 처리했다고 뭐라고 했는지 아세요? '아이고, 늙으면 일찌감치 죽어야지. 쓸데없이 자리만 차지하고 앉아 있을 바에야 남에게 자리를 내주는 것이 낫겠네!'라고 하더라고요. 차라리 따귀를 한 대 얻어맞는 게 낫지……. 그런 말은 정말 두 번 다시 듣기 싫더군요."

눌친 역시 고개를 끄덕였다.

"늙으면 애가 된다더니 틀린 말이 아니에요. 어디 매인 데 없이 대범하기만 하던 장상도 요즘 들어 부쩍 이것저것 따지지 않습니까? 손자가 은음恩蔭으로 공생貢生 자리를 하나 받았는데 예부에 등록됐느냐고 세 번이나 묻더라고요. 그래서 내가 아예 예부의 등기부를 가져다 보여줬다고요. 나는 저렇게 되기 전에 죽어야 할 텐데."

부항과 눌친이 그렇게 잠시 샛길로 빠져 한마디씩 주고받고 있을 때였다. 양심전 태감 왕의가 눈썹을 휘날리면서 종종걸음으로 들어왔다.

"폐하께서 두 분을 들라고 하십니다!"

"폐하께서 수라상을 물리셨는가?"

부항의 물음에 왕의가 즉각 대답했다.

"폐하께서는 수라상을 받지 않으셨습니다. 용안이 별로 안 좋으신 걸로 봐서는 심기가 불편하신 것 같습니다. 들여보냈던 수라상이 그대로 나왔습니다."

눌친은 뭔가 더 캐물으려고 했다. 그러다 태감이 알 리가 없다는 생각을 한 듯 바로 입을 닫고는 부항과 함께 군기처의 문을 나섰다. 둘이 양심전에 도착해 인기척을 내려고 할 때였다. 안에서 건륭의 화가 난 목소리가 들려왔다.

"들게!"

부항과 눌친 두 사람은 서로 얼굴을 한 번 마주 보고는 조심스레 들어갔다. 곧 난각의 유리창 앞에 구부정하게 서 있는 건륭의 모습이 둘의 눈에 들어왔다. 웬일인지 그의 얼굴에서는 웃음기라고는 찾아볼 수가 없었다. 두 사람은 황급히 무릎을 꿇고 머리를 조아린 채 문후를 올렸다.

건륭은 부항과 눌친에게는 눈길 한 번 주지 않은 채 깊은 한숨을 내쉬었다. 그러다 한참 후 입을 뗐다.

"일어나게! 이치吏治라는 것은 정말 해도 해도 끝이 없고 갈수록 태산이네. 군주에 충성하는 것까지는 바라지도 않아. 그러나 인간이라면 자기 양심에 거리끼는 짓은 하지 말아야 할 것이 아닌가!"

부항은 건륭이 거두절미하고 내뱉는 말이 무엇 때문인지 알 수가 없었다. 그는 영문을 모르겠다는 듯 조심스레 여쭈었다.

"폐하, 어인 이유로 심려가 크시옵니까? 소인들은 우매해 폐하의 깊은 의중을 헤아리지 못하겠사옵니다."

건륭이 그제야 두 사람을 향해 고개를 돌렸다. 동시에 길게 탄식을 내뱉었다.

"노작盧焯 사건 말이네. 확실한 증거가 포착됐다고 하네."

부항과 눌친은 약속이나 한 듯 흠칫 놀랐다. 둘의 얼굴에는 믿어지지 않는다는 표정이 역력했다. 노작이라면 옹정 연간의 탁월한 치적으로 명망이 자자한 청백리였다. 화모귀공花耗歸公을 비롯한 각종 새로운 정책이 난항을 겪을 때 지방관들 중에서 가장 먼저 솔선수범하고 수구세력을 설득해 옹정의 두터운 신임을 받은 인물이었다. 건륭이 즉위한 후에도 첨산 제방 공사에 혼신의 힘을 쏟는 등 몸을 사리지 않는 충정으로 조야의 호평을 한 몸에 받기도 했다. 이후 건륭의 두터운 성총에 힘입어 일거에 호부상서, 태자태보로 승진하였다. 그뿐만이 아니었다. 민간에서도 그의 공적을 기려 '노공사'盧公祠라는 서원을 세워줄 정도였다.

노작은 그렇게 본연의 임무에 충실하면서 착실하게 공적을 쌓아가고 있었다. 그러다 그의 명예에 흠집을 내는 사건이 갑자기 발생했다. 형제간의 재산 분쟁을 둘러싼 민사 사건에 연루됐다는 혐의를 받게 된 것이다.

사연은 크게 복잡하지 않았다. 절강성 가흥부嘉興府 동향현桐鄕縣의 왕汪씨 집안은 언필칭 내로라하는 현지의 명망이 높은 집안이었다. 그런데 둘째아들 왕소조汪紹組가 분가를 앞두고 해서는 안 될 일을 저질렀다. 형의 명의로 된 땅 3000무를 빼앗기 위해 현지 지부인 양진경楊震景에게 은자 3만 냥을 뇌물로 바친 것이다. 또 양진경을 통해 노작에게도 은자 5만 냥을 보냈다고 했다.

그러나 사건 발생 당시 세 사람은 모두다 뇌물수수와 권력남용 혐의를 완강히 부인했다. 그 바람에 사건은 적당히 마무리를 지은 채 무혐의로 끝이 났다.

이후 시간이 한참이나 흘렀다. 사건은 사람들의 기억 속에서 거의 잊혀져갔다. 그러다 다시 최근에 도마 위에 올랐다. 손가감의 문생인 유오룡劉吳龍이 지방 출타 중 우연히 새로운 단서를 포착했다면서 탄핵문을 올린 것이다.

"노작은 짐이 각별히 아끼는 사람이었지!"

건륭이 최근에 기르기 시작한 팔자수염을 매만지면서 방 안을 느릿느릿 거닐었다. 목소리가 유난히 우울하고 무거웠다. 그가 다시 말을 이었다.

"작년 겨울에 보니 비쩍 마르고 까맣게 탄 모습이 무척 안쓰럽더군. 자네들도 알다시피 그 사람은 둘째가라면 서러워할 미남 아니었나! 그런데 기미가 얼굴을 가득 덮고 손은 온통 굳은살이 박였더군. 그 모습을 보고 짐이 얼마나 가슴 아팠는지 모른다네. 그런 사람이 어찌…… 어찌 이리 황당한 짓을 저지를 수 있다는 말인가?"

건륭은 걸음을 멈추고 고개를 돌렸다. 이어 말없이 두 보정대신輔政大臣을 바라봤다. 눈가에 물기가 번들거렸다. 부항은 가슴이 찡해졌다. 자신도 모르게 고개가 숙여졌다. 그는 군기처에 들어오기 전, 노작의 모습을 지켜볼 기회가 많았다. 특히 관풍흠차觀風欽差의 신분으로 양강, 양광, 복건 일대를 시찰하면서 자주 만났다. 그의 눈에 비친 노작은 늘 근면하고 성실한 사람이었다. 몸을 사리지 않고 부하들과 동고동락하는 것은 기본이고 제방공사 현장에서도 백성들과 친한 이웃처럼 스스럼없이 어울렸다. 그래서 현지 백성들도 노작이라고 하면 부모처럼 떠받들고는 했다. 당시 부항은 그런 것이 진정한 관리의 표상이 아닐까 하고 깊은 감동을 얻은 바 있었다. 그런 노작이 구설수에 오르다니! 그러나 부항은 개인적으로 존경하고 따르는 사람을 마땅히 변호해 줄 방법이 없었다. 그저 마음만 아플 뿐이었다.

그럼에도 뭔가 석연치 않은 느낌이 자꾸 드는 것은 어쩌지 못했다. 아무리 생각해도 의구심을 지울 수가 없었던 것이다. 그때 갑자기 부항의 뇌리에 뭔가 스쳐 지나갔다. 그건 바로 노작이 장정옥의 애제자로 유명하다는 사실이었다.

'그렇다면 장상이 요즘 들어 줄곧 병을 핑계로 군기처로 출근하지 않는 것은 혹시 민감한 그 사건을 피하기 위해서가 아니었을까? 그렇다면 노작에게 칼을 댄 유오룡은 악상이나 다른 사람의 사주를 받은 것일까?'

부항의 입장에서는 사실 그렇게 생각하는 것이 더 좋았다. 그는 노작의 사건이 차라리 사적인 이해관계에 얽힌 사기극으로 끝나버렸으면 좋겠다는 생각을 하고 또 했다. 그때 눌친이 입을 열었다.

"노작이 비록 미미한 공로를 세웠다고는 하나 이는 신하로서 마땅히 해야 할 일을 한 것뿐이옵니다. 군주의 성총을 등에 업고 본분을 망각한 행실을 저지른 것은 마땅히 처벌받아야 하옵니다. 군주의 심기를 어지럽힌 것은 결코 용서받을 수 없는 기군죄欺君罪이옵니다. 겉으로는 무게를 잡고 점잔을 빼면서 속은 추잡스럽고 엉큼한 것이 한족 관리들의 뿌리 깊은 근성이 아니겠사옵니까? 당사자들을 모두 북경으로 연행해 샅샅이 조사한 뒤 부의에 넘겨 엄정히 처벌해야 하옵니다. 그렇게 해서 폐하와 조정의 대공무사함을 전국에 다시 한 번 각인시켜야 할 것이옵니다."

부항이 그동안 마음을 다잡았는지 즉각 몸을 굽히면서 아뢰었다.

"눌친의 말이 일리가 있는 것 같사옵니다. 하오나 민사 사건에는 죄인 외에 증인들도 참석해야 하오니 그렇게 많은 사람들을 북경까지 연행하는 것은 옳지 않사옵니다. 언제 종결될지도 모르는 사안에 죄 없는 백성들만 고생하게 할 수는 없사옵니다. 소인의 소견으로는 흠차를 파견하거나 그곳 총독 덕패德沛에게 어지를 내려 현지에서 죄를 묻는 것이 어떨까 하옵니다."

덕패와 노작은 막역한 사이였다. 눌친도 그 사실을 알고 있었다. 그러나 부항의 말에 크게 흠잡을 곳은 없었다. 결국 잠자코 침묵을 지켰다.

"그래, 그게 바람직할 것 같네. 부항 자네의 건의를 수렴하겠네."

건륭이 좋은 생각이라는 듯 부항을 바라보며 미소를 지었다. 표정이 훨씬 밝아진 건륭은 곧 온돌로 돌아가 다리를 포개고 앉더니 유오룡이 올린 주장에 주비를 달기 시작했다.

경의 상소문은 잘 받아봤네. 짐의 지성至誠을 무색케 하는 신하의 배신에 짐은 분노와 실망을 금할 길 없네! 객이흠과 살합량의 불미스런 종말은 경도 익히 알고 있을 것이네. 이 일은 덕패…….

건륭이 잠시 주비 달기를 멈추고 뭔가를 생각했다. 그러더니 부도통副都統 왕찰륵旺扎勒의 이름도 나란히 올려 주비를 계속 적어 내려갔다.

이 두 사람이 합동으로 사안을 처리하게 될 터이니 공정한 판결을 기대하겠네.

건륭이 붓을 놓고 다시 서류더미에서 종이 한 장을 꺼냈다. 이어 가까이 앉은 눌친에게 건넸다.
"같이 보게! 노작이 양진경에게 보낸 문제의 서찰이라네."
눌친과 부항은 그렇지 않아도 성총을 한 몸에 받는 명신을 도마 위에 올린 증거가 무엇인지 무척 궁금하던 차였다. 그래서 둘은 누가 먼저랄 것도 없이 재빨리 종이에 시선을 옮겼다. 내용은 크게 복잡하지 않았다.

진경震景 형! 인편에 보낸 은표는 잘 받았소. 왕소조 사건은 이미 종결됐소. 걱정했던 것과 달리 판결에 불복하는 움직임이 미미하더군. 진경 형의 노력이 컸으리라 생각하오. 하지만 나는 이유 없이 남의 돈을 받는다는 것이 더 없이 불안하오. 왕소조에게 전해주오. 이 사건은 충분히 그 손을 들어줄 수 있다고 판단해 승소 판결을 내린 것이니 보낸 은자는 내가 당분간 차용하는 걸로 해달라고 말이오.

눌친은 평소에 노작과 서신 왕래가 잦았다. 당연히 그의 필체를 대번에 알아보았다.
'차용이라니? 이 정신 나간 사람아! 자기 관리에 철저한 사람인 줄 알

았는데 이제 보니 바보 천치였군!'

눌친은 속으로 그렇게 구시렁거리면서 부항에게 시선을 돌렸다. 전후의 사정을 일목요연하게 파악한 부항 역시 씁쓸한 웃음을 지으면서 편지를 도로 건륭에게 받쳐 올렸다. 그리고는 조심스레 노작을 변호했다.

"어찌 됐건 노작이 차용을 운운한 것은 사실이옵니다. 뇌물을 보낸 왕씨가 차용증을 갖고 있다면 뇌물이라고 보기는 힘들 것이옵니다. 통촉해 주시옵소서, 폐하!"

건륭이 상소문에 편지를 붙이면서 한숨을 내쉬었다.

"그렇겠지! 그래서 짐이 더 혼란스러운 것이 아닌가 싶네. 왜 다들 은자 앞에서는 이리도 맥을 못 추는지 모르겠네. 국고에 손을 못 대니 이제는 백성들에게 손을 내미는 것이겠지! 돈 좋아하는 사람들치고 비극적인 말로를 맞지 않은 사람이 없었어. 전대前代의 고사기와 명주 그리고 객이흠과 살합량 등은 모두 사적史籍에 그 이름을 올릴 만한 사람들이었어. 그러나 마지막에 씻을 수 없는 오점을 남기고 말았어. 그렇지 않은가?"

건륭은 쓴 약을 삼킨 듯한 표정을 한 채 한참 동안 두 사람을 묵묵히 바라봤다. 그리고는 다시 물었다.

"경들도 돈을 싫어하지는 않겠지? 나중에는 저들의 전철을 밟을 테고? 어디 '돈독'을 없애는 묘약은 없겠나?"

눌친은 비수같이 날이 선 건륭의 눈빛에 질렸는지 황급히 무릎을 꿇었다. 동시에 기어들어가는 목소리로 아뢰었다.

"소인은 재물이 모일수록 화가 가까워온다는 선인들의 교훈을 가슴 속 깊이 명심하고 살아왔사옵니다. 자식들에게도 절대 재물에 연연해 장래를 그르치는 일이 있어서는 안 된다고 가르침을 주고 있사옵니다. 영원히 재물에 초연한 깨끗한 신하로 남을 것을 폐하께 맹세하는 바이옵니다. 하오나 '돈독'이라는 것은 일단 걸리게 되면 불치병처럼 없앨 수 없는 것 같사옵니다."

눌친의 말이 끝나자 부항 역시 무릎을 꿇고 머리를 조아렸다.

"소인의 소견도 대동소이하옵니다. 약간 다른 생각이라면 돈이 무조건 나쁜 것은 아니라는 것이옵니다. 돈이라는 것은 정당하게 취득해 법도에 어긋나지 않게 사용한다면 우리 삶을 윤택하게 하는 윤활제가 될 것이옵니다. 그래서 성인들도 돈을 주조한 주경周景을 질타하지 않았다고 생각하옵니다. 지금 우리는 순치 연간의 열 배, 강희 연간의 다섯 배, 옹정 연간의 두 배도 넘는 돈을 주조하고 있사옵니다. 그러나 화폐 유통량은 여전히 부족한 실정이옵니다. 무엇보다 동남 연해에서 방직품, 도자기 등 각 지역특산품 거래가 활발해지고 있사옵니다. 또 백성들까지 원시적인 물물교환에서 탈피하면서 화폐의 필요성은 자타가 공인할 지경에 이르렀사옵니다. 소인은 녹봉만으로도 일가족이 먹고 사는 데 지장은 없사옵니다. 게다가 폐하께서 여러모로 은총을 내리신 덕분에 넉넉한 삶을 영위하고 있사옵니다. 하오니 더 이상 욕심을 부린다면 불행을 초래할 뿐이라고 생각하옵니다. 앞으로도 절대 금전적인 문제로 폐하의 성심을 상하게 하는 일은 없을 것이옵니다. 지켜봐주시옵소서, 폐하!"

눌친은 결정적인 순간마다 가려운 곳을 긁어주듯 설득력 있는 말만 골라서 하는 부항이 솔직히 부러웠다. 한편 얄밉기도 했다. 스스로에게 견딜 수 없이 화가 나기도 했다. 자신은 왜 그런 말을 먼저 하지 못했는지 미치도록 괴로웠던 것이다. 건륭이 그런 눌친의 마음을 아는지 모르는지 미소를 지으면서 말을 이었다.

"둘 다 좋은 제안을 했네. 굳이 따지자면 부항의 견해에 조금 더 수긍이 가네. 지난번 영국, 이태리, 러시아에서 전도사 몇 명이 짐을 알현하러 왔었지. 그자들 고집이 얼마나 센지 예부에서 그렇게 설득을 했는데도 짐에게 대례를 올리지 않더군. 그런데 그렇게 대책 없이 뻣뻣할 것만 같던 자들이 남경에 가서는 윤계선에게 스스로 무릎을 꿇고 머리를 조아렸다고 하지 뭔가! 총독아문의 막료들을 따라 소주, 항주를 유람하고 그곳의 비단과 찻잎, 그리고 경덕진景德鎭의 도자기에 완전히 매료되어서는 우리 대청이 자기들 나라보다 훨씬 부유하다면서 숨이 넘어갈듯 호들갑을 떨더라고 하더군. 자기들이 우물 안 개구리였다면서 이마가 깨지도록 머리를 조아렸고 북경으로 되돌아와서는 짐에게 대례를 올리겠노라고 했다더군. 그런 걸 보면 돈이 좋기는 좋은가 보네."

건륭이 오래된 추억을 되새기듯 담담한 표정으로 이야기를 끝냈다. 그리고는 시무룩한 표정을 지었다.

부항은 몰래 자명종을 훔쳐봤다. 술시가 가까운 시각이었다. 급보를 접한 장정옥과 악이태가 거의 도착했을 것 같았다. 그러나 이제 겨우 낯빛이 밝아지는 건륭에게 군비를 몽땅 털렸다고 어떻게 말한단 말인가! 그는 도무지 대책이 서지 않아 속이 타서 죽을 것만 같았다. 그때 건륭이 잠시 말을 멈췄다. 부항은 눈을 딱 감고 황급히 머리를 조아렸다.

"폐하! 소신들이 이 시간에 뵙기를 청한 것은 긴히 아뢸 말씀이 있어서이옵니다."

"그런가?"

건륭은 흥이 도도하게 올랐다. 얼굴에 그런 마음이 고스란히 나타날 정도였다. 그러다 그는 부항의 굳어진 얼굴을 보고는 뭔가 큰 문제가 생겼다는 것을 직감했다. 가슴이 철렁 내려앉으면서 얼굴에 떠오른 미소가 어색하게 굳었다.

"금천金川 전선에 불상사라도 생긴 것인가?"

"그건 아니옵고 운송 중이던 군비에 문제가 생겼사옵니다……."

눌친이 매도 먼저 맞는 것이 낫겠다고 생각한 듯 부항에 앞서 서둘러 입을 열었다. 이어 용기를 내 한단에서 보내온 800리 긴급서찰을 머리 위로 들어올렸다. 그때 밖에서 태감 한 명이 빠른 걸음으로 들어오더니 또 다른 800리 긴급서찰을 건륭에게 공손히 받쳐 올렸다. 이어 아뢰었다.

"고항 흠차께서 보내오신 밀주문이옵니다. 두 분 대신께서 폐하를 알현 중이라는 군기처 장경의 말을 듣고 직접 어람을 청하는 바이옵니다. 그리고 장상, 악상께서 양심전 수화문 밖에서 뵙기를 청했사옵니다."

건륭은 한단에서 연이어 날아든 긴급 주장을 받아들고 불안함을 감추지 못했다. 잠시 넋이 나간 것도 같았으나 얼마 후 고개를 가로 저으면서 가까스로 정신을 차렸다. 이어 고항과 한단 지부의 주장을 책상 위에 펼쳐 놓으면서 말했다.

"형신과 악이태는 연로한 데다 병까지 있는 몸이니 태감에게 부축하라고 전하라."

건륭은 명령을 내리자마자 긴급 주장에 눈길을 고정시켰다. 때마침 악이태와 장정옥이 태감의 부축을 받으면서 들어섰다. 장정옥은 그런대로 안색이 괜찮아 보였다. 얼굴에 피곤한 기색은 있어도 백발의 홍안은 여전했다. 그에 비해 악이태는 얼굴이 창백하고 기력이 쇠잔해 보였다. 건륭은 그런 두 사람이 예를 행하려고 하자 주장에 눈길을 박은 채 손짓으로 그냥 앉으라는 시늉을 했다.

"예는 면하고 자리에 앉게. 상주문을 읽어보고 나서 다시 보세."

"예, 폐하!"

장정옥과 악이태는 가늘게 떨면서 꽃무늬 방석을 깐 의자에 앉았다. 네 명의 군기대신들은 무겁고 심상치 않은 분위기에 숨도 제대로 쉬지 못했다. 그렇게 숨 막히는 침묵 속에서 단조로운 자명종 소리만이 또렷하게 그들의 귓전을 파고들었다. 얼마 후 드디어 건륭이 주장들을 다 읽었다. 이어 가벼운 한숨과 함께 그것들을 한쪽으로 밀어버렸다. 그리고는 뜻밖의 질문을 했다.

"악이태, 기관지가 안 좋은 건 여전하군. 짐이 하사한 약은 먹었는가?"

악이태가 숨을 길게 몰아쉬면서 목소리를 가다듬었다.

"아뢰옵니다, 폐하! 소인의 견마지질犬馬之疾에 관심을 가져주시니 황감해서 몸 둘 바를 모르겠사옵니다. 하늘 같은 폐하의 홍복 덕택에 훨씬 호전이 빠른 것 같사옵니다."

건륭이 다시 장정옥에게 말했다.

"자네는 혈색이 괜찮은 것 같네."

장정옥도 바로 대답했다.

"모든 것이 폐하의 홍복 덕택이옵니다. 육체와 정신은 불가분의 관계인지라 소인은 자칫 무기력한 육체 때문에 정신까지 피폐해질까 여간 걱정이 아니옵니다. 다행히 잠을 잘 못 자고 가슴이 두근거리던 증상은 많이 호전됐사옵니다. 말이 나온 김에 한 말씀 올리겠사옵니다. 폐하께서 소합향주蘇合香酒를 하사해주셨으면 하옵니다. 신이 처방에 따라 만들어봤는데 폐하께서 하사하신 것보다 약효가 훨씬 못한 것 같았사옵니다."

건륭이 흔쾌히 대답했다.

"그거야 별일도 아니지. 내일 사람을 시켜 보내주겠네. 그리고 어약방御藥房의 사람을 보내 만드는 방법을 가르쳐줄 테니 잘 배워두게."

부항과 눌친은 전혀 뜻밖인 건륭의 반응에 어리둥절했다. 당연히 긴급 상주문을 읽고 난 건륭이 벽력같이 대로하거나 크게 흥분할 것이라고 예상하고 잔뜩 주눅이 들어 있었던 터에 오히려 두 재상의 건강부터 걱정하고 있으니 그럴 만도 했다.

그러나 천천히 온돌을 내려서는 건륭의 얼굴에서는 어느덧 미소가 서서히 사라지고 있었다. 한참 후에는 비감에 찬 얼굴로 뚜벅뚜벅 방 안을 거닐더니 긴 탄식을 토해냈다.

"짐의 공덕은 성조나 세종과는 비할 바가 못 되는 것 같네!"

장정옥 등 네 대신은 건륭의 말뜻을 몰라 잠시 어안이 벙벙한 얼굴을 했다. 건륭이 덧붙였다.

"성조 때는 내란이 빈번했고 사방이 안녕치 못했지. 선제 때도 전운이 걷힐 사이가 없었던 것은 마찬가지였네!"

건륭이 잠시 말을 끊었다. 자책을 해서 그런지 안색이 창백했다. 그러나 곧 정신을 차리고는 힘겹게 다시 말을 이었다.

"성조와 선제 때는 삼번三藩의 난을 평정하고 대만을 수복했지. 또 세 번씩이나 준갈이에 출병하면서 전쟁에 국력을 총동원하다시피 했지. 연갱요, 악종기가 이십만 대군을 거느리고 출전할 때는 그에 필요한 군량미를 대느라 강남 여섯 개 성의 배와 수레들을 모조리 투입할 정도였지. 그러나……, 이번처럼 군비를 중도에서 빼앗기는 어처구니없는 사건은 없었네. 한두 푼도 아니고 천문학적인 은자를 우리의 숙적인 일지화에게 공손히 바친 격이 됐으니 심히 통탄할 일이 아닌가!"

건륭의 말 속에는 잔뜩 가시가 돋쳐있었다. 그랬으니 장정옥을 비롯한 좌중의 네 대신은 건륭의 책망과 비난을 듣느니 차라리 치도곤에 피터지게 얻어맞는 것이 오히려 마음이 편할 것 같다는 생각이 들었다.

네 명의 대신은 더 이상 버틸 수 없다고 생각한 듯 얼굴이 벌겋게 달아오른 채 누가 먼저라 할 것도 없이 일제히 그 자리에 쓰러지듯 꿇어엎드렸다. 이어 죽어라 하고 머리를 조아렸다. 그들의 후줄근한 잔등이 무척이나 애처로워 보였다.

17장

황후의 기사회생

"이 일은 형신과 악이태와는 무관하네. 그러니 그만 자리에서 일어나게."

건륭이 착잡한 미소를 지은 채 말했다. 이어 미리 준비라도 한 듯 다시 장황하게 덧붙였다.

"일지화와 같은 악질 비적들이 설치는 것은 짐에게 덕이 없기 때문이라고 생각하네. 그자들이 적지 않은 성省에서 대낮에 눈 뜨고 코 베어가는 짓을 저지르는데도 잡아서 족치지 못한 탓이지. 짐은 이번 사고를 계기로 지금까지 자부해왔던 용인술에 대해 다시 한 번 되돌아봐야겠네. 짐은 무능하기 짝이 없는 자를 알아보지 못하고 대사大事를 맡겼다는 사실에 자책과 자탄을 금할 길 없네! 고항은 어지를 받고 석가장으로 가는 길에서만 열흘이 넘도록 지체했지. 왕명을 소홀히 하지 않고서는 어찌 그렇게 할 수 있겠는가? 이번에 올린 주장도 참으로 한심하더군. 구구절절 일지화가 산동성에서 자신에게 한방 얻어맞은 복수를 위해 끈질기게 따라붙었다는 말 뿐이더군. 은근히 짐에게 자신의 산동 대첩을 자랑하는 것이 아니고 뭔가!"

건륭은 고항의 얘기가 나오자 점점 더 화가 북받치는 모양이었다. 숨소리가 거칠어졌을 뿐 아니라 눈언저리는 벌겋게 달아오르기까지 했다. 그는 그래도 화가 풀리지 않는 듯 다시 입을 열었다.

"부항과 눌친은 돌아가서 선친 세대의 어르신들에게 물어보게. 장상과 악상이 왕년에 어떻게 성조와 선제를 섬겼는지를 말이네. 자네들 나이 때 장상은 하루에 두 시간밖에 눈을 붙이지 않았어. 악상 역시 운남과 귀주 전선을 전전하면서 매일 밤 세 번씩 일어나 초소를 둘러보고는 했다고! 형만 한 아우가 없다더니 선배만 한 후배도 없는 것인가? 젊은 세대가 무섭다는 말이 있지만 자네들을 합쳐도 이 두 사람의 발뒤꿈치나 좇아갈 수 있겠는가? 투전(노름)이나 하고 황구黃狗를 살찌우는 데는 둘째가라면 서러워 할 위인들이지!"

건륭의 말처럼 부항이 집에 찾아오는 손님들을 접대하면서 심심풀이로 가끔 투전을 하는 것은 사실이었다. 황구 역시 마찬가지였다. 눌친이 자택까지 찾아와 이것저것 청탁하는 사람들을 물리치기 위해 기르는 사나운 개였다. 건륭은 그 사실을 잘 알고 있었기 때문에 평소 농담 삼아 투전과 황구 얘기를 하면서 두 신하를 칭찬하고는 했다. 그런데 오늘은 달랐다. 고항 때문에 화가 났는지 평소 좋게 보던 행동도 죄의 불똥이 돼 튀었다. 두 사람은 그저 머리를 조아려 사죄하는 수밖에 없었다.

건륭은 한바탕 울분을 토하고 나자 마음이 다소 가라앉는 것 같았다. 곧 말투를 부드럽게 하더니 다시 입을 열었다.

"됐네, 일어나게. 짐이 흥분한 나머지 말을 가려서 하지 못했을 수도 있네. 작심하고 자네들을 책망한 것은 아니네. 짐을 잘 아는 사람들이기에 마음 놓고 얘기한 것이네. 대청大清이 오늘의 극성시대를 맞이하기까지는 경들의 공로가 컸네. 짐은 등극 이래 아무리 사소한 정무라도 늘 살얼음판을 걷듯 조심스럽게 처리해 왔었네. 인재를 발굴하고 키우는 일도 나름대로 정성을 많이 쏟았다고 자부했지. 그런데 이제 보니 그게 아닌가 보네. 짐은 자네 두 사람을 포함해 아계, 고항, 이시요, 유통훈, 늑민, 노작, 악선, 전도 등 몇몇을 장상과 악상처럼 현량사賢良祠와 능운각凌雲閣에 이름을 남기도록 만들고 싶었다네. 그대들을 후세에 훌륭한 귀감이 되게 하고 싶었던 것이지. 하지만 손뼉도 마주쳐야 소리가 난다고 짐이 아무리 부지런히 물을 주고 거름을 줘봤자 뭘 하겠나? 꽃씨를 품은 땅이 아닌데 어찌 꽃이 피고 열매를 맺겠는가! 나라를 다스리면서 느낀 건데 잘 나갈 때 흥청망청하다가 잘못되기 시작하면 망하는 것도 한 순간이라네. 그러니 성세盛世의 기준도 자로 재단하는 것처럼 딱히 꼬집어 말할 수 없지. 겉보기에 모든 것이 번창하는 국면일지라도 항시 천 길 낭떠러지를 앞에 둔 것처럼 긴장을 풀어서는 안 되네. 무소불위의 권력을 휘두르고 두 번 다시 없을 번영을 누렸던 수隋 문제文帝도 망나니 아들이 기를 쓰고 무덤을 파니 어찌할 도리가 없었지 않은가."

건륭의 어투는 조곤조곤했다. 그러나 부항과 눌친의 귓전에는 마치 가시로 후비듯 따갑게 다가왔다. 먼저 눌친이 오체투지하듯 경건한 마음으로 입을 열었다.

"폐하의 훈육을 가슴 깊이 아로새기겠사옵니다. 절대 폐하의 기대를 저버리는 일은 없을 것이옵니다. 신들은 오로지 일심전력하여 폐하를 섬기고 순간순간 정진할 것이옵니다."

건륭이 눌친의 말에 기분이 많이 풀린 듯 고개를 끄덕였다. 그러면서 화제를 본론으로 끌고 갔다.

"아무리 생각해봐도 요상하고 불가사의하네. 시퍼런 대낮에 육박전

한 번 없이 순순히 내주듯 거금을 빼앗겼다는 것도 그렇고. 세 살짜리 코흘리개를 데리고 놀듯 여유만만하게 거금을 빼돌릴 수 있었다는 것도 짐의 상식으로는 도저히 이해가 가지 않네. 조정에서 흠차라고 파견한 관리가 그렇듯 무능해도 되는 건가? 은자 육십오만 냥이 누구네 집 강아지 이름도 아니고!"

악이태가 건륭의 조용한 질책에 동감한다는 듯 공손히 읍을 하면서 아뢰었다.

"천만 번 지당하신 지적이시옵니다. 하오나 신은 이 사건이 시사하는 바가 그뿐만이 아니라는 생각도 드옵니다. 당치도 않겠으나 일지화는 이상제국理想帝國을 건설하겠다는 야무진 '꿈'을 가지고 있사옵니다. 이른바 그 꿈을 이루기 위해 비루하고 치졸한 수법으로 군비에 마수를 뻗쳤을 것이옵니다. 그러나 이는 개도 급하면 담을 넘는다는 식으로 거의 막다른 골목에 이른 자의 최후의 발악에 불과할 뿐이옵니다. 그자는 강서江西에 발을 못 붙이고 산동山東으로 쫓겨 간 다음 거기에서 또 고항에게 얻어맞아 혼비백산해 산서山西로 잠입했사옵니다. 그러나 거기에서도 둥지를 트는 일이 힘에 부치니 이 같은 하책을 고안해낸 것 같사옵니다. 아마 조정에서 서남 지역의 용병에 전력투구하는 틈을 노린 것 같사옵니다. 군비를 탈취해 인마를 사들이거나 힘센 비적들에게 빌붙어 한숨 돌려보자는 얕은 계산이 깔려 있을 것이옵니다. 또 이같이 엄청난 짓을 획책해서 온 천하에 자신이 아직도 건재하다는 것도 보여주고 싶었을 것이옵니다. 설령 전보다 기세는 한풀 꺾였을지라도 '썩어도 준치'라는 나름의 존재감을 과시하고 싶었을 것이옵니다. 그러나 제아무리 발광해도 조정의 대정大政에 영향을 미치기에는 역부족이옵니다. 원래 빈 수레가 요란하다고 하지 않사옵니까? 저들도 지금쯤 큰일을 저질러놓고 잔뜩 겁에 질려 있을 것이옵니다."

장정옥도 가만히 있어서는 안 되겠다는 듯 악이태에 이어 나섰다.

“핵심은 바로 그것이옵니다. 일지화의 소행은 실로 동네 닭이나 훔쳐 먹는 치졸한 행각이 아닐 수 없사옵니다. 섶을 지고 불속으로 뛰어드는 격으로 최후의 발악에 불과하옵니다. 워낙 액수가 커서 약간의 충격은 있으나 폐하께서 놀라실 정도로 호들갑을 떨 일은 아니옵니다.”

장정옥이 잠시 말을 그치더니 가늘고 흰 수염을 쓸어내렸다. 그리고는 자신만만한 어조로 덧붙였다.

“은자 육십오만 냥은 자그마치 사만 근이옵니다. 솔직히 그것으로 누구에게 선심을 베풀기도 용이하지 않을 것이고, 또 어디다 숨겨놓으려 해도 골칫거리일 것이옵니다. 급히 먹으면 체하게 되는 법이옵니다. 스스로 삼키지 못한다면 토해낼 수밖에 없사옵니다. 인마를 사들인다고요? 한단, 장치長治, 창덕 모두 작년에 부세를 감면해준 지역이옵니다. 올해 대풍작을 거둔 지역이기도 하옵니다. 지금 백성들은 의식주가 넉넉해 조정에 감사하고 있사옵니다. 선뜻 그자들의 역모에 가담하려는 사람은 거의 없을 것이옵니다. 신의 어리석은 의견으로는 유통훈을 보내 한단 지부와 합동으로 처리하면 충분할 줄 아옵니다.”

눌친도 한마디 끼어들었다.

“그래도 한단 경내에서 일어난 사건인 만큼 한단 지부의 책임은 물어야 한다고 사료되옵니다. 본인도 죄를 청하는 주장을 보냈지 않사옵니까.”

건륭이 눌친의 말에 잠시 생각하는 것 같더니 나지막이 헛기침을 하면서 천천히 입을 열었다.

“책임의 소재는 분명히 해야겠으나 어떤 경우에든 처벌을 위한 처벌은 금물이네. 한단 지부의 잘못이라면 경내 치안에 소홀한 것이겠지. 이는 지부 본인이 간절히 뉘우치고 있으니 크게 떠들 필요가 없네. 수사만 진척을 보인다면 짐은 지부는 물론 고항과 황천패도 벌하지 않을 생각이네."

"폐하! 그래도 시일을 분명하게 정한 다음 수사를 진행하는 것이 바람직하다고 사료되옵니다."

부항 역시 한마디를 잊지 않았다. 건륭이 그의 말에 고개를 끄덕였다.

"그러면 삼 개월로 하지! 군비는 적재적소에 제대로 투입돼야 하는 것이니 말일세. 정한 기간 내에 해결하지 못하면 군법에 따라 처벌할 것이네. 그리 알고 이제 그만 물러가게. 오늘 토의한 내용은 부항이 유통훈에게 전하도록 하게. 곧 한단으로 떠날 채비를 하라고 이르게. 눌친, 자네는 장상과 악상을 배웅하고 군기처로 돌아가 당직을 서도록 하게."

장정옥을 비롯한 네 명의 대신은 건륭의 말이 끝나기 무섭게 인사를 건네고 물러갔다. 건륭은 태감을 불러 의복을 갈아입으면서 또 다른 명령을 내렸다.

"자녕궁으로 가서 태후마마께서 침수에 드셨는지 여부를 알아오너라. 벌써 침수에 드셨다면 내일 문후 올리러 갈 것이라고 아뢰거라."

건륭은 분부를 마치고 잠시 멍하니 앉아 있었다. 마음이 심란하고 복잡해서 아무나 붙잡고 하소연이라도 하고 싶었다. 그러나 아무래도 마땅한 사람이 없었다. 결국 그는 태감 왕충을 불러 명령했다.

"군기처로 가서 어지를 전하거라. 한림원에서 편수編修로 있는 기윤을 내일부터 군기처 장경으로 들이라고 하라."

"예, 폐하!"

왕충은 대답과 함께 뒷걸음쳐 물러가려고 했다. 그러자 건륭이 다시 불러 세우더니 덧붙였다.

"급한 일이 아니니 그리 서두를 것은 없네. 지금은 눌친도 아직 군기처에 도착 못했을 터이니 내일 전하도록 하게."

"예, 폐하!"

건륭은 말을 마치고는 손 가는 대로 주장을 뽑아들었다. 경복의 상주문이었다. 그는 잠깐 훑어보고는 붓을 들어 바로 주비를 달기 시작했다.

> 자네가 상정한 세세한 용무는 모두 경과 장광사 두 사람이 머리를 맞대고 고민하고 해결해야 할 문제들이네. '장군은 전쟁터에 나가면 황제의 명에 따르지 않아도 된다'라고 하는 말을 잊었는가? 밖에서는 재량껏 알아서 하라는 얘기가 아닌가. 그러니 시시콜콜한 일들은 스스로 알아서 처리하고 책임지도록 하게. 군비 문제는 짐이 이미 윤계선에게 어지를 내려 책임지고 해결하도록 했으니 걱정하지 말게. 고항은 할 일이 따로 있으니 군비 업무에서는 손을 떼기로 했네. 짐이 금천金川 지역의 전사戰事에 얼마나 노심초사하고 있는지는 자네와 장광사 둘 다 익히 알고 있으리라 믿네. 침착하게 작전을 세우고 지혜롭게 대처해 가능한 한 속전속결하기를 바라는 일념뿐이네. 짐은 곧 비밀리에 지방 순유를 떠날 예정이네. 현지 민심을 두루 살펴보고 돌아온 다음 태후마마를 모시고 피서산장避暑山莊에 갈 것이네. 그러니 홍기첩보紅旗捷報가 아닌 이 같은 자질구레한 일은 아뢰지 말도록 하게. 이상!

건륭은 입술을 감아 빨면서 한참 생각에 잠겨 있었다. 그러다 써놓은 주비를 다시 한 번 읽어봤다. 그때 태감 복효가 들어와 아뢰었다.

"태후마마께서는 종수궁으로 걸음을 하셨다 하옵니다. 황후마마의 문병을 가셨다 하옵니다."

"알았네!"

건륭은 미간을 살짝 찌푸린 채 짤막한 한숨을 토해냈다. 이어 서둘러 양심전을 나섰다.

건륭이 황급히 종수궁에 도착해보니 뜻밖에도 태후를 비롯해 귀비 나랍씨, 혜비惠妃 고가高佳씨, 순비純妃 소가蘇佳씨, 숙비淑妃 금가金佳씨, 흔비忻妃 대가戴佳씨, 빈嬪 왕汪씨와 진陳씨 등의 비빈들이 모두 다 모여 있었다. 답응答應, 상재常在라 불리는 십여 명의 후궁들 역시 황후가 평소 예불을 올리던 작은 불당의 동쪽 정전에 모여 있었다. 그리고 안팎으로 등촉이 대낮처럼 환하게 밝혀져 있어 조용하면서도 어수선한 분위기였다. 게다가 서쪽 복도에서는 태의들이 머리를 맞대고 뭔가 급박하게 상의를 하고 있었다.

건륭은 성큼 정전으로 들어섰다. 그러자 나랍씨 이하 비빈들이 일제히 무릎을 꿇었다. 건륭은 병상에 누워 눈을 감은 채 말이 없는 황후를 안쓰럽게 바라봤다. 그런 다음 태후에게 다가가 문후를 올렸다.

"몇 사람 접견하느라 늦었습니다. 강녕하셨습니까, 어마마마?"

태후가 가볍게 한숨을 지으면서 답했다.

"어서 일어나 앉으세요, 황제! 모이다 보니 어쩌다 한꺼번에 모여 들었습니다. 황후가 피곤해 하는 것 같아 누워 있으라고 이 어미가 말했습니다."

건륭은 그제야 황후의 침상으로 다가갔다. 이어 음성을 낮춰 가만가만 입을 열었다.

"내가 왔어. 좀 어떤가? 일어나지 말고 그대로 있으시오."

건륭이 살며시 황후의 손을 당겨서 잡았다. 마치 소중한 물건을 감싸듯 작은 손등을 어루만졌다. 그의 표정은 무척 어두웠다. 설움이 북받치고 마음이 천근만근 무거웠다.

황후는 맥없이 눈을 감고 있을 뿐 잠이 든 것은 아니었다. 건륭의 온기를 느끼면서 힘겹게 눈꺼풀을 밀어 올렸다. 그리고는 건륭을 물끄러미 올려다봤다. 창백한 얼굴에 희비가 교차하는 표정이 서렸다. 일어나 앉으려고도 무진 애를 썼으나 소용이 없었다. 그렇게 몸부림을 치는 그녀의 가냘픈 몸은 툭 건드리면 힘없이 부서질 것 같았다. 얼마 후 그녀가 실낱처럼 미약한 한숨을 내쉬면서 겨우 입을 열었다.

"폐하……, 소인은 더 이상 폐하를 섬기지 못할 것 같사옵니다."

건륭은 당치도 않은 소리를 한다는 듯 원망 어린 눈빛으로 황후를 응시했다. 순간 황후의 작은 손을 꼭 움켜쥐는 그의 몸이 바르르 떨렸다. 애써 참았으나 두 눈에서는 어느새 눈물이 글썽거렸다. 그가 빨갛게 달아오른 코를 벌름거리면서 울음 섞인 목소리로 말했다.

"두 번 다시 그런 재수 없는 말은 하지 마오. 전에 그대의 사주팔자로 점괘를 보니 앞으로 적어도 이십오 년의 양수陽壽는 더 있다고 하지 않았는가?"

건륭이 말을 마치고는 고개를 돌려 손수건으로 황급히 눈물을 찍어냈다. 그 모습은 아내를 걱정하는 남편의 모습 그 이상도 그 이하도 아니었다.

황후의 파리한 얼굴에서도 눈물이 흘러내렸다. 그래서인지 애써 지어낸 입가의 미소가 더 처량해 보였다. 태후 역시 말없이 눈물을 흘리면서 서로를 마주보고 있는 두 사람의 모습을 물끄러미 지켜봤다. 그러다 황후에게 다가가서 조용히 입을 열었다.

"황후, 절대 마음을 약하게 먹어서는 안 되네. 얼마나 좋은 팔자를 타고났는데 그래? 부처님을 공양하기가 삼백육십오일 한결같았지. 또 조상의 선산을 가꾸는 데 게을리 한 것도 아니고. 그런데 불조佛祖께서 어찌 지켜주시지 않겠는가! 여기는 황제께서 오셨으니 우리 곁다리들은 그만 가보겠네. 이럴 때일수록 마음을 넓게 먹고 대범한 국모의 모습을 보여줘야 하네. 알겠는가?"

태후는 콧잔등이 시큰해졌다. 그러나 그런 모습을 보여주기 싫어 손짓으로 대충 말을 마무리 짓고는 서둘러 궁전을 나가버렸다. 비빈들 모두 태후의 뒤를 따라 나갔다. 대전에는 몸종과 궁녀 몇 명만 남게 됐다. 건륭과 황후는 한 사람은 앉아서 그리고 한 사람은 누운 채 아무 말도 하지 못했다. 그저 서로를 바라보기만 했다.

"폐하, 신첩에 대한 태후마마와 폐하의 진심은 믿어 의심치 않사오나 대한大限(죽음을 일컬음)이 다가오는 데는…… 어느 누구도 피할 방도가 없는 것 같사옵니다."

건륭은 황급히 황후를 잡은 손에 힘을 주었다. 그리고는 어색한 표정을 감추지 못하고 말했다.

"의심이 병이라고 했어. 감기몸살처럼 가벼운 증세일 수도 있지 않겠나. 무작정 대한 따위를 운운하고 고민하면 없던 병도 생기겠어!"

건륭이 황후의 이불깃을 가만히 여며주면서 천천히 다시 말을 이었다.

"그동안 일이 많아 한동안 종수궁을 찾지 못했어. 그래서 황후가 이리 약해진 게 아닌가 싶군. 어서 자리를 박차고 일어나오. 짐이 목란木蘭에 있는 수렵장에 데리고 갈 수도 있고, 강남을 일주해도 좋고……. 하여간 즐겁게 해줄 테니! 우리 둘 다 일반 백성들처럼 꾸미고 자유롭게 거리를 걸어보는 것이 소원이지 않은가?"

황후 부찰씨의 얼굴에 갑자기 어린 아이 같은 미소가 번졌다. 건륭이 얘기한 것들 모두 황후가 평소에 소원해마지 않던 것이기 때문인 듯했다. 아마 그런 말을 듣는 것만으로도 행복한 모양이었다. 그러나 그것도 잠시였다. 부찰씨의 눈빛은 다시 암담해졌다.

"내세가 있다면……, 그때는 평범한 사람으로 다시 만나 이승에서 나누지 못한 정을 나누고 싶사옵니다……."

"만날 때 만나더라도 지금은 그리 먼 일까지 생각할 필요가 없지!"

건륭은 애정이 가득 담긴 눈길로 황후를 응시하면서 이마에 흘러내린 머리카락을 살며시 쓸어 넘겼다. 그러자 황후가 하얗게 말라 꺼풀이 이는 입술을 달싹거렸다. 건륭은 갈증 때문이라고 생각하고는 바로 머리맡의 작은 숟가락으로 찻물을 떠 그녀의 입안에 넣어줬다. 몇 모금 받아 마신 황후가 만족스런 표정으로 스르르 눈을 감았다. 이어 말했다.

"폐하……, 소인이 지금 무슨 생각을 하는지 아시옵니까? 폐하께서 아직 세자의 몸이실 때 소인의 집으로 심부름을 오셨죠. 그런데 무슨 일로 왜 오셨는지도 까맣게 잊으시고 소인이 수를 놓는 모습만 유심히 지켜보셨죠. 그러다 소인이 바늘에 손가락을 찔리니 몹시 놀라시면서 친히 입으로 피를 빨아주셨어요……. 그때 폐하께 메뚜기를 선물 받고 신첩과 아우 부항이 얼마나 좋아했는지 모르옵니다. 지금도 기억이 생생하니 꼭 어제 일 같사옵니다. 애지중지 키우던 메뚜기가 죽던 날 신첩과 부항이 목을 놓아 통곡하니 아버님이 그러시더군요. 아비가 죽어도 그렇게는 못 울 거라고 말이옵니다. 소싯적의 추억이 이리도 두고두고 마음에 위안이 될 줄은 정말 몰랐사옵니다……."

황후가 눈빛을 반짝인 채 열심히 추억을 회상하고 있었다. 그러나 목소리에 힘이 없어 그런지 그녀의 목소리는 마치 저 먼 곳에서 들려오듯 아련했다. 그러면서도 가까운 귀엣말처럼 또렷하기도 했다. 황후가 다시 입을 열었다.

"소인에게 하셨던 약조를 절대 잊으시면 아니 되옵니다. 소인이 죽으면 '효현'이라는 시호를 하사하시기로 약조하신 것 말이옵니다……."

황후가 말을 마치자마자 갑자기 몹시 힘들어했다. 안색도 새파랗게 질렸다. 건륭이 다급하게 황후를 부축해 안으며 소리를 질렀다.

"진미미, 어디 있나?"

"찾아계시옵니까, 폐하!"

돌계단 위에 대기 중이던 진미미가 구르듯 달려 들어왔다.

"음, 저기……."

건륭은 말을 하려다 말고 잠시 침묵했다. 그러다 다시 말을 이었다.

"내무부에 어지를 전하거라. 황후가 안녕치 못하니 이 기간에 궁중에서는 살생하는 일이 없도록 하라. 또 태후마마를 제외한 모든 사람은 재계齋戒하도록 하라. 매일 동화문으로 들여오던 산짐승은 전부 방생하도록 하라."

"예, 폐하!"

"이게 첫 번째 어지이고……."

건륭이 잠시 말을 멈추었다. 이어 두 번째 손가락을 펴든 채 다시 덧붙였다.

"두 번째 어지는 군기처로 가서 전하라. 올해 사형시키기로 했던 범인들은 전부 내년으로 집행을 미루도록 하라. 현재 복역 중인 다른 범인들도 형부의 재수사를 거쳐 죄질이 그리 악독하지 않은 자에 한해서는 적당히 훈계해 출옥시키도록 하라!"

"예, 폐하!"

"그리고 부항의 집사람을 시켜 대각사大覺寺에 제단을 만들도록 하라. 불조佛祖께 발원해 황후의 병이 빠른 시일 내에 쾌유된다면 짐이 황금 일만 냥을 시주할 것이라고 전하라."

건륭의 어조는 다급하고 간절했다.

"예, 폐하!"

진미미는 바로 물러갔다. 얼마 후 황후는 곤히 잠이 들었다. 건륭은 시립해있던 궁녀에게 식향息香을 사르라고 명하고는 옷을 입은 채 황후의 옆자리에 팔베개를 하고 누웠다. 이어 묵묵히 천장을 응시했다. 그리 고르지 않은 황후의 호흡이 신경 쓰이기는 했으나 지난 추억의 편린들이 하나둘씩 떠올랐다.

사실 황후가 얘기한 메뚜기 사건 같은 것은 이미 건륭의 기억에 없었다. 그러나 혼약을 앞두고 죽마고우의 정을 나누던 추억은 아직도 그의 머릿속에 생생하게 남아 있었다.

어느 날이었다. 건륭은 소옥小玉(황후 부찰씨의 아명)에게 질 나쁜 셋째 형(홍시)이 눈독을 들이는 것 같으니 조심하라는 얘기를 넌지시 건넸다. 그 말을 듣고 소옥은 발밑에 있던 자갈을 툭 차서 못에 넣으면서 정색을 했다.

"용의 자식도 아롱이다롱이라고 했어. 셋째도련님은 나도 본 적이 있어. 경박하고 우매할 뿐 아니라 아둔하기까지 한 것이 돼지 저리 가라고 할 정도더라고. 그러니 폐하께서 너를 놔두고 그를 선택할 리 없어. 너는 돼지에게 물리지 않도록 조심하기만 하면 돼."

건륭은 그날 이후부터 소옥을 '홍안지기'紅顏知己(평생의 반려자를 의미함)로 여기게 됐다. 한평생 마음 아프게 하는 일은 하지 않겠다고 굳게 다짐하기도 했다.

건륭의 판단은 틀리지 않았다. 황후는 하나를 가르치면 둘을 알 정도로 영특했다. 옹화궁, 육경궁을 거쳐 종수궁으로 들어올 때까지 세자비, 귀비, 황후의 역할을 추호도 모자람 없이 훌륭하게 해냈다. 나라의 안살림을 책임진 국모로서 조야朝野 안팎은 말할 것도 없고 세간의 존경도 한 몸에 받았다. 게다가 그녀는 근면하고 소박했다. 인품 역시 남달랐다. 건륭이 여색에 탐해 꽃이라는 꽃은 다 건드리고 다녔어도 언제 한 번 싫은 내색 한 적 없이 담담하게 대처해온 현명한 여인이었다. 기쁠 때나, 슬플 때나, 괴로울 때나 큰 소리가 울타리를 넘은 적이 없었다. 한마디로 법도를 지킴에 있어 한 치의 빈틈도 없이 훌륭하게 건륭을 내조해온 사람이었다. 그래서 황후에 대한 건륭의 감정은 남녀 간의 애정

이전에 존경과 흠모가 먼저였다고 해도 좋았다.

그런 홍안지기가 이제 곧 자신을 떠나 다시는 못 볼 곳으로 간다니……. 건륭은 황후가 없는 삶을 상상할 수가 없었다. 급기야 그의 눈에서 울컥울컥 뜨거운 눈물이 쏟아지기 시작했다. 그때였다. 갑자기 눈을 번쩍 뜬 황후가 쇳소리를 내질렀다.

"누구야? 당신 귀신이지! 저리 못 가?"

황후는 분명 헛것을 본 것 같았다. 건륭은 얼른 일어나 조심스레 황후를 껴안고는 등을 다독였다. 이어 다정한 목소리로 달랬다.

"귀신이 아니라 짐이야, 짐이라고. 자네가 사랑하는 사람이 옆을 지키고 있는데 어떤 귀신이 감히 황후를 괴롭히겠는가!"

황후는 웬일로 매달리듯 건륭의 목을 칭칭 감았다. 건륭은 그런 황후에게 목을 맡긴 채 소리를 듣고 달려온 태감들에게 물러가라는 손짓을 했다. 그러자 황후가 애지중지하는 물건을 놓치기 싫어하는 어린아이처럼 건륭의 목을 더욱 더 꼭 끌어안았다. 이어 천천히 입을 열었다.

"오늘은 이대로 소인과 함께 있어주시옵소서, 폐하! 정말 이대로 가고 싶지는 않사옵니다. 이대로 영영 날이 밝지 않았으면 좋겠사옵니다. 날이 밝으면 폐하께서는 또 소인의 옆을 떠나시겠죠. 마지막만큼은 폐하의 품에 안겨 있다 가고 싶사옵니다……."

황후가 천천히 말을 마치고는 눈을 뜬 채 만감이 교차한 몽롱한 눈빛으로 건륭을 뚫어지게 들여다봤다. 그러면서 잠꼬대하듯 짤막하게 두 마디를 덧붙였다.

"폐하, 소인은 좋은 여자가 못 되옵니다. 소인이 떠나고 난 뒤에는 소인을 씻은 듯이 잊어주시옵소서."

건륭은 황후의 말이 끝나기 무섭게 황급히 태의를 부르라고 명령을 내렸다. 그리고는 어린애를 달래듯 좋은 말로 위로했다.

"황후가 좋은 여자가 아니면 이 세상에는 좋은 여자가 하나도 없겠네? 누가 감히 황후를 욕한다면 짐은 가차 없이 그자의 목을 쳐버릴 거야! 심신이 약해져서 자꾸 약한 소리만 하는 것 같군. 곧 좋아질 것이니 그런 말은 그만두게."

황후는 건륭의 위로에도 고개를 강하게 가로 저었다. 고집스레 자신의 주장을 꺾지 않았다.

"여자들은 전부 악물惡物이에요. 아니면 여자로 태어날 까닭이 없겠죠. 오죽하면 성인도 여자와 소인은 가까이 하지 말라고 했겠사옵니까."

건륭은 그날 밤 황후의 옆을 단 한 순간도 떠나지 않았다. 날이 새도록 그녀의 손을 꼭 잡은 채 놓지 않았다.

이튿날도 상황은 크게 달라지지 않았다. 대신도 접견하지 않고 양심전에도 돌아가지 않았다. 황후의 작은 불당에서 향을 사르며 발원하고 그 옆에서 주장을 읽었다.

건륭은 사흘째 되던 날에는 어지를 내리기까지 했다.

"황후의 봉체鳳體가 위화違和한 탓에 짐의 심신이 고달프니 군국軍國의 요무를 제외한 문서는 모두 절략節略으로 작성해 종수궁으로 들여보내 어람을 청하라!"

이밖에도 건륭은 "궁중에서 칠 년 이상 일했거나 나이 스물다섯을 넘긴 궁인은 모두 고향으로 돌려보내라! 집집마다 통보해 데리러 오게 하라"는 요지의 명령도 내렸다.

황제가 모든 정무에서 손을 놓다시피 하자 군기처는 더욱 바빠졌다. 누구보다 장정옥이 가장 일이 많았고 한시도 쉴 틈이 없었다. 또 악이태는 아예 병상을 군기처로 옮겨왔다.

부항 역시 눌친과 나눠서 민정과 군무를 살피고 있었다. 외관들을 접견하고 주장을 읽느라 정신없이 바빴다. 그는 그런 바쁜 와중에도 누이를 곧 잃게 될지도 모른다는 괴로움 때문에 마음이 서글프기 이를 데 없었다. 그래서 몇 번씩이나 종수궁으로 병문안을 가려고 했으나 일에 발목이 잡혀 되돌아오고는 했다. 어느 날 눌친이 그런 부항을 보면서 등을 떠밀었다.

"세상에 사람이 죽고 사는 일보다 더 중요한 것이 어디 있겠어요. 여기는 내가 있을 테니 어서 누이나 들여다보고 오세요."

부항이 수심 가득한 얼굴을 한 채 문서를 건네면서 감사를 표했다.

"고맙군요. 청해장군青海將軍이 경복과 장광사를 탄핵하는 상주문을 보내왔어요. 매우 중요한 내용이네요. 전량은 푹푹 축이 나는데 몇 개월째 출병도 안 하고 있다니 도대체 뭘 하는지 모르겠네요."

부항이 다시 답답하다는 소리를 더 하려고 할 때였다. 기윤이 다급한 발걸음으로 발을 걷고 들어섰다. 부항이 하던 말을 멈추고 물었다.

"무슨 일이라도 있는가?"

기윤은 막 군기처로 발령이 난 상태였다. 그러나 황후의 병세가 악화되는 바람에 아직 건륭을 알현하고 직무에 대한 보고를 올리지 못하고 있었다. 그러나 맡은 일은 누구보다 열심히 하는 듯했다. 불가마 같은 햇볕도 마다하지 않고 내무부에서부터 뛰어온 것을 보면 알 수 있었다. 그가 빨갛게 익은 얼굴을 굳이 숨기려 하지 않은 채 숨을 헐떡거리면서 답했다.

"폐하께서 부상에게 즉시 들라고 하셨습니다. 제가 모시고 다녀오겠습니다."

기윤은 말을 마치자마자 연신 이마의 땀을 훔쳤다. 이리저리 뛰어다니느라 힘든 모양이었다.

부항은 누이의 병이 위독한 마당에 건륭이 갑자기 호출을 하자 눈앞이 캄캄해지지 않을 수 없었다. 가까스로 모자를 눌러쓰고는 황급히 밖으로 나가려고 했다. 그러다 문가에서 잠시 주춤하더니 다시 돌아섰다. 이어 책상 위에 놓여 있던 서류를 챙겨 겨드랑이에 꼈다. 그제야 그는 기윤에게 가자는 몸짓을 하면서 밖으로 나갔다.

기윤은 평소에 우스갯소리를 잘하는 사람이었다. 다소 심각한 상황에서도 기발한 말로 주위 사람들을 웃겨주곤 했다. 부항은 그런 기윤이 아무 말 없이 고개를 숙인 채 땅바닥만 보고 걷자 더욱 긴장이 되지 않을 수 없었다. 급기야 걸음을 재촉해 뛰다시피 걸어갔다. 그가 양심전 수화문을 지났을 때였다. 멀리서 무슨 울음소리 같은 것이 바람에 간간이 실려 왔다.

부항은 불길한 예감에 휩싸여 길이 평평한 바닥이었는데도 제풀에 벌렁 넘어지고 말았다. 기윤이 부항을 부축해 일으키면서 위로의 말을 건넸다.

"고정하십시오. 생사는 천명에 달려 있습니다, 부상."

부항은 기윤의 말이 틀리지 않는다고 생각했는지 즉각 자세를 바로 했다. 이어 백지장처럼 창백해진 얼굴에 식은땀을 달고 처연한 얼굴로 말했다.

"그래, 나는 재상이지! 잘 일깨워줬네. 하마터면 오늘 큰 무례를 범할 뻔했어."

부항과 기윤은 울음소리가 들리던 방향으로 귀를 기울여봤다. 그러나 곡소리는 더 이상 들리지 않았다. 때마침 안에서 나오는 태감 진미미의 모습이 보였다. 부항이 황급히 다가가 물었다.

"어떠신가?"

"폐하께서 두 분을 어서 들라고 하셨습니다. 황후마마께서는 방금 전 가래가 끓어 기도를 막는 바람에 잠시 혼절하셨습니다."

부항과 기윤은 경황없이 궁전 안으로 들어갔다. 실내는 어두웠다. 잠시 아무 것도 보이지 않았다. 둘은 다급한 마음에 창문께로 다가가 어둠에 익숙해지도록 기다리며 잠시 서 있었다.

그러나 부항은 방 안의 물체가 시야에 들어오자 기절할 듯 놀라고 말았다. 자신이 건륭과 얼굴을 마주하고 서 있었던 것이다. 그는 바로 허겁지겁 무릎을 꿇었다. 이어 길게 숨을 들이마시면서 울음 섞인 목소리로 아뢰었다.

"폐하의 면전에서 크나큰 무례를 범했으니 소인은 실로 죽어 마땅하옵니다."

"실내가 어두운 탓 아니겠나. 일부러 그런 것은 아니니 괘념치 말게."

건륭은 착 가라앉은 음성이었다. 어조에서도 알 수 있듯이 얼굴에는 처연하고 우울한 기색이 가득했다. 그가 다시 한 번 부항을 일별하면서 창밖에 시선을 던지더니 떨리는 목소리로 말했다.

"곧 떠나려는가 보네. 뭐가 그리 급한지……."

부항은 순간 쇠몽둥이에 뒤통수를 세게 얻어맞은 기분을 느꼈다. 최악의 경우를 염두에 두고는 있었으나 그게 이렇듯 빨리 현실이 될 줄은 상상도 못했던 것이다. 그는 두 다리에 힘이 쭉 빠지면서 풀썩 주저앉을 것 같은 무력감을 느꼈다. 그러나 무너지려는 몸을 간신히 지탱한 채 난각으로 들어섰다. 큰황자 영황永璜을 비롯해 둘째 영련永璉, 셋째 영장永璋이 꿋꿋이 무릎을 꿇고 있었다. 그 옆에서는 낯빛이 하얗게 질린 태의들이 약을 조제한다, 맥을 본다, 침을 놓는다 하면서 진땀을 빼고 있었다.

부항은 반년 만에 보는 누이를 내려다봤다. 놀랍게도 완전히 딴사람 같았다. 마치 바싹 마른 장작처럼 초라한 모습이었다. 더구나 가래와 싸우느라 그러는지 가슴이 심하게 오르내렸다. 또 목에서는 담이 끓는 소리가 그렁그렁했다. 가끔씩 가슴을 쥐어뜯다가 힘없이 손을 툭 늘어뜨리기도 했다.

"둘째누나……."

부항이 침대 밑에 맥없이 드리워진 앙상한 팔목을 보면서 고통스레 울부짖었다. 눈물이 비 오듯 쏟아졌다. 그는 무릎걸음으로 가까이 황후에게 다가갔다. 그러다 더 이상 자신의 감정을 추스르지 못한 채 그만 목을 놓아 울어버리고 말았다.

"제가 왔어요, 누나! 어쩌다 이렇게 됐어요? 그 곱던 누나는 도대체 어디로 갔느냐고요. 흑흑……. 어머니가 돌아가시고 큰누나마저 앞서 가시면서 둘째누나가 저를 자식처럼 키우다시피 했잖아요! 누나…… 나를 버리고 먼저 가면 안돼요!"

부찰씨는 동생 부항의 절규를 들은 듯했다. 깡마른 손이 허공을 헤매고 있었다. 부항은 덥석 그 손을 잡았다. 그의 눈에서 흐르는 굵은 눈물 때문에 누이의 얼굴이 잘 보이지가 않았다. 한쪽으로 물러나서 무릎을 꿇고 있는 비빈들과 멀찍이 서 있는 건륭의 눈에서도 눈물이 철철 흘러내렸다.

그때 기윤이 연신 머리를 조아리며 입을 열었다.

"폐하, 외람되오나 한 말씀 아뢰고자 하옵니다. 신의 가족은 사 대에 걸친 의생 가문으로 나름 의도에 자부심을 가지고 있사옵니다. 장담할 수는 없사오나 일말의 희망이라도 가져보고 싶사옵니다. 소인이 황후마마의 맥을 짚어볼 수 있도록 허락해주시옵소서!"

"그런 얘기는 진작 했어야지, 이 사람아!"

건륭이 손등으로 눈물을 닦아내면서 바로 태의들을 물리쳤다. 이어 기윤에게 황후 가까이에 앉도록 했다.

황후의 호흡은 갈수록 거칠어지기 시작했다. 숨 한 번 쉬기 위해 사력을 다해 몸부림을 치고 있었다. 기윤은 조심스레 황후 곁에 다가앉았다. 그리고는 황후의 안색을 살펴보더니 맥을 짚기 시작했다. 얼마 후 그가 고개를 갸우뚱하면서 뭔가 생각하는 표정을 지었다. 그리고는 다시 뭔가 열심히 엿듣는 듯 귀를 기울였다. 보는 이들은 긴장감에 땀을 쥐며 한시도 눈을 떼지 못했다. 잠시 후 기윤이 황후의 팔목에서 손을 뗐다. 이어 태의들이 반신반의하면서 지켜보는 가운데 소매 속에서 땟물이 줄줄 흐르는 거무튀튀한 손수건을 꺼냈다. 그리고는 그것으로 황후의 얼굴을 가볍게 덮었다.

기윤이 궁금한 표정을 짓고 있는 건륭을 쳐다봤다. 뭔가 알아낸 듯한 태도였다. 그가 입을 열었다.

"황후마마의 맥상脈象으로 볼 때 촌맥寸脈과 척맥尺脈은 약하오나 관맥關脈은 아직 건강하게 박동하고 있사옵니다. 소인의 어리석은 생각으로는 이는 목숨이 위태로울 정도의 병세는 절대 아니옵니다. 다만 체질이 허약해 신열을 밖으로 발산하지 못해 생긴 증상일 뿐이옵니다. 가래가 심하게 끓는 것도 이와 무관하지 않사옵니다."

"주저리주저리 말하지 말고 단도직입적으로 말해보게. 기사회생할 가망이 있겠는가?"

"당연히 있사옵니다!"

기윤이 자신감에 찬 목소리로 대답했다. 그 소리가 어찌나 우렁찬지 난각 밖에까지 들릴 정도였다. 그가 다시 입을 열었다.

"하오나 폐하께서 도와주셔야 할 일이 있사옵니다."

기윤이 말을 마치기도 전에 난감한 표정을 얼굴에 떠올렸다. 대단히 하기 어려운 말이 있는 모양이었다.

"이 사람이 무슨 말을 하다 마는가? 짐은 뭐든지 다 할 수 있으니 쭈뼛대지 말고 말해보게!"

건륭이 조급한 듯 버럭 화를 냈다. 그러자 기윤이 용기를 내 아뢰었다.

“폐하께서 황후마마의 입을 맞추시어 가래를 빨아내셔야겠사옵니다. 그리 하시면 만사대길하실 것이옵니다.”

“뭔들 못하겠나!”

건륭이 추호의 망설임도 없이 큰 소리로 대답했다. 이어 바로 황후에게 다가가더니 손수건을 사이에 두고 황후와 입술을 맞댔다. 그리고는 황후의 볼을 감싸고 힘껏 빨아들이기 시작했다. 그러나 건륭의 두 볼이 깊이 파일 정도로 몇 번 빨아내기를 시도했으나 가래는 나오지 않았다. 다급해진 기윤이 털썩 무릎을 꿇고는 아직 어린 둘째황자 영련을 안아 올리면서 큰 소리로 말했다.

“황자마마, 어마마마의 손을 잡고 큰 소리로 부르시옵소서!”

영련은 그렇지 않아도 무섭고 놀라 울음을 터트리기 직전이었다. 바로 “으앙!” 하고 울음을 터트렸다. 그러나 기윤의 말은 잊지 않았다. 고사리 같이 작은 손으로 황후의 손을 잡고 애처롭게 소리쳐 부르기 시작했다.

“어마마마! 영련이옵니다. 소자는 어마마마 없이는 단 하루도 살 수 없사옵니다. 어마마마, 제발 힘껏 가래침을 뱉어내세요, 어마마마……. 으앙…… 어마마마!”

사랑하는 남편의 지속적인 노력과 아들의 눈물겨운 하소연이 통했던 것일까. 황후는 어디에서 그런 괴력이 솟았는지 얼굴을 벌겋게 물들이면서 용을 썼다. 드디어 황후의 입에서 “끄윽!” 하는 소리와 함께 뭔가 나오기 시작했다. 좌중의 사람들이 미처 반응을 보이기도 전에 황후는 입 안 가득 끌어올린 가래침을 토하듯 쏟아냈다. 끈적끈적하고 누런 가래가 한줌이나 나왔다. 황후는 오랜만에 숨통이 확 트이는지 이후 길게 숨을 들이 마시고 내쉬고를 여러 번 반복했다. 순간 그녀는 심한 갈증으로 죽음에 직면했던 사람이 물을 마신 듯 너무나도 시원하고 편안한 표정을 지었다.

황후는 그렇게 위험한 고비를 넘겼다. 건륭과 영련은 얼마나 기뻤는지 마치 약속이나 한 듯 와락 황후에게 달려들었다. 동시에 그녀를 마구 끌어안고 울었다. 얼마 후 황후가 천천히 고개를 돌려 기윤에게 물었다.

"자네……, 자네는 어느 부서의 뉘신가?"

"신은 군기처 장경으로 있는 기윤이라고 하옵니다. 황후마마께서는 홍복이 무한하시옵니다. 대난불사大難不死하셨으니 성수聖壽는 장원長遠하실 것이옵니다."

기윤이 머리를 조아리면서 아뢰었다. 이어 쥐구멍을 찾기에 여념이 없는 어의들을 향해 말했다.

"약을 남용해서는 안 되네. 양을 지금 상태에서 반으로 줄이시게. 폐하, 황후마마께서는 당분간 기름기 있는 음식과 인삼탕을 피하셔야 하옵니다. 쌀죽, 소금과 식초에 절인 무를 드시면 체내의 열을 식히는 데 도움이 될 것이옵니다."

건륭이 흔쾌히 고개를 끄덕였다. 그리고는 흡족하고 대견한 눈빛으로 기윤을 바라봤다. 그가 다시 시선을 황후에게 돌리면서 말했다.

"황후, 안색이 많이 좋아졌네. 우리 대청大淸에는 일찍이 태황태후의 병상에서 시를 읊어드렸던 주배공周培公이라는 사람이 있었지. 오늘 제이의 주배공이 탄생했구먼. 기윤은 황후의 목숨을 구해준 은인으로 역사에 길이 남게 생겼어!"

황후가 건륭의 말에 미소를 지으면서 기윤을 바라봤다. 건륭이 기다렸다는 듯 다시 입을 열었다.

"지난번 얘기했던 그 한림翰林이네. 시도 잘 읊고 남의 살점(고기를 의미함)도 엄청 좋아하지. 내가 했던 얘기 기억나는가?"

황후가 파리한 얼굴에 미소를 지었다.

"기억나고말고요! 이제부터는 시위들과 마찬가지로 날마다 고기를 양껏 먹을 수 있게 해주시옵소서."

"그게 황후의 뜻이라면 여부가 있겠는가!"

건륭이 흔쾌히 대답했다. 이어 안도의 숨을 내쉬면서 덧붙였다.

"기윤은 학문이 출중하나 아직 경륜이 부족한 것이 흠이네. 그렇다고 군기처 장경으로 썩히기에는 너무 아쉬워! 음……, 동궁東宮의 장조가 나이가 많으니 기윤을 육경궁으로 들여보내 황자들의 글공부를 지도하게 하는 것이 어떨까 하네. 부항, 자네 생각은 어떤가?"

부항은 모든 과정을 바로 옆에서 지켜본 터였다. 십년 감수한 듯 안도하고 있던 그가 황급히 머리를 조아리면서 아뢰었다.

"폐하의 하문下問에 답하기에 앞서 먼저 폐하께 경하를 드리옵니다. 아울러 건강을 회복하신 황후마마께 문후를 올리옵니다. 기윤은 학문이 뛰어나고 인품이 대쪽 같은데다 성정마저 활달하고 여유가 있사오니 가히 만인의 스승이 될 만한 사람이옵니다. 하오나 동궁으로 입문하려면 일단 정명正名이 우선시 돼야 할 것이옵니다. 기윤은 지금 정육품이오니 먼저 종오품으로 승진시키고 시강학사侍講學士의 관직을 내리시는 것이 어떨까 하옵니다."

건륭이 대답했다.

"자네가 기윤 생각을 많이 했군. 허허, 그러나 기왕 관직을 올려줄 바에야 종오품 정도에 그쳐서야 되겠나? 황후를 두 번 살게 해준 사람이네. 전쟁터에 나가 큰 공로를 세운 장군과 다를 바 없어! 짐은 정삼품으로 봉할까 하네. 물론, 군기처와 다시 상의해 어지를 내리겠지만……."

건륭이 잠시 말을 멈췄다. 그러다 뭔가를 생각하더니 다시 말을 이었다.

"부상, 자네는 피곤할 터이니 그만 물러가게. 앞으로 며칠 동안은 매일 입궁해 누이를 들여다봐도 되겠네. 그리고 기윤은 어의들과 함께 서쪽 불당으로 가 있게. 황후의 병세에 대해 여러분의 고견을 좀 더 들어봐야야겠네."

주위에는 어느새 어둠이 깔렸다. 궁문을 닫을 때가 된 것이다. 다행히도 그 사이 황후는 한 번도 가래가 끓지 않은 채 평화롭게 잠에 빠져들었다. 기윤은 그제야 조용히 물러나왔다.

어둠의 장막이 드리운 천가天街는 인기척 하나 없이 조용했다. 어디선가 초여름의 저녁 바람이 불어오더니 흥분으로 달아오른 기윤의 얼굴을 부드럽게 어루만져주었다. 비록 찬바람은 아니었으나 땀에 푹 젖었던 기윤의 등골을 식혀주기에는 충분했다.

기윤은 군기처를 지나면서 안을 들여다봤다. 주위를 대낮같이 밝힌 등촉들이 보였다. 악이태의 컹컹거리는 기침소리 역시 들렸다. 또 창문에는 책상 위에 엎드려 붓을 놀리는 눌친의 그림자도 비쳤다. 기윤은 안으로 들어가 물이라도 한 모금 마시고 나오고 싶었다. 그러나 꾹 참고 융종문을 통해 서화문으로 향했다.

기윤은 서화문 입구에 당도하자마자 두리번거리면서 자신의 가마꾼을 찾았다. 그때 어둠 속에서 시종 차림을 한 사내가 나타나 기윤에게 정중하게 인사를 올렸다.

"기 나리! 저의 주인나리께서 잠깐 시간을 내주십사 하고 부탁하셨사옵니다. 그래서 소인이 기 나리의 가마꾼들을 먼저 돌려보냈사옵니다. 죄송합니다."

기윤은 느닷없는 상황에 어안이 벙벙해서 즉시 물었다.

"자네가 어느 댁의 시종인지는 모르겠으나 오늘은 늦었으니 내일 방문하면 안 될까?"

"소인은 부상 댁의 소칠자小七子라는 놈입니다!"

소칠자가 밉지 않게 덧붙였다.

"기 나리께서는 늑민, 장유공 선생과 더불어 저희 집 단골손님이시죠! 나리께서는 소인을 못 알아보셔도 소인은 나리 얼굴을 많이 봤습니다. 저희 부상께서 누님이신 황후마마의 건강을 되찾아주신 데 대해 크게 감격하시면서 기 나리를 꼭 모셔오라고 하셨습니다. 뵙기를 청하는 다른 관리들도 모두 돌려보내고 지금 댁에서 기다리고 계십니다. 소인의 얼굴은 안 보시더라도 저희 주인나리의 체면은 봐 드려야 할 것 아닙니까. 웬만하면 가시죠."

소칠자는 말을 마치기 무섭게 망설이고 있는 기윤을 떠밀다시피 가마에 태웠다. 이어 안도의 한숨을 내쉬면서 외쳤다.

"출발하게!"

부항의 가마는 녹색 덮개를 씌운 이른바 8인 대교였다. 북경에서는 왕공王公들만 탈 수 있는 관교官轎였다. 부항은 자작에 봉해지고 군기처 대신으로 승진한 다음부터 이 8인 대교를 마련했다. 그러나 공식 행사에 참석하거나 다른 특수한 경우가 아니고는 가급적 8인 대교 사용을 자제하고 4인교를 타고 다녔다. 같은 보정대신輔政大臣이기는 하지만 장정옥이나 악이태와 똑같은 대우를 받을 수는 없다고 생각한 탓이었다.

기윤은 가마를 자세히 살펴봤다. 겉면은 동백기름으로 칠을 한 듯했다. 또 그 위에 다시 투명하게 덧칠을 함으로써 호박琥珀처럼 윤기가 자르르 흘렀다. 대교 안의 천장에는 푸른색으로 정교한 도안이 그려져 있었고 창문에는 진짜같이 보이는 화조花鳥가 섬세하게 조각돼 있었다.

한낱 가난한 한림인 기윤은 평소에 2인 죽교竹轎를 타는 것이 고작이었다. 따라서 혼자서 8인 대교를 타고 가는 느낌은 불편함 그 자체였다. 게다가 소칠자가 대교 안의 구석진 자리에서 차를 따라주고 물수건을 건네면서 친절을 베푸는 통에 부담스럽기 짝이 없었다. 그렇게 한 시간쯤 불편한 시간이 흐른 뒤 소칠자가 창밖을 가리키면서 말했다.

"기 나리, 다 왔습니다!"

기윤은 전에도 늑민 등을 따라 부항의 관저에 온 적이 있었다. 담벼락을 따라 휘황찬란한 등롱이 줄줄이 걸려있어 관저를 환하게 밝히고 있었다. 곧 가마가 내려앉았다. 소칠자가 냉큼 먼저 뛰어내리더니 기윤을 부축했다. 배시시 웃고 있는 소칠자의 옆에는 어느새 왔는지 부항이 반색을 하면서 서 있었다. 황감해진 기윤이 예를 갖춰 인사하려 하자 부항이 황급히 말렸다.

"매일 보는 얼굴인데 꼭 그리 격식을 갖춰야겠는가?"

평상복 차림의 부항이 새하얀 두루마기 자락을 바람에 나부끼면서 호쾌하게 웃었다. 이어 기윤을 안으로 안내했다.

"앞으로 오늘 같은 사적인 자리에서는 나에게 격식을 갖춰 절할 필요가 없네. 그대는 이제 우리 가문의 은인이야. 내가 고마움을 어떻게 다 표현해야 할지 모르겠네."

기윤은 부항을 따라 등촉을 대낮처럼 밝힌 뜰에 들어섰다. 작은 자갈을 깐 뜰의 통로 양쪽에는 검푸른 두루마기를 입은 하인들이 길게 늘어서 있었다. 백여 명은 족히 될 것 같았다.

"기 대인께서 당도하셨다!"

소칠자가 소리 높여 외쳤다. 그와 동시에 하인들이 일제히 소매를 걷어 올리면서 무릎을 꿇었다. 그 소리가 마치 산새들이 푸드득 푸드득 날갯짓을 하며 날아가는 소리를 방불케 했다. 예기치 못한 성대한 환영식에 반쯤 넋이 나간 기윤을 보면서 부항이 말했다.

"나는 가솔들도 이렇게 군법으로 다스리네. 내가 데리고 있는 사람들은 모두 호적이 있는 피갑인披甲人들이라네. 다른 왕공들 집에서는 보기 힘든 풍경이지."

부항의 소개가 이어지려 할 때였다. 갑자기 화려하고 격식 있는 옷차림을 한 당아가 시녀들을 한 무리 거느리고 나타났다. 당아의 뒤에는 두 살도 채 안 된 복강안을 안고 나온 두 어멈이 서 있었다. 당아가 기윤을 향해 생긋 웃음을 지어 보이더니 느닷없이 무릎을 꿇고는 큰절을 올렸다.

18장

재능을 뽐내는 기윤

기윤은 뜻밖의 상황에 난감한 나머지 어쩔 줄을 몰랐다. 당아가 예상치 못하게 큰절을 하고 있는데 그렇다고 즉각 달려가 부축해 일으킬 수도 없었다. 그러나 그렇다고 해서 그대로 절을 받고 있기도 너무 부담스러웠다. 급기야 그는 시커먼 얼굴을 자줏빛으로 물들이면서 말을 더듬었다.

"이…… 이러시면 안 됩니다. 소인이 어찌……. 어서 일어나시죠, 부인. 아니 이일을 어떻게 하나……. 이것 참."

결국 기윤은 불이 일도록 손바닥을 비벼대면서 엎드려 맞절을 하려고 했다. 당아는 그런 기윤을 붙잡으면서 다시 정중히 인사를 했다

"선생의 해박한 학문은 이이에게 들어 익히 잘 알고 있습니다. 그렇지 않아도 경앙해마지 않았었는데 이렇게 뵙게 되어 기쁩니다. 우리 가문의 기둥이신 황후마마를 살려주셨으니 기 대인은 실로 우리 부씨 가문

의 큰 은인이십니다. 그러니 큰절을 하는 것이 무슨 대수라고 이렇게 부담스러워 하십니까?"

당아의 호들갑은 기윤을 더욱 난처하게 만들었다. 다행히 그때 마침 집사가 다가와 아뢰었다.

"준비가 끝났습니다, 나리! 마님!"

"그래, 알았네."

부항이 대답을 마치고는 희색이 만면한 채 기윤을 안으로 안내했다.

"급히 준비하느라 산채박주山菜薄酒밖에 없네. 성의로 여기고 들어줬으면 하네. 늑민과 아계, 전도는 전쟁터에 나가거나 외지로 나가서 부르지를 못했네. 대신 왕문소王文韶, 장유공과 돈민, 돈성 두 황숙을 불렀어. 조금 아쉽기는 하나 너무 허전하지는 않을 거야. 유명한 글쟁이 조설근도 데리러 갔으니 곧 올 거야."

기윤은 부항의 말이 끝나자마자 가만히 되새겨보았다. 그러고 보면 오늘의 술자리는 장원 두 명과 황실의 종친 두 명을 초대한 자리였다. 순간 기윤은 술도 마시기 전인데 벌써 어지러운 기분을 느꼈다.

'부상이 말한 네 사람은 한림원, 국자감, 그리고 종학에서 이름이 쟁쟁한 인물들이야. 그러나 나는 높은 사람들과 잘 어울리는 성격이 아니야. 그들과 길에서 만나도 굳이 아는 척할 일이 없었지. 그들 역시 곁을 주지 않는 나를 살갑게 대할 리 만무했지. 한마디로 서로 술자리를 같이 하기는 부담스러운 사이야. 심지어 부상은 나를 위해 이런 사람들을 '들러리'로 불렀어. 정말 황당하군.'

기윤은 그렇게 생각하면서 발을 내디뎠다. 얼마를 더 가자 주홍색 주렴이 가지런히 드리워지고 등촉이 몽롱한 빛을 뿜는 대청이 눈에 들어왔다. 동시에 육궁六宮의 궁녀들이 무색할 만큼 미색을 자랑하는 묘령의 여자들이 보였다. 기윤은 눈이 휘둥그레진 채 시선 둘 곳을 몰랐다. 부항은 그런 기윤을 바라보면서 싱긋 웃을 뿐 별 다른 말은 없었다.

그러나 미리 와 있던 왕문소와 장유공, 돈민과 돈성 형제는 부항과는 달랐다. 황급하게 자리에서 일어나 예를 표했다. 그중 왕문소는 친구처럼 지내기는 했으나 기윤이 한림원에 있을 때의 직속상관이었다. 게다가 평소에 근엄하기로 소문난 사람이었다. 그런데 오늘은 웬일인지 먼저 다가오더니 기윤의 두 손을 덥석 잡으면서 너스레를 떨었다.

"어서 오게, 효람曉嵐(기윤의 자)! 그대는 참으로 대단한 사람이네. '일명경인'一鳴驚人(한번 시작하면 사람을 놀라게 만들 정도의 큰일을 함)이라는 말은 꼭 그대를 일컫는 말인 것 같네. 하기는 지난번에 내 딸꾹질을 멈추게 하는 걸 보고 뭔가 예사롭지 않다는 느낌은 들었어."

반면 하공河工 현장에서 불려온 장유공은 말없이 웃고만 있었다. 잘 아는 사이라 해도 평소 서먹한 관계였던 것이다. 돈민의 경우는 그에 비하면 완전히 파격적인 태도를 보였다. 호기심에 가득 찬 눈길이 시종일관 기윤에게서 떠날 줄을 몰랐다. 기윤이 원단 조회朝會 때 건륭과 시를 주고받으면서 뛰어난 문재文才를 자랑했다는 말은 들었지만 어의 뺨치는 의술까지 겸비했을 줄은 몰랐던 것이다. 아무튼 기윤이 괄목할 만한 상대임은 틀림없다고 생각하는 것 같았다. 좌중의 사람들이 하나같이 기윤에 대해 이런저런 생각을 하고 있을 때 돈성이 입을 열었다.

"기윤 공이 문소 형의 딸꾹질을 멈추게 했을 때 내가 그 자리에 있었지. 그날 때마침 새로 선발된 한림들에게 〈나 일찍이 덕 깊은 호색한을 못 봤느니〉라는 제목의 글을 가르칠 때였어. 문소 형은 우리 몰래 뭘 훔쳐 먹었는지 입을 쓱 닦으면서 들어서더니 첫 시작부터 딸꾹질을 해대는 것이 아니겠어? 이어 '호덕好德은 천리天理이고, 끄윽! 호색好色은 곧 인욕人慾이네. 끄윽! 천리를 보존하고 끅! 인욕을 억누르는 것은…… 끄윽! 쉬운 일이 아니라네. 당나라 때 측천무후가…… 끄윽! 스님 신수神

秀를 접견하면서, 대덕고승大德高僧, 끄윽! 그대는 미색의 여인 앞에서, 끄윽! 가슴 설레 본 적이 없는가? 하고 끄윽! 물었다네. 신수가 대답하기를 빈도는…… 끄윽! 이미 홍분紅粉을 해골처럼 본 지, 끄윽! 오래 됐습니다, 라고 끄윽! 했다네. 끄윽!' 하고 말했지. 문소 형이 그렇게 듣는 사람조차 민망할 정도로 딸꾹질을 연신 해대자 기윤 공이 가까이 다가가 뭐라고 귀엣말을 하더군. 그랬더니 이게 어찌된 일인가! 문소 형의 얼굴이 벌겋게 상기되더니 딸꾹질이 기적같이 쏙 들어가 버리지 않았겠어? 효람, 그렇지 않아도 궁금해서 언젠가는 꼭 물어보려고 했는데, 그때 문소 형에게 무슨 얘기를 했던 건가? 어디 한번 들어보자고!"

좌중의 사람들은 구미가 확 당기는 돈성의 말에 덩달아 궁금해 했다. 그러자 기윤이 대답했다.

"특별히 무슨 얘기를 했던 것 같지는 않네요. 그저 '유통훈 대인이 좀 보자고 하네요. 누군가 왕 선생을 기생들의 장단에 날 새는 줄도 모르는 가짜 도학가道學家라고 탄핵안을 올린 것 같소. 폐하께 아뢰기 전에 뭘 좀 확인해야 한다고 하니 어서 가보시오' 하고 말했죠!"

기윤의 말에 좌중의 사람들은 당시 당황했을 왕문소의 얼굴을 상상하면서 크게 웃음을 터트렸다. 하녀들을 데리고 정성껏 준비한 주안상을 내오던 당아 역시 밖에서 얘기를 다 들은 듯 고개를 외로 꼬면서 웃었다. 덕분에 어색했던 분위기는 한결 편안해졌다. 부항이 흡족한 웃음을 지으면서 물었다.

"그런데 소칠자는 어디 갔지?"

부항의 말이 끝나기 무섭게 소칠자가 바깥 복도에서 방 안의 동정에 귀를 기울이고 있다가 잽싸게 안으로 들어섰다. 이어 굽실거리면서 대답했다.

"찾아 계셨습니까? 괴수둔으로 조설근 선생을 모시러 갔던 사람이 돌아왔습니다. 그 댁 사모님이 그러시는데 조설근 선생은 종학에서 나오는 길로 이친왕부怡親王府로부터 초대를 받아 갔다 합니다. 아마 오늘밤은 돌아오지 못할 수도 있다고 합니다."

그 순간 당아가 불쑥 끼어들었다.

"방경 고것이 갈수록 약아지는 것 같네요. 우리 집에 올 때마다 술이 떡이 되어 돌아가니까 일부러 빼돌린 것이 틀림없어."

부항 역시 당아처럼 내심 서운했다. 그러나 대수롭지 않은 듯 웃음을 머금었다.

"걱정하지 말라고. 다음에 만나면 아예 술독에 거꾸로 처넣을 테니! 우리 집에 자주 들락거려 해가 될 것도 없는데 말이야. 내가 《홍루몽》을 '12금채곡'十二金釵曲으로 편곡했다고 와서 들어보라고 했는데 장인 제삿날 미루듯 계속 미루기만 하는군. 당장 쌀독에 쌀 한 톨 없으면서도 꼴에 자존심은 있어서 손을 내밀지 않는다 이거지? 궁상맞은 선비들 따위는 본받지 말아야 할 텐데, 참! 없으면 얻어먹기도 하는 거지 자기 털 뽑아 자기 구멍에 밀어 넣는 사람은 큰일을 못해!"

부항은 구시렁거리면서도 좌중의 사람들에게 일일이 자리를 배정해주느라 분주했다. 눈치 빠른 돈민은 부항의 불편한 심기를 눈치챘는지 황급히 조설근을 편들면서 해명을 하기 시작했다.

"오늘은 일부러 피한 것이 아닐 거예요. 어제 내가 조 선생의 집에 들렀더니 부인께서 불평불만이 이만저만 아니더라고요. 종학에서 나오는 돈으로는 한 식구 먹고살기도 빠듯하다고 말입니다. 몇 푼 안 되는 은자를 쪼개 쓰는 것도 이제는 신물이 난다면서 바가지를 박박 긁었더니 나가서 이틀째 안 들어온다더군요. 말을 들어보니 어지간히 궁핍한 것이 아니던데 어쩌면 좋을지……."

돈성의 말에 좌중의 분위기가 갑자기 착 가라앉았다. 그러자 좌중의 사람들은 약속이나 한 듯 조설근에 대한 얘기를 거둬들였다. 이어 부항의 아들 복강안을 보고 싶다면서 졸라댔다. 그렇지 않아도 잘난 아들을 자랑하지 못해 입이 근질근질하던 당아는 뛰다시피 방 안으로 들어갔다.

잠시 후 어멈의 품에 안긴 아이가 나왔다. 첫눈에도 귀티가 줄줄 흘렀다. 녀석은 두 살도 채 되지 않았는데 두 눈이 부리부리하고 얼굴에 포동포동 살이 오른 것이 그야말로 옥동자가 따로 없었다. 아이는 우르르 몰려와 칭찬을 늘어놓으며 호기심에 찬 눈빛으로 자신을 들여다보는 사람들이 낯선지 바로 입을 삐죽거리더니 "으앙!" 하고 울음을 터트렸다.

순간 평소에도 꼬물거리는 갓난아이만 보면 사족을 못 쓰는 왕문소가 어멈의 품에서 아이를 받아 안으려고 손을 내밀었다. 아이의 조그마한 고추에서 "쏴아!" 하고 물줄기가 뿜어져 나온 것은 바로 그때였다. 엉겁결에 얼굴 가득 오줌 세례를 받은 왕문소는 그러고도 좋다고 흐흐흐 웃어댔다. 그 모습을 보고는 좌중의 다른 사람들도 박장대소하면서 배꼽을 잡았다.

고슴도치도 자기 새끼는 함함하다고 하지 않는가. 더구나 명문가의 귀한 아이가 재롱을 피우니 그게 무엇이 되었든 즐겁지 않겠는가. 어멈은 그렇게 생각하자 자신도 모르게 으쓱해지는지 득의양양한 표정을 한 채 아이를 안고 물러갔다. 곧이어 왕문소가 기윤에게 말했다.

"지난번 이 댁 도련님 백일잔치에 자네는 빠졌으니 오늘 축하의 시를 한 수 지어내게. 안 그러면 벌주 석 잔이야!"

기윤은 그렇지 않아도 한바탕 웃고 떠드는 사이 마음의 긴장이 어느 정도 풀려 있었다. 급기야 못 이기는 척 등 떠밀려 책상께로 다가갔다.

당아는 눈치 빠른 그녀답게 직접 소매를 걷어 올리고 먹을 갈기 시작했다. 그런 그녀의 가늘고 흰 팔목의 선이 너무나 고왔다. 기윤은 잠시 붓을 들고 생각에 잠겼다. 아무래도 국구의 부인에게 분에 넘치는 대우를 받고 보니 더욱 부담스러운 모양이었다. 바로 그때 사람 좋은 장유공이 그예 한마디를 던졌다.

"한약재 우려먹듯 전에 질리도록 들었던 것을 쓰면 안 되네. 뭔가 귀가 번쩍 뜨이는 새로운 것을 내놔야지!"

기윤이 즉각 좌중의 사람들을 일별하면서 대답했다.

"닳고 닳은 분들의 귀가 솔깃해질 만한 것이 뭐가 있을까요?"

부항이 그러자 화선지의 끄트머리를 당겨 펴면서 웃는 얼굴로 당아에게 말했다.

"기윤 이 양반은 대단한 문재야. 지난번 내가 《요재지이》聊齋志異를 베껴서 보냈더니 보는 척도 하지 않더군!"

당아도 성정이 활달하고 재밌으면서 어딘가 비밀스런 구석도 엿보이는 기윤에게 호감을 느낀 듯했다. 부항의 말에 활짝 웃으면서 호응을 했다.

"저는 시에 대해서는 잘 모르지만 시가 그 사람의 속마음을 대변한다는 것쯤은 알고 있어요. 적이 기대가 되네요."

연속해 술 몇 잔을 마신 기윤은 불그레하게 취기가 오른 듯했다. 그래도 다시 술잔을 들더니 단숨에 꿀꺽 들이마셨다. 그리고는 손바닥으로 입을 쓱 닦은 다음 붓에 먹을 듬뿍 묻혀 글을 써 내려가기 시작했다.

이 여인은 사람이 아니니,

곧 찻잔만큼 굵은 안서체顔書體 글씨가 화선지 위에 나타났다. 좌중의 사람들은 순간 모두 화들짝 놀랐다. 하나하나 살아서 꿈틀거리듯 멋진 필체 때문이 아니었다. 시의 내용 때문이었다. 좌중의 시선은 약속이나 한 듯 일제히 당아에게 쏠렸다. 왕문소 역시 황당했는지 입술을 실룩거리면서 중얼거렸다.

"지금…… 뭐…… 뭐 하는 거야!"

"뭐가 어쨌다고 그러지?"

부항은 그렇게 말하면서 여전히 얼굴에서 미소를 거두지 않았다. 그러나 속으로는 기윤의 배짱에 적이 놀라고 있었다. 그가 다시 입을 열었다.

"설마 이대로 붓을 거둬들이는 것은 아닐 테지. 계속해서 써보게."

부항의 권고대로 기윤이 다시 침착하게 붓을 놀렸다. 아랫줄에 선명하게 나타난 몇 글자는 처음과는 판이한 내용이었다.

인간세상이 그리워 내려온 구천九天의 선녀로다.

"그러면 그렇지! 글쟁이의 마술이라는 것은 바로 이런 거죠. 정말 멋있네요."

돈성이 앞뒤 글귀의 묘한 반전에 가장 먼저 갈채를 보냈다. 좌중의 다른 사람들 느낌 역시 대체로 비슷했다. 그들은 첫 구절을 보고 잔뜩 긴장했던 마음이 한순간에 풀어져 내리면서 곧바로 떠나갈 듯한 박수갈채를 보냈다. 엄지를 내두르면서 마구 떠들어대기도 했다. 곧이어 좌중의 사람들은 다시 세 번째 구절을 써 내려가는 기윤을 보면서 숨을 죽였다. 세 번째 구절은 더욱 반전의 분위기가 강했다.

복강안은 도둑이 되리니,

좌중의 사람들은 이제는 기윤의 수법을 아는 터였다. 경악할 일이기는 했어도 쉬쉬 하면서 다음 구절을 기다리는 여유를 가질 수 있었다.

아니나 다를까, 잔뜩 눈썹에 힘을 주고 있는 사람들의 눈에 들어온 네 번째 구절은 예상에서 크게 벗어나지 않았다.

반도蟠桃를 훔쳐 부모에게 효도하리!

기윤이 빙그레 웃음 띤 얼굴을 한 채 붓을 내려놓았다. 그리고는 먹이 덜 마른 글씨를 훅훅 불었다. 곧이어 장내에서 떠나갈 듯한 박수갈채가 터져 나왔다. 원숙함 속에 날카로움을 감춘 필체는 벽에 걸려 있던 기존의 작품들을 무색하게 만들 정도로 훌륭했다. 부항은 아직도 놀란 기색이 역력한 당아를 향해 말했다

"우리 아들이 천상의 반도蟠桃(삼천 년 만에 한 번 열린다는 신선세계의 복숭아)를 훔치는 도둑이 된다고 하니 기분이 날아갈 것 같군! 자식이 도둑이 된다는데 덩실덩실 춤을 추는 부모가 우리 말고 또 있을까?"

당아 역시 맞장구를 쳤다.

"덕담을 이렇게 하는 수도 있군요. 느낌이 참 이색적이에요. 조금 있다 표구점에 보내 잘 만들어보라고 해야겠어요."

당아의 호들갑에 기윤이 황급히 말렸다.

"워낙 성정이 고약해 두 분을 놀라게 해드려 황송하기만 할 뿐입니다. 천생 우아한 장소에는 오르지도 못할 졸작을 그리 과분하게 평가해주시니 몸 둘 바를 모르겠습니다."

"이 사람아, 우리가 인사치레로 이러는 줄 아나? 득남하고 나서 들었던 수많은 덕담들 중에서 가장 마음에 와 닿으니 이러는 것이 아닌가!"

부항은 여전히 웃음을 감추지 못했다. 기윤을 보는 눈빛이 더욱 부드러워졌다.

몽롱한 촛불 빛이 아늑하게 실내를 감쌌다. 사람들은 철철 넘치는 술

잔을 높이 들고는 당아를 위해 축배를 들었다. 술이 두어 순배 돌아가자 분위기는 한층 더 무르익었다. 부항이 흥에 겨운 목소리로 말했다.

"우리가 술 못 먹어 죽은 귀신이 붙은 것도 아니고 싱겁게 술만 마셔서야 되겠는가. 그렇다고 번번이 주먹 휘두르면서 주령酒令이나 외쳐댈 수도 없고. 우리 집 희자戱子들 구경 한번 시켜줄까? 웬만해서는 눈요기하기도 힘든 애들이야."

부항이 자신만만하게 가슴을 두드리더니 손뼉을 쳤다. 순간 양측 복도에서 짤랑짤랑 하면서 패환佩環이 부딪히는 소리가 들려왔다. 대기하고 있던 하녀들이 그 소리를 신호로 주렴을 걷어 올렸다. 순간 노란 궁장宮裝 차림을 한 가기들이 두 줄로 서서 사뿐사뿐 걸어 들어왔다. 한 손에는 금슬생황琴瑟笙簧, 다른 한 손에는 넓은 부채를 펴들고는 마치 구름을 탄 듯, 얼음 위를 미끄러지듯 가볍게 다가왔다. 이어 좌중의 손님들에게 큰절을 올렸다.

당아는 오래도록 서 있었던 터라 피곤한 모양이었다. 힘든 기색을 띠며 기윤을 향해 예를 갖추고는 말했다.

"모처럼 오셨으니 즐거운 자리가 되셨으면 합니다. 양껏 드시고 너무 늦으면 잠자리를 봐드릴 테니 여기서 주무시고 가세요. 내외를 할 사이가 아니잖아요. 그리고 필요한 물건이 있으면 뭐든지 부족하지 않게 해드릴 수 있으니 말씀해 주시고요. 그러면 저는 먼저 일어나겠어요."

당아는 깍듯한 존댓말을 쓰고 있었다. 기윤은 당황한 나머지 황급히 일어나 답을 했다.

"부족한 이 사람을 이리 환대해주시니 정말 몸 둘 바를 모르겠습니다. 편한 대로 하십시오. 저는 그런 것은 개의치 않습니다."

당아가 자리를 뜨기 무섭게 부항은 가기들을 향해 시작하라는 손짓을 보냈다. 삽시간에 금슬생황이 황홀한 가락을 연주하기 시작했다. 동시에 여섯 명의 가기는 긴 소매를 무지개처럼 나풀나풀 흔들면서 춤을 추기 시작했다. 곧이어 연지를 바른 빨간 입술을 달싹이면서 노래도 불렀다. 얼큰하게 술기운이 오른 남정네들을 황홀경으로 이끌어가기에 충분한 노래였다.

맑고 고운 자태 하늘하늘 가녀리니,
사람들을 찬탄하게 만드누나.
겹겹이 감은 휘장으로도 요염함을 감추기 힘드니,
님 그리는 이내 마음 봄날의 덩굴처럼 새록새록 자라나네.
창밖의 저 새는 어이해서 구슬피 우는가!
자고紫姑(선량한 여성의 표상)가 잘되기를 바라는 것일까.
휘영청 달 밝은 밤 비녀 떨어지는 소리는
어이해서 이다지도 서러운지…….

술기운에 반쯤 눈동자가 풀린 좌중의 사람들은 순식간에 모두들 넋이 나가버렸다. 청초한 여인들의 우수에 젖은 눈빛, 한 줄기 바람에도 훅 날아가 버릴 것처럼 가녀린 여인들의 몸짓은 남성의 본능을 유발하기에 부족함이 없었다. 여자 보기를 돌보듯 하는 소문난 도학자들인 장유공, 왕문소와 돈민 등도 이 순간만큼은 어쩌지를 못했다. 풍류남아의 상징이라고 해도 좋을 부항은 저리 가라 할 정도로 가녀들에게 홀딱 빠져버렸다. 심지어 정신없이 들이부은 술이 헤벌린 입가로 흘러내리는데도 알아차리지 못했다. 고기라면 오금을 못 써도 술에는 약한 기윤은 어느새 취기가 올랐는지 접시를 두드리면서 혀 꼬부라진 소리로 외쳤다.

"오늘은 선녀들이 목욕하러 내려왔다가 올라갈 시간을 놓친 날인가? 그림 좋다! 좋고말고!"

"자네가 그리 즐거워하니 나도 이 자리를 마련한 보람이 있네. 이제까지는 서막에 불과하네. 다음을 기대하게."

부항은 이어 손뼉을 치면서 누군가를 불렀다.

"명당明瑞아, 어서 나와 인사 올리지 않고 뭘 꾸물대는 게냐!"

부항의 말이 끝나기 무섭게 애교가 철철 넘치는 대답소리가 들렸다. 동시에 명당이라 불린 여자가 주렴을 걷고 사뿐사뿐 모습을 드러냈다. 잠자리 날개처럼 투명한 탓에 속살이 비치는 분홍 적삼과 긴 녹색치마를 입은 모습이 마치 수풀 속에 핀 한 송이 함박꽃 같았다. 새순 돋은 버드나무처럼 곱게 휘어진 눈썹도 무척이나 고왔다. 살짝 찌푸린 미간은 색다른 매력을 뿜기도 했다. 명당은 수줍은 표정으로 기윤을 살짝 훔쳐보더니 새벽공기처럼 청아한 목소리로 노래를 부르기 시작했다.

그대와의 해후는 호산虎山 앞에서였죠.

칠 리七里 물길에 연지 날리면서 치맛자락 움켜잡고

그대 만나러 가던 길 즐겁기만 했거늘

어느새 세월은 추억을 싣고 물 흐르듯 가버렸네요.

명당은 미려한 용모만큼이나 목소리 또한 고왔다. 그런데 그녀는 춘심春心이 발동한 듯 타는 듯한 시선을 기윤 쪽으로 보냈다. 그런 여자를 무심한 듯 외면하는 기윤의 검은 얼굴은 어느새 부끄러움에 벌겋게 상기되고 있었다. 그런 분야에서는 눈치가 따라올 사람이 없는 부항은 이미 7할의 성공 가능성을 간파했다.

"이 계집애는 눈이 높아 웬만한 사람에게는 눈길 한 번 주지 않는 깍쟁이야. 그런데 오늘은 임자를 만난 모양이네. 눈길이 예사롭지 않구먼. 기윤, 자네도 그리 싫은 눈치는 아닌 것 같은데 원한다면 쾌히 내주겠네.

우리 가문의 큰 은인인데 그 무엇인들 못 내주겠는가. 어떤가?"

사실 기윤도 마음이 동하지 않는 것은 아니었다. 그러나 그는 매인 곳 없이 자유로워 보이는 겉모습과는 달리 신변을 철저히 관리하고 매사에 빈틈이 없는 사람이었다. 더구나 항상 그 나름대로는 명문가 자제로서의 자부심을 갖고 살아온 사람이라 쉽게 여자에게 반한 모습을 보일 수도 없었다. 아니나 다를까, 그는 잠깐의 흥분이 스치듯 사라지며 곧바로 마음의 평정을 되찾았다. 얼마 후 그가 자리에서 일어나 읍을 하고 나서 천천히 입을 열었다.

"부족하기 짝이 없는 사람이 부상의 과분한 환대를 받으니 마음이 좌불안석입니다. 황후마마의 병세가 호전된 것은 이 사람의 부족한 의술과는 무관합니다. 모두 다 황후마마의 높고 깊으신 공덕 덕분입니다. 성수聖壽가 아직 다하지 않은 황후마마에 대한 하늘의 뜻이 아니겠습니까? 이 사람이 아니었더라도 하늘은 다른 사람을 통해 황후마마를 구원했을 겁니다. 위대한 국모를 잃고 슬퍼할 백성들의 마음이 하늘에 닿았을 테니 말입니다. 그러니 덕이 없는 이 사람이 어찌 과분한 대우를 받고 마음이 편하겠습니까!"

명당은 기윤의 말이 너무나 뜻밖이어서 멍하니 기윤을 바라보기만 했다. 기윤은 그런 명당을 응시하면서 나지막이 한숨을 내쉬었다.

"이 사람의 꼴을 더 이상 우습게 만들지 말아 주십시오. 부상의 애희愛姬인 줄 알고 있습니다! 상다리 부러지는 성대한 잔칫상도 받았고 미려한 가기들의 청아한 노래도 들었으니 더 이상 뭘 원하겠습니까?"

"그런 고담준론은 다른 데 가서 펴게. 나한테는 그런 게 통하지 않네. 다소 억지 같아 보이지만 열 여자 마다하는 남자는 없다네. 부처님도 성불하기 전까지는 남자였다고. 얘, 명당아!"

부항이 풍류남아답게 웃음을 터트리면서 이죽거렸다. 그리고는 바로 고개를 돌려 명당에게 물었다.

"너는 어떻게 생각하느냐? 널찍한 저 품에서 뒹굴고 싶지 않느냐?"

명당이 부항의 쑥스러운 음담패설을 이기지 못하겠는지 귓불을 붉히며 고개를 가슴께까지 숙였다. 이어 옷자락만 만지작거렸다. 곧이어 그녀가 기어들어가는 목소리로 뭐라고 쫑알거렸다. 그러나 좌중에서 그 말을 제대로 알아들은 사람은 아무도 없었다. 물론 그 뜻은 묻지 않아도 자명했다.

그러자 부항이 다시 물었다.

"누가 너의 밥그릇을 빼앗아갔더냐? 말은 알아듣게 해야지. 요게 몸을 배배 꼬면서 평소에 안 하던 짓을 다 하네?"

"소인이야 주인의 뜻에 따르는 것이 당연지사 아니겠습니까……."

명당이 조금 더 큰 목소리로 한마디 하고는 말끝을 흐렸다. 부항은 그 말에 흡족한 미소를 지으면서 고개를 끄덕였다.

"그래, 평소에 가르친 효과가 있군! 재자才子에 가인佳人이라……. 하늘이 내린 찰떡궁합이 또 있겠느냐! 소칠자, 어디에 있느냐?"

"찾아 계셨습니까?"

"전에 방경을 시집보낼 때의 예법대로 하되 혼수를 배로 갖춰 기 대인 댁에 보내도록 해라. 내일부터 명당은 당분간 마님 방 별채에 기거하게 될 것이다. 이제부터 여기는 명당의 친정이나 다름없으니 너희들은 아가씨로 모셔야 할 것이니라. 곧 길일을 택해 혼례를 올릴 것이니 그리 알거라."

부항은 시종 미소를 머금은 채 분부했다. 소칠자는 부항의 말에 연신 고개를 끄덕이며 대답을 했다. 이어 명당을 향해 무릎을 꿇었다.

"경하드립니다, 아가씨! 아가씨께서 언젠가는 하늘이 맺어준 배필을 만날 줄 알았어요. 전에 장친왕莊親王의 세자가 아가씨를 탐냈다가 보기

좋게 면박을 맞았잖아요. 심지어 별 볼 일 없는 희왕喜旺 그놈까지 아가씨에게 눈독을 들였었다면서요? 제가 그때 희왕 그놈에게 오줌 물에 제 꼬락서니를 비춰보라고 한바탕 닦아세웠어요. 두꺼비가 백조 방귀를 먹으려 한다고 말이에요. 하기야 그놈은 명당 아가씨 방귀에도 취해서 열사흘을 잘 위인이에요!"

소칠자는 말을 마치자마자 '방귀'라는 표현이 탐탁지 않았던지 바로 손으로 제 입을 때렸다. 이어 바로 말을 바꿨다.

"백조 고기를 먹으려 한다고 말이죠. 명당 아가씨는 나리께서 돈으로 사온 사람이 아니잖아요. 소주蘇州 직조부織造府의 가무교사歌舞教司에 요청해 데려온 분이잖아요. 아가씨의 걸음걸이, 행동거지, 얼굴을 좀 보세요. 얼마나 단아하고 귀티가 흐릅니까! 오늘 기 대인을 만났으니 그야말로……, 음…… '다리 부러진 노루 한 곳에 모인 격'이 됐잖아요. 음…… 어쩐지 말이 이상한데…… 아무튼 잘 됐다고요."

소칠자가 횡설수설하는 소리에 좌중의 사람은 모두 배꼽을 잡고 말았다. 부항 역시 밉지 않게 나무랐다.

"어서 명당 아가씨를 모시고 물러가지 못해? 고놈 변죽 좋은 것은 알아줘야 한다니까!"

부항이 말을 마치는 순간 자명종이 열한 번 울렸다. 좌중의 사람들은 내일도 할 일이 많은 부항을 배려해야겠다고 생각한 듯 자리를 털고 일어났다. 부항도 구태여 만류하지 않고 손님들을 바깥까지 배웅했다. 그리고는 맨 마지막에 나오는 기윤의 손을 잡고 진지하게 말했다.

"내일부터 또 한바탕 전쟁을 치르게 되겠구먼. 아무튼 이제부터 같이 일하게 됐으니 여러모로 잘 부탁하네."

"여부가 있겠습니까!"

기윤은 부항의 말속에 담긴 깊은 뜻을 헤아리고는 정중하게 고개를 끄덕였다. 이어 다시 입을 열었다.

"이토록 과분한 국은國恩을 받고서 어찌 감히 공무에 소홀할 수 있겠습니까!"

부항은 기윤까지 바래다주고 나서야 겨우 혼자 남게 됐다. 그는 천천히 숨을 내쉬면서 이제 막 고개를 내민 초승달을 바라봤다. 곧 국가 요무에 대한 깊은 생각에 빠져들었다.

우선 군비 65만 냥을 털린 사건과 관련해서는 유통훈과 여러 번 의견을 교환한 바 있었다. 결론부터 말하자면 전체적인 상황이 만만치 않지만 후속 대책을 치밀하게 세웠다. 우선 직예 총독과 순무가 고항과 합동조사를 진행할 사람을 현지로 파견했다. 또 유통훈을 흠차대신으로 파견한다는 내용의 조서도 이미 내려와 있었다. 그러나 부항이 황후의 일 때문에 바빠서 아직 유통훈에게 전하지 못한 상태였다. 따라서 내일 아침 날이 밝자마자 서둘러야 했다.

금천 지역의 군사軍事 역시 물에 물 탄 듯 술에 술 탄 듯 별 진척이 없었다. 경복과 장광사는 허구한 날 똥개 훈련시키듯 병사들을 이리저리 끌고 다니면서 군량미나 축낼 뿐 아직 이렇다 할 전투를 한 번도 하지 않은 것 같았다. 어지간한 골칫거리가 아니었다. 아계는 장광사와 경복을 비난하는 듯 아닌 듯 아리송한 글월만 적고는 분명한 자기 의견을 전하지 않았다. 조정에서 알아서 그 속내를 점치라는 뜻인 것 같았다. 건륭이 가장 관심을 보이는 일이 이처럼 지지부진해서는 곤란했다. 부항은 결국 운남과 귀주 쪽에서 올라온 몇몇 관리들을 불러 내막을 자세히 캐물어야겠다고 생각했다.

부항은 얼마 전 운남 동정사에 새로 발령이 나서 내려간 전도가 광산에서 '천리교'天理教를 전도한 40여 명의 목을 쳤다면서 올린 내용의 상주문 역시 떠올렸다. 이유는 "동광銅鑛의 치안을 위협한다"는 것이었다. 문제는 그 뒤를 이어 운귀 총독 갈락葛洛으로부터 전도를 탄핵하는 상주문이 올라왔다는 사실이었다. 상주문의 내용은 전도가 불온한 움직임을 싹부터 자르겠다면서 무고한 사람들까지 마구 살해해 광부들의 민심이 흉흉해졌다는 것이었다. 천리교라니? 도대체 어떤 무리일까? 혹시 백련교의 일당은 아닐까? 아무튼 부항으로서는 여간 신경 쓰이는 문제가 아니었다.

부항은 건륭황제가 곧 떠날 지방 순유도 떠올렸다. 그러려면 북경을 떠나기 전에 몇 가지 민감한 사안에 대해 미리 논의할 필요가 있었다. 그렇지 않을 경우 만에 하나 우려했던 일들이 터지는 날에는 부항 자신이 막중한 책임을 피할 수 없을 터였다.

이처럼 고양이 손도 빌려 쓸 만큼 바쁜 시점에 장정옥과 악이태는 내일을 기약할 수 없을 정도로 크게 병들어 있었다. 그런데 두 사람이 수십 년 동안 재상 자리에 있으면서 양성해낸 문생들이 세상 곳곳에 바둑알 박히듯 박혀 결당 아닌 결당, 파벌 아닌 파벌을 만들면서 서로 알게 모르게 암투를 벌이고 있었다. 게다가 눌친은 악이태와 가까운 반면 부항 자신은 장정옥에게 더 마음이 기우니 이것도 파벌이라면 파벌인가…….

부항은 머릿속에 떠오르는 대로 이것저것 걱정하고 고민하느라 시간 가는 줄 몰랐다. 그때 갑자기 정원 한 구석에서 선잠을 깬 듯한 새 한 마리가 푸드득 하고 부항의 머리 위로 날아갔다. 그 소리에 비로소 그는 끝 간 데 없는 고뇌의 수렁에서 헤어날 수 있었다. 그는 고개를 들었다. 구름 한 점 없는 맑은 하늘에서는 별들의 숨바꼭질이 한창이었다. 또 부드럽게 내려오는 달빛이 화원의 월계수와 모란, 해당화에 하얗게 내려앉아 세상을 몽환적으로 보이게 만들고 있었다.

'이렇게 천지의 만물이 몽롱하고 신비스러운 매력을 뽐내는 고요한 달

밤에 홀로 깨어 감상에 젖어보는 것도 나쁘지 않지. 내친김에 저 달과 꽃을 벗 삼아 시나 읊어볼까?'

부항은 그런 생각이 들자 머리채를 뒤로 넘기면서 시흥을 떠올리려 노력했다. 그러나 야속하게도 오늘 따라 시구는 잡힐 듯 말 듯 떠오르지 않았다. 부항이 그렇게 이런저런 생각에 골몰해 있을 때 소칠자는 자신에게 주어진 역할에 충실하느라 바빴다. 우선 안주인과 바깥주인이 모두 잠자리에 들지 않은 것을 확인하고는 가인들에게 먼저 잠들지 말라고 당부를 하는 것을 잊지 않았다. 이어 마누라를 불러 어멈과 하녀들 간수를 잘하도록 단단히 일러두고는 부항을 찾아 나왔다.

그가 중문까지 왔을 때였다. 갑자기 서쪽 별채에서 웬 여자의 숨죽인 울음소리가 들려왔다. 그는 발걸음을 멈추고 보조집사인 희왕을 불러 목소리를 깔면서 훈계했다.

"아닌 밤중에 저게 무슨 소리야? 서당 개 삼 년이면 풍월을 읊는다고 했는데, 이건 어찌 된 것이 갈수록 개차반이야! 바깥주인께서 시詩 사냥에 나서신 것을 모르고 있는 거야? 목욕물도 함부로 내다버리지 말고 다들 조용히 있으라고 했어, 안 했어? 그렇게 주의를 줬건만 네놈의 마누라는 아닌 밤중에 웬 곡소리를 내고 저러냐? 한밤중에 귀신을 부르는 것도 아니고!"

그런데 흥분한 소칠자의 목소리가 부항에게까지 들렸기에 그 역시 소리나는 쪽으로 즉각 귀를 기울였다. 과연 서쪽에서 여자의 넋두리 섞인 울음소리가 들리는 것 같았다. 그러나 맷돌에 눌린 듯 한껏 숨죽인 소리였기에 자세히 귀를 기울이지 않으면 잘 들리지 않았다. 부항이 곧 소칠자와 희왕 두 사람을 불렀다.

"이리 와 보게, 희왕! 자네 처가 무슨 이유로 저리 구슬프게 우는 건가?"

소칠자와 희왕은 종종걸음으로 달려왔다. 이어 희왕이 땅에 털썩 엎드리면서 죄를 청했다.

"일의 자초지종을 모두 말씀 올리자면 장황합니다. 그러니 전후 사연만 간단히 말씀드리겠습니다. 지금 울고 있는 저 여편네는 소인의 처가 아닙니다. 전에 소인의 모친이 장친왕 문하의 위청태魏清泰라는 자의 마누라 시중을 들었던 적이 있습니다. 그때 위청태의 소실 황黄씨와 모녀지간처럼 사이좋게 지냈다고 합니다. 그런데 그 황씨가 둘째딸을 출산했습니다. 그러자 성격이 괴팍한 위청태의 마누라가 '칠십을 넘긴 영감탱이가 무슨 씨가 있어 뿌렸겠느냐? 사생아가 틀림없다'라면서 생트집을 잡았습니다. 그리고는 황씨를 집에서 내쫓았다고 하지 뭡니까. 급기야 오갈 데 없이 내침을 당한 황씨는 대들보에 목을 매려고 했습니다. 그러다 어린 딸이 불쌍해서 이렇게 소인의 어머니를 찾아오지 않았겠습니까? 그나저나 울음소리를 내서는 안 된다고 그렇게 신신당부를 했건만……. 안 그래도 소인이 들어가 한바탕 혼을 내줄 참이었사옵니다."

사돈의 팔촌에도 해당되지 않는 남의 일이기는 하나 참으로 안타까운 사연이었다. 부항은 자초지종을 다 듣고 나더니 고개를 끄덕였다.

"괴로운 일이 있으면 울기라도 해야지! 숨통이 막혀 죽을 수는 없지 않은가? 당장 살길이 막막해서 죽네 사네 하는 것이니 은자라도 좀 주도록 하게. 어찌 됐건 가엾지 않은가."

부항은 말을 마치고 돌아서려다 다시 멈춰 섰다. 그리고는 소칠자에게 지시를 내렸다.

"아니, 아니야! 그 여자를 데리고 상방上房으로 와보게."

부항은 다시 안뜰로 천천히 걸음을 옮겨 방으로 들어갔다. 지패를 만지작거리며 시간을 보내던 당아가 부항을 보기 무섭게 잔소리부터 늘어놓기 시작했다.

"술 좀 적당히 드시지 그랬어요? 그래 달을 보면서 하소연을 하니 주옥같은 시흥이 샘솟던가요? 하향荷香아, 인삼탕을 가져와서 나리께 올리거라! 설마 어디에 또 남몰래 숨겨두고 온 미인이 그리워 시를 핑계 삼아 방황한 것은 아니겠죠?"

"이 사람이! 아랫것들이 들으면 어쩌려고 그런 소리를 해? 천하절색 양귀비가 곁에 있는데, 미인은 무슨! 당신이야말로 다른 남자 생각을 하다가 나에게 덤터기를 씌우는 것은 아니겠지?"

부항이 손가락으로 당아의 코끝을 살짝 눌렀다. 당아는 도둑이 제 발 저린다고 부항의 말에 뜨끔해지지 않을 수 없었다. 그녀는 얼굴을 붉히며 허겁지겁 자신을 변호했다.

"적반하장도 유분수지, 이 남자 갈수록 못 말리겠네! 집안의 월계화가 아무리 고와도 이름 없는 들꽃보다 못하다고 할 때는 언제고! 지난번 고항의 마누라가 왔을 때 보니 정말 가관이더구먼요. 얼굴부터 목덜미, 그 아래로 눈길이 미끄러지는 속도가 장난이 아니던데! 하기야 엉덩이를 살랑살랑 흔들면서 암내 풍기는 그년도 여간내기는 아닌 것 같았어요."

"됐네, 그만하게! 외로운 달을 조금 바라보고 들어왔기로서니 별의별 억지를 다 쓰는구먼! 자네가 제왕 자리에 앉았더라면 살아남는 신료들이 없겠어."

부항이 당아와 토닥거리면서 사랑싸움을 할 때였다. 시녀 채훼彩卉가 들어와 아뢰었다.

"희왕의 마누라가 대인께서 부르셨다면서 젊은 여자와 아이를 데리고 왔사옵니다."

당아가 영문을 모르겠다는 듯 대뜸 부항에게 물었다.

"야심한 밤에 무슨 일이에요?"

부항은 그제야 조금 전 희왕에게서 들었던 얘기의 자초지종을 당아에게 들려줬다. 이어 덧붙였다.

"위씨는 우리와 왕래가 잦은 집이니 내가 남의 일에 감 놔라 배 놔라 할 자격은 없지. 그래도 들어보니 사정이 참 딱하더군. 여자가 불쌍하지 않은가. 어디인들 불심의 자비가 미치지 않는 곳이 있겠는가. 사연을 본인에게 자세히 들어보고 도울 수 있으면 도와주고 싶어 불렀네."

당아는 가타부타 말이 없었다. 곧이어 조신하고 얌전해 보이는 서른 살 남짓한 여자가 희왕의 마누라를 따라 들어왔다. 하얗게 색이 바랜 청포 적삼을 입고 해어진 바짓가랑이에 꽃무늬를 수놓은 것이 손재주도 뛰어난 것 같았다. 미모도 모자라지 않았다. 선이 고운 갸름한 얼굴에 눈이 마치 살구씨 같았다. 또 입가에는 살짝 패인 보조개가 있었다. 화장기 없는 맨 얼굴이었으나 애초부터 타고난 미모가 돋보였다.

어미 손을 놓칠세라 꼭 잡고 있는 여자아이도 또랑또랑한 눈매와 그린 듯한 눈썹이 어미를 무척 닮아 있었다. 아이는 호화로운 방 안에서 만난 낯선 얼굴이 두려운 듯 자꾸만 어미의 등 뒤로 숨었다. 부항은 처음 보는 여자의 미모에 홀린 듯 한동안 그녀에게서 눈을 떼지 못했다. 여자가 막 무언가 말을 하려고 할 때였다. 부항이 먼저 입을 열었다.

"그래, 요기는 했는가?"

"황송하오나 아직 못 먹었습니다. 하오나 소인은 배가 고프지 않습니다."

황씨는 잔뜩 기가 죽은 얼굴을 한 채 부항과 당아를 훔쳐봤다. 그리고는 천천히 입을 열었다.

"대자대비하신 나리께서 불쌍한 우리 내니睞妮에게 식은 밥이라도 한 술가락 내주신다면 이년은 죽어서라도 그 은혜를 잊지 않을 것입니다."

당아는 사실 처음부터 여자아이에게서 눈을 뗄 줄을 몰랐다. 들어보니 이름도 얼굴만큼 예뻤다. 당아는 아이에게 손짓을 해 가까이 오라고 불렀다. 그리고는 아이의 손을 잡았다. 차갑고 매끄러운 느낌이 전해졌다. 마치 상아로 조각한 조각품에서나 느낄 수 있는 촉감이었다. 아이의 길게 뻗은 손가락은 가야금 타기에는 그만일 것 같았다. 그러나 핏기 없이 창백한 손톱은 당아의 마음을 아프게 했다.

당아는 기다리던 인연이 찾아온 것 아닐까 하는 느낌이 들 정도로 한눈에 아이에게 반해버렸다. 곧 아이의 숱 많은 긴 머리를 쓸어내리면서 오밀조밀하게 잘 박힌 오관을 유심히 뜯어본 다음 몸종에게 지시를 내렸다.

"채훼야, 다과 두 접시 가져오너라. 쯧쯧, 어쩌면 요렇게 예쁘게 생겼을까! 남의 자식이지만 참 잘 생겼네. 내일 모레면 저승사자한테 불려갈 늙은 것이 부지런히 덕이나 쌓을 것이지 무슨 배짱으로 옥돌 같은 모녀를 내쳤을까. 그 아들 위화魏華는 정신 똑바로 박힌 자식인 줄 알았는데, 그것도 아닌가 봐!"

황씨와 내니는 눈물을 말끔히 닦고 왔던 터였다. 그러나 한편이 돼주는 당아의 말을 듣자 다시 설움이 북받치는 듯 흐느꼈다. 특히 황씨는 두 팔로 다과 접시를 껴안은 채 어깨를 들썩였다. 그러면서 소리를 내지 않으려고 입을 막기도 했다. 그 모습이 곧 숨이라도 넘어갈 것 같아 보여 안쓰러웠다.

내니 역시 진주가 무색하리만치 맑은 눈에 옥구슬 같은 눈물을 머금은 채 당아를 바라봤다. 급기야 어머니의 품에 안겨 하염없이 눈물을 쏟았다.

부항은 시계를 봤다. 자정이 가까워오고 있었다. 그는 이러고 있다가는 안 되겠다고 생각한 듯 슬픔이 북받쳐 울음을 멈출 줄 모르는 모녀를 위로하기 시작했다.

"그만하게! 큰 가문에는 이런 일들이 비일비재하다고! 내가 보기에 이 아이는 위청태 영감의 핏줄이 분명하네. 눈매와 코, 턱이 영락없이 닮았으니 말이네. 이렇게 하게, 두 모녀는 일단 우리 집에 머물러 있게. 내가 나서서 위청태를 설득해볼 테니까. 그 집이 정백기正白旗 소속이지?"

부항이 묻자 황씨가 눈물범벅이 된 얼굴을 들면서 황급히 아뢰었다.

"한군漢軍 양백기鑲白旗 소속인 걸로 알고 있습니다."

"그렇다면 더 잘 됐군! 내가 직접 그 기주旗主를 만나 얘기하겠네."

부항이 말을 마치고는 자리에서 일어나 기지개를 켰다. 그리고는 조용히 덧붙였다.

"희왕댁, 이 모녀가 우리 집에 있는 동안에는 아랫사람 취급을 하지 말고 편하게 대해줘. 위청태라면 성조 때 준갈이에 출전해 공로를 세운 시위 출신이야. 명실상부한 유공자 가족이라고! 내니는 생김새도 예쁘고 키도 훤칠하니 입궐해 궁녀가 되는 것도 좋겠군. 황후마마의 옥체가 편치 못하시어 몇 백 명의 궁녀를 풀어줬으니 조만간 다시 궁녀 선발이 있을 거네. 운수를 시험해보는 셈치고 여기 있다가 도전해 보게. 희왕댁, 옷가지도 새것으로 챙겨주고 음식에도 각별히 신경을 써주게, 알아들었나?"

"여부가 있겠사옵니까!"

희왕의 마누라가 부랴부랴 대답했다. 이어 황씨를 향해 말했다.

"우리 주인나리께서는 부처님 심성이시라 큰 복을 받으실 분이라던 내 말이 틀림없죠? 이런 나리와 마님은 등롱燈籠을 켜들고 찾아 나서도 평생 찾지 못할 거예요……."

부항은 희왕의 마누라 말이 채 끝나기도 전에 갑자기 웃음을 터트렸다. 평소에 희왕이 "쥐가 갉아먹다 남은 호박같이 생겼다"면서 자신의 마누라를 비하하던 말이 생각난 것이다. 황씨 모녀도 그러자 울음을 그치고 연신 머리를 조아리면서 감사 인사를 올렸다. 그리고는 희왕의 마누라를 따라 물러갔다.

당아가 주위를 다 물리치고 나더니 부항의 의복을 벗겨주면서 말했다.

"당신, 오늘 좀 이상한 것 아세요? 무슨 군기대신이 근엄하지 못하고 그리 가벼워요? 아까는 명당을 싫다고 하는 기윤에게 억지로 떠안기더니, 이번에는 또 소박맞은 여자를 거둬주지를 않나! 군기대신이 마을 여편네 걱정까지 해줘야 되는 자린가 보죠? 당신은 죽고 못 살던 명당이 싫증나니 남에게 줘버리고 대신 황씨에게 눈독을 들인 것이 틀림없어요."

부항이 허리띠를 풀면서 짐짓 진지한 표정으로 한숨을 내쉬고는 천천히 말했다.

"나 정도 직급이 되면 멀쩡한 사람도 목석같이 변하는 수가 있다네. 인간이 오욕칠정에 둔감해지는 것은 곧 죽음을 의미하는 것이 아니겠나? 이 나이에 아직 정열이 남아있다는 게 오히려 반갑지 않은가?"

부항은 특유의 억지논리를 펴면서 샐쭉해진 당아를 향해 실없는 웃음을 지었다. 그리고는 그녀에게 다가가서는 봉긋한 가슴 속으로 손을 집어넣었다. 당아가 얼굴을 붉히면서 부항의 손을 꼬집었다.

"당신은 입으로는 점잖은 말을 하면서 손은 어째 한시도 가만히 있지 못해요?"

"나도 옛날보다 많이 약해진 것 같아. 위청태 그 늙다리가 무슨 약을 먹고 있는지 내일 물어봐야겠네."

당아가 기가 막히는지 다시 한 번 부항을 흘겨봤다. 그러나 곧 얼굴을 붉히고 더 이상 말을 하지 못했다.

19장

병상의 노신老臣

부항은 밤늦게 잠자리에 들었음에도 모처럼 달콤하게 잠을 잤다. 그가 눈을 뜬 것은 어느새 동쪽 창문이 허옇게 밝아오고 있을 때였다. 처리해야 할 일이 산더미 같은데 늦잠을 자다니! 그는 그런 생각을 하면서 벌떡 자리를 박차고 일어났다.

당아는 복도에서 하녀가 앵무새에게 모이 주는 모습을 지켜보고 있다가 방으로 들어왔다. 부항이 허겁지겁 옷가지를 챙기는 소리를 들었던 것이다. 그녀가 베개를 뒤적이면서 허리띠와 버선을 찾느라 여념이 없는 부항을 보면서 웃음을 지었다.

"아직 일곱 시도 안 됐는데, 뭘 그리 서둘러요? 하지夏至가 내일 모레라 그런지 여섯 시만 돼도 날이 훤히 밝은 거예요. 매향梅香아, 다들 어디 가서 자빠졌어? 주인 나리가 기상하셨으니 얼른 와서 시중을 들거라!"

당아의 째지는 듯한 소리에 시녀들이 허둥지둥 달려 들어왔다. 그리고는 무릎을 꿇어 버선을 신겨준다, 허리띠를 매어준다, 나무빗에 기름을 묻혀 머리채를 땋는다 하면서 수선을 떨었다. 부항은 가끔씩 이런 날이 있기는 했지만 그때마다 누군가에게 몸을 맡기는 것을 별로 좋아하지 않았다. 또 늘 어색하기만 했다. 얼마 후 그가 말했다.

"앞으로는 한 시간쯤 일찍 깨워주게. 내가 알아서 준비하고 나가겠네. 군사를 이끌고 싸우러 나갈 장군이 자꾸 게을러져서야 되겠나."

부항은 말을 멈추고 편안하게 긴 하품을 했다. 이어 다시 몇 마디 덧붙였다.

"여름과 가을 두 계절에는 무슨 일이 있어도 다섯 시까지는 일어나야겠어. 세수를 마치고 포고布庫(중국 씨름)를 연습한 다음 아침을 먹고 입궐하는 게 좋겠네."

당아가 부항의 말에 비웃듯 입술을 삐죽거리더니 다과를 내려놓으면서 말했다.

"됐네요! 이 나라의 정치는 꼭 혼자서 다 하는 것 같네요. 눌친을 좀 보세요. 입궐, 퇴궐 시간을 칼같이 지키면서도 자기가 할 역할은 빈틈없이 다 해내잖아요! 집에서는 절대 공무를 논하지 않기로 소문이 날 정도지만 그렇다고 감히 손가락질 하는 사람 있어요? 당신은 장상을 본받아 시도 때도 없이 정무에 매달리고 있는데, 그러고도 권력을 남용한다는 비난이나 받고 다니잖아요. 억울하지도 않아요?"

부항이 기다렸다는 듯 즉각 반론을 제기했다.

"장상을 본받는 것이 뭐가 잘못됐다는 것인가? 그분은 정정당당하게 현량사賢良祠에 이름 석 자를 남길 분이야! 대청大淸의 불세출의 재상이고. 슬하에 자손이 만당滿堂할 뿐 아니라 부귀수고富貴壽考해서 만인의 부러움을 듬뿍 받는 분이라고. 자네 남편이 그런 거물의 신임을 받는다는 것은 바로 자네의 복이 아닌가! 뜻이 있는 곳에 길이 있다고, 나는 마음만 먹으면 하지 못할 일이 없다고 생각해. 내일부터는 항상 이보다 일찍 일어날 거야."

부항의 목소리는 갈수록 높아졌다. 당아는 정색을 한 채 사자후를 토하는 부항을 보면서 귀찮다는 듯 말허리를 싹둑 잘라버렸다.

"예, 예, 여부가 있겠어요? 그래야죠, 국구재상國舅宰相 대장군님! 내일부터는 잊지 말고 꼭두새벽에 일어나세요! 밖에 접견을 기다리는 관리들이 줄을 서 있으니 어서 다과나 드시고 나가보세요. 아까 소칠자가 그러는데 장상이 오늘은 혈색이 눈에 띄게 좋아져 이미 군기처로 나왔다고 하네요. 당신에게 먼저 유통훈을 만나보고 입궐하라고 하는 것 같았어요. 황후마마도 기윤이 지어준 약을 드시고 완전히 딴사람처럼 건강을 회복하셨대요. 더 염려하지 않으셔도 되겠다고 황후마마의 몸종 채하가 전해왔어요. 당신을 보낸 다음 저도 입궐해 황후마마께 문후를 올려야겠어요. 방금 주방에 일렀어요. 점심 식사는 큰 찬합에 담아 당신께 가져다드리라고요. 귀하신 몸을 왔다 갔다 하시게 할 수는 없잖아요?"

부항은 의관을 정제한 다음 다과를 두어 개 집어먹었다. 이어 서둘러 대청으로 나왔다. 아니나 다를까, 벌써 예닐곱 명의 외관이 접견을 기다리고 있었다. 그는 온화한 미소를 지으면서 그들에게 다가갔다.

"사람을 불러놓고 이거 너무 미안하게 됐네. 갑자기 급한 일이 생겨서 말이야. 자네들을 보자고 했던 이유는 하나야. 칠월 이전에 재해 보고를 올린 지방에 대해서는 조정의 실사가 이미 끝났어. 일률적으로 부세賦稅를 삼 할씩 면제해주기로 했지. 그 이후에 올린 재해 보고에 대해서는 아직 그 진실 여부를 실사하지 못했네. 여러분이 직접 호부戶部로 가서 자신들의 입으로 얘기하라는 말이지. 호부도 나름 어려움이 있더군. 조정에서 관대한 정치를 운운하니 이를 악용해 승냥이가 양 한 마리를 물어가도 '재해', 여치 울음소리만 들려도 '충재'蟲災……. 이런 식으로 말도 안 되는 보고를 올려 재해 복구비를 타낸다고 하지 않는가. 그런데 정말로 그렇게 후안무치한 자들이 적지 않은 것 같더군. 탐욕스럽게 빼앗아 먹은 음식은 소화가 안 되는 법이야. 호부로 가서 있는 대로 고하도록 하라고. 조정에서는 나중에라도 일일이 자세하게 조사할 것이니 잔머리 굴릴 생각은 마시게!"

부항이 말을 마치더니 진봉오秦鳳梧도 함께 서 있는 것을 보고는 다시 그를 향해 말했다.

"자네는 노작盧焯과 함께 첨산의 제방공사를 하면서 전량錢糧을 관리하는 도대가 아닌가? 먼저 군기처로 가서 장 중당을 만나보게. 우리는 나중에 세세히 의논을 하도록 하지. 혹시 폐하께서도 부르실지 모르니 준비를 해두게."

부항은 간단하게 지시를 내리고는 그만 물러가라는 뜻으로 여러 사람을 향해 고개를 끄덕였다. 이어 대기 중인 가마에 올랐다. 외관들은 대답과 동시에 뿔뿔이 흩어졌다.

부항은 얼마 후 유통훈의 집을 찾았다. 그러나 유통훈은 집에 없었다. 허탕을 친 부항은 그래도 얻은 것이 없지는 않았다. 그것은 바로 유통훈이 말단 관리에서 어느새 어엿한 일품 고관이 됐어도 청백리 본색은 여전하다는 사실이었다. 그의 집에는 글공부와 집안일을 겸하는 먼 친척 조카와 선친 때부터 부려오던 늙은 노비 외에는 아무도 없었다. 가는귀가 먹은 그 노복은 부항이 몇 번씩이나 크게 소리치며 물어서야 비로소 대답을 했다.

"저희 대인은 아침 일찍 이위 대인의 병문안을 가셨습니다."

부항은 쿨룩쿨룩 기침을 하면서 끝없이 주절대는 노복의 말을 잠시 들어주고는 자리를 털고 일어났다. 그리고는 다시 이위의 집으로 향했다. 이위의 집은 그리 멀지 않은 곳에 있었다. 부항이 묻자 문지기는 유통훈이 아직 안에 있다고 했다. 이어 수없이 반복했음직한 당부를 또 입에 올렸다.

"주인 어르신의 병세는 좋아졌다 악화됐다 종잡을 수가 없습니다. 내방하신 귀객들은 병자를 배려해 가급적 장시간 대화하는 것은 자제해 주셨으면 합니다. 마님께서 신신당부하셨습니다."

문지기의 조심스러운 말에 부항이 대답했다.

"말하지 않아도 그리 할 터이니 걱정 붙들어 매게."

부항은 안내하려는 문지기를 물리치고 눈에 익은 뜰로 성큼 들어섰다. 중문을 통해 곧바로 동쪽 서재로 향하자 유통훈의 나지막한 말소리가 또렷하게 들려왔다. 그가 미처 인기척을 내기도 전에 이위의 소첩小妾인 옥천玉倩이 쟁반에 빈 약그릇을 받쳐 들고 안에서 나오는 모습이 보였다. 옥천은 습관적으로 한 발 뒤로 물러서더니 몸을 낮추면서 문후를 올렸다. 이어 고개를 들었다. 부항은 이미 주렴을 걷고 안으로 들어간 뒤였다.

이위는 눈을 감은 채 베개에 반쯤 기대고 앉아 있었다. 유통훈은 이위 옆에 의자를 놓고 앉아 있었다. 또 창가 쪽에 있는 낮은 의자에도 백발이 성성한 노인이 앉아 있었다. 그러나 부항은 처음 보는 사람이었다.

이위의 처 취아는 수건을 이위의 목에 두르고 물을 한 숟가락씩 떠 먹이고 있었다. 그러다 부항이 들어서는 것을 보고는 나직하게 말했다.

"부상께서 당신을 보러 오셨어요."

취아는 물그릇을 내려놓으면서 온돌에서 내려왔다. 예를 갖추려는 듯했다. 부항은 그런 취아를 황급히 만류했다.

"아직도 나를 손님으로 대하면 서운하죠. 그대로 앉아 계세요. 요즘 안팎으로 경황이 없다보니 오늘에야 겨우 짬을 낼 수 있었습니다. 우개 공은 조금 차도가 있어 보이네요."

취아가 미처 대답하기도 전에 이위가 눈을 번쩍 떴다. 아직 건강이 완전히 회복되지 않은 듯 볼이 움푹하게 꺼져 들어가 있었다. 그러다보니 광대뼈 역시 더 두드러져 보였다. 얼굴에는 불그스름한 빛이 도는 게 열이 좀 있는 것 같기도 했다. 이위가 부항을 지그시 바라보더니 입가에 한줄기 창백한 미소를 머금으면서 나직하게 입을 열었다.

"부상의 늠름한 풍채는 여전하시군요. 정말 부럽습니다. 황후마마께서도 존체가 미령하시어 이리저리 다망하시다 들었습니다. 이 못난 사람에게까지 신경을 써주시니 무어라 감사의 말씀을 드려야 할지 모르겠습니다. 가인을 대신 보냈어도 감지덕지했을 것인데 부상께서 친히 걸음을 하시다니……. 이 사람은 더 이상 별 볼 일이 없을 것 같습니다. 제기랄, 천하의 이위가 이렇게 누워서 뭉개고 있다니!"

부항은 옥천이 건네주는 찻잔을 받아 내려 놓으면서 위로했다.

"그런 소리는 하지 마세요. 잘 될 겁니다. 목숨이 위태로울 정도의 병환은 아니니 너무 걱정하지 마세요. 윤계선의 외조부도 그 병을 마흔 살 때부터 앓아왔다는데 증세가 우개 공하고 똑같았습니다. 엊그제 일이 있어 가보니 골골대면서도 아직까지 살아 있지 않겠어요? 나이가 구십이 넘었다던데요!"

부항의 말을 듣고 취아가 대답했다.

"유 대인도 내내 그리 말씀하셨어요. 그런데 이놈의 영감탱이가 워낙 쇠고집이라 믿어줘야 말이죠. 부상의 말씀이야 안 믿을 수 없겠죠!"

부항은 취아의 말을 듣고는 고개를 돌려 유통훈에게 미소를 지어보였다.

"연청 대인도 실없는 소리를 하고 다니는 사람은 아니지요. 폐하께서 사람을 전당錢塘에 파견해 고사기高士奇를 북경으로 불러오신다고 하더군요. 책이나 쓰면서 왕공대신들의 병을 치료하게 한다니 기대하셔도 좋을 것 같네요. 폐하께서는 늘 우개 공을 염려하고 계세요. 이 역시 우개 공의 타고난 복이 아니겠어요? 그러니 그 어떤 재화인들 물리치지 못하시겠습니까?"

건륭에 대한 말이 나오자 이위의 눈빛이 순간적으로 반짝였다. 그러나 곧 다시 암담해지면서 눈가에 이슬이 맺혔다. 그가 말라서 부스러질 것 같은 목소리로 말했다.

"유강 사건을 제대로 처리하지 못해 폐하를 대할 면목이 없습니다. 이 바보천치 같은 놈! 평생 재계하다가 막판에 재수 없이 개고기를 먹은 꼴이 됐으니 참으로 후회막급입니다. 고사기도 아직까지 살아 있다는 보장도 없고, 설령 온다고 해도 타고난 팔자까지 고칠 수는 없지 않겠습니까……."

이위의 목소리는 상심에 잠겨 젖어드는 듯했다. 흐릿한 눈물이 어느새 마른 대추처럼 쭈글쭈글한 양 볼을 타고 힘없이 흘러내렸다.

"또 이러시네, 우개 공답지 않게! 고사기는 분명히 살아 있을 겁니다!"

"그 사람…… 죽고 없습니다."

"누가 그래요?"

"오랫동안 병상에 누워 뭉개다보면 눈치가 귀신이거든요. 그런 느낌이 들었습니다. 그 사람…… 살아 있을 리 없습니다."

이위가 처연한 미소를 흘렸다. 부항과 유통훈은 이위의 말에 깜짝 놀라 재빨리 시선을 교환했다. 사실 얼마 전 절강성에서 올라온 소식에 의하면 진짜 그랬다. 고사기가 한 달 전에 별다른 질환 없이 이미 세상을 떠났다는 것이었다. 부항은 그러나 어찌됐건 이위를 위로해 마음의 병을 치유해주는 것이 더 중요하다고 생각했다. 그래서 그런 내색은 전혀 하지 않은 채 입을 열었다.

"그거야 곧 밝혀지겠죠. 고사기 얘기가 나왔으니 말인데 누군가 들려줬던 일화가 생각나네요. 고사기는 육십오 세에 금의환향을 했죠. 워낙 타고난 체질이 건장했는지라 어느 날 갑자기 집을 떠나 여행을 하고 싶은 생각이 들었나 봐요. 은자 몇 냥을 주머니에 찔러 넣고 발길 닿는 대로, 마음 가는 대로 길을 떠나다보니 어느새 양주揚洲에 다다랐답니다. 그런데 그만 노자가 떨어지고 말았다지 뭡니까!"

취아가 부항의 말에 이상하다는 듯 입을 열었다.

"그깟 노자가 떨어진 것쯤이야 그분에게 문제될 것이 있겠습니까? 이십 년 재상이 어디에 간들 문생이 없겠어요? 설마 타관에서 굶어죽기야 하겠어요?"

부항이 즉각 대답했다.

"문생들에게 손을 내밀면 천하의 고사기가 아니죠. 그는 잠시 고민한 끝에 어느 염상鹽商의 사숙私塾 선생으로 들어가기로 했답니다. 이 염상에게는 아들이 셋이 있었다고 해요. 위로 두 아들은 다 장성해 아버지를 도와 가게 일을 돕고 막내는 아직 어렸답니다. 염상은 막내가 앞으로 장부책이나 들여다볼 정도로만 글공부를 시켜달라고 했답니다."

부항은 신이 났는지 계속 얘기를 이어갔다.

"때마침 중추절이자 염상의 생일이 겹쳤대요. 성대하게 경축을 하게 된 거죠. 염상은 자신의 체통을 과시하려는 듯 현지 현령부터 방귀깨나 뀐다는 양주 지역의 실세들을 하나도 빼놓지 않고 모두 초청했답니다. 물론 사돈에 팔촌까지 친척들도 다 불렀겠죠. 아무튼 그렇게 연회석 수십 개를 꽉 채울 정도로 하객들이 몰렸답니다. 그런데 어쩌다 보니 하필 아들의 스승인 고사기를 빠뜨렸다지 뭡니까. 하기야 그깟 일에 신경 쓸 고사기는 아니었겠지만 말입니다. 그런데 염상의 막내아들이 헐레벌떡 달려오더니 자기 아버지는 사람도 아니라면서 분통을 터트리더랍니다. 스승을 먼저 모셔야지 등뻐에 금이 가도록 권세에 굽실거리면 뭘 하느냐고! 그러면서 고사기에게 함께 연회석으로 가자고 졸랐답니다. 고사기는 아이가 워낙 나이에 비해 사려 깊고 영특해서 평소에도 무척 귀여워했다고 합니다. 순간 아이의 말을 듣고 보니 갑자기 장난기가 발동하더랍니다. 그래서 '못할 게 뭐 있나' 하는 생각으로 아이의 손을 잡고 나섰답니다."

얘기는 점점 재미있어지고 있었다. 병상의 이위도 귀를 쫑긋 세울 정도였다.

"염상은 아이 손에 이끌려 들어온 선생을 보고 난감해 몸 둘 바를 몰라 하면서 큰 실례를 범했노라고 연신 사죄하더랍니다. 그리고는 비어 있는 상석을 가리키면서 말했답니다. '우리 막내가 워낙 심지가 곧고 사려 깊은 아이라 알아서 스승을 깍듯이 모셔 오리라 믿고 있었습니다. 그래서 상석의 자리를 남겨놓고 이제나저제나 기다리고 있었죠. 마침 잘 오셨습니다. 자리에 앉으시죠!' 하고 말입니다. 염상은 당연히 거짓말을 한 것이었죠. 그렇게 얘기하면 고사기가 부담스러워 거절하리라 믿어 의심치 않았겠죠. 그런데, 이를 어쩌나! 고사기는 근엄한 표정을 지으면서 좌중을 둘러보더니 기다렸다는 듯 상석으로 가서 털썩 엉덩이를 붙이고 앉았다지 뭡니까! 그것도 모자라서 수많은 눈들이 지켜보는 가운데 천연덕스레 탁자 보에 손을 닦고 다리를 꼬고 앉은 채 차를 마셨답니다. 물론 하얀 탁자 보는 까마귀 저리 가라 할 정도로 더러워져 사람들의 눈살을 찌푸리게 만들었겠죠."

좌중의 사람들은 양념을 쳐가며 맛깔스럽게 이어가는 부항의 이야기에 웃음을 참지 못했다. 하인들 중 일부는 손으로 입을 가리며 쿡쿡 소리죽여 웃기 시작했다. 부항의 얘기는 계속 이어졌다.

"나름 지역에서 유명하다는 인물들이 다 모인 자리에 볼품없이 깡마른 늙은이가 상석에 앉아 '꼴값'을 떨고 있으니 모두 똥파리 삼킨 얼굴을 하고 있더랍니다. 주인은 화가 나서 안색까지 거무튀튀하게 변했죠. 그래도 뱃속 가득한 화를 애써 가라앉히면서 얼어붙은 분위기를 띄워 보려고 술을 권했답니다. 그런데 가장 먼저 술잔을 드는 이 역시 '그놈의 재수 없는 개뼈다귀'가 아니겠습니까. 초대받은 손님들은 그 모습을 보고 눈꼴이 시었으나 체면 때문에 처음에는 잠자코 있었답니다. 그러나 술이 서너 순배 돌아가자 여기저기에서 수군거리는 소리가 들렸답니다. 급기야 처음부터 고사기를 못마땅하게 째려보고 앉아 있던 염상 하나가 입을 비죽거리면서 조롱하는 말투로 시비를 걸었다고 하네요. '여보시오, 선생! 그대는 상석에 앉기 좋아하는 체질인가 본데, 여태껏 상석에는 몇 번이나 앉아봤소?'라고요. 그러자 고사기가 히죽 웃으면서 '적어도 다섯 번은 되지 않을까 싶소!'라고 대답했답니다. 고사기는 술이 묻은 입술을 빨면서 '우리 누이가 시집갈 때 내가 아버지를 대신해 매형 집에 가니 상석에 앉혀주더군!' 하고 말했습니다. 그 말에 장내에서는 '그러면 그렇지' 하는 식의 비웃음소리가 터졌답니다. 하지만 이어진 고사기의 얘기는 그 소란을 일시에 잠재워버리기에 충분했답니다. '열여섯에 향시에 장원급제해 남경南京 공원貢院에서 녹명연鹿鳴筵에 초대받았소. 그때 두 번째로 상석에 앉아봤소!'라는 얘기였습니다. 빙그레 웃으면서 대수롭지 않게 털어놓은 그 말에 사람들은 쇠몽둥이에 얻어맞은 듯 멍해지고 말았답니다. 쥐 죽은 듯 조용해진 바로 그때 누군가 '쨍그랑!' 하는 소리와 함께 술잔을 떨어뜨리고 말았답니다. 그러거나 말거나 그의 폭탄발언은 이어졌죠. '스물여섯에 혈혈단신으로 북경으로 진출했소. 당대의 명재상이었던 명주의 천거로 박학홍유과에 수석 합격하고 강희황제가 하사하신 문연각文淵閣 연석宴席에 참석했소. 태자가 따라주는 술을 받고 상석에 앉으니 그때가 세 번째가 되겠소!'라는 말이었습니다. 사방에서는 연신 큰 숨을 들이마시는 소리가 들렸습니다. 그러자 고사기가 '그 후 이십 년 동안 재상으로 있으면서 관직이 문연각대학사, 상서방대신, 영시위내대신, 태자태보로 수직상승했소. 오십 세가 돼 금의환향하게 되니 천자께서 친히 체인각體仁閣에서 송별연을 마련해주셨소. 문무백관이 모인 가운데 네 번째로 상석에 앉았소!'라고 말을 이었습니다. 그리고는 다시 자리에서 일어나더니 '오늘은 다섯 번째로 상석에 앉았는데 과히 기분이 좋지는 않군!'이라고 말했다고 합니다. 얼마 후 고사기가 일어나 연회장에서 나가자 장내의 사람들은 모두 목석처럼 제자리에 굳어져 한동안 정신을 차리지 못했답니다."

부항이 말문을 닫았다. 어느새 하녀들도 부항의 얘기를 듣느라 여기저기서 모여들어 귀를 기울이고 있었다.

"그 뒤에는 어떻게 됐죠?"

옥천이 궁금증을 못 이기겠다는 듯 물었다. 취아가 말했다.

"부상은 고루鼓樓로 가셔서 돗자리 깔고 얘기판을 벌여도 배는 곯지 않겠네요."

유통훈도 슬며시 끼어들었다.

"그 뒤로는 모두 무릎을 꿇고 잘못을 빌었다……, 뭐 이 정도의 뻔한 얘기겠죠."

"강촌江村(고사기의 호) 그 양반은 끝까지 멋졌지!"

이위가 혼잣말처럼 중얼거렸다. 사실 방금 좌중의 사람들이 들은 일화는 그가 남경 총독 시절에 익히 들어왔던 것이었다. 새삼스러울 것도 없었다. 그러나 똑같은 얘기임에도 매번 들을 때마다 감회가 남달랐다. 이위는 어린 시절 가난 때문에 거지로 전락했다가 옹정의 가노로 팔려 간 바 있었다. 그러다 나중에 옹정의 인정을 받아 양강 총독까지 역임했다. 한마디로 인생의 온갖 풍파를 다 겪었다고 해도 과언이 아닌 사람이었다. 그러나 말년에 이르러서는 고사기처럼 매인 데 없이 홀가분한 삶을 영위하지 못했다. '오점' 아닌 오점을 남기고 병상 신세도 지게 됐다. 이위로서는 깨끗이 간 고사기가 한없이 부러울 수밖에 없었다.

이위는 말없이 한숨을 지으면서 고개를 돌렸다. 그제야 오랫동안 나무걸상에 앉아 있던 노인이 눈에 띄었다. 그가 본의 아니게 홀대했다는 미안함이 들었는지 황급히 말했다.

"깜빡 잊고 소개하지 못했습니다, 부상! 이 노선생은 황곤黃滾 어른이라고 황천패의 아버지가 되는 사람입니다."

황곤은 고작 산동 순검청巡檢廳의 주사主事를 지낸 신분이었다. 이런 자리에서 부항이나 이위의 말상대가 될 수 없었다. 그래서 허리가 쑤시고 뻐근했지만 내색도 못하고 그저 따라 웃는 시늉을 하던 중이었다. 그는 이위가 자신을 소개하자 비로소 부항을 향해 문후를 올렸다.

"하관은 이 총독께서 잘 이끌어주신 덕분에 무난하게 살아온 사람입니다. 와병 중이신 총독 대인께 문후 올리러 들렀다가 운 좋게 부상을 뵈오니 무한한 영광으로 생각합니다. 소인의 못난 아들 천패가 대사를 그르친 것은 그 아이의 무능함 때문입니다. 그래서 이 아비라도 나서서 사건해결에 미약한 도움이라도 드리고 싶어 뵙기를 청하려던 참이었습니다."

부항은 황곤이라는 사람을 찬찬히 눈여겨봤다. 말투가 공손하고 자세를 낮춘 허리는 구부정했으나 목소리는 젊은이 빰치게 우렁차고 눈빛도 살아 있었다. 젊은이 못지않은 근력을 자랑하는 노인이라고 할 수 있었다. 부항은 은근히 경외심을 느꼈다.

"그대의 '강호태두'江湖泰斗 명성은 우레처럼 익히 들어왔소! 전에 장님 도사 오할자와 함께 일했다고 했소? 옹우翁佑, 반안潘安, 전보錢保 등과 이부吏部에 이름이 함께 올라 있는 것을 본 적이 있소. 뜻이 같은 벗들이었나 보오?"

황곤이 상체를 숙이면서 대답했다.

"그렇기는 하옵니다만…… 나머지 세 사람은 폐하의 은봉恩封을 받아 식량 조운을 호송하는 일을 맡고 있습니다. 그들은 녹림의 무리에서 떨어져나온 지 오래됐습니다."

"집안 내력이 워낙 힘깨나 쓰는 장사 가문이라 아직도 삼백 근짜리 석궁石弓을 들어 올릴 수 있습니다. 활쏘는 재주도 백발백중이라고 해도 좋습니다."

유통훈도 나서서 황곤을 치켜세워줬다. 부항은 연신 고개를 끄덕이면서 잠시 생각하더니 말했다.

"옹우, 반안, 전보 세 사람이 조운을 맡은 이후부터는 해마다 골치를 앓던 선박 탈취 사건이 한 번도 없었소. 이번에 고항은 육지에서 곤욕을 치렀다오. 일지화는 결코 등을 다독이면서 달랠 수 있는 범상한 도둑이 아니오. 그러니 어지를 받고 내려가는 연청 대인의 어깨가 무겁습니다. 오할자는 광부들의 반란을 진압하러 운남雲南으로 내려가고 없으니 내가 보기에는 황곤 어른이 연청 대인을 따라 한단으로 다녀오는 것이 좋겠소."

부항이 다시 이위를 향해 말했다.

"공무는 논하지 않기로 해놓고 내가 먼저 보따리를 풀었군요. 우개 공, 아무쪼록 다른 생각은 말고 몸조리나 잘하세요. 어서 빨리 털고 일어나야죠. 오고 가면서 종종 들르겠습니다. 연청, 대인하고 단독으로 할 말이 있으니 어디 조용한 곳으로 가죠."

부항이 유통훈과 황곤을 데리고 자리에서 일어섰다. 그러자 이위가 만류하고 나섰다.

"잠깐만! 지금은 침상에서 뭉개는 한낱 병든 노인에 불과하지만 그래도 내가 평생 도둑떼들과 뒹굴면서 살아오지 않았습니까? 시간을 잠깐 만 할애하시어 저의 짧은 소견이나마 들어주십시오."

세 사람은 이위가 병색이 완연한 얼굴에 애써 웃음을 지은 채 말하자 말없이 다시 제자리로 돌아가 앉았다. 이위가 손을 내밀어 차를 달라는 시늉을 하면서 말을 이었다.

"일지화와는 한 번 만난 적이 있습니다. 장담하건대 분명히 보통 인물은 아닙니다. 그때 당시…… 오할자가 나를 찾아왔었습니다. 생철불生鐵佛, 감봉지甘鳳池 일당이 오경루五慶樓에서 머리를 맞대고 있다는 첩보를 접했다면서 들이치자고 하더군요. 그래서 나는 오할자의 수행원으로 변장하고 그와 함께 막수호莫愁湖 동쪽에 있는 오경루로 갔지요. 역시 오할자의 말대로 이층은 감봉지 일당으로 꽉 차 있었습니다. 주령酒令 소리로 왁자지껄한 가운데 한쪽에서는 어떤 여자가 달걀 열두 개를 딛고 서서 춤을 추고 있더군요. 나중에 보니 그게 바로 일지화였는데……, 그때 당시에는 주범 두이돈竇爾敦 외에는 눈에 들어오는 자가 없었습니다. 달걀 위에서 한들한들 춤을 추는데 발밑에서 안개가 자욱이 피어오르고 있었습니다. 그리고는 마술처럼 눈 깜짝할 사이에 복숭아 한 광주리를 만들어내더니 이 사람, 저 사람에게 나눠주기도 했습니다. 나도 그때 하나 얻어먹었는데, 참으로 신기한 요술쟁이였습니다……."

이위가 말끝을 흘리면서 소첩 옥천을 힐끗 쳐다봤다. 비록 말은 하지 않았으나 이위는 그때 일지화 역영의 모습을 보고 완전히 그녀에게 반해버렸다. 나중에야 일지화가 조정의 숙적이라는 사실을 알게 됐다. 옥천을 첩실로 들인 것도 바로 옥천의 용모가 일지화와 매우 비슷한 탓이었다. 이위가 자조 섞인 실소를 흘리면서 다시 말을 이었다.

"내가 무슨 말을 하다가 샛길로 빠졌지? 내가 일평생 도적떼와 대적하면서 얻은 경험으로 보면, 그자들은 교활하기 짝이 없습니다. 아마 거점을 여러 곳에 확보하고 있을 것입니다. 그러나 한편으로는 의외로 뿌리 의식이 강하답니다. 일지화도 결국에는 다시 동백산桐柏山으로 돌아가게 돼 있습니다. 산동, 산서, 직예 그 어디에도 정착하지 못하는 것은 옛 둥지에 대한 미련을 버리지 못했기 때문입니다. 그리고 꿈은 야무졌으나 인마를 사들일 돈이 없으니 이같이 엄청난 사건을 저질렀을 것입니다. 하지만 그 때문에 그는 뒷감당을 하기가 더 어려워졌습니다. 그가 둥지를 틀고자 하는 직예와 산서는 북경과 가까워 팔기 세력이 포진해 있는 곳입니다. 게다가 그곳 백성들은 은자 몇 냥에 목숨을 걸만큼 가난하지 않습니다."

이위는 병상을 지키고 있는 몸이었다. 그러나 영웅의 본질과 조정을 향한 충심은 전혀 변하지 않은 것 같았다. 부항은 그런 이위를 보면서 옹정과 건륭의 성총이 극진했던 이유를 알 것 같았다. 유통훈이 말했다.

"그 많은 은자는 하남으로 싣고 갈 수도 없고 숨길 곳도 마땅하지 않습니다. 그자들에게 은자가 원수같이 보일 날이 멀지 않았습니다. 우리는 충분히 승산이 있습니다."

부항이 말을 받았다.

"나 같으면 지세가 험악해 관군의 접근이 어려운 노하구老河口에서 은자를 빼앗았을 거예요."

"그러니 여자죠. 입안에 거의 다 들어온 고기를 하남까지 뒤따라가서 먹을 만큼 인내심이 부족했던 거죠. 게다가 목표물이 노하구를 꼭 통과할지에 대한 확신도 없었던 거죠……."

이위는 점점 머리가 어지러워져 눈을 감고서 천천히 말을 이었다.

"내 생각에는…… 연청, 그대는 이번에 내려가면 사람을 잡는 것을 급선무로 해야지 은자를 찾는 것을 우선해서는 안 될 것 같네. 아마 서둘러 은자의 행방을 찾아 조정의 점수를 따려는 고항 대인이나 한단 지방관들과 의견이 부딪칠 수도 있을 거네. 그러나 어떤 상황에서도 주관이 뚜렷해야 하네. 은자는 어디에 파묻어도 썩어 없어질 물건이 아니야. 그러나 발 달린 인간은 도망가게 돼 있어! 여느 도적들과는 다른 상대란 말이지……."

이위가 점점 가쁜 숨을 몰아쉬었다. 그러더니 힘겨운 줄 기침과 함께 가래를 토해냈다. 옥천이 갖다 댄 손수건에는 핏자국이 빨갛게 묻어났다. 마음이 뭉클해진 유통훈이 눈시울을 붉히면서 말했다.

"무슨 뜻인지 잘 알겠습니다. 떠나기 전에 다시 들를 테니 남은 가르침은 그때 가서 해주셔도 늦지 않을 것 같습니다."

그러자 이위가 빙긋 웃으면서 말했다.

"이렇게 정신이 맑은 날도 드물다네. 이렇게 멀쩡하다가도 한순간에 가버리는 수가 있으니 다음을 기약할 수 없네. 그리고 부상, 일지화가 벌써 냄새를 맡고 하남에 잠입했을 수도 있습니다. 하남 쪽에서도 경계를 강화하는 것이 좋을 듯 싶습니다."

오랜 병상 생활에 심신이 지쳤을 법도 하나 이위의 말 한마디 한마디에는 여전히 지혜가 번뜩이고 있었다. 부항은 대마불사大馬不死라는 말을 새삼스럽게 떠올리면서 큰 감명을 받았다.

"우개 공의 뜻대로 하남에 표票를 내리겠습니다. 다른 곳에서 하남으로 통하는 육지와 수로의 모든 길목에 경계를 강화하라고 명할 거고요. 낙양洛陽에서 정주鄭州를 거쳐 개봉開封에 이르는 구간에 녹영병을 삼천 명 더 투입하고 복우산伏牛山과 동백산에도 관군을 깔도록 하죠. 일지화가 덫에 걸리기를 기다리겠습니다."

이위가 부항의 말을 듣고 나더니 가볍게 고개를 저었다.

"다 좋은데……, 열 사람이 도둑 하나 못 당하는 경우가 비일비재하고, 열 도둑이 촌로村老 하나 못 이기는 수도 있는 법입니다. 군사만 무작정 많이 동원시킨다고 다 해결되는 게 아니라는 말씀입니다. 삼천 녹영병을 더 투입시키겠다고 하셨는데, 일인당 은자 삼십 냥씩만 계산해도 얼마나 많은 돈이 소요됩니까? 언제 나타날지 모르는 도둑 하나 때문에 나라의 돈을 모조리 허비해서야 되겠습니까? 그 돈을 아껴 백성들에게 식량을 나눠준다면 부상께서는 큰 명성을 얻을 것입니다. 백성들 역시 두고두고 감격할 것입니다. 부상, 나와 취아는 가난했던 시절에 사 년 동안 밥을 빌어먹었습니다. 배고플 때 개밥이라도 한 술 떠주고 목마를 때 말 오줌이라도 먹여주는 사람이 얼마나 고마운지 모릅니다……."

감개무량하게 말을 마친 이위가 옥천에게 분부했다.

"저쪽에 있는 그림을 가져다 부상께 보여드리게."

옥천이 먼지를 후후 불고는 길이가 한 척 반 정도 되는 권축卷軸(글씨나 그림 따위를 표장表裝하여 말아 놓은 축)을 가져왔다. 샛노란 비단으로 정성껏 감싼 것을 보면 아주 귀한 그림인 것 같았다. 부항이 감히 열어볼 엄두를 못 내고 물었다.

"공품인가 봅니다?"

"십 년 전 세종世宗황제를 모시고 피서산장에서 《농상도》農桑圖를 감상한 적이 있습니다. 그때 함께 자리하셨던 지금의 폐하께서 참 좋은 그림이라고 치하하셨습니다. 그리고 재작년에 황사성皇史宬에서 당금 폐하와 함께 《기민유사도》飢民流徙圖라는 그림을 봤는데, 폐하께서 크게 낙루하셨습니다. 그 후 여러 사람에게 부탁해 이 그림을 얻어왔습니다. 《추계대사도》雛鷄待飼圖라고, 이추산李秋山의 작품입니다. 아직 폐하께 올리지 않았으니 부상께서 원하신다면 펴보셔도 괜찮습니다."

"아니에요! 본 것으로 하겠어요."

부항이 황급히 두 손을 내저었다. 그리고는 시계를 꺼내보면서 말했다.

"시간이 벌써 이렇게 됐네요. 함께 폐하를 알현하기로 한 장상께서 기다리고 계실 것 같아요. 저는 먼저 일어나죠! 그림은 나중에 폐하께서 보여주실 때 천천히 감상하도록 하죠."

부항이 일어서자 유통훈도 떠날 채비를 했다.

"우개 공! 부디 몸조리 잘하시고 하루빨리 쾌차하시길 바랍니다. 황 어른은 나하고 같이 아문으로 갑시다. 내일 아침 일찍 길을 떠나야 하니 준비할 것도 있습니다."

이위는 더 이상 만류하지 않았다. 부항 등 세 사람이 물러간 자리에는 이위를 비롯해 취아, 옥천만 우두커니 남았다. 아무도 말이 없는 적막한 공간에는 이위의 고르지 않은 숨소리만 가득했다.

취아는 부채를 옥천에게 건네주고 평생을 동고동락한 남편의 모습을 멍하니 바라봤다. 쓸데없는 걱정을 너무 많이 한다고 잔소리를 퍼붓고 싶었으나 수척한 남편의 얼굴을 보자 차마 말이 나오지 않았다.

"꾀꼬리 울음소리가 들리는구먼. 참 듣기 좋네. 시골에서는 밀을 벨 때가 됐지. 이제는 거지도 아니고 폐하 문전을 지키는 누렁이도 아니야. 그냥 한 줌 흙이 되겠지?"

이위가 미련이 가득 남은 시선으로 신록이 우거진 창밖을 내다보면서 혼잣말 하듯 중얼거렸다.

"말도 안 되는 소리 마세요. 죽을 날 되려면 한참 멀었어요. 당신 별명이 '귀신도 싫어하는 악질'이라고 하지 않았어요?"

취아가 눈물을 글썽이면서 이위를 나무랐다.

"자네 말이 맞네. 그러나 나는 선제의 곁을 지키는 누렁이가 아닌가. 선제께서 부르시면 어서 가야지……. 나는 누렁이니……."

이위의 목소리는 먼 곳에서 들려오는 듯 낮았으나 또렷했다.

"제발 그런 소리 좀 하지 말아요……."

"알겠네. 옥천아……."

이위가 옥천을 찾았다.

"아직도 그 노래를 기억하고 있느냐?"

"어떤 노래를 말씀하세요?"

"일지화가 불렀던 노래 말이네."

"……예, 기억하고 있어요."

"그 노래를 좀 불러주게, 조용히……. 부인께서도 듣기 좋아하시니."

취아가 눈물을 머금고 고개를 끄덕였다. 옥천이 곧 목소리를 낮춰 노래를 부르기 시작했다.

> 금의옥식錦衣玉食 누리는 자들 연회 석상에서는 음악소리 드높고,
> 굶어죽지 못해 자식새끼 내다파는 가난한 자들의 입에서는 통곡소리 드높다네.
> 한쪽에는 백성들의 뼛골까지 갉아먹는 탐관오리들,
> 한쪽에는 말도 못하고 눈물만 흘리는 불쌍한 사람들.
> 천 가지 나무가 꽃을 피우고 열매를 맺은들
> 모두 잘 사는 자들만 위한 것임을…….

이위는 낮지만 격앙된 노랫소리를 자장가 삼아 듣는 듯했다. 곧 흡족한 얼굴로 깊은 잠에 빠져들었다…….

부항이 부랴부랴 군기처에 도착하니 때마침 기윤이 서류를 한 아름 안고 안에서 나오고 있었다. 기윤이 부항을 보자마자 문안 인사도 잊은 채 황급히 말했다.

"장상, 악상, 눌상은 부상을 기다리다 못해 먼저 양심전으로 드신 지

한참 됐습니다. 저는 서류를 챙기러 다녀가는 길입니다. 같이 들어가시죠."

부항은 기윤의 말에 군기처 밖에서 곧장 돌아섰다. 이어 발걸음을 재촉해 영항永巷으로 들어서면서 물었다.

"효람, 그래 자네가 나오기 전까지는 뭘 의논하고 계시던가?"

기윤이 최대한 예를 갖춰 대답했다.

"언행에 각별히 조심하셔야 할 것입니다, 부상! 운귀雲貴 총독 주강朱綱이 북경으로 발령받아 왔습니다. 폐하께서는 주강에게 금천金川 지역의 군사에 대해 하문하시다가 크게 심기를 다치신 것 같습니다."

기윤은 양심전 수화문 앞에 시립해 있는 태감들을 의식해 길게 말하지 않았다. 부항 역시 더 캐묻지 않았다. 이어 시위 대장인 색륜에게 고개를 끄덕여 알은체를 하고는 양심전 앞에서 큰 소리로 이름을 말했다. 잠시 후 건륭의 목소리가 들려왔다.

"들게!"

과연 대전 안의 분위기는 심상치 않았다. 건륭은 여느 때처럼 동난각에서 군신들을 접견하는 것이 아니라 정전의 수미좌須彌座에 앉아 있었다. 얼굴은 표정 하나 없이 잔뜩 굳어 있었다. 장정옥과 악이태는 건륭이 앉은 수미좌 양측에 있는 꽃무늬 방석을 깐 의자에 앉아 있었다. 또 눌친은 새우등처럼 허리를 굽힌 채 건륭의 왼쪽에 시립해 있었다. 운귀 총독 주강은 장정옥과 악이태의 아랫자리에 앉아 두 손으로 찻잔을 받쳐 들고 조심스레 마시고 있었다. 부항은 크게 화를 내지는 않아도 딱딱하게 굳어진 건륭의 얼굴을 재빨리 훔쳐보면서 무릎을 꿇어 문후를 올렸다.

"일어나서 눌친과 나란히 서 있게. 그래, 이위의 병세는 어떠하던가?"

건륭이 담담한 표정으로 입을 열었다. 부항은 건륭의 말에도 불구하고 엎드린 그대로 방금 이위를 만났던 상황을 소상히 아뢰었다. 대전 안에는 다시 숨 막히는 정적이 감돌았다. 한참 후 건륭이 깊은 한숨을 내쉬더니 입을 열었다.

"부항은 한발 늦어서 못 들었겠지만 방금 주강의 말을 들어보니 역시 반곤은 아직 살아 있다고 하네. 우리 육만 대군을 이리저리 끌고 다니면서 조정을 비웃고 있다고 하는군. 경복과 장광사는 자그마치 아홉 개 성의 전량을 축내면서 결국 반곤의 작당에 놀아나고 있다는 얘기지. 주강이 사천을 경유하면서 보니 눈이 멀고 다리가 부러져 대오에서 떨어진 경복과 장광사의 부하들이 길거리에 득실거리더라고 하네. 백성들의 집을 덮쳐 닭을 잡아먹고 소를 끌어간다고도 하지 않은가. 백성들의 원성이 자자해 민분의 조짐마저 인다고 하는군. 비적 잡으라고 보낸 자들이 되레 비적 노릇을 하고 있다는 말일세!"

건륭이 말을 하다 갑자기 흥분했는지 버럭 고함을 질렀다. 추상같은 고함소리에 장정옥과 악이태는 불안한 듯 몸을 움찔거렸다. 더 없이 온화하고 자상하다가도 화를 내면 청천벽력이 따로 없는 사람이 다름 아닌 건륭이었다. 범인들을 벌할 때는 가차 없이 독하고 각박하나 의외로 마음 여린 면이 있던 옹정과는 판이했다. 장광사는 장정옥이 선발해서 보낸 장군, 경복은 악이태의 천거로 금천으로 간 사람이니 두 사람이 좌불안석인 것은 너무나도 당연한 일이었다. 두 사람의 손바닥에는 어느덧 식은땀이 흠뻑 배었다.

"자네들은 두려워할 필요가 없네!"

두 사람의 속내를 거울 보듯 훤히 들여다보는 건륭이 말투를 조금 부드럽게 했다.

"성조께서도 그러하셨듯이 짐은 장삼張三에게 돈을 꿔주고 이사李四에게 빚 독촉을 하는 사람이 아니네. 그 둘을 파견한 것도 궁극적으로는 짐의 뜻이었고……."

건륭이 말을 잠시 멈추고는 궁전 밖으로 시선을 보냈다. 이어 희미한 웃음을 지은 채 덧붙였다.

"괴롭네, 괴로워! 경복이 누군가! 우리 대청의 공신 알필륭의 손자가 아닌가. 그는 좋은 재상은 아니었어도 훌륭한 장군이었네. 복건성 백마파白馬坡에서 경정충耿精忠의 부대와 맞닥뜨렸을 때 무려 열일곱 번이나 창에 찔려 내장이 다 흘러나올 정도가 됐어도 말에서 떨어지지 않은 용맹한 장군이었네. 그런 영웅의 밑에서 어찌 저런 후손이 생겨났을까! 장광사 역시 묘족들의 반란을 잠재우는 데 결정적인 공헌을 한 명장이라 이번에도 믿어 의심치 않았네. 결코 무능한 사람이 아닌 장광사가 저리 속수무책으로 뭉개고 있는 것을 보면 짐이 무능하고 덕이 없는 것 같네……. 군주가 무능하고 덕이 없지 않고서야 어찌 신하가 목숨을 바쳐 싸우려 들지 않겠는가? 성조께서는 여덟 살에 등극하시어 열다섯에 간신 오배를 제거하시고 열아홉에 삼번의 난을 잠재우셨네. 스물 셋에는 대만을 수복하고 준갈이 지역에 원정까지 다녀올 정도로 승승장구하셨지! 그런데 짐은 스물다섯에 등극해 서른의 나이를 넘긴 지금까지 이 나라 종묘사직을 위해 아무런 공로도 세운 것이 없네. 오히려 돈만 좇고 죽음을 두려워하는 무능한 신하들만 양산했으니 장차 무슨 면목으로 조상님들을 뵙겠는가!"

건륭이 갑자기 눈물을 흘렸다. 좌중의 신하들은 건륭의 그런 모습을 보고는 자책과 원망을 하지 않을 수 없었다. 가슴이 미어졌다.

'군주의 근심은 신하의 굴욕이다. 또 군주의 굴욕은 신하의 죽음이다'고 했다. 군주인 건륭이 괴로움에 눈물을 쏟으니 신하들의 마음 역시 갈기갈기 찢어지는 듯 했다. 앉아 있거나 서 있던 사람들은 결국 더 이상 자리를 지키지 못하고 일제히 무릎을 꿇었다.

20장

궁전을 태울 뻔한 골초 신하

장정옥은 허옇게 센 머리를 땅에 쿵쿵 찧기까지 했다. 그리고는 울음이 섞인 목소리로 아뢰었다.

"그런 말씀은 거둬주시옵소서, 폐하! 폐하께서 그리 말씀하시면 신들은 이 자리에서 죽고 싶사옵니다. 그때 당시 폐하의 성재聖裁는 그릇된 것이 아니었사옵니다. 모두 신들이 무능하기 때문이옵니다. 소인의 어리석은 생각으로는 장광사가 적들을 당해낼 수 없으니 이름 석 자라도 보존하려고 그리 한 것 같사옵니다. 경복은 비록 공신의 후예이기는 하오나 일개 서생에 지나지 않사옵니다. 주강의 얘기를 들어보니 관군이 승전하지 못하는 이유는 병졸들이 목숨을 내걸고 싸우지 않아서가 아니옵니다. 모두 다 공로에 지나치게 집착한 장군 때문인 것으로 사료되옵니다. 신의 어리석은 생각으로는 폐하께서 즉각 경복과 장광사를 소환하셔서 부의部議에 그 죄를 묻고 다른 유능한 장군을 파견하시는 것이 바람직할 것 같사옵니다. 한줌밖에 되지 않는 반곤 세력은 금천 지역의 험악한 지세를 악용해 지금 우세를 점한 것 같으나 곧 한계에 다다를 것이옵니다. 군사들은 다른 장군을 파견해 깃발을 다시 올리면 보란 듯이 사기충천해질 수 있사옵니다."

장정옥의 주장은 전선의 사령관을 바꿔 재도전하자는 것이었다. 그러나 악이태는 즉각 반대 의견을 내놓았다.

"신의 견해는 조금 다르옵니다. 경복과 장광사가 지금까지 올린 주장을 읽어보면 반곤이 대금천에서 불손한 행동을 보이는 것은 사실이옵니다. 하오나 그자는 작정하고 조정에 대항하려는 마음은 없는 것 같사옵니다. 몇 번이고 귀순을 청하는 상주문을 올리기도 했사오니 조정에 다른 마음이 없다는 것이 확실하다면 귀순을 받아들이는 것도 바람직할 듯하옵니다."

악이태의 말이 끝나기 무섭게 건륭이 바로 냉소를 흘렸다.

"귀순을 받아들인다고? 싸워서 못 이기겠으니 귀순을 받아들이라는 것인가? 악이태, 자네 그 정도밖에 안 되는 사람이었나? 귀순을 그리 순순히 받아들일 거라면 조정에서 왜 여태까지 그 많은 군비와 군량미를 쏟아 부었겠는가? 싸워서 이긴 후에 손이 발이 되게 싹싹 비는 걸 받아들이는 것과 지금 이런 상태에서 달래듯이 비굴하게 받아들이는 것이 천양지차라는 사실을 모를 정도로 미련한 자네였다는 말인가?"

악이태는 건륭의 두어 마디 말에 된서리 맞은 가지처럼 축 늘어지고 말았다. 그리고는 바싹바싹 타 들어가는 입술을 달싹이면서 연신 머리를 조아렸다.

옹정 연간에 운귀 지역에서 개토귀류改土歸流를 적극 추진하면서 묘족들의 반항이 위험수위에 이른 적이 있었다. 그때 악이태를 비롯한 조정 신료들은 무자비한 진압을 지시했다. 급기야 묘촌苗村 곳곳의 묘족들이 조정에 반발하면서 전운이 감돌았다. 그러나 관군은 유격전에 능한 묘족들과의 싸움에서 패배를 거듭했다. 결국 악이태는 묘족들을 어르고 달래야 한다는 쪽으로 주장을 바꿔 조야를 당황하게 만들었다. 일관성 없는 그의 행동에 조정의 다른 신하들은 즉각 발끈하고 나섰다. 악이태는 그러나 다행히도 옹정의 비호 덕분에 혁직유임革職留任(자리에서 물러나고 직급은 유지하는 것)이라는 처벌을 받는 데 그쳤다. 그 사이 강산이 두어 번 바뀌었다. 용좌의 주인 역시 바뀌었다. 그런데 솔직히 말하면 병들어 골골대는 악이태가 큰 목소리를 내기에 새 주인은 너무 무서운 사람이었다. 악이태가 잠시 머뭇거리면서 변명거리를 짜내보려 했으나 결국 체념한 듯 그 자리에서 일어나 무릎을 꿇고 아뢰었다.

"폐하의 훈육은 천만 지당하시옵니다. 신은 달리 변명할 말이 없사옵니다. 다만 폐하께서 죽음을 주시더라도 신의 소견은 끝까지 상주하고 싶사옵니다. 그동안 적의 열 배도 넘는 관군은 여러 성의 전량을 지원받아 몇 번이고 서부로 진격했으나 이렇다 할 전과를 거두지 못했사옵니다. 경복은 문사 출신이니 제쳐두고라도 장광사는 묘족 반란을 잠재울 때 이미 그 전투력을 검증받은 장군이옵니다. 결코 무능하다고 할 수 없는 사람이옵니다. 그런 사람이 몇 번이고 고배를 마셨다는 것은 그곳의 지세와 기후가 우리에게는 아직 넘기 힘든 장벽이기 때문이 아닌가 사료되옵니다. 이대로 계속 간다면 얼마나 더 긴 시간이 걸릴지 모르옵니다. 그리고 밑 빠진 독에 물 붓기처럼 얼마나 더 많은 전량을 소모해야할지 장담할 수 없사옵니다. 신의 충심을 받아주시옵소서, 폐하! 결코 군주의 안목을 흐리게 하고 판단에 혼선을 빚게 하려는 의도는 아니옵니다."

건륭은 광분에 가까운 반응을 보이던 처음과는 달리 잠자코 말을 하지 않았다. 냉정하게 생각해보면 악이태의 말에도 일리가 있기 때문이었다. 그러나 아무리 그래도 여태 쏟아 부은 노력을 수포로 돌아가게 하는 일은 도저히 용납할 수 없었다. 건륭은 미동도 하지 않고 앉아 여러모로 생각을 거듭하더니 눈을 내리 깐 채 한숨을 쉬었다. 이어 뭔가 굳은 결심이 선 듯 번쩍 머리를 쳐들었다. 그러나 여전히 말은 하지 않았다. 견딜 수 없이 무거운 침묵이 지속되자 마침내 눌친이 무릎을 꿇고 머리를 조아렸다.

"폐하! 전쟁을 중단하고 귀순을 받아들이거나 평화협정을 체결한다는 것은 있을 수 없는 일이옵니다."

눌친은 말을 하다 말고 자신의 목소리가 지나치게 크다고 느꼈다. 곧바로 목소리를 낮추어 다시 말을 이었다.

"대금천을 정벌하는 취지는 상첨대, 하첨대에서 서장西藏으로 들어가는 통로를 확보하기 위함이옵니다. 무슨 수를 써서라도 이 요새는 확보해야 하옵니다. 우리 대군은 천시天時만 뒷받침돼 있을 뿐 지리地利와 인화人和라는 면에서는 아직 승전고를 울릴 만한 정도가 되지 못했던 것 같사옵니다. 지세가 불리한 것은 장군들 간의 단합으로 얼마든지 극복해나갈 수 있사옵니다. 하오나 아무리 유리한 고지를 선점했다 할지라도 장광사와 경복의 불협화음이 지속되는 한 패배는 반복될 수밖에 없사옵니다. 이 자리를 빌려 신은 경복, 장광사를 대신해 출전하고자 폐하께 간절히 주청 올리는 바이옵니다. 더도 말고 지금부터 일 년이라는 시간만 주시옵소서. 일 년 안에 금천 지역의 적들을 소탕하지 못한다면 폐하께서는 망발을 일삼은 소인의 죄를 군법으로 다스려주시옵소서."

눌친이 벌겋게 달아오른 얼굴을 한 채 이마를 땅에 쿵쿵 찧었다. 부항은 조금 전부터 한바탕 고담준론을 펼치려고 머리를 굴리고 있었으나 눌친에게 선수를 빼앗기고 말았다. 그러자 그는 오히려 마음이 편해졌다. 더불어 전에 악종기에게서 금천 지역의 지세가 험악하다는 얘기를 들었던 기억도 문득 떠올랐다. 악종기의 말대로라면 눌친은 지금 섶을 지고 불 속에 뛰어들려고 용을 쓰고 있는 것이라고 해도 좋았다. 부항이 어떤 말을 해야 할지 나름 고민하고 있을 때 맞은 편에 앉아 있던 장정옥이 입을 열었다.

"신 역시 눌친과 대동소이한 생각을 가지고 있사옵니다. 다른 점이라면 경복과 장광사를 둘 다 철수시키기보다는 경복만 철수시키고 군사력을 인정받은 장광사는 남겨두는 것이옵니다. 팔꿈치를 잡아당기는 사람 없이 혼자 해보면 혹시 성과를 거둘 수도 있지 않을까 싶사옵니다."

악이태는 지금은 말을 아끼는 것만이 살길이라고 생각해 애써 잠자코 있었다. 그러나 끝내 참지 못하고 입을 열었다.

"장광사는 묘족 반란을 잠재운 이후 영웅대접을 받으면서 발호와 전횡을 일삼고 있사옵니다. 그런 것이 지금은 극에 달했사옵니다. 그 이후부터는 전투다운 전투를 한 번도 한 적이 없사옵니다. 그런 사람에게 중임을 떠맡길 수는 없사옵니다. 신은 장광사 대신 부상을 천거하는 바이옵니다. 부상은 산서 흑사산 전투에서 과감한 결단력으로 승리를 이끌어냈기에 충분히 소임을 감당하리라 믿사옵니다!"

악이태의 말에 부항은 깜짝 놀랐다. 갑자기 가슴이 쿵쿵 뛰었다. 나중에는 온몸의 피가 한꺼번에 목구멍을 향해 치닫는 느낌에 얼굴까지 벌겋게 달아올랐다. 그는 악이태가 이런 결정적인 순간에 자신을 천거할 줄은 꿈에도 상상하지 못했다. 게다가 악이태와 가까워질 수 있다는 생각 역시 단 한 번도 해본 적이 없었다. 그는 심장이 튀어나올 것 같은 흥분을 억누르고 악이태의 말을 곰곰이 분석해봤다.

세상에 공짜는 없는 법이다. 별로 친하지도 않은 악이태가 아무런 이유 없이 꿀떡을 던져줄 리는 만무했다. 그렇다면 악이태의 본심은 무엇일까? 영민한 부항이 악이태의 본심을 파악하는 데는 그리 긴 시간이 걸리지 않았다. 금천 지역은 들어가기는 쉬워도 나오기는 어려웠다. 악이태는 그 사실을 누구보다 잘 알고 있었다. 그렇다면 그는 긁어주는 척하면서 꼬집는 수법으로 부항을 구렁텅이로 떠밀고 있는 것이었다! 그럼에도 불구하고 부항은 악이태의 제안에 솔깃하지 않을 수 없었다. 정 가려울 때는 꼬집는 것도 나쁘지 않다고 생각한 것이다. 하지만 그는 아랫입술을 지그시 깨물고 뜻 모를 미소만 지을 뿐 가타부타 말을 하지 않았다. 그러자 건륭이 한결 편안해진 기색으로 고개를 돌려 물었다.

"부항! 악이태가 자네를 천거하는데 난장판을 수습할 자신이 있는가?"

부항이 침착하게 무릎을 꿇고 큰 소리로 대답했다.

"못할 것도 없다고 생각하옵니다. 사실 신이 그쪽에 뜻을 둔 것은 어제오늘의 일이 아니옵니다. 명주明主를 섬기는 양신良臣으로서 기회가 닿는다면 출장입상出將入相을 원하지 않는 사람이 어디 있겠사옵니까? 하오나 신은 흑사산 전투를 치르고 경복과 장광사의 어제오늘을 지켜보면서 출장입상의 어려움을 알게 됐사옵니다. 이번에 만약 신이 출전하게 된다면 새로운 각오로 임할 것을 약속드리옵니다. 신중하면서도 용맹하겠사옵니다. 또 의심할 것은 의심하되 제 편을 굳게 믿겠사옵니다. 마지막으로 조급해하지도 거만하지도 않으면서 상대를 분석하고 스스로에 대한 성찰을 게을리 하지 않겠사옵니다. 윤허해주시옵소서, 폐하!"

건륭이 부항과 눌친을 번갈아 바라봤다. 이어 흡족한 표정으로 말했다.

"둘 다 짐의 우려를 덜어주고자 애쓰는 것이 눈에 보이네! 그것만으로도 짐은 굉장한 위안을 느끼네. 하지만 당분간 자네 둘은 아무데도 갈 수 없네. 지금은 짐이 자네 둘을 꼭 필요로 하는 시점이야. 또 짐은 경복과 장광사를 조금 더 지켜보고 싶은 마음이네. 누구 말대로 이 상태에서 불러들인다면 그 죄가 파직이나 유배로 끝날 수 있는 상황이 아니네. 설령 짐이 포용하고자 하는 마음이 있더라도 온 백성의 마음에 들지 않으면 어쩔 수 없지 않은가. 미운 놈 떡 하나 더 준다는 말이 이래서 생겨났나 보네. 괘씸하기 이를 데 없지만 한 번만 더 기회를 주겠네. 누군가에 대한 인의仁義를 저버린다는 것은 그리 쉬운 일이 아니지 않은가. 짐은 짐이 그 두 사람을 철저히 외면해도 둘 다 아무런 원망도 못하는 그 날이 오지 않기를 바라네."

건륭은 부드럽고 평온한 말투였다. 그러나 그 내용은 듣는 대신들로 하여금 등골을 오싹하게 만들었다. 대신들이 잔뜩 긴장감에 사로잡혀 있는 그때 건륭이 이번에는 기윤을 향해 입을 열었다.

"짐이 구술을 할 테니 자네가 윤색해 정기廷寄 형식으로 경복과 장광사에게 글을 보내게. 그들이 사월 삼일에 올린 주장에 대한 어비가 되겠네."

"예, 폐하!"

기윤은 한쪽에 무릎을 꿇고 어전회의를 경청하다 건륭의 말을 듣고는 황급히 정신을 가다듬었다. 곧 두 태감이 필묵과 낮은 책상을 옮겨왔다. 기윤은 무릎을 꿇은 채 붓을 들고 건륭의 말에 귀를 기울였다.

"사월 삼일에 올린 주장은 잘 읽었네. 쓸데없는 미사여구는 안 쓰느니만 못하니 이제부터 주장에는 요점만 적도록 하게! 여태 경들에게 쏟아부은 돈이 얼마인가? 그리고 짐이 경들 걱정 때문에 불면의 밤을 지새운 적이 또 몇 번인가? 그깟 농가 몇 채 태우고 노약자들만 있는 촌 동네 몇 개 친 것까지 주장에 올린 것은 칭찬을 바라고 한 짓인가? 그리고 제 코가 석 자인 주제에 고항을 물고 늘어지는 것도 그렇네. 고항은 군비를 빼앗긴 것에 대해 마땅한 책임을 질 것이네. 경들이 침 튀기면서 비난할 일은 아니라는 말이야! 잃어버린 은자는 되찾아올 수 있으나 경들이 잃어버린 것은 마땅히 찾아올 수도 없는 것이야. 모로 가도 목적지에 도착하기만 하면 된다고 했으니 승리다운 승리만 이룩한다면 얼룩진 과거사는 더 이상 따지지 않겠네. 짐은 후한 녹봉과 높은 작위에 인색하지 않은 사람이니 아무쪼록 마지막 기회를 놓치지 않기 바라네. 추워 죽겠다고 아우성을 쳐서 오뉴월에도 담요를 보냈고 먹는 것이 부실해 눈앞이 노랗게 보인다고 해서 네 발 달린 짐승들도 잔뜩 보냈네. 그런데 짐의 체면을 어찌 이리도 무참하게 깔아뭉갤 수 있다는 말인가? 백 번 양보해서 국법이 용서해 줄지도 모르겠네. 그러나 경들 스스로 돌이켜보면 무슨 면목으로 이 세상에 살아남아 숨을 쉬겠나?"

건륭의 말이 이어지는 동안 기윤의 붓놀림은 한순간도 멈추지 않았다. 곧이어 그가 다 받아 적은 듯 화선지에 묻어 있는 먹물을 입김으로 후후 불어 말린 뒤 종이를 머리 위로 받쳐 올렸다. 고대용이 그것을 받아 건륭에게 건넸다. 건륭이 읽어 보고나서 고개를 끄덕였다. 이어 그것을 다시 고대용에게 건네주었다.

"즉각 군기처에 보내게. 여러 부 등사해 육백리 긴급서찰로 사천성의 행영行營을 비롯한 각 성의 순무, 총독, 육부구경들에게 돌리도록 하게!"

"예, 폐하!"

건륭이 말을 마치고는 장시간 앉아 있느라 뻐근해진 다리를 가볍게 움직였다. 이어 고개를 돌려 장정옥과 악이태를 향해 말했다.

"오늘 경들도 많이 피곤할 줄로 아네. 짐이 독단적으로 결정하기보다는 경들의 의견을 들어야 할 것 같아서 불렀네."

건륭이 말을 마치고는 두 재상에게 인삼탕을 내주라고 명했다. 두 사람은 황감해하면서 머리를 조아렸다. 그때 어좌 아래에서 시중을 들고 있던 몇몇 태감들이 갑자기 쿵쿵대면서 주위를 두리번거리기 시작했다. 건륭이 그 모습을 보고는 대뜸 안색을 붉히면서 나무랐다.

"어찌 그리 어수선한가?"

고대용이 황급히 입을 열었다.

"아뢰옵니다, 폐하! 어디서 뭔가 타는 냄새가 나옵니다."

건륭은 얼토당토않다면서 크게 꾸짖으려고 했다. 그러다 바로 입을 다물었다. 아니나 다를까 과연 어디선가 뭔가 타는 냄새가 났던 것이다. 그때 태감 한 명이 기윤을 가리키면서 새된 소리를 질렀다.

"폐하! 저기, 저기서 연기가 나고 있사옵니다!"

건륭이 보니 과연 기윤의 두루마기 밑에서 파르스름한 연기가 피어오르고 있었다.

"아니 저 사람이……?"

건륭이 놀란 듯 크게 소리를 질렀다.

"폐하를 놀라게 해드려 죽을죄를 지었사옵니다!"

기윤이 황급히 건륭에게 사죄를 했다. 그 와중에도 불길은 퍼져나가 그의 오른쪽 장화에까지 옮겨 붙었다. 연기 때문에 눈물범벅이 된 기윤은 더욱 당황할 수밖에 없었다. 그야말로 어찌할 바를 몰랐다.

"들어오기 전에 급히 담뱃대를 끄느라……."

기윤이 다시 더듬거리면서 변명을 했다. 그러면서도 불붙은 발이 몹시 뜨거운 듯 얼굴을 심하게 일그러뜨렸다. 낭패도 이런 낭패가 없었다. 건륭은 다급해하는 기윤의 모습이 너무 웃기는지 그만 웃음을 터트리고 말았다. 이어 연신 손사래를 쳤다.

"언제까지 그러고 있을 참인가. 어서 나가 장화부터 벗어 던지지 않고! 새 장화를 한 켤레 내어 주거라. 내친김에 발 씻을 물도 떠다 주거라! 발을 얼마나 안 씻었는지 구역질이 나서 못 견디겠네!"

태감과 궁녀들은 건륭의 말에 입을 감싸 쥔 채 웃음을 참느라 곤욕을 치렀다. 기윤이 정신없이 밖으로 뛰쳐나갔다. 그리고는 어느새 타서 한

덩어리가 돼버린 장화와 양말을 벗어던졌다. 그는 그제야 비로소 살 것 같았다. 사실 기윤은 세상에서 둘째가라면 서러운 골초였다. 조금 전에도 군기처에서 곰방대를 빨고 있다가 부항이 오는 것을 보고는 황급히 담뱃불을 끄고 곰방대를 장화 속에 집어넣었다. 일개 군기처의 장경인 자신이 황제의 면전에 오래 있을 일이 없을 거라고 방심했던 것이다. 하지만 건륭은 예상 외로 그를 오래도록 붙잡아 놓고 얘기를 나누었고, 어지 작성까지 시켰다. 그 바람에 그만 그런 꼴불견이 연출되고 만 것이다.

덕분에 잔뜩 경직됐던 분위기는 한결 누그러졌다. 건륭은 그제야 운귀 총독 주강을 향해 입을 열었다.

"이번 회의는 자네하고는 무관하니 자네는 물러가게. 경이 호부상서로 발령 난 데 대해서는 뭐라고 하는 사람이 없네. 괜한 뜬소문에는 신경 쓰지 말게. 전에 자네가 양명시를 눈엣가시처럼 여기기에 짐이 자네를 흑룡강으로 유배를 보내고자 했었네. 그런데 양명시가 짐을 극구 말리더군. 자네는 치수治水에 능하고 전량에 대해서도 잘 아는 쓸 만한 일꾼이라면서 오히려 중용하는 게 바람직하다고 하더군. 혹시 호부의 일이 힘들더라도 죽은 양명시나 짐을 원망해서는 안 되네. 알겠는가? 눈물은 왜 보이는가? 불복한다는 뜻인가?"

주강이 건륭의 말에 눈물범벅이 된 얼굴을 한 채 힘껏 머리를 찧으면서 아뢰었다.

"망극하옵니다, 폐하! 신은 감격스럽고도 창피함에 만감이 교차하옵니다. 양명시는 군자였사옵니다. 반면 신은 소인배이옵고……."

건륭이 주강의 말허리를 자르면서 한숨을 내뱉었다.

"군자와 소인배는 일념一念의 차이라네. 자기 마음을 다스릴 줄 알고 덕을 쌓는 데 게을리 하지 않는다면 곧 군자요, 눈앞의 이익에만 급급해 나쁜 짓을 일삼는 자는 소인배가 아니겠나? 자신이 부족한 점을 깨달은 것만으로 자네는 군자로 거듭나는 첫걸음을 디뎠다고 할 수 있네."

주강은 건륭의 훈육이 끝나자마자 바로 절을 하고 뒷걸음으로 물러갔다. 그러자 건륭이 천천히 자리에서 내려와 궁전 안을 거닐면서 말했다.

"이제부터는 공무公務에 대해 논해보세."

"예, 폐하!"

눌친이 먼저 본인의 기록부를 펼쳤다. 그리고는 몇몇 외관들이 다른 곳으로 발령 난 것에 대해 잠깐 언급했다. 이어 운남의 외진 주현州縣에는 부임하고자 하는 관리가 없어 정무가 아수라장이 됐다는 말도 덧붙였다. 또 재작년에 재해를 입어 부세를 면제해줬던 주현들이 작년에는 풍작을 거뒀을 뿐 아니라 올해도 풍작이 예상된다고 했다. 이제부터 세수를 회복하고 작년에 감면해 준 부분을 단 몇 할이라도 회수해 군량미에 충당하는 것이 어떻겠느냐는 얘기라고 할 수 있었다.

건륭은 잠자코 듣고만 있었다. 눌친은 건륭이 그렇게 말없이 침묵을 지키자 노작의 사건에 대해 언급하려고 조심스레 운을 뗐다. 건륭이 즉각 손사래를 쳤다.

"그건 민정民政에 관련된 사안이 아니야. 아직은 그것을 논할 순서가 아니네."

눌친은 하지만 물러서지 않았다. 잠시 망설인 끝에 고집스럽게 말을 이었다.

"폐하! 이는 분명 민정과 관련된 사안이옵니다. 노작은 비록 관직을 박탈당했으나 아직도 백성들에게 덕망 높은 부모관으로 남아 있사옵니다. 노작을 심문할 때 무려 일만 사천 명이 넘는 백성들이 일손을 놓고 얼사아문으로 달려왔사옵니다. 도끼로 깃발을 찍고 당고堂鼓를 발로 짓뭉개버리는 등 난동도 부렸사옵니다. '운남에 양청천楊青天(양명시를 '포청천'에 비유한 이름)이 있다면 우리 복건에는 노작이 있다. 배터지게 처먹은 진짜 탐관오리들은 다 놓치고 애꿎은 청백리만 대옥大獄에 집어넣느냐'면서 광분했다고 하옵니다. 심지어 복건 상인들은 가게 문을 닫아걸었다고 하옵니다. 철공鐵工들 역시 집단 파업을 단행했다고 하옵니다. 복건 백성들은 노작의 명예회복을 위해서라면 죽을 때까지 조정에 맞서 싸울 뿐 아니라 더 큰 반란도 불사할 것이라는 과격한 말까지 했다고 하옵니다."

'반란'이라는 말에 방 안을 배회하던 건륭의 발걸음이 뚝 멈췄다. 그의 이마에 깊은 내 천川자가 그려졌다. 잠시 후 그가 장정옥을 향해 물었다.

"형신, 노작은 자네 문생이네. 자네는 이 사람의 됨됨이를 어찌 보는가?"

건륭이 질문을 하자 장정옥은 습관처럼 가벼운 기침으로 목소리를 가다듬었다. 이어 천천히 아뢰었다.

"문생이라고는 하나 깊은 관계는 아니옵니다. 하오나 근면성실하고 고생을 두려워하지 않는 장점이 돋보여 백성들에게 명망이 높은 사람이옵니다. 원숭이도 나무에서 떨어질 때가 있다는 말로 이번 노작의 과오를 평가한다면 너무 관대한 것인지는 모르겠사오나 아무튼 느닷없는 사건에 신도 그저 황당할 뿐이옵니다."

건륭이 고개를 들어 천장을 향해 길게 한숨을 토해냈다. 수뢰 혐의를 인정해 엄벌을 내리기에는 사실 너무 아까운 사람이었다. 순간 건륭은 언젠가 굳은살이 박여 깔깔해진 두 손을 맞잡았을 때 몸 둘 바를 몰라 하던 노작의 까맣고 마른 얼굴을 떠올렸다. 도저히 남의 돈을 주머니에 찔러 넣고 마음 편히 지낼 사람이 아니었다. 그런데 도대체 이게 어찌 된 영문이라는 말인가? 눌친이 그런 건륭의 속내를 읽은 듯 조용히 입을 열었다.

"폐하! 노작의 사건은 서둘러 종결짓기에는 석연찮은 면이 있사옵니다. 노작의 집을 수색할 때 찾은 돈은 고작 은자 사백 냥이었사옵니다. 또 문제의 그 오만 냥은 겉봉도 뜯지 않은 채 그대로 있었사옵니다. 중간에서 돈을 건네줬다는 양경진에 대한 탄핵안도 함께 그 위에 놓여 있었사옵니다. 노작이 돈을 좋아하는 사람이 확실하다면 하공河工을 하면서 하루에도 수만 냥씩 은자를 만지는데 여태 아무 일이 없을 수 있었겠사옵니까?"

부항은 눌친의 말을 들으면서 자기 나름대로 깊은 생각을 해보았다. 이어서 그도 한마디 거들었다.

"신은 노작이 뇌물을 받은 것은 분명한 사실이라고 생각하옵니다. 민심을 얻은 것은 이와는 별개의 문제이옵니다. 지금 관직에 있는 사람들 치고 탐욕스럽지 않은 자가 드물고 뇌물을 주고받지 않는 경우는 희소하다고 하옵니다. 다만 수단이 고명하고 교묘한 탓에 증거를 남기지 않을 뿐이옵니다. 그렇게 검은 돈을 받아 챙기고도 백성들의 소리에 귀를 기울이지 않고 백성들이 원하는 바를 외면하는 관리들이 부지기수이옵니다. 수많은 민중이 삽을 들고 달려와 아문에서 난동을 부릴 정도로 백성들의 사랑을 받는 노작은 그런 자들에 비한다면 나름 훌륭한 관리라고 생각하옵니다."

코에 걸면 코걸이, 귀에 걸면 귀걸이라고 했던가. 부항의 말에 좌중의 신하들은 명확한 의견을 내세우지 못한 채 모두 멍한 표정을 지었다. 건륭도 한참 만에 웃음을 터트리면서 겨우 입을 열었다.

"부항, 자네는 역시 엉뚱한 구석이 있군! 평생 이치吏治 쇄신에 전력투구하신 선제께서 타계하신 지 이제 몇 년이나 됐다고 관리들의 부패가 이 정도로 위험수위에 이르렀다는 말인가. 짐은 도저히 믿을 수가 없네. 오늘은 더 논하지 말자고. 노작이 북경에 연행돼 오면 그때 짐이 직접 물어볼 것이네."

사실 건륭도 혼란스럽기는 마찬가지였다. 그는 노작이 절대 그럴 사람이 아니라고 믿고 싶었다. 그러나 명백한 증거가 나왔다고 하는 데야 어찌할 수가 없었다. 건륭이 천천히 다시 어좌로 돌아와 앉은 다음 화제를 돌렸다.

"작년에 감면해준 부세를 추가 징수하는 게 어떠냐고 했지? 그건 어불성설이네. 올해 몫만 받는 것으로 족하네. 작년과 올해 풍작이 든 것은 좋은 일이나 쌀값이 떨어져 농민들이 실망하는 일이 있어서는 안 되겠네. 호부에서 돈을 풀어 식량을 사들이도록 하게. 시중의 쌀값을 안정시키도록 해야겠네. 흉년을 대비해 의창義倉을 만들어 놓는 것도 좋을 것 같고! 의창 제도는 이위가 강남에서 효과적으로 실행했던 방법이야. 이제 전국으로 확대할 필요가 있네. 풍작을 거뒀다고 해서 백성들에게 손 내밀 생각은 접게. 이 기회에 그네들도 땅 사고 농기구를 살 수 있도록 여력을 남겨줘야 할 것 아닌가. 우리가 조금 양보해서 그네들에게 손바닥만큼 더 내준다면 나중에 우리에게 훨씬 더 큰 것이 돌아올 걸세. 다들 운남 쪽으로 부임하는 것을 마치 도살장에 끌려가는 것처럼 여긴다는데, 운남 순무에게 공문을 보내 양렴은을 배로 지급한다는 조건을 달아보라고 하게. 그렇게 하면 분명 나서는 사람이 있을 것이니."

눌친이 다시 정색을 하면서 나섰다.

"폐하! 운남에 대해서는 우려하실 필요가 없사옵니다. 군주가 바뀔 때마다 써왔던 상투적인 수법에 불과하옵니다. 부모관이 없다고 아우성을 쳐서 자기네들의 몸값을 올리기 위한 졸렬한 수작에 불과하옵니다. 번번이 저리 떼를 써서 지금 그들의 양렴은은 강희황제 때보다 네 배나 올라 있는 상태이옵니다. 치고 빠지는 수법으로 양렴은을 타내는 것은 이미 저들 사이의 불문율이옵니다."

건륭이 눌친의 말에 갑자기 버럭 화를 냈다.

"그렇게 저들의 생리를 잘 아는 자네들은 그러면 여태 뭘 하고 있었다는 말인가! 당장 문제의 지역에 공문을 보내 양렴은을 타내고 도망간 자들을 붙잡아 원위치시키도록 하게!"

악이태가 황급히 나서서 변명의 말을 입에 올렸다.

"그리 시도해보지 않은 것은 아니옵니다. 몇 번이고 승강이를 벌이다가 결국 양렴은을 도로 토해내는 걸로 마무리를 짓고 말았사옵니다. 그곳은 수질과 토양이 사람 살기에 부적합하고 각종 전염병도 심심찮게 나돈다고 하옵니다. 명줄이 긴 사람이 아니고서는 살아남기 힘들다는 소문이 나돌 정도로 환경이 열악한 것은 사실이옵니다."

악이태의 말이 끝나자 건륭은 입술을 잘근잘근 씹었다. 이어 한참 생각에 잠겨 있더니 다른 의견을 내놓았다.

"현지 토착민들 가운데에서 선발하는 것은 어떨까? 무엇보다 주관主官이 장기간 자리를 비워 정부 기능이 마비되는 사태가 초래될까 걱정이네."

부항이 즉각 대답했다.

"신도 그런 생각을 해봤사옵니다. 그러나 팔이 안으로 굽는다고, 토착민들은 시일이 지나면 완고한 토사土司 세력으로 변질될 가능성이 크옵니다. 이는 후세에 엄청난 골칫거리를 안겨주는 셈이오니 신중하지 않을 수 없사옵니다."

근래 들어 장시간 앉아 있은 적이 없었던 장정옥이 피곤한 허리를 펴면서 잔기침을 했다. 이어 천천히 입을 열었다.

"폐하! 이는 어제오늘 생겨난 고민거리가 아니옵니다. 조금 더 여유를 가지고 육부구경의 의사를 타진해 침착하게 대응책을 강구해보는 것이 어떨까 하옵니다."

건륭이 장정옥을 빠르게 쓸어봤다. 순간 눈에 일말의 불쾌한 빛이 스쳐 지나갔다. 사실 요즘 들어 장정옥을 대하는 건륭의 태도는 예전 같지 않았다. 최근 들어 장정옥이 장시간 병상을 지키고 있을 만큼 진짜로 병세가 위중한지 의혹이 커졌던 것이다. 게다가 가끔 한 번씩 불려나올 때마다 무게를 잡으면서 막판에 한마디씩만 하는 것도 어쩐지 눈꼴시었다. 어디 그뿐인가, 얼굴 가득 내비치는 피곤한 기색은 억지로 지어내는 것 같이 부자연스럽기까지 했다. 건륭이 그 뜻을 종잡을 수 없는 표정을 지은 채 쏘아붙였다.

"짐이 육부구경의 의사를 타진할 줄 몰라서 이러고 있나? 그에 앞서 자네들의 의견을 들어보자는 것이 아닌가?"

장정옥은 40여 년 동안이나 재상 자리에 있었던 사람이었다. 이제는 황제의 배 속에 회충이 몇 마리 들어 있는지도 알아차릴 정도로 눈치가 빠를 수밖에 없었다. 따라서 건륭의 어조가 심상치 않다는 사실을 감지한 그는 순간 본능적으로 황급히 용서를 빌었다.

"신이 우매해 본의 아니게 폐하의 심기를 불편하게 해드렸사옵니다. 하해와 같은 아량으로 용서해주시옵소서, 폐하!"

건륭은 뒤늦게 자신의 실수를 깨닫고 울상을 하고 있는 장정옥을 천천히 바라봤다. 마음이 조금 누그러지는 듯했다. 곧이어 조금 전과는 판이하게 부드러운 얼굴로 말했다.

"심기가 불편할 것까지는 아니네. 순유를 앞두고 대사를 매듭짓고 싶은 조급함 때문에 짐의 말투가 그렇게 들렸나 보네. 북경에 남아 있는 경들을 조금이라도 홀가분하게 해주려는 일념뿐이지 다른 뜻은 없었네."

건륭이 말은 부드럽게 했으나 분위기가 썰렁해진 것은 사실이었다. 그러자 눈치 빠른 악이태가 재빨리 화제를 바꿨다.

"날이 하루가 다르게 더워지고 있사옵니다. 폐하께서는 더위를 유난히 싫어하시지 않사옵니까? 그러니 여름이 지나고 추분 무렵에 길을 떠나시는 것이 어떨까 하옵니다."

건륭이 이미 결정을 했다는 듯 결연한 어조였다.

"당초 계획대로라면 사월 초에 떠났어야 했네. 하지만 황후의 건강 때문에 그럴 수가 없었지. 원래는 경복과 장광사가 금천에서 첩보를 보내오면 그때 더덩실 춤을 추면서 강남 길에 오르려고 했는데 계획이 수포로 돌아가고 말았어! 날이 더 더워지기 전에 얼른 몇 군데 둘러보고 와야겠네. 치적 부풀리기에 여념이 없는 아랫것들의 말은 도대체 믿을 수가 있어야 말이지. 직접 내 두 눈으로 백성들의 생활상을 들여다보고 와야 마음이 놓일 것 같아. 빠른 시일 내에 다녀와서 황후를 데리고 승덕承德의 피서산장으로 가서 여름을 날까 하네. 가을에는 몽고의 왕들을 목란木蘭에 있는 수렵장으로 불러 친목회를 가져야 하니 일정을 자꾸 뒤로 미룰 수가 없네."

건륭이 말을 마치고는 바로 장정옥과 악이태에게 수레를 제공해주도록 태감들에게 지시했다.

"경들에게는 자금성 내에서 말을 타도 괜찮다는 특별대우를 내렸는데 본인들이 곧 죽어도 그리 못하겠다고 하니 오늘은 특별히 수레로 모실까 하네."

장정옥이 건륭의 말에 황감한 표정을 한 채 엉기적거리면서 일어났다.

"신은 갈수록 무용지물이 되어가는 것 같사옵니다. 십 년 전 세종께서 창춘원에 계셨을 때까지만 해도 아침문후를 올리기 위해 매일 사경에 기침하고 왕복 수십 리 길을 말을 타고 달렸어도 멀쩡했었사옵니다. 그런데 이제는 운신조차 어려우니 나흘이나 닷새에 한 번씩 문후 올리러 입궐하는 마음이 불편하기 이를 데 없사옵니다."

"경들은 몇 십 년을 하루같이 조정에 기여한 공신들이네. 짐이 자네들과 그런 것을 따질 옹졸한 군주는 아니지 않은가?"

건륭이 환한 얼굴로 장정옥을 부축해 궁전을 나섰다. 그리고는 악이태를 향해 농담 비슷한 말을 던졌다.

"누구나 늙어가기 마련이네. 운신할 수 있을 때는 직접 움직이는 것도 좋겠지만 그것조차 여의치 않을 때는 아들들을 시켜 대신 문후 올리도록 하게. 그래야 짐도 자네들의 건강상태를 제때에 알 수 있지 않겠나."

건륭은 장정옥과 악이태 두 사람을 멀리 궁전 밖까지 배웅했다. 이어 태감들의 부축을 받으면서 멀어져 가는 두 사람의 볼품없는 뒷모습을 오래도록 지켜봤다. 한참 후 그가 한숨을 내쉬면서 궁전 안으로 들어왔다. 안에서는 기윤이 기다리고 있었다. 건륭이 기윤의 얼굴을 보자마자 다시 터져 나오려는 웃음을 억지로 참으면서 말했다.

"자네는 글만 잘 쓰는 줄 알았더니 마술도 잘 부리더군. 어떻게 하면 장화에 불이 붙을 수 있나? 문단의 일대 기문奇聞이 아닐 수 없네. 화상은 입지 않았는가?"

기윤이 겸연쩍은 표정으로 대답했다.

"무슨 정신에 궁전을 뛰쳐나갔는지 모르겠사옵니다. 화상까지는 아니옵고 껍질이 좀 그을렸사옵니다. 태감이 약을 발라줘서 염려할 정도는 아니오나 아무래도 이삼일은 절름발이 노릇을 할 것 같사옵니다."

건륭은 처음에는 입을 굳게 다문 채 웃음을 참았다. 그러나 도저히 안 되겠다고 생각했던지 그만 크게 웃음을 터트리고 말았다. 눌친 역시 옆에서 한참 웃고 나서 입을 열었다.

"신이 들어오기 전에 궁녀들을 어화원 월대 앞에 데려다 대기시키라고 했사옵니다. 지금쯤 궁녀들은 폐하의 선발을 기다리고 있을 것이옵니다. 의사議事가 이렇게 길어질 줄 몰랐사옵니다. 신의 생각이 짧았사옵니다."

"그렇다면 지금 나가보지! 태후마마께도 아뢰거라! 부항과 기윤, 자네들은 일을 보러 가고 여기는 눌친만 남아 있게!"

건륭은 여름을 재촉하는 후끈한 기운에 진저리치면서 서둘러 옷을 갈아입었다. 이어 묵직한 용포를 벗어버리고 미색 비단 두루마기로 갈아입고는 노란 띠를 둘렀다. 어느새 그는 귀공자의 모습으로 변신했다.

"가세!"

건륭이 머리채를 멋스럽게 뒤로 넘기면서 말했다. 건륭과 눌친 두 사람은 영항을 따라 북쪽으로 산책하듯 천천히 걸었다. 때는 정오라 땀이 비 오듯 흘러내렸다. 다행히 간간이 부는 바람이 땀을 식혀줬다. 눌친이 건륭과 조금 떨어져 걸으면서 입을 열었다.

"폐하께서는 더위에 약하신 체질이시옵니다. 이 계절에 순유를 나가시는 것은 아무래도 무리가 아닐까 하옵니다."

건륭은 눌친의 진심 어린 권유에 가슴이 따뜻해지는 감동을 받았다. 그러나 일부러 내색하지 않고 목소리를 높였다.

"경들의 진심을 짐이 어찌 모르겠나? 혹자는 세종께서는 북경을 한 발자국도 떠나지 않으셨어도 잘못된 것은 없지 않느냐고 하겠지. 그러나 그건 짐과 선제를 몰라서 하는 소리네. 선제께서 즉위하실 때는 지천명知天命에 가까운 나이였어. 반면 짐은 아직 연륜이 부족한 새내기가 아닌가! 선제께서는 젊은 시절에 밖에서 풍찬노숙하다시피 하시면서 백성들과 더불어 지내셨다고 해도 과언이 아니야. 그러나 그 시절의 험난했던 경험이 나중에 보위에 앉은 뒤 보약이 됐음은 자명한 일이네. 우물 안의 개구리는 손바닥만 한 하늘밖에 보지 못한다네. 그래서 짐은 나가야 하네. 날씨가 덥다는 것은 핑계가 못 되네."

건륭이 단호한 입장을 천명한 다음 다시 몇 마디를 덧붙였다.

"짐은 자네를 데리고 가고 싶네. 물론 더위가 무서워 저어된다면 북경에 남아도 되네. 억지로 끌고 갈 생각은 없으니."

눌친은 건륭을 설득하기는커녕 엉겁결에 보쌈까지 당해버렸다. 결국 황급히 아뢸 수밖에 없었다.

"신이 어찌 폐하의 뜻을 거역할 수 있겠사옵니까? 폐하를 위해서라면 죽음도 두렵지 않거늘 더위가 무슨 장애가 되겠사옵니까?"

"덥고 추운 것은 마음먹기에 달렸네. 짐은 자네와 부항을 유심히 지켜보고 있다네. 부항은 여름처럼 뜨거운 사람이지. 자네는 겉으로는 차갑게 보여도 짐에 대한 충성심은 짐이 믿어 의심치 않네. 짐은 강희황제와 옹정황제 시기를 거쳐 지금에 이르기까지 대소 관리들을 객관적으로 지켜봤어. 그 결과 만주족들의 됨됨이가 한족들보다 우위에 있다는 사실을 깨달았네."

눌친은 건륭의 말을 듣는 순간 조금 전 장정옥을 냉대하던 건륭의 모습을 떠올렸다. 눌친의 논리대로라면 건륭은 40년 동안 한순간도 정무에 게을리 한 적이 없을 뿐 아니라 세 조대째 묵묵히 황제를 섬기고 있는 장정옥에 대해 미워할 건더기가 추호도 없어야 마땅했다. 그런데 건륭은 아직까지 이렇다 할 실수라고는 없는 장정옥에 대해 '됨됨이'까지 거론하면서 나쁘게 평가하고 있지 않은가. 눌친은 갑자기 가슴이 서늘해지는 느낌이 들었다. 즉석에서 면박을 당하는 한이 있더라도 장정옥을 위해 몇 마디 변호를 해야 할 것 같았다. 그가 잠시 생각을 정리하고 난 다음 아뢰었다.

"신도 일부 한족들의 악습이 혐오스럽기 그지없사옵니다. 하오나 등롱을 들고 찾아보아도 장정옥 같은 사람은 없사옵니다. 물론 전대에 웅사리, 고사기처럼 재학과 명성이 장정옥을 능가한 한족 신료들이 있기는 했으나 그들의 종말은 그리 떳떳하지 못했사옵니다. 신과 부항은 가끔 이런 얘기를 하옵니다. 둘 다 스스로 게으른 사람은 아니라고 자부할 수 있으나 과연 늙은 뒤 장정옥만큼 많은 것을 이뤄놓을 수 있겠느냐고 말이옵니다. 답은 둘이 합쳐도 저 한 사람을 당할 수 없다는 것이옵니다."

건륭이 눌친의 말에 풋 하고 웃음을 터트리면서 덧붙였다.

"자네도 꽤 의심이 많은 사람이로군. 할 일은 많고 마음이 급하다보니 신경질을 조금 냈기로서니 별 추측을 다 하는구먼. 짐은 장정옥을 닮은 신료가 나타나기를 학수고대하고 있다네!"

"기윤이라는 사람에 대해 어떻게 생각하시옵니까?"

눌친이 느닷없이 엉뚱한 질문을 던졌다. 건륭이 잠깐 침묵하더니 천천히 입을 열었다.

"기윤 말인가? 뛰어난 글쟁이임은 자타가 공인하는 바이지. 그러나 재상이 되려면 모름지기 배짱과 여러 인재를 자유자재로 다룰 수 있는 힘이 있어야 하네. 경제 이론에도 일가견이 있어야 하고 말이야. 인재를 선발하는 데 있어서는 더욱 노련한 안목을 필요로 하네. 기윤은 활발하고 재미있는 성품이 돋보이나 재상을 지낼 재목은 아닌 것 같네."

눌친은 더 이상 말을 하지 않았다. 그저 묵묵히 건륭을 뒤따라갔다. 그러자 건륭이 먼저 물었다.

"무슨 생각을 그리 하는가?"

눌친이 건륭의 질문에 창백해 보이는 얼굴을 들었다. 이어 미소를 지으면서 대답했다.

"아뢰옵기 황송하오나…… 영원히 이렇게 폐하를 따라 걸어갈 수 있다면 얼마나 좋을까 하고 생각했사옵니다. 차갑고 무뚝뚝하기가 쇠붙이 같던 소인도 조인曹寅의 손자가 쓴 《홍루몽》이라는 책을 읽은 뒤부터 부쩍 감성적으로 변해가는 것 같사옵니다."

건륭 역시 이전에 이친왕 홍효로부터 《홍루몽》이라는 소설에 대해 전해들은 적이 있었다. 그예 한마디를 하고야 말았다.

“야사野史라고 들었네. 야사는 한계가 있으니 큰 흐름을 타지는 못할 거네. 그래도 글 실력은 상당하다고 하더군. 언제 한번 베껴서 짐에게도 보여주게.”

건륭이 말을 하다 말고 갑자기 입을 닫았다. 뭔가를 보고 놀란 듯했다. 아니나 다를까, 그의 눈에 어화원 입구에서 내무부 당관 조명의趙明義로 보이는 남자와 얘기를 나누는 당아의 모습이 들어왔다. 얼마 후 그가 겨우 가슴을 진정시키고 당아에게 손짓을 했다.

“당아, 오늘은 무슨 바람이 불어 어화원 구경을 다 나왔는가?”

21장

비적 추격전

건륭이 가까이 다가가 보니 그 당관은 조명의가 아닌 위화魏華였다. 게다가 당아와 위화 두 사람은 그냥 얘기를 나누는 중이 아니었다. 입씨름을 하며 승강이를 벌이고 있었다. 궁녀 선발이 있다는 소식을 듣고 내니를 데리고 온 당아를 위화가 막고 있었다.

위청태의 아들 위화는 원래 장친왕의 포의노包衣奴였다. 그런 그가 어화원 밖에서 당아와 승강이를 하게 된 데는 다 이유가 있었다. 내니가 궁녀 선발에 참가한다는 소문이 어떻게 해서 위청태 마누라의 귀에 들어갔던 것이다. 그러니 수년 동안 내니 모녀를 괴롭혔던 위청태의 마누라는 속이 뜨끔했다. 만일의 경우 내니가 입궐해 출세라도 하는 날에는 엄청난 보복을 당하지 않을까하고 지레 겁을 먹은 것이었다. 급기야 그녀는 장친왕의 복진을 만나 황씨 모녀의 험담을 늘어놓았다. 우선 황씨가 집에서 쫓겨난 이유는 행실이 난잡했기 때문이라고 입에 거품을 물었다. 그리고는 내니가 입궐해 자칫 천자의 아이라도 임신하는 날에는 황실의 체통이 바닥에 떨어질 것이라고 호들갑을 떨며 황씨 모녀를 헐뜯었다.

장친왕 복진이 그런 말을 듣고 가만히 있을 리가 없었다. 결국 내무부에 "신청자 정원이 다 찼으니 더 이상 사람을 들여서는 안 된다"는 명을 내렸다. 바로 이 때문에 당아와 위화 사이에 승강이가 벌어졌던 것이었다. 위화가 최대한 공손하게 말했다.

"소인의 난감한 입장을 헤아려 주십시오. 정말 인원이 다 찼으니 더 이상 들이지 말라는 지시를 받았습니다."

그러나 위화는 어쩔 수 없는 것이 아니라 당아를 결코 안으로 들여보내지 않겠다는 스스로의 의지가 대단해 보였다. 그 와중에 시위와 태감들도 힐끔거리며 쳐다보는 바람에 당아는 자존심이 상하고 분통이 터져 얼굴이 화끈거리며 달아올랐다. 바로 그러고 있던 차에 때맞춰 건륭이 나타났다. 당아는 구세주를 만난 듯 건륭을 향해 달려갔다. 그녀의 고운 눈에는 어느새 눈물이 가랑가랑 맺혀 있었다.

건륭에게 안길 듯이 달려가던 당아는 곧 정신을 차리고 예를 갖춰 인사를 올렸다. 이어 억울하고 원망 섞인 눈빛으로 건륭을 바라봤다. 눌친은 둘 사이에 오가는 소문을 익히 들어왔던 터라 어찌 된 영문인지 알아보겠노라며 슬그머니 자리를 피해 어화원 안으로 들어가 버렸다.

"그런 일이 있었군."

당아에게서 자초지종을 전해들은 건륭이 그녀의 등 뒤에 무릎을 꿇고 있는 여자아이를 힐끗 쓸어보고는 위화에게 물었다.

"자네가 위청태의 아들 위화인가?"

"그러하옵니다, 폐하."

위화가 연신 머리를 조아렸다.

"정원이 몇 명인가?"
"아뢰옵니다, 폐하. 총 이백사십 명이옵니다."
"그럼 이백사십 명 모두가 자진해서 입궐하려는 여자들인가?"
위화가 쿵 소리가 나게 땅에 이마를 찧으면서 대답했다.
"예, 폐하! 전부 자진해서 들어온 걸로 알고 있사옵니다. 황제폐하를 가까이에서 섬길 수 있는 것이 얼마나 큰 영광이옵니까? 너도나도 궁녀가 되려고 하옵니다!"
"자네가 그들 속에 들어갔다 나왔나? 짐이 만약 그렇지 않은 경우를 찾아내면 어쩔 텐가?"
"……"
위화가 대답을 하지 못했다. 건륭 역시 한참동안 입을 다물고 있다가 피식 웃었다.
"이자가 짐을 아주 세상물정 모르는 숙맥 취급을 하는구먼! 오늘 들어온 궁녀 후보들은 모두 팔기 가문에서 나름대로 귀하게 자란 아이들이네. 눈에 넣어도 안 아플 딸자식들이라고. 조정의 규정이 엄하지만 않다면 누가 귀한 딸을 궁녀로 보내려 하겠는가? 며칠 전 짐이 태후마마께 문후 올리러 가서 보니 몇몇 고명부인들이 자기네 외동딸만은 궁녀가 되지 않게 해달라고 간절히 부탁을 하고 있었네!"
위화는 건륭이 호되게 훈계하기도 전에 이미 사색이 돼 사시나무 떨 듯 떨었다. 건륭이 그런 모습을 보고 좀 안 됐다고 생각했는지 어조를 부드럽게 바꿔서 물었다.
"물론 짐이 자세한 내막을 알고 있으니 이런 말을 하는 것이지만 자네 입장에서는 그리 답할 수밖에 없었겠지. 이해하네. 짐 역시 뻔히 그렇지 않은 걸 알면서도 '전부 자진해서' 들어왔다는 말이 귀에 거슬리지 않고 좋네. 군주를 기만한 죄는 묻지 않을 테니 이 아이를 들여보내게."

위화는 황감한 나머지 식은땀이 번들거리는 이마를 연신 찧었다. 그리고는 즉각 그렇게 하겠노라고 대답했다.

당아는 그제야 만족한 듯 입 꼬리를 살짝 올리면서 박씨 같은 이빨을 드러내 보였다. 건륭은 그런 당아를 그윽하게 바라봤다. 그 시선이 마치 봄 햇살처럼 따뜻하고 부드러웠다. 순간 당아가 수줍게 고개를 숙이면서 뒷걸음으로 물러가려고 했다. 그러자 건륭이 황급히 다시 불러 세웠다.

"당아, 짐이 몇 가지 궁금한 것이 있으니 따라오게."

당아가 어깨를 살짝 들었다 내리면서 조심스레 주위를 곁눈질해 살폈다. 그리고는 건륭을 따라 어화원으로 들어섰다. 인적이 드문 나무그늘 밑에 이르자 애교 넘치는 콧소리로 말했다.

"이러다 사람들 눈에 뜨이면 어떡하옵니까? 뒤에서 얼마나 수군거리겠사옵니까. 무슨 일이시옵니까?"

"구더기 무서워 장 못 담그겠나?"

건륭이 숲이 좀 더 우거진 곳으로 당아를 잡아끌었다. 당아는 얼굴을 붉히면서 못 이기는 척 곱게 무릎을 꿇었다. 부항이 군기처에서 직무를 맡은 이후 두 사람이 이렇게 단 둘이서만 만난 것은 처음이었다. 두 사람은 한때 푸른 하늘과 점점이 떠 있는 흰 구름을 머리에 이고 백년 묵은 아름드리나무 밑에서 깊은 정을 나눴던 사이였다. 그런데 지금은 한 사람은 선 채로, 한 사람은 무릎을 꿇은 채 한동안 말을 하지 못했다. 그저 서로 눈빛으로 애틋한 정을 나눌 뿐 무슨 말을 어떻게 꺼내야 할지도 몰랐다. 한참 후 건륭이 비로소 입을 열었다.

"미색은 여전하구나."

"폐하의 홍복洪福 덕분이옵니다."

"강아는 튼튼하게 잘 자라고 있겠지?"

"그럼요, 폐하!"

건륭이 아들 복강안에 대해 묻자 당아는 언제 수줍었느냐는 듯 눈빛이 보석처럼 반짝였다. 남의 이목만 아니라면 손짓발짓 다해가며 큰 소리로 아들 자랑을 하고 싶은 눈치였다. 아니나 다를까, 그녀는 흥분을 가라앉히느라 무진 애를 썼으나 입을 열자마자 아들 자랑을 줄줄이 늘어놓았다.

"아이가 얼마나 토실토실하고 뽀송뽀송한지 그냥 확 깨물어주고 싶사옵니다. 폐하께서 하사하신 장명금쇄長命金鎖와 황후마마께서 상으로 내리신 팔찌를 하고 나서면 어찌 그리 늠름해 보이는지 어멈들은 앞으로 크게 될 아이라면서 호들갑들이 이만저만 아니옵니다. 눈매가 사내아이답게 부리부리하고 순해 보이면서도 어딘가 날카로운 면이 있사옵니다. 소인이 관음보살전에 이름을 올렸사옵니다. 또 얼마 전에는 서장西藏에서 활불을 초청해 아이의 무병장수를 기원하는 발원식을 가졌사옵니다."

당아가 으쓱한 표정을 한 채 건륭을 올려다봤다. 그리고는 아들 자랑을 다시 줄기차게 늘어놓기 시작했다.

"얼마 전 아이를 안고 관음묘를 찾았더니 보는 사람마다 우리 강아가 보살전의 금동金童이 환생한 아이라면서 입에 침이 마르도록 칭찬하는 것이 아니겠사옵니까! 고항의 마누라는 강아의 윤곽이……."

당아가 말을 하다 말고 입을 다물었다. 난감한 표정을 지은 채 손으로 입을 가렸다. 순간적으로 자신의 실수를 깨달은 듯했다. 하지만 건륭은 그녀의 다음 말을 모르지 않았다. 고항의 처가 강아의 윤곽이 황제를 꼭 닮았다고 호들갑을 떨었다는 말일 것이 분명했다. 그녀의 입장에서는 차마 입 밖에 낼 수 없는 말이었다. 건륭은 일부러 아무런 내색도 하지 않았다. 바로 그때였다. 멀리서 눌친이 두리번거리며 건륭을 찾는 모습이 보였다. 건륭이 길게 숨을 내쉬었다.

"자네도 건강하고 아이도 튼튼하다니 짐은 안심이 되네. 가보게! 필요한 것이 있으면 부항을 시켜 짐에게 전하도록 하게."

"예, 폐하!"

당아가 건륭을 향해 공손히 몸을 낮춰 예를 표했다. 그리고는 들릴 듯 말 듯한 목소리로 한마디 덧붙였다.

"폐하께서도 부디 강녕하시옵소서."

유통훈은 북경을 떠난 지 일주일 만에 한단부邯鄲府에 도착했다. 5월 단오를 하루 앞둔 날이었다. 그래서인지 한단 성 안의 집집마다에서는 대문 앞에 파란 햇쑥을 한 줌씩 걸어놓고 그것도 모자란 듯 항아리에 춘수春水를 가득 채워놓고 있었다. 마치 멀어져 가는 봄이 아쉬워 잡으려는 것 같았다. 또 단오의 상징인 호부향대虎符香袋를 만들어 그 안에 사향을 비롯한 각종 향료를 넣거나 종자粽子(대나무 잎에 찹쌀을 넣고 찐 떡. 단오절에 굴원屈原을 기리기 위한 풍습)를 찌느라 아낙들이 바쁘게 돌아다니고 있었다. 더불어 동네 코흘리개들의 천진한 웃음소리가 저녁노을에 물든 빨래터를 더욱 평화롭게 만들고 있었다.

유통훈은 밤낮이 따로 없이 풍찬노숙하면서 달려온 터라 지칠 대로 지쳐 있었다. 옛날에는 체력이 둘째가라면 서러울 정도로 튼튼했으나 나이 마흔을 넘기니 어제가 다르고 오늘이 달랐던 것이다. 심지어 장시간 말을 타느라 살갗이 벗겨진 사타구니는 불에 덴 듯 따끔거렸다. 또 팔다리가 빠질 것처럼 따로 놀았다. 유통훈은 도착하자마자 역관에서 죽은 듯 낮잠을 자고 일어나 겨우 죽 한 그릇을 비웠다. 그리고 나서야 다소 체력이 회복됐는지 동행한 황곤에게 명령을 내렸다.

"오늘밤에는 고항 대인을 만나야겠네. 한단부에 가서 우리가 도착했다고 알린 다음 지부와 함께 오라고 이르시게. 즉각 인마를 풀어 대대적인 수사에 돌입해야겠어."

황곤은 일흔을 넘긴 나이에도 노익장을 과시했다. 여독이 덜 풀려 다 죽어가는 유통훈을 비웃기라도 하듯 전혀 피곤한 기색이라고는 없이 팔팔했다. 그가 사람 좋게 대답했다.

"하관은 반평생 수행원 노릇을 해왔으나 연청 대인 같은 분은 처음입니다. 한단부에서는 어제쯤에나 겨우 통보를 받았을 텐데 대인께서 벌써 도착했다고 하면 미효조가 얼마나 놀라겠습니까. 북경에서 여기까지 자그마치 천삼백 리입니다. 빨라도 열사흘은 걸릴 거라고 생각하고 있을 터인데 벌써 당도했으니 말입니다. 하관의 아들놈이 고항 나리를 따라 마두진에 갔다고 들었는데 지금쯤 한단에 돌아왔는지 모르겠습니다."

"마두진이라니?"

유통훈의 얼굴이 대뜸 굳어졌다. 고항이 여태 마두진에 죽치고 있는 이유를 알 수가 없었던 것이다.

'그루터기에 앉아 토끼를 기다리겠다는 것인가? 토끼는 이미 도망간 지 옛날인데 거기서 시간을 죽여 봤자 해결될 일이 뭐가 있는가!'

유통훈은 그런 생각이 들자 버럭 화를 내려다 말고 참았다. 애꿎은 황곤에게 떠드느니 벽을 보고 고함지르는 편이 나을 것 같다는 생각을 한 모양이었다.

유통훈의 수하에는 소흥小興이라는 전령이 있었다. 워낙 약삭빠르고 영특해서 유통훈이 어디를 가든 데리고 다니는 아이였다. 서재에서 필묵 시중을 드는 것이 본업인 그는 호기심이 많아서 여기저기 기웃거리고 다니는 것이 부업이었다. 아니나 다를까, 유통훈이 한단에 도착하자마자 쓰러져 대자로 널브러져 있는 사이 바깥 구경을 나갔던 소흥이 헐레벌떡 달려 들어왔다.

"나리, 나리! 여기 다녀간 사람들이 총대叢臺의 일몰이 기가 막히다고 입에 침이 마르도록 자랑하더니, 과연 명불허전입니다. 저기 좀 보세요, 어서요!"

유통훈은 소흥의 성화를 못 이겨 창밖을 내다봤다. 과연, 사방으로 날개를 뻗은 고층 누각에 석양이 내려앉아 사위를 신비스러운 색깔로 물들이고 있었다. 둥지를 찾아 퍼덕거리는 이름 모를 새의 지친 날갯짓과 붉은 색과 황금색으로 아낌없이 하늘과 대지를 칠해주는 노을 덕분에 무겁게 내리는 어둠도 덜 쓸쓸하게 느껴졌다. 넋 놓고 먼 곳에 시선을 박고 있는 유통훈의 검은 얼굴에 순간 한줄기 미소가 스쳤다.

"하관 미효조가 대령했습니다."

유통훈이 석양에 도취해 넋을 잃고 있을 때 갑자기 등 뒤에서 우렁찬 목소리가 들려왔다. 한단 지부 미효조가 어느새 와 있었던 모양이었다. 그는 헐레벌떡 달려온 듯 단정하게 차려입은 관복에서 땀 냄새가 물씬 풍겼다. 꽉 끼는 관모 밑으로는 땀방울이 흥건했다. 유통훈은 즉각 한쪽 무릎을 꿇으며 수본手本을 건네는 미효조를 향해 일어나라는 손짓을 했다.

"수본을 건네지 않으면 누가 미효조라는 사람을 모를까봐 그러는가? 그대는 열심히 하는 것에 비해 운이 안 따라주니 안타깝군."

유통훈이 주위에 차를 가져오라고 하자 미효조가 한숨을 푹 내쉬었다. 유통훈의 말은 모두 사실이었다. 그는 건륭 2년에 섬주陝州 현령이었으나 감옥을 시찰하러 갔다가 죄수들에게 인질로 잡혀 곤욕을 치렀었다. 물론 그 사건은 전임 현령들의 관리 소홀 때문에 일어난 것이었으나 '직무에 소홀했다'는 죄를 뒤집어쓰는 횡액을 피하지는 못했다. 결국 녹봉 감봉 1년이라는 처벌을 받았다. 그 후로도 갖은 우여곡절을 겪다가 군량미 조달에 큰 공로를 세우면서 겨우 한단 지부로 승진했다. 그런데 이번에는 지부 자리에 엉덩이를 내린 지 얼마 되지도 않아 다시 한단 경내에서 군비를 도둑맞는 사건이 터진 것이다. 사건이 해결되더라도 사전 단속에 소홀했다는 죄명에서 자유로워지기는 어려울 것이었다.

유통훈은 자신의 동정어린 말 한마디에 푹푹 한숨만 내쉬는 미효조를 향해 물었다.

"사건이 터진 지 사십 일이 넘었네. 뭔가 실마리를 찾았는가? 어디에서부터 시작해야 할지 들어나 보자고."

미효조가 대답했다.

"연청 대인이 오시니 구세주를 맞이한 기분입니다. 사실 사건 발생 후 고항 대인은 한단에는 얼굴만 한 번 잠깐 비추고 계속 마두진에 머물고 계십니다. 그쪽에서 혐의자들을 색출하고 있나 봅니다. 하관도 나름대로 경내에서 거동이 수상한 자들을 몇몇 붙잡기는 했으나 아직 합동심문에는 들어가지 않은 상태입니다."

"지금 장난을 치는 건가?"

유통훈이 갑자기 버럭 고함을 질렀다. 그렇지 않아도 고항이 오지 않아 심기가 불편했는데 미효조의 느릿느릿한 말투에서 옆집 불구경하는 듯한 느낌을 받은 탓이었다. 그러나 이내 마음을 가라앉히면서 되도록 평온한 말투로 다시 입을 열었다.

"대청 개국 이래 전례가 없었던 사건이야. 폐하께서는 침수에 들지 못하는 날이 늘어만 가는데 자네들은 여기에서 뭘 그리 꾸물대는가! 양몰이를 하는 것도 아니고 하나는 여기에서, 하나는 저기에서……. 뭘 하는 거야, 도대체!"

유통훈이 분통을 터뜨리고 있을 때였다. 바로 코앞에서 말발굽 소리가 들려왔다. 미효조는 마중 나간 역승이 누군가와 인사말을 나누는 소리를 들더니 황급히 말했다.

"고항 대인이 도착한 것 같습니다."

미효조는 곧바로 밖으로 나가 영접을 하고 싶었다. 그러나 유통훈이 미동도 않고 앉아 있는 것을 보자 감히 움직일 생각을 하지 못했다. 곧이어 밖에서 고항이 마부들에게 큰 소리로 명령을 내리는 소리가 들려왔다.

"황주黃酒 두 항아리는 조심해서 내려. 너희들을 팔아도 못 사는 거니까 몇 사람이 같이 들어. 귀비마마께 올릴 공품이야! 황천패, 식합을 주방에 가져가서 데워야 할 것은 데우라고 하게."

고항은 그렇게 지시를 하고는 바람을 일으키면서 성큼 안으로 들어섰다. 뭐가 그리도 좋은지 얼굴에는 연신 싱글벙글하는 웃음이 떠나지 않았다.

"연청, 이제나저제나 학수고대하고 기다렸어요. 여기까지 오느라 정말 수고가 많았어요."

고항이 두 손을 비비면서 신나게 인사를 하다 말고 얼떨떨한 표정을 지었다. 방 안의 분위기가 심상치 않다는 낌새를 챈 것이다. 이어서 그가 꼼짝도 하지 않고 자리를 지키고 서 있는 미효조를 일별하면서 물었다.

"무슨 안 좋은 일이라도 있는 것인가?"

유통훈은 잠자코 발끝에 시선을 고정시키고 있다가 천천히 자리에서 일어났다. 이어 손을 내밀어 앉으라는 시늉을 했다. 순간 미효조가 뒤로 몇 발자국 물러섰다. 유통훈이 차갑게 입을 열었다.

"고항 대인, 나 유아무개는 어지를 받고 사건을 수사하러 내려온 흠차예요!"

고항은 유통훈 앞에서 겉으로는 일부러 대수롭지 않은 척했다. 그러나 속으로는 바짝 긴장하고 있었다. 유통훈이 평소 무슨 일이든 확실하고 투명하게 해야 직성이 풀리는 사람이고, 미심쩍은 일은 끝까지 파고드는 무서운 집념의 소유자라는 사실을 잘 알고 있었기 때문이었다. 바로 그런 유통훈이 얼굴을 길게 늘어뜨리고 눈에서 독기를 내뿜고 있으니 그로서는 두렵지 않을 수 없었다. 그의 두 다리가 건잡을 수 없이 후들거리기 시작했다. 급기야 그가 안색이 파리하게 질리면서 유통훈의 발치에 무릎을 꿇고 말았다. 미효조를 비롯해 황곤과 황천패 등도 뒤따라서 무릎을 꿇었다. 고항의 목소리는 떨렸다.

"신 고항이 폐하의 문후를 여쭙사옵니다!"

"폐하께서는 안강하다네!"

"만세, 만세, 만만세!"

고항이 삼궤구고의 대례를 올리고 몸을 일으키려고 했다. 유통훈이 제지했다.

"잠깐! 폐하께서 하문하신 바가 계시다."

"……만세!"

고항의 만세 소리가 끝나기 무섭게 유통훈의 목소리가 갈라 터질 듯 메마르고 날카롭게 울려 퍼졌다.

"고항, 어찌해서 군비를 운반하는 수레에 약재가 들어 있었는지 이실직고하라."

"아뢰옵니다, 폐하! 워낙 덩치가 큰 행렬을 보호하기 위한 궁여지책이었사옵니다. 군중에 약재도 보낼 겸 약재 상인으로 위장하려다 보니 그리 됐사옵니다. 그럼에도 적들의 농간에 놀아난 소인의 무능함을 벌해 주시옵소서, 폐하!"

유통훈이 고개를 끄덕였다. 그리고는 다시 물었다.

"남경에서 자네가 기생들의 치마폭에 휩싸여 직무를 소홀히 했다는 탄핵안이 올라왔네. 기방에서 군사기밀을 흘린 적이 없는가? 명색이 조정 대신이고 국척이라는 사람이 이렇게 염치없이 굴어도 괜찮은지 묻고 싶다."

제발 비켜가 주십사 간절히 바라던 질문이 결국 나왔다. 순간 고항의 얼굴은 백지장처럼 새하얗게 질려버리고 말았다. 고항은 그렇게 완전히 넋이 나간 표정으로 멍하니 있더니 한참만에야 겨우 정신을 추스르고 머리를 조아렸다.

"신이…… 행실이 단정치 못했던 것은 사실이옵니다. 하지만 지인을 만나 기방에서 노래를 들으면서 즐긴 일은 있사오나 기생년들과 잠자리를 같이 한 적은 없사옵니다. 또 신이 아무리 정신 나간 놈이라고는 하나 어찌 기생년들 앞에서 군사기밀을 흘렸겠사옵니까? 군비를 지키라는 명령을 받고 신은 남경에서 하룻밤밖에 지체하지 않았사옵니다. 이는 소인의 수행원들과 양강 총독 윤계선, 금릉 포정사도 잘 아는 사실이옵니다. 부디 통촉해 주시옵소서, 폐하!"

고항은 위기에 몰리자 거짓말을 술술 잘도 했다. 그가 다시 말을 이었다.

"하오나 신이 맡은 바 직무에 소홀히 해서 도적들의 표적이 된 것은 사실이니 뭐라고 변명할 생각은 없사옵니다. 신도 이대로 살아 숨 쉬는 것이 원망스럽사옵니다. 사건이 종결된 후 부디 중죄를 물어 엄벌에 처해주시옵소서, 폐하!"

고항의 목소리에는 간간이 울음까지 섞였다. 여염집 같았으면 집안 식구를 그렇게까지 혹독하게 대하지는 못했을 터였다. 그러나 황실의 법도는 피도 눈물도 없이 준엄했다. 그랬으니 황천패를 비롯한 다른 사람들 역시 자신들도 모르게 고개를 더욱 낮출 수밖에 없었다.

유통훈은 아무려나 기고만장한 고항의 기를 꺾는 데 성공했다. 그것은 건륭의 뜻이기도 했다. 물론 건륭은 앞서 '고항은 부리기에 달렸다'면서 너무 숨통을 조이지 말라고 당부하는 것도 잊지 않았다. 유통훈은 그 말이 떠오르자 이쯤에서 멈춰야겠다고 생각한 듯 부드러운 어투로 말했다.

"그만 일어나시죠, 고 대인! 나는 폐하의 어지를 받고 그대로 하문했을 따름이에요."

"고맙소."

고항이 유통훈의 말에 듯 조심스레 일어났다. 이어 다시 유통훈을 향해 허리를 굽혔다. 그러자 유통훈이 농담조로 위로를 건넸다.

"한마디만 더 하문했더라면 오줌이라도 쌌겠네요? 비적들을 혼비백산케 했던 용맹한 분이 어찌 그리 담력이 약합니까? 폐하께서는 군비를 되찾고 일지화를 생포하면 죄를 묻지 않을 뿐 아니라 공로를 인정해 주실 수도 있다는 뜻을 내비치셨습니다."

유통훈은 말을 마치고는 황곤 부자에게도 자리에 앉도록 권했다. 황곤은 유통훈의 권유대로 엉덩이를 살짝 붙인 채 자리에 앉았다. 그러더니 홱 고개를 돌려 잔뜩 주눅이 들어있는 황천패를 노려보고는 두 눈을 부라리면서 일갈했다.

"이놈, 너는 서 있어! 일을 그따위로 해놓고 무슨 낯짝으로 아직까지 살아 있는 게냐? 살은 피둥피둥 잘 쪘네. 아무튼 단단히 혼날 각오해!"

황곤은 성격이 불같은 사람이었다. 당연히 가법도 지엄할 터였다. 그러자 유통훈이 무거운 분위기를 바꾸기 위해 일부러 농담을 하며 황곤을 말렸다.

"혼을 내주는 것은 좋은데 제발 다리몽둥이는 분지르지 말게. 내가 아직 더 부려먹어야 하니 말이야!"

황곤은 그럼에도 분을 삭이지 못해 씩씩거렸다. 그러나 말은 더 이상

하지 않았다. 그제야 고항이 혼비백산했던 가슴을 쓸어내리면서 수사에 실마리가 될 만한 정보들을 털어놓았다.

"마두진 역로 주변 옥수수밭에서 군비 수송에 사용했던 수레와 약재를 발견했어요. 수레 하나에는 황금 이백오십 냥도 들어 있었어요. 이는 일지화가 도망갈 때 얼마나 다급했는지를 말해주는 거예요. 누군가 사건 발생 당일 행적이 수상쩍은 사람들이 마두진 서쪽에서 땅을 파는 걸 봤다고 제보했어요. 그래서 그곳을 파봤더니 은자 삼천 냥이 나왔어요. 내친김에 며칠 동안 마두진을 갈아엎다시피 했는데 더 이상의 은자는 없었어요. 연청, 일지화는 정신없이 도망가면서 그 많은 은자를 다 가지고 갔을 리가 없어요. 틀림없이 어딘가에 분산시켜 숨겨뒀을 거예요!"

미효조가 기다렸다는 듯 다른 입장을 피력했다.

"그렇다고 이 큰 한단 지역을 전부 갈아엎을 수도 없지 않습니까? 제가 이미 한단 경내의 술집, 역관, 사찰, 기방 등 곳곳마다 확실한 염탐꾼을 붙여놓았습니다. 일당 중 한 놈만 잡아도 사건 해결이 큰 진척을 보일 겁니다."

"한 놈을 잡는 게 문제가 아니네. 일망타진할 방법을 강구해야지!"

유통훈의 언성이 높아졌다. 건륭의 예측대로 고항 등은 군비를 찾는 데만 급급해 있었다. 유통훈은 내심 건륭의 통찰력에 감탄하면서 다시 툭 던지듯 말했다.

"여태까지는 수사의 초점을 어디에 맞췄는지 모르나 이제부터는 내 의사에 따라줘야겠습니다. 은자는 어딘가에 파묻었을 수도 있고 한단 경내에 있는 일당의 집에 숨겨뒀을 수도 있습니다. 은자가 한단 경내를 벗어나지 못한 게 확실하다면 일지화는 언젠가는 다시 모습을 드러내게 돼 있습니다. 지금처럼 땅만 파고 다니다가는 닭 쫓던 개 지붕 쳐다보는 격이 될 수밖에 없습니다."

유통훈이 마시던 찻잔을 내려놓았다. 좌중의 사람들은 연신 알겠노라면서 고개를 끄덕였다. 유통훈이 다시 말을 이었다.

"오늘 저녁부터 나는 한단부를 샅샅이 뒤질 거예요. 소속 주현을 포함해 경내 전체에서 검문검색을 강화할 겁니다. 역관을 비롯해 사람이 머물 수 있는 모든 장소에는 밤마다 두세 번씩 호구조사도 실시할 거예요! 그리고 각 아문의 아역들에 대해서도 감시를 늦춰서는 안 됩니다. 열 사람이 집안도둑 하나 못 당한다고 하잖습니까! 각자 돌아가서 아역들에게 이르세요. 적과 내통하는 자를 발견해 신고하면 공로를 인정해주고 후한 포상금도 내릴 거라고 말입니다. 반대로 알면서도 신고하지 않는 자는 나 유통훈의 칼 맛을 톡톡히 보게 될 거라고 전하세요!"

유통훈이 잠시 좌중을 둘러보고는 다시 말을 이었다.

"황곤, 황천패 부자는 오늘부터 현지의 실력자들과 친분을 쌓도록 하게. 큰 고기는 큰물에서 놀아야 하거든!"

"알겠습니다!"

유통훈이 곧이어 고항을 보면서 말했다.

"고 대인! 사건은 마두진에서 발생했어요. 그대들이 묵었던 역관과 그자들이 약재를 훔쳐갈 때 임시 소굴로 삼았던 곳의 주인들을 불러 조사할 생각은 해보지 않았나요? 마두진은 세 개 성의 접경지대에 있는 지역이에요. 그곳의 진장鎭長, 순검巡檢은 강호의 삼교구류三教九流들과 왕래가 잦을 거예요. 그자들을 붙잡아 심문할 생각도 해보지 않았나요?"

고항이 즉각 대답했다.

"수상한 자들은 이미 연행했어요. 곧 심문할 예정이기도 하고요. 또 진장과 순검은 앞장서서 협조하는 적극성까지 보이고 있습니다."

유통훈이 고항의 말이 끝나기 무섭게 비웃는 듯한 표정을 지었다.

"그렇다면 그 둘은 혐의 대상에서 제외된다는 얘기입니까? 그 두 사람의 이름이 뭡니까? 내가 초청장을 보내 한단으로 초대할까 합니다."

고항은 바로 역졸에게 지필紙筆을 가져오라는 명령을 내렸다. 그 사이 황천패가 아뢰었다.

"진장은 사명상沙明祥이라는 자입니다. 또 순검은 은부귀殷富貴라는 자이옵니다."

소흥이 먹을 가는 동안 유통훈이 황천패에게 물었다.

"진악震岳(황천패의 자), 자네는 이곳 강호에 알고 지내는 벗이 없는가?"

유통훈이 자신의 자字를 입에 올리자 황천패는 황감해 어쩔 줄 몰랐다. 이어 황급히 대답했다.

"예……, 한 사람이 있기는 있습니다. 주소조朱紹祖라는 친구입니다. 조부 때부터 저희 일가와 친분이 있는 사이였습니다. 하지만 지금은 못 본 지 이십 년도 넘어 저를 알아보기나 할는지 모르겠습니다. 그 가문 역시 북경에서 조정의 물품을 호송하는 일을 맡아왔습니다. 여기 내려오자마자 고 대인을 따라 마두진에서 헤매다보니 아직 찾아가 볼 여유가 없었습니다."

황천패의 말이 떨어지기 무섭게 황곤이 주먹을 휘두르면서 대로했다.

"자식아! 그래, 아직 소조를 만나보지도 않았다는 말이냐? 소홀히 할 일이 따로 있지 손바닥만 한 동네에서 똥 싸는 시간이면 찾아보겠다!"

기대가 크면 실망도 큰 법이다. 황곤은 생각하면 할수록 가문의 명성에 먹칠을 한 아들이 미운지 주먹을 불끈 쥐었다 폈다 하며 흥분했다. 유통훈이 그런 황곤을 보고 웃음 띤 얼굴로 말했다.

"자네 아버지는 오는 길 내내 말 궁둥이를 피 터지게 때렸다네. 이미 엎질러진 물인데, 화를 낸들 무슨 소용이 있겠는가? 역관의 수레를 내줄 테니 부자간에 화해도 할 겸 회거항回車巷에 있다는 그 친구를 찾아가 보게."

"소문에 따르면 주소조는 이미 강호의 일에서 손을 씻은 지 오래 됐다고 합니다. 지금은 비단과 찻잎을 취급하는 장사를 한다고 하니 우리 일에 동참하려 하지 않을 겁니다."

황천패가 유통훈의 의중을 파악했다는 듯 조심스럽게 대답했다. 그러나 유통훈은 말없이 붓을 들어 먹을 찍었다. 이어 뭔가를 잠시 생각하더니 빨간 초청장이 아닌 흰 종이에 글을 써 내려가기 시작했다.

사형沙兄에게:

오월 단옷날 저녁 주안상을 정성껏 준비해 광림光臨하기를 기다리겠네. 은부귀 선생과 함께 와 줬으면 하네. 학수고대하겠네.

–형부상서 유통훈 올림

유통훈이 역졸에게 편지를 건네주면서 지시했다.

"역승에게 전하게. 반드시 오늘밤 내로 받아보게 하라고 말이야!"

당부를 마친 유통훈이 다시 황천패에게 얼굴을 돌렸다.

"장사를 크게 한다니 유능한 사람임은 틀림없네. 선대에 친분이 두터웠다고 하니 웬만하면 팔을 걷어붙이고 도울 것이네. 한때 강호에서 물러났다가도 다시 뛰어드는 사람들은 비일비재하다고. 또 우리가 그렇게 무리한 요구를 하는 것도 아니잖은가. 현지 실력자들을 만날 수 있도록 자리를 좀 마련해 주십사 부탁하는 거니 그 정도 도움은 줄 걸세. 그 사람의 장사에 해로운 영향을 끼치는 일은 없을 것이니 걱정 붙들어 매게."

그때 밖에서 요란한 징소리가 들렸다. 동시에 아역의 고함소리가 들려왔다.

"부존府尊께서 지령이 계셨다. 오늘 저녁부터 한단 경내는 계엄에 돌입하니 다른 집에서 기숙하는 자들은 신분증을 준비해두기 바란다."

"미효조도 어지간히 성격이 급하군! 황씨 부자는 지금 즉시 출발하도록 하게."

유통훈이 씩 웃으며 말했다. 고항은 그때까지도 멍하니 자리에 앉아 있었다. 적어도 3, 4일은 더 있어야 도착할 줄 알았던 유통훈이 불같이 달려와 자신의 생각과는 완전히 다른 쪽으로 사건을 조사하고 나서니 어떻게 대처해야 할지 방도가 생각나지 않는 듯했다. 그런 고항의 속내를 알 길 없는 유통훈이 물었다.

"고 국구, 무슨 생각을 그리 골똘히 하십니까? 내 판단이 틀림없다면 사흘 내로 반드시 단서가 잡힐 것이니 너무 걱정하지 마세요. 범인을 잡는 게 급선무이니 한단 전역을 갈아엎을 생각은 접으시고……."

유통훈이 길게 기지개를 켜고 나더니 냉차를 한잔 쭉 들이켰다. 그리고는 다시 화선지를 펴고 붓을 들었다. 그러자 고항이 물었다.

"피곤하지도 않습니까? 또 뭘 하려고 그러시오?"

유통훈이 즉각 시큰거리는 허리를 돌리면서 대답했다.

"왜 피곤하지 않겠습니까? 의자를 당겨 가까이 와 앉으세요. 우리 둘이 공동명의로 폐하께 상주문을 올려야겠소이다."

"조금 기다렸다가 밖에서 무슨 소식이 들어오면 그때 올리는 것이 바람직하지 않겠습니까?"

그러나 유통훈은 자신의 생각을 바꿀 의사가 전혀 없다는 듯 단호하게 말했다.

"폐하께서는 이 일로 무척 걱정이 많으시고 초조해 하세요. 우리는 자신감을 보여드려야 해요. 폐하께서 하루라도 편하게 침수에 드시도록 해야죠."

고항은 유통훈의 말에 민망한지 혀를 내밀고는 입술을 적셨다. 그리고는 가타부타 말을 하지 않았다.

그 시각 역영, 당하, 한매, 뇌검, 엄국嚴菊 등을 비롯한 일지화 일당은 한단에서 멀리 떨어진 곳에 있었다. 수십 명이 한단에 죽치고 있기에는 이목이 두려웠기 때문이었다. 그렇다고 다 같이 도피를 하자니 묻어둔 은자가 걱정이었다. 그래서 역영은 은자를 강탈해온 지 사흘째 되던 날 이천 냥 정도의 황금을 80여 명의 형제들에게 나눠줬다. 그리고는 각자 흩어져 한단을 뜨도록 했다. 황하 옛길을 따라 창덕부彰德府를 거쳐 제원濟源에서 다시 모이기로 약속했다. 최종 목적지는 동백산桐柏山이었다. 그러나 연입운, 황보수강과 호인중 세 명은 한단의 황량몽黃粱夢에 남아 묻어둔 은자를 지키도록 했다. 조정의 감시가 소홀해지기를 기다렸다가 은자를 싣고 갈 계획이었던 것이다.

셋은 황량몽진 내에서 뜰이 넓은 집 한 채를 통째로 빌렸다. 그리고는 차례로 한단성 안으로 들어가 동향을 감시하고는 했다. 집주인은 연입운과 피를 나눈 형제보다 더 우애가 깊은 유득양劉得洋이라는 자였다. 유득양은 동작이 재빠르고 머리가 잘 돌아갔다. 아니나 다를까, 그는 자신의 집 뒷마당에 봉분封墳을 새로 만들자는 제안을 했다. 세 사람은 그의 건의를 받아들였다. 그리고는 잡초가 우거진 백년 묵은 봉분으로 위장했다. 이어 풀을 갖다 심고 물을 주면서 몇 날 며칠을 바쁘게 움직였다. 당연히 진의 관리들에게는 은자 몇 냥씩을 찔러주고 입맛대로 구워삶아 놓았다.

음력 5월 4일, 이날은 황보수강이 한단성에 들어가 염탐을 하는 날이었다. 그는 예정대로 아침 일찍 집을 나갔다가 저녁나절에 돌아왔다. 집 안에는 명절준비를 하느라 바쁘게 움직이는 어멈 둘만 보일뿐이었다. 그는 마구간에 노새를 매어 놓고 방으로 들어갔다. 연입운은 보이지 않았다. 다시 서쪽 별채로 갔더니 호인중이 반바지만 입은 채 대자로 누워 쿨쿨 자고 있었다. 그가 호인중의 어깨를 마구 흔들어 깨웠다.

"이봐, 호인중! 어서 일어나! 벌써부터 자고 밤에는 계집사냥이라도 다니려고 그러는 거야?"

"어? 어……!"

"어서 일어나! 유통훈 그 잡것이 내려왔어!"

"뭐? 유…… 통훈? 그 새끼가?"

"그래! 근데 연형…… 연입운은 어디 갔어?"

좀처럼 눈을 뜰 것 같지 않던 호인중이 황보수강을 바라보더니 헤식은 웃음을 흘렸다.

"가기는 어디를 갔다고 그래? 오吳 선고仙姑가 불러서 갔지. 낮에 간 사람이 아직도 안 오는 걸 보면 그 재미가 쏠쏠한가 보지 뭐!"

"이것 참, 지금이 어느 때라고! 유통훈이 사냥개처럼 킁킁대고 다닌단 말이야. 오늘밤부터는 한단 경내가 계엄에 들어간다고 하잖아. 집집마다 이 잡듯이 뒤지고 다니면서 호구조사도 할 거라고 하던데……. 연형은 언젠가는 계집 때문에 망할 거야."

"내가…… 어느, 어느 년 때문에 망한다고?"

갑자기 밖에서 술에 취한 연입운의 말소리가 들려왔다. 아니나 다를까, 문을 확 열어젖힌 연입운은 술에 잔뜩 취해 있었다. 그는 핏발이 선 두 눈을 부릅뜨고 황보수강과 호인중을 번갈아 쳐다보았다. 이어 구역질나는 술 트림을 하면서 말했다.

"왜? 나 혼자 먹고 왔다고 불만인가? 침대 밑에 은자가 평생을 써도 다 못 쓰고 죽을 만큼 많으니……. 기생년……, 얼마든지 보고 오라고!"

"연형! 정신 차려요. 유통훈이 냄새를 맡았어요."

황보수강이 안 되겠다고 생각한 듯 연입운을 부축해 앉혔다. 동시에 술 깨는 데 특효인 박하냉차 잔을 손에 쥐어주면서 발을 동동 굴렀다. 순간 연입운의 흐리멍덩하던 눈이 전광석화처럼 날카로운 빛을 뿜었다. 그러나 그것도 잠시였다. 연입운은 바로 냉소를 터트렸다.

"유통훈이 아니라 그 할아버지가 온다고 해도 겁날 것 없어! 인자引子(신분증명서)도 샀겠다, 은자도 꽁꽁 숨겼겠다……. 뭐가 문제야? 우리의 절친 유득양이 아래위를 꽉 틀어막고 있는데! 우리는 하늘이 두 쪽 나도 걱정할 이유가 없어."

연입운이 손마디를 따다닥 소리 나게 꺾으면서 냉소를 머금었다. 사실 손꼽아보면 그가 역영을 따라다닌 세월도 7년을 헤아렸다. 그것은 의義를 쫓았다기보다는 역영을 여자로 좋아했기 때문이었다. 역영이 나이는 연입운보다 열 살 정도 연상이기는 했으나 겉모습은 갓 스무 살을 넘긴 것처럼 풋풋해 보였으니 실제로 그녀에게 반한 남자들도 적지 않았다. 그러나 그녀는 남녀 간의 애틋한 감정에는 전혀 관심이 없는 듯 오로지 한실漢室(한나라)의 부흥만을 위해 온몸을 내던졌다. 연입운은 그런 역영에게 자신의 감정을 솔직히 고백하지 못하고 여태껏 함께 해왔다. 그런데 요즘 들어 그는 어쩐지 이번이 역영과의 마지막이 될 것 같은 불길한 예감이 자꾸 들었다. 술에 취해 홍루紅樓를 찾는 일이 잦은 것도 그런 불안한 마음을 누르기 위해서라고 할 수 있었다. 기약 없는 여자에게 목을 매느니 당장 애교를 떨면서 달려드는 홍루의 계집에게서 마음의 위안을 찾고 싶었다.

그러던 차에 얼마 전부터 그는 한단의 취홍루翠紅樓에서 만난 소청小青이라는 기생과 정이 들었다. 소청에게 빠져들수록 오랫동안 그의 마음 깊은 곳에 있던 역영의 그림자도 점차 희미해졌다. 급기야 이참에 딴살림을 나고 싶은 마음이 서서히 고개를 쳐들고 올라왔다.

그날 밤 연입운은 이리 뒤척 저리 뒤척 하면서 밤을 하얗게 새웠다. 그 사이 이장里長이 호구조사를 해야 한다고 찾아왔다. 그는 은자 두 냥과 닭 두어 마리를 쥐어주자 군소리 없이 물러갔다. 하지만 한밤중에 다시 두 번째로 문을 두드리는 소리가 들렸다. 깜짝 놀라 나가보니 이번에는 술이라면 오금을 못 쓰는 진장이 서 있었다. 결국 울며 겨자 먹기로 술을 한잔 대접했다. 얼마 후 진장은 호구조사는 뒷전인 채 땅콩 안주에 술을 얻어먹고는 트림을 하면서 밖으로 나갔다. 연입운은 그런 진장의 등 뒤에 대고 주먹을 휘둘렀다. 하지만 방 안에 돌아와 앉자마자 다시 밖에서 대문 두드리는 소리가 요란했다. 그 소리에 먼 곳의 개들까지도 우악스레 짖어대기 시작했다. 그는 갑자기 불길한 예감이 엄습해왔다.

"쉿!"

호인중은 이미 벌떡 일어나 장검을 뽑아들고 있었다. 황보수강 역시 벽에 걸어두었던 장검을 들고 창문 옆에 바짝 붙어 창밖 동정을 살폈다. 그러나 연입운은 크게 경계하는 두 사람과는 달리 여유만만하게 신발을 끌고 나가 문을 열었다.

"누구요?"

"접니다! 현縣에서 호구조사를 나왔다고 하기에 모시고 한 바퀴 도는 중입니다!"

유득양이었다.

"잠깐만! 등롱을 밝힐게!"

연입운이 큰 소리로 대답했다. 이어 혼잣말처럼 중얼거렸다.

"오늘밤은 이상하네! 약들을 잘못 처먹었나. 무슨 호구조사를 하룻밤에 열두 번씩 하는 거야!"

22장

지리멸렬하는 도적들

연입운이 문틈으로 빼꼼히 내다보니 과연 유득양이었다. 순간 그는 안도하는 마음에 벌컥 문을 열어젖혔다. 유득양이 등 뒤에 따라온 서너 명의 사내를 향해 말했다.

"대戴 나리, 이분이 바로 연입운이라는 사람입니다. 이분들 일행은 모두 법 없이도 살 정도로 조용하고 착한 장사꾼들이죠. 제가 장담합니다."

개 짖는 소리는 요란한 데 비해 찾아온 사람은 별로 많지 않았다. 가끔 저 멀리서도 문 두드리는 소리가 간간이 들려오는 것을 보니 호구조사가 확실한 것 같았다. 연입운은 그제야 마음이 놓이는지 하품을 쩍쩍 해댔다. 이어 피곤해 죽겠다는 듯 눈을 비비며 졸린 목소리로 말했다.

"아니, 호구조사를 하는 건 좋아요. 아무리 그래도 진종일 힘들게 다리품 팔고 온 사람인데 잠은 좀 잘 수 있게 해줘야죠. 이게 몇 번째요,

도대체! 졸려죽겠구먼! 아무튼 왔으니 들어오시오. 이봐, 황씨! 인씨! 이번에는 장관長官 나리께서 호구조사 나오셨대!"

황보수강과 호인중은 연입운의 말에 서쪽 별채에서 마지못해 일어난 듯 짜증스러운 투로 투덜거렸다. 잠시 후 대충 옷을 껴입은 두 사람이 별채에서 나왔다. 두 사람과 유득양 등은 모두 연입운을 따라 윗방으로 들어갔다.

"대 나리, 어서 앉으시죠!"

유득양이 자리를 내준다, 찻물을 따라준다 하면서 주인인 듯이 행세했다.

"이 연 나리는 북경 분이세요. 산동과 산서 여러 곳에 가게가 있고 고가의 자기와 골동품을 취급하시는 분입니다. 척 보기에도 품격이 있고 멋지지 않습니까?"

유득양은 까맣고 마른 얼굴에 눈알만 반짝거리는 사람이었다. 척 보면 어딘지 원숭이를 닮은 듯했다. 생김새만큼 사람도 무척 약삭빨랐다. 눈이 잠시도 한 곳에 머물러 있지 않고 사방을 둘러보느라 굴러다녔다. 그러면서도 담뱃진이 배어 누렇게 된 이빨을 드러내고 연신 웃고 있었다.

'대 나리'라 불린 자는 지극히 사무적인 표정을 하고 바늘로 찔러도 피 한 방울 나지 않을 사람 같아 보였다. 그러나 그는 사실 한단현 형명방刑名房의 보잘것없는 일개 아역에 불과했다. 그러나 진내의 진장과 진리鎭吏들이 알아서 설설 기게 만드는 재주를 가지고 있었다. 황량皇糧을 먹는다는 이유 때문인 것 같았다.

대아무개는 주인이 건네는 담배도 사양하고 찻잔도 저만치 밀어놓으면서 다리를 꼬고 앉은 채 말했다.

"우리 태존太尊께서 특별히 나를 지목해 이곳에 보내셨소. 공무는 에 누리가 없으니 그런 줄 아시오. 난들 야밤에 이러고 다니고 싶어서 이러겠소? 음, 어디 보자…….”

대아무개가 호구조사를 할 때마다 들고 다니는 책자를 꺼냈다. 이어 다시 말을 이었다.

“여러분은 벌써 보름째 여기 머물고 있군? 여기는 참배를 드리러 왔다고 적혀 있는데, 도대체 무슨 참배를 어떻게 하기에! 시간이 너무 오래 걸리는 것 아닌가? 그리고 북경에서 가게를 운영하고 있다고 했는데, 왜 이 상인 신분증명서에는 보정부保定府의 날인이 찍혀 있소? 이런 얘기는 하면 안 되지만 알고 있는지 모르겠소. 이 일대에서 반적反賊들이 조정의 군비를 탈취한 사건이 발생했단 말이오. 그래서 조정에서 흠차대인을 파견하시고 대대적인 검문검색을 시작했소! 행적이 수상하고 포보鋪保(일종의 신원증명)를 구비하지 않은 객상들은 가차 없이 현으로 끌고 가 신분이 확실하게 드러날 때까지 구금하라는 명령이 내려왔소.”

대아무개는 흠흠! 하고 목소리를 가다듬으면서 방금 밀쳐냈던 찻잔을 끌어당겨 손에 잡았다. 그러자 연입운이 비굴한 웃음을 지은 채 굽실거렸다.

“척 봐도 안목이 날아가는 매를 떨어뜨리고도 남을 정도로 예리하신 분이시군요. 소인이 어찌 장사꾼 주제에 감히 나리를 욕되게 하겠습니까? 저희 모친께서 십 몇 년 전부터 담미痰迷(정신질환의 일종)병에 걸려 허구한 날 집기를 때려 부수고 동네 사람들을 아이 어른 할 것 없이 괴롭히지 뭡니까? 집안 꼴은 말이 아니고 저의 부친은 그 뒤처리를 하느라 죽을 지경이었죠. 그러니 무슨 민간요법인들 안 써보고 어느 점쟁이인들 안 찾아갔겠어요? 가족 모두 기진맥진해질 무렵 아버지께서 저에게 ‘한단을 경유하게 되면 여조전呂祖殿에 들러 공을 드려 보거라’라는 말씀을 하셨습니다. 그래서 제가 여조전에 향 백 개를 사르고 은자 육백육십 냥을 들여서 민간처방 하나를 얻어왔죠. 민간처방이라면 이제는 신물이 날 정도였기에 전혀 기대하지도 않았는데 기적이 일어난 거예요. 허구한 날 봉두난발로 미쳐 돌아다니던 모친이 정갈하고 단아한 옛 모습을 회복했다는 것 아닙니까? 그래서 무릎뼈가 무르도록 여조께 감사의 참배를 올리려고 이렇게 다시 찾아오게 된 겁니다. 절대 다른 걱정은 하지 마십시오. 우리는 비록 미천한 장사꾼에 불과하지만 독이 든 음식은 먹지 않고 법에 저촉되는 일은 절대 하지 않습니다. 먹고 살 걱정이 없고 가족관계가 원만한 우리가 뭐가 아쉬워 조정을 등지는 반적이 되겠습니까? 다시 이 상인증명서를 봐주십시오. 자세히 보면 북경의 도장이 찍힌 위에 다시 보정부의 도장이 찍힌 겁니다. 연장 발급을 받은 셈이죠. 소인은 간덩이가 열 개라도 감히 나리 앞에서 허튼 수작을 부릴 배짱은 없습니다."

대아무개가 고개를 끄덕이는가 싶더니 바로 입을 열었다.

"그쪽의 입장은 충분히 이해가 가오. 하지만 까딱 잘못하면 나도 조정의 명을 어긴 죄인罪人으로 처벌받을 수 있소. 일단 나를 따라 나서야겠소. 간단한 조사를 거쳐 그대의 말이 사실로 밝혀지면 금방 돌려보낼 거요. 여기 이 유씨(유득양)의 체면을 봐서라도 그리 난처하게 굴지는 않을 거요."

"대 나리, 집을 떠나면 너 나 없이 서러운 처지입니다. 초면이 구면이라고 좀 봐주시면 안 되겠습니까?"

연입운이 말을 마치기 무섭게 바로 황보수강에게 눈짓을 했다. 황보수강이 그 뜻을 알아차린 듯 안방에 들어가서는 종이봉지 하나를 들고 나왔다. 이어 종이봉지를 말없이 대아무개의 팔꿈치 쪽으로 밀어 넣었다. 대아무개가 그것을 힐끗 째려보면서 퉁명스레 말했다.

"집어치우게. 나는 검은 거래는 딱 질색이네. 우리 아문에 가서 아무나 잡고 물어보라고. 내가 눈먼 돈을 챙기는 사람인가?"

연입운은 대아무개의 말이 끝나자마자 배시시 웃으면서 다가갔다. 이어 최대한 간사한 표정을 짓더니 대아무개의 귀에 대고 소곤거렸다.

"노란 물건을 좀 넣었습니다. 많지는 않지만 귀한 도련님들께 팔찌를 만들어주면 그만일 겁니다. 이것으로 안면을 텄으니 앞으로도 종종 찾아뵙고 인사를 하겠습니다. 사실 아문까지 함께 다녀올 수도 있으나 장사꾼들은 아문 출입을 금기시하는 경향이 있어서……. 한 번만 봐주십시오."

대아무개는 종이봉투에 든 것이 '은자'銀子가 아니라 '금'金이라는 말에 휘둥그레졌다. 순간적으로 수염이 빳빳하게 난 살찐 턱이 푸들푸들 떨렸다. 곧이어 그가 입을 쩝쩝 다시면서 말했다.

"실은 나도 인정사정 보지 않는 각박한 사람은 아니오. 여기 이 유씨와는 호형호제하는 사이이니 어떡하겠소. 한 번 보고 영영 안 볼 사람들도 아닌 것 같고……."

대아무개는 제법 묵직한 금덩이를 짐짓 못 본 척하면서 엉덩이를 털고 일어났다. 눈치 빠른 진장이 그것을 들고 대아무개의 뒤를 따라 밖으로 나갔다. 유득양은 두 사람을 대문 밖까지 바래다주고 돌아와서는 문을 단단히 닫았다. 이어 주위 동정을 다시 한 번 살폈다. 그리고는 나직한 목소리로 말했다.

"유통훈은 사건이 해결될 때까지 한단에 죽치고 있을 모양이에요. 하는 짓이 예사롭지 않아요. 잘 생각해보세요. 어디에서 바람 샌 일이 없는지. 나도 일가 노소 몇 십 명을 거느리고 있는 사람이에요. 내 한 사람의 목숨만 달린 일이 아니라는 말이에요. 일이 터지기 전에 미리 방책을 세워야 하지 않겠습니까?"

유득양의 말에 연입운이 태연하게 말했다.

"풀을 쳐서 뱀을 놀라게 하려는 수작이겠지. 안 그래도 밤새도록 생각해봤소. 혹시 어디서 틈을 보인 적이 없나 해서 말이오. 단언컨대 아직은 없소. 걱정하지 마오. 여기 같이 있다가 다행히 무사하면 좋은 것이고 만일의 경우 원치 않는 일이 터지더라도 절대 자네를 걸고넘어지지는 않을 테니 말이오. 나중에 취조를 당하면 우리가 자네 가족들을 인질로 삼아 협박을 했다고 하시오. 그래서 어쩔 수 없이 따라다녔다고 잡아떼면 그것들도 증거가 없는 이상 어찌하지 못할 거요. 지금 서둘러 방책을 세운다면 '나 여기 있소' 하고 목표를 드러내는 거나 다름없는 짓이오."

유득양이 다시 천천히 입을 열었다.

"그렇기는 하지만 나는 지금 여기 있으면 안 될 것 같네요. 나는 날이 밝는 대로 한단성으로 돌아가야겠어요. 회거항回車巷의 주소조 어른이 진시에 만나자는 전갈을 보내왔어요. 이미 승낙했으니 꼭 가봐야 해요!"

연입운도 주소조라는 사람에 대해서는 익히 들어온 바가 있었다. 주소조는 한때 발만 한번 굴러도 강호 바닥을 요동치게 했던 거물이었던 것이다. 지금은 비록 "손을 씻었다"고는 하나 제자 교신喬申이 이 바닥의 '용두'龍頭인 것을 보면 그의 위상은 짐작하고도 남음이 있었다. 잠시 아랫입술을 질끈 깨물고 생각에 잠겨 있던 연입운이 물었다.

"전갈은 언제 받았소?"

"여기 오기 바로 전에 받았습니다. 목욕탕 일꾼이 심부름을 왔었어요."

유득양이 담배연기를 삼키고 나서 입을 열었다.

"시간대가 맞물리는 것으로 보면 틀림없이 방금 다녀간 대아무개와 관련이 있을 것 같은데……."

"내가 보기에는 그런 것 같지는 않은데요? 주 어른은 관부에 잡혀 들어간 사람을 도와주는 경우는 있어도 관가와 한통속이 돼서 밤중에 호구조사를 다니는 그런 사람이 아니에요."

유득양이 뭔가 생각이 많아 보이는 표정으로 곰방대를 발바닥에 두드려 끄면서 말했다. 그러자 호인중이 입을 열었다.

"득양, 혹시 그대에게서 이상한 냄새를 맡고 우리 소식을 염탐하려고 그러는 건지도 모르잖습니까?"

그러나 황보수강의 견해는 달랐다.

"유통훈의 성격상 냄새를 맡았다면 벌써 여기를 물샐틈없이 포위했을 거요. 내 생각에 유통훈은 아직 우리를 찾고 있는 중일 거요. 아무튼 장님 코끼리 만지는 식이 되더라도 한바탕 크게 뒤집어놓을 것 같구려. 앞으로 특히 조심해야겠소."

연입운은 두 사람의 말을 들으면서 그 동안 자신의 행적을 되짚어봤다. 취홍루에 가서도 조심하느라 소청하고만 뒹굴고 날이 밝기 전에는 반드시 나왔었다. 그렇다면 번번이 기생 어멈에게 원보元寶 하나씩 던져준 것이 화근이 된 걸까? 그런 것 같기도 하고 아무 일도 없을 것 같기도 했다. 그는 이빨로 손톱 끝을 깨물면서 검불같이 엉킨 마음을 애써 달랬다. 한참 후 그가 입을 열었다.

"여기서 왈가왈부해봤자 아무 소용없소. 내가 내일 득양과 함께 한단성에 들어가 봐야겠소. 득양은 주씨에게 가고 나는 이상한 움직임이 없나 살펴보고 오겠소. 수상쩍은 기미가 보이면 득양은 득양대로, 나는 나대로 소식을 전할 테니 자네들은 대기하고 있다가 움직여주도록 하오."

유통훈이 단서를 잡겠다고 장담한 시간은 사흘이었다. 그러나 이틀째 되던 날 정오 마두진 쪽에서 이미 소식이 날아들었다. 노무 객잔의 일꾼이 마두진 전사典史에게 덜미를 잡히고 중대한 혐의를 받고 있던 마두진 순포巡捕 신이모申二毛가 잠적했다는 소식이었다. 소식을 전해온 넷째 태보 요부화廖富華는 땀범벅이 된 얼굴로 거친 숨을 몰아쉬면서 말했다.

"부춘富春 형이 황 전사와 함께 그 일꾼 놈을 직접 끌고 오신다고 했습니다. 아마 신시 무렵에 도착할 것입니다."

유통훈의 수행원 노릇을 하던 양부운梁富雲은 요부화의 말에 좋아서 어쩔 줄 몰라 펄쩍 뛰면서 유통훈을 향해 공수까지 했다.

"대인은 진짜 신기묘산神機妙算의 달인이십니다! 대인의 예측대로라면 지금쯤 주소조의 그물에도 한가득 걸려들었을 것이 아닙니까! 대인, 저를 이제 그만 보내주십시오. 저도 회거항으로 가서 도둑을 잡게 해주십시오, 네?"

"애들처럼 떼쓰지 말게. 필요하다고 생각되면 자네가 안 가겠다고 버텨도 등을 떠밀 테니까!"

유통훈이 손에 들고 있던 《자치통감》資治通鑑을 두어 장 넘기면서 말했다. 이어 소흥에게 지시를 내렸다.

"부화에게 차를 따라드려라. 그 찻잔 말고 저 큰 사발로! 조금 더 지나면 주소조쪽에서도 소식이 올 거야. 반적들은 한단의 흑도黑徒(암흑가, 범죄조직을 일컬음)를 끼지 않고는 이같이 엄청난 짓을 감행할 수 없었을 거네. 확실한 단서만 잡히면 자네를 현장에 투입시킬 테니 조금만 더 기다려보게."

유통훈의 말이 막 끝날 때 고항이 서쪽 별채에서 모습을 보였다. 두 손에 받쳐 든 커다란 쟁반 위에는 오곡밥, 찐 마늘, 삶은 달걀과 통닭 따위가 푸짐하게 담겨 있었다. 고항이 쟁반을 통째로 요부화에게 건네주면서 좌중의 사람들에게 말했다.

"자, 자! 시장할 텐데 많이 드시게. 자네가 큰일을 했네. 신이모 그 자식이 그자들과 한패거리였을 줄 누가 알았겠나. 가장 먼저 객잔 뜰 안에서 황금을 '발견'한 자도 그자 아닌가. 그리고 객잔 일꾼은 내가 그렇게 잡으려고 애써도 잡지 못했는데 자네가 잡아왔으니 참으로 대단하네. 담도 크지, 어떻게 다시 객잔으로 돌아올 생각을 다 했을까?"

유통훈은 고항의 말을 듣고 미간을 찌푸렸다. 국구라는 사람이 어쩌면 이다지도 덜 떨어질 수 있는지 정말 한심할 따름이었다. 그러나 더 이상 아무런 내색을 하지 않고 부하들을 모두 물러가게 했다. 고항은 유통훈의 표정이 달라진 것을 알고 까닭을 물었다.

"연청, 왜 아무 말을 않는 거요?"

유통훈은 고항의 말이 끝나기 무섭게 머리채를 등 뒤로 넘겼다. 그리고는 조용히 충고를 했다.

"언행에 조심을 하세요. 생각나는 대로 다 말해서는 안 됩니다. 고 대인을 탄핵하는 상주문이 이미 여러 통 올라와 있어요."

고항이 마지못해 대답했다.

"알겠소이다. 앞으로도 잘 부탁드립니다."

그때 역관 주방에서 유통훈이 주문한 점심밥을 가져왔다. 떡 한 접시, 오이 절임 한 접시, 잡곡빵 몇 개와 절인 고기 한 접시였다. 유통훈이 음식을 받아놓고 고항에게로 얼굴을 돌렸다.

"오늘은 단오명절이니 우리도 한번 사치를 부려봅시다. 단, 술은 절대 안 됩니다. 여기서 드시는 게 불편하다면 방으로 들어가서 드셔도 됩니다."

고항이 겸연쩍게 웃으면서 대답했다.

"여기서 같이 먹읍시다. 유 대인도 다 나를 생각해서 하는 소리 아니겠습니까. 아무튼 고맙네요."

고항이 유통훈의 옆에 앉더니 잡곡빵을 하나 집어 들었다. 물론 반찬이라고 해봤자 가짓수도 적고 양도 많지 않았다. 당연히 젓가락질 한 번 하는 것도 무척 조심스러웠다. 유통훈은 한 술 더 떴다. 음식을 먹을 때는 웬만해서는 말을 하지 않는 그답게 묵묵히 먹기만 했다. 고항도 할 수 없이 말없이 젓가락질만 하면서 점심식사를 끝냈다. 고항으로서는 음식이 도대체 코로 들어가는지 입으로 들어가는지, 뭘 먹었는지도 모를 정도였다. 그가 물수건으로 손을 닦고 나서 조심스럽게 입을 열었다.

"흠차라면 역관에서 정례定例에 따라 음식을 공급할 게 아닙니까? 고기라도 좀 푸짐하게 드시지 그러십니까!"

유통훈이 기가 막힌 나머지 곱지 않은 시선으로 고항을 쏘아봤다. 이어 천천히 말했다.

"《좌전》左傳에 '식육자비'食肉者鄙라고 했어요. 고기를 먹는 사람은 비천하다는 거죠. 책 좀 읽고 삽시다!"

그러나 유통훈은 크게 화가 난 것 같지는 않았다. 그러자 고항이 조심스럽게 입을 열었다.

"정말 흠차도 흠차 나름인 것 같네요. 윤계선이 둘째가라면 서러워할 청백리라는 사실은 모두가 다 아는 사실 아닌가요? 그런 그도 먹는 것에는 어지간히 신경을 쓴다고 하더군요. 집에서건 밖에서건 닭, 오리, 생선, 제비집, 곰 발바닥…… 등등 몸에 좋다는 것들로 상다리 부러지게 차려 먹는다고 해요. 이거 식탁 앞에 앉아서 할 소리는 아니지만 잘 먹은 소가 똥도 잘 눈다고 그리 잘 챙겨먹으니 사람이 윤기가 좔좔 흐르지 않습니까!"

유통훈이 웃긴다는 표정을 한 채 말을 받았다.

"나도 상다리 부러지게 먹고 싶은 것을 다 먹고 살면 얼굴에 윤기가 흐른다는 걸 모르는 사람은 아니에요. 나도 식성이 좋습니다. 황후마마께서 하사하신 국을 한 냄비 다 먹어치울 정도였죠. 말이 나온 김에 한

마디 더 하죠. 흠차의 식대는 일반 관리의 두 배로 하루에 은자 다섯 냥이에요. 이는 가난한 백성이 일 년 동안 연명하거나 큰 소 한 마리를 살 수 있는 액수예요. 조금 더 보태면 세 칸짜리 초가집도 지을 수 있죠. 아무리 나랏돈이라고 하나 한 끼 밥에 소 한 마리를 삼킨다는 것은 죄악이 아닐 수 없어요. 입도 길들이기 나름이에요. 고기라면 사족을 못 쓰던 내가 이 정도 수련하기까지 오죽했겠어요? 나도 조정 관리들이 지방에 내려오면 흥청망청한다는 것을 모르는 바는 아니에요. 오죽하면 관리들이 물린 상을 먹고 자란 돼지들이 끼니때마다 고기를 달라고 칭얼대서 주인이 진땀을 뺀다는 말이 있겠어요?"

유통훈의 농담에 고항이 크게 웃음을 터트렸다. 유통훈 역시 슬며시 따라 웃고는 다시 입을 열어 뭔가 말하려고 할 때였다. 갑자기 대문 밖이 소란스러워졌다. 그러더니 여럿이 왁자지껄 떠드는 소리가 점점 가까워졌다.

"강도를 잡았소! 다들 와서 보시오!"

역관 안의 사람들은 순간 잔뜩 긴장했다. 역승과 역졸들이 잽싸게 복도로 달려 나갔다. 아마도 마두진 쪽에서 압송해오기로 한 범인이 도착한 듯했다. 유통훈이 급기야 손에 들었던 책을 던지면서 소리를 내질렀다.

"뭐가 이렇게 소란스러워! 구경꾼들은 다 돌려보내고 역관의 사람들도 모두 자기 자리로 돌아가게!"

고항이 뛰쳐나가 역승에게 유통훈의 뜻을 전했다.

"한단현의 아역들을 동원해 질서를 유지하도록 하게. 구경꾼들은 역관 반경 몇 십 장丈 안에는 아무도 접근하지 못하도록 하고!"

잠시 후 십삼태보 중 맏이인 가부춘賈富春, 둘째 주부민朱富敏과 셋째 채부청蔡富清이 들어섰다. 노무 객잔의 일꾼은 동아줄에 짐짝처럼 묶인 채 두 사람에게 질질 끌려 들어오고 있었다. 양부운은 두 눈이 말똥말똥한 일꾼을 보자마자 달려가서 다짜고짜 엉덩이를 걷어찼다. 그러고도 분이 풀리지 않는지 뺨까지 후려갈겼다.

"똥갈보 같은 년이 싸지른 쥐새끼 같은 놈! 에잇, 재수 없어!"

양부운은 손을 칼날처럼 세워 단박에 일꾼을 쳐 죽일 듯 악을 썼다. 그러다 유통훈이 팔자걸음을 걸으면서 나타나자 바로 팔을 내리고 물러섰다. 유통훈이 경멸스러운 눈빛으로 일꾼을 한번 쓸어보더니 크게 콧소리를 내면서 명령을 내렸다.

"풀어주게."

"예!"

몇몇 역졸들이 대답과 함께 일꾼에게 다가섰다. 그때 방 안에서 허기진 배를 채우느라 늦은 식사를 하고 있던 가부춘이 뛰어나왔다.

"잠깐만! 포승을 푸는 데도 기술이 있다고!"

가부춘이 입안에 가득한 음식을 씹어 넘기면서 천천히 일꾼에게 다가섰다. 그리고는 누에가 실을 뽑아내듯 차근차근 동아줄을 풀기 시작했다.

"아무리 급해도 포승을 풀 때는 천천히 숨통을 틔워줘야 해. 피가 가슴 위에 뭉쳐 있는데 갑자기 확 풀어버리면 끽하고 가버리기 십상이거든!"

가부춘은 한 꺼풀씩 조심스레 포승을 풀어내면서 주먹으로 일꾼의 이마를 툭툭 쥐어박기도 했다. 이어 은근히 협박을 했다.

"내 손에 들어온 이상 죽고 싶어도 그리 쉽지는 않을 거다. 솔직하게 털어놓는 것만이 네놈이 살 수 있는 유일한 길이라는 걸 명심해라, 이 자식아!"

일꾼이 겁에 잔뜩 질렸는지 기어들어가는 목소리로 간청했다.

"물…… 물 좀 주십시오."

유통훈이 고항을 향해 고개를 끄덕였다. 그러자 두 역졸이 죽은 돼지를 끌고 가듯 일꾼을 붙잡고 방 안에 들어갔다. 그 사이 물을 한 바가지 떠온 양부운이 냉소를 터트리면서 일꾼의 머리에 쏟아 부었다. 그리고는 내뱉었다.

"물은 저 강에도, 우물에도 네놈을 담가버릴 만큼 있으니 얼마든지 처먹어라!"

일꾼은 혀를 길게 내밀어 이마에서 흘러내리는 물방울을 정신없이 핥았다. 그 모습이 안 됐는지 유통훈이 부드러운 목소리로 지시했다.

"그러지 말고 물 한 바가지 떠다 주게."

유통훈은 온화한 눈빛으로 일꾼을 아래위로 훑어봤다. 꿀꺽꿀꺽 물 한 바가지를 시원하게 비운 일꾼은 더 줬으면 하는 간절한 눈빛을 보였다. 그러나 유통훈은 손사래를 쳤다. 그리고는 한숨을 내쉬었다.

"집에서는 나름대로 귀한 아들이었을 텐데 어쩌다가 이 지경에 이르렀을까? 쯧쯧! 부모님은 살아 계신가? 형제자매는 있고? 벼락 맞을 놈들! 자기들만 살겠다고 도망가고 이렇게 어린 애를 내팽개쳐? 쯧쯧, 스무 살도 안 된 것이 오죽했으면 반적 무리에 가담했을까!"

유통훈이 무섭고 근엄하기만 하던 평소의 모습은 어디로 멀리 떠나보낸 듯 갑자기 부드럽고 다정한 모습을 보였다. 고항을 비롯한 좌중의 사람들은 그 표변한 모습을 보고는 오히려 손발이 떨리며 소름이 끼쳤다. 그러나 일꾼은 유통훈과 부하들이 숨죽여 지켜보는 가운데 조용히 코를 훌쩍거리기 시작했다. 이어 눈물을 떨어뜨리지 않으려고 고개를 쳐들었으나 터져 나오는 눈물을 참을 수가 없었다. 유통훈은 하염없이 울고 있는 일꾼을 슬쩍 쳐다봤다. 일단 마음을 움직이는 데는 성공했다고 할 수 있었다. 그가 여세를 몰아 일꾼에게 한 걸음 더 다가섰다.

"부처님께서는 '괴로운 바다는 끝이 없으나 고개 한번 돌리니 피안이더라'라고 가르침을 주셨네. 위로는 섬길 부모님이 있고, 밑으로는 우애를 나누면서 살아가야 할 형제가 있다는 것은 굉장한 행운이네. 사람이 이렇게 눈물을 쏟을 수 있다는 것 역시 아직까지 양심이 살아 있다는 증거지."

"죽여주십시오!"

일꾼은 유통훈의 말을 들으면서 내내 고통스러운 표정을 짓고 있더니 급기야 고양이처럼 몸을 말면서 엎드렸다. 이어 머리를 땅에 찧으면서 목 놓아 울음을 터뜨렸다. 그러자 유통훈의 입가에 예의 냉혹한 미소가 흘렀다.

"죽고 안 죽고는 자네 스스로에게 달려 있네. 나는 자네로부터 그 어떤 자백을 꼭 받아내야 할 정도로 절박한 사람이 아니네. 성명하신 폐하의 은택이 구중천의 태양처럼 온 천하를 비추는데 몇몇 반적 나부랭이들이 뛰어봤자 벼룩이지 숨기는 어딜 숨겠나? 나는 그저 젊은 나이에 반적들에게 속아 목숨을 버리는 자네가 안타까울 뿐이네."

유통훈은 황천패와 서너 명의 태보, 그리고 황곤이 뜰로 들어서는 것을 보고는 다시 말을 이었다.

"우리로서는 자네를 없애는 일은 개미 한 마리 밟아 죽이는 것보다 더 쉽다네. 하지만 자네가 죽는다면 가족들은 하늘이 무너질 것처럼 슬플 것이 아닌가? 지금의 폐하께서는 미물의 생명도 대단히 소중하게 여기시는 인덕仁德한 군주이시네. 피 빨아먹은 모기도 때려죽이기 저어하신다네. 그러니 백번 죽어 마땅한 죄를 지은 자네의 목숨마저도 살려주실 수 있는 분이라네. 지금부터 차 한 잔 마실 동안의 시간을 줄 테니 본인이 살고 죽는 것은 알아서 선택하게!"

유통훈은 말을 마치자마자 요부화에게 일꾼을 끌고 나가 동쪽 별채에 가두라고 명령을 내렸다. 요부화의 뒷모습이 동쪽으로 사라지자 황천패가 허리를 굽혀 아뢰었다.

"주소조가 첫 단추를 제대로 꿴 것 같습니다. 연회석에 행세깨나 하는 놈들은 다 모였습니다. 많은 사람들이 설왕설래하다 보니 사건의 실마리가 될 만한 것들도 꽤나 건졌나 봅니다."

고항은 그동안 모든 것이 유통훈이 미리 짜놓은 시나리오대로 척척 돌아가는 것을 분명히 지켜봤다. 내심 탄복해마지 않았다. 유통훈이 건륭의 남다른 성총을 받는 이유를 알 것도 같았다. 아니나 다를까, 다른 사람 같았으면 황천패의 말을 듣고 호들갑을 떨어도 열두 번은 떨었겠으나 유통훈은 여전히 담담하고 침착하기만 했다. 고항이 그런 유통훈을 오체투지하는 심정으로 바라보고 있을 때였다. 밀가루 자루에서 막 빠져나온 것처럼 뽀얗게 분칠을 한 마흔 살 가량의 여자가 떠밀려 들어왔다. 그리고는 무릎을 꿇고 머리를 조아렸다. 곧이어 일어나더니 좌중을 향해 몸을 낮춰 인사를 올렸다. 요염한 몸짓이 보통 여염집 여자는 아닌 것 같았다. 황곤이 퉁명스레 내뱉었다.

"저분이 유 대인이시다! 조금 전에 했던 말을 다시 한 번 해보게. 이 여편네가 취홍루의 기생 어멈입니다."

"그러하옵니다. 이 미친한 년이 바로 취홍루의……."

기생 어멈이 다시 무릎을 꿇으면서 말을 이었다.

"자초지종을 말씀드릴 것 같으면 이러하옵니다. 이년의 기방에 소청이라는 기생이 있사온데, 근 보름동안 굉장한 부자 한 사람만 받았습니다. 이상한 것은 이 손님이 객상客商인가 하면 한단에 가게가 없고, 향객香客인가 하면 불심이 그리 깊어 보이지 않는다는 것입니다. 미색을 밝히는 오입쟁이인가 하면 보름 내내 한 여자만 끼고 자기도 합니다. 그것도 저녁식사 후에 왔다가 날이 밝기 전에 쥐도 새도 모르게 뜨는데 돈이 굉장히 많은 것 같았습니다. 은자를 던져주는 태도가 마치 닭 모이를 주는 것 같았으니까요. 아무리 부자라고 해도 제 돈 아까운 줄 모르고 그렇게 통 크게 노는 사람은 처음이었습니다."

기생 어멈은 연신 혀를 끌끌 차면서 숨넘어갈 듯 호들갑을 떨었다.

"다른 계집애들이 돈 냄새를 맡고 봉 잡았다고 다 벗고 달려들어도 왼눈으로도 쳐다보지 않더라고요. 비리비리하게 생겼어도 힘도 좋아서 매일 밤 찾아와서는 소청이 그년을 깜짝깜짝 혼절하게 쑤셔놓고 가는데……. 호호호호!"

기생 어멈의 간드러진 웃음소리에 몇몇 태보들이 입을 감싸 쥐고 킥킥거렸다. 유통훈도 애써 웃음을 참으면서 심드렁하게 내뱉었다.

"그게 뭐가 어때서! 그뿐인가? 다른 것은 없고?"

"그밖에 달리 이상한 것은 없었습니다."

"닭 모이는 어떤 것으로 주던가?"

"대주臺州 원보元寶였습니다!"

기생 어멈이 눈을 반짝이면서 냉큼 대답했다. 그리고는 유통훈의 얼굴을 힐끔 훔쳐본 다음 목소리를 낮췄다.

"모서리가 얇고 무늬가 자잘했습니다. 자세히 보면 푸르스름한 빛깔이 돌던데 은자 중에서도 으뜸가는 대주 원보가 틀림없었습니다. 건륭 사 년에 새로 주조한 은자라고 하는데, 얼마나 고급스러워 보이는지 모릅니다. 아아, 고것!"

기생 어멈이 은자를 떠올리고는 흥분에 겨웠는지 어깨를 바르르 떨면서 수선을 피웠다. 순간 유통훈의 눈이 점점 커지기 시작했다. 그러더니 마치 쥐를 발견한 고양이처럼 두 손으로 책상을 짚고 몸을 앞으로 숙였다. 이어 벌떡 자리를 박차고 일어났다.

"대주 원보! 바로 그거야!"

유통훈이 주먹으로 책상을 쾅 내리치며 외쳤다. 건륭 2년에 호부에서 국고 수납의 편리를 위해 대주 원보를 주조할 것을 건륭에게 제안했던 일이 생생하게 떠올랐던 것이다. 그때 당시 건륭은 이천 개 정도를 주조하고 더 이상 만들지 말라고 하명한 바 있었다. 그렇게 주조된 이천 개의 대주 원보는 극비리에 북경으로 운송돼 국고에 들어갔다. 그리고는 여태까지 바깥구경을 한 번도 해본 적이 없었다. 그렇다면? 순간 유통훈의 얼굴에 살기가 번뜩였다.

"그 사람의 이름은 알고 있나?"

"양비楊飛라고 하는 것 같았습니다."

유통훈이 껄껄 웃음을 터트렸다.

"좋았어! 지금 당장 돌아가서 무슨 수를 쓰든지 그 양씨 사내를 붙잡아두게. 나머지는 신경 쓸 거 없네!"

유통훈이 다시 고항을 향해 말했다.

"몇 사람을 데리고 먼발치에서 따라가 보세요. 일단 밖으로 유인하는 것이 중요하니 수상한 낌새를 채지 못하게 해야 합니다. 한단 지부 미효조에게도 연락해 사람을 보내 협조해달라고 하세요. 알아들었어요?"

"무슨 말인지 알겠습니다!"

고항이 자신에 찬 소리로 대답했다. 곧이어 기생어멈을 데리고 문밖을 나섰다. 유통훈이 다시 객잔 일꾼을 끌고 오라고 명령을 내렸다.

"시간은 충분했겠지?"

"소인은 진짜 아무 것도 아는 게 없습니다."

"으흠, 아무 것도 모른다? 좋아! 끌고 가서 죽여 버려!"

유통훈의 얼굴에서 사람 좋은 표정이 싹 사라졌다. 일꾼은 곧장 거친 역졸들에 의해 두어 발짝 끌려갔다. 그러나 그는 발버둥을 치며 버텼다. 동시에 가슴을 오르락내리락하면서 거친 숨을 몰아쉬었다. 뭔가 결심을 하는 것 같았다. 아니나 다를까, 일꾼은 역졸들의 팔을 뿌리치고 유통훈을 향해 달려오더니 털썩 무릎을 꿇었다. 그리고 어깨를 들썩거리면서 울먹이기 시작했다.

"다 말하겠습니다. 하나도 남김없이 다 털어놓겠습니다. 제발 목숨만 살려주십시오."

갑자기 눈부신 백광白光이 하늘을 스쳤다. 이어 광풍이 흙먼지를 몰아치면서 기승을 부리기 시작했다. 동시에 하늘을 박살내 버릴 듯한 우렛소리가 사람들의 귀청을 때렸다.

"비다, 비! 어서 뛰어!"

멀리서 사람들이 허둥지둥 뛰어다니며 외치는 고함소리가 들려왔다.

"크고도 작은 게 세상이지! 단서는 이미 포착됐어. 범인 색출은 시간문제야."

유통훈이 말을 마치고는 파죽지세로 몰려오는 먹구름에 제 빛깔을 잃어가는 하늘을 바라보면서 묘한 미소를 지었다.

호인중은 천만다행으로 관군의 습격을 피할 수 있었다. 그러나 꼴은 말이 아닌 것이 빗물이 흥건한 옥수수밭에서 진노하는 우렛소리에 흠칫 놀라면서 사색이 된 채 움츠리고 있었다. 한단현의 아역들은 이미 이 옥수수밭을 세 번이나 뒤지고 간 뒤였다. 그러나 언제 또다시 들이닥칠지 모르는 일이었다. 그는 이제 멀리서 점점이 명멸하는 등불 빛만 봐도 두려운 마음이 들었다. 가끔 바스락거리는 옥수수 이파리가 몸에 닿을 때마다 깜짝깜짝 놀랐다. 호인중은 순간 어떻게 해서 자기 혼자만 그 자리를 빠져나올 수 있었는지, 또 여기까지는 어떻게 해서 왔는지, 마치 한 차례 지독한 악몽을 꾼 것만 같았다.

오늘은 아침부터 날씨가 유난히 더웠었다. 그래서 호인중은 하루 종일 수박과 냉수를 밥보다 더 많이 먹고 마셨다. 그래서인지 저녁나절이 되면서 배가 심하게 아팠다. 그런데 비가 워낙 많이 내린 탓에 뒷간에는 오물이 넘쳐 들어갈 수가 없었다. 결국 그는 다급한 김에 옥수수밭으로 기어들어가 바지춤을 내렸다. 그렇게 수없이 옥수수밭을 들락거리던 중 날이 완전히 어두워졌다. 설사가 멎지 않은 그가 한 번 더 옥수수밭을 찾아 쭈그리고 앉아 있을 때였다. 호롱불을 밝혀든 전사가 수하 몇 사람을 데리고 빗속을 뚫고 호인중 등이 머문 집으로 가는 모습이 보였다.

"허참, 그놈의 호구조사 정말 시도 때도 없이 하는구먼!"

호인중은 대수롭지 않게 여기고 혼자 중얼거렸다. 그런데 전사 등의 행동이 다른 때와는 달랐다. 서둘러 문을 두드리지 않고 여기저기 손짓을 하면서 사람들을 분산시키는 것 같았다. 그뿐만이 아니었다. 그 중 서너 명은 장검까지 빼들고 공격 자세를 취하는 것이었다. 곧이어 전사의 다급한 고함소리가 들려왔다.

"황씨, 황씨! 자네 연 나리가 술에 취해 인사불성이 됐네. 어서 문 좀 여시게."

잠시 후 대문이 열리는 소리가 들렸다. 순간 몇몇 검은 그림자가 안으로 몰려 들어갔다…….

갑자기 엉덩이가 따끔했다. 옥수수 그루터기에 그만 엉덩이가 찔리고 만 것이었다. 호인중은 극심한 아픔에 비명을 지를 뻔했다. 그러나 아픔보다는 불길한 예감이 더 두려웠다. 만약 황보수강이 위기상황에 몰린다면 어떻게 할 것인가? 반바지 차림에 맨손으로 뛰어 들어가 무슨 승산이 있을까. 그는 순간적으로 그런 생각을 하고 있었다.

그가 그렇게 잠시 망설이고 있는 동안 안에서 큰 소리가 들려왔다.

"잡았다, 잡았어! 제기랄, 하마터면 놓칠 뻔했잖아! 또 한 놈 더 있는데 어디 숨었지? 어서 여기저기 뒤져봐!"

상황은 이제 불 보듯 뻔했다. 더 이상 머뭇거릴 여유가 없었다. 호인중은 옥수숫대를 마구 헤집으면서 정신없이 도망을 쳤다. 숨이 턱까지 차오르고 가슴이 터질 것만 같았다. 달리고 또 달려도 금세 누군가의 손이 뒷덜미를 낚아챌 것만 같았다. 급기야는 뭔가에 걸려 꼬꾸라지면서 의식을 잃고 말았다…….

비는 그칠 줄을 몰랐다. 우렛소리도 여전했다. 체념한 듯 넋을 놓고 앉아있는 호인중의 백지장 같은 얼굴에 빗물이 끊임없이 쏟아졌다. 그는 손바닥으로 쓰윽 얼굴을 문지르면서 어깨를 감싸 안았다. 추워서인지 두려워서인지 온 몸이 옹송그려졌다.

마냥 이렇게 앉아 죽음을 기다릴 수는 없었다. 그렇다고 어디 도망갈 곳도 마땅치 않았다. 날이 밝으면 관군이 이곳도 벼 훑듯이 훑을 것이 뻔했다. 이를 어쩌면 좋을까? 그는 배가 고프고 추운 데다 머리도 어지러웠으나 억지로 몇 발자국 걸어봤다. 좀처럼 걸음을 뗄 수 없을 듯했다. 하지만 그래도 기어가는 것보다는 나았다. 그는 이리 비틀거리고 저리 비틀거리면서 앞으로 걸어 나갔다. 순간 그는 따뜻한 옷 한 벌이 그렇게 절실할 수 없었다. 무슨 수를 쓰더라도 옷을 좀 얻어 입어야 했다. 아니면 곧 얼어 죽을 것 같았다.

옥수수밭 옆에는 마흔 살을 넘긴 아역이 등불을 치켜든 채 지키고 서 있었다. 우비를 입었음에도 불구하고 비를 맞아 추운지 이빨을 딱딱 부딪치면서 엉거주춤 주위를 두리번거리고 있었다. 옥수수밭 끄트머리까지 다다른 호인중은 아역에게 접근하기에 앞서 잠시 숨을 죽이고 그 쪽을 지켜봤다. 아역은 등불을 밭머리에 내려놓고 옷을 뒤지면서 뭔가를 찾고 있었다.

아역이 안주머니에서 찾아낸 것은 곰방대였다. 곧이어 그가 우비로 빗물을 가리면서 담배를 채워 넣고 등불로 불을 붙이려고 했다. 그 찰나 한줄기 바람이 불어와 불이 꺼졌다. 그와 동시에 남쪽에서 누군가의 소리가 들려왔다.

"거기 별일 없어?"

아역이 고함치듯 대답했다.

"평안무사하다! 그런데 불 있어? 담배 한 대 피우게 줘봐!"

"참아! 그새 담배 한 대 태우지 않는다고 죽는 것도 아니잖아!"

저쪽에서 다른 아역의 소리가 들려왔다. 조바심에 서성거리던 아역은 급기야 쭈그리고 앉은 채 부싯돌을 치기 시작했다. 누구를 욕하는지 질펀하게 욕설을 퍼부으면서 엉덩이를 들썩거리기도 했다. 아무튼 담뱃불을 붙이기에 여념이 없었다. 호인중은 드디어 탈출할 수 있는 절호의 기회가 왔다고 생각했다.

그는 발뒤꿈치를 들고 조심조심 아역에게 다가갔다. 그때까지도 아역의 엉덩이는 동작을 멈출 줄 몰랐다. 호인중은 팔을 높이 들어 아역의 뒤통수를 힘껏 내리쳤다. 불의의 습격을 당한 아역은 끽소리 한번 못해보고 푹 엎어지고 말았다. 호인중은 허겁지겁 아역의 옷을 벗겨 몸에 걸쳤다. 그리고는 불이 꺼진 등롱을 흔들거리면서 버젓이 진내로 들어갔다. 그 동안 그를 의심하는 사람은 아무도 없었다.

호인중은 황량몽묘黃粱夢廟의 뒷담까지 이르자 등롱을 내던지고 담을 넘었다. 그러나 그곳 역시 꽤나 넓은 옥수수밭이었다. 그는 단숨에 옥수수밭을 가로질러 뛰었다. 그러나 아뿔싸, 그 앞에는 관군의 초소가 있었다. 누군가가 인기척을 알아차리고 섬뜩한 고함을 질렀다.

"누구야?"

호인중은 화들짝 놀라 반대로 옥수숫대를 가르면서 내달렸다. 등 뒤에서 징소리가 진동을 했다.

"도둑이다, 도둑! 북으로 튀었어! 거기 잘 지켜!"

곧이어 서쪽과 북쪽에서 웅성거리는 사람소리가 들려왔다. 이곳저곳에서 호각소리가 터져 나왔다. 그 위기일발의 순간에 호인중은 "호랑이 굴에 물려가도 정신만 차리면 된다"는 말을 떠올렸다. 이어 동쪽으로 방향을 틀어 정신없이 내달렸다. 그러자 옥수수밭이 끝을 보이기 시작했다. 그러나 호인중은 미처 속력을 늦추지 못하고 결국 옥수수밭이 끝나는 곳에 있던 부양하滏陽河에 풍덩 빠지고 말았다.

물에 떨어진 그는 세찬 소용돌이에 말려들었으나 당황하지 않았다. 어릴 때부터 물가에서 자라 걸음마보다 자맥질을 먼저 배운 그였던 것이다. 그는 몇 번의 자맥질 끝에 안전하게 수면 위로 떠오를 수 있었다. 옥수수밭은 어느새 등 뒤로 멀어져 가기 시작했다. 그제야 그는 마음에 여유가 생기면서 안심이 되었다. 그는 하늘이 도왔다면서 아직도 비가 쏟아지는 하늘을 향해 손짓으로 고마움의 답례를 올렸다. 그런 다음 동북쪽을 향해 헤엄을 쳤다.

그러나 뭍에 올라갈 수는 없었다. 보이는 곳마다 언덕 위에 관군의 수색대가 들고 다니는 횃불이 번쩍거린 탓이었다. 결국 그는 언덕에 오르지도 못하고 사나운 강물을 계속 헤엄치며 갔다. 그렇게 죽을힘을 다해 네 시간쯤 헤매고 나자 서서히 하늘이 밝아오기 시작했다. 어느새 비도 멎고 햇빛이 비추기 시작했다. 강가의 갈대밭과 옥수수밭을 조심스레 둘러봤지만 인적은 전혀 보이지 않았다.

호인중은 서둘러 언덕으로 기어올랐다. 몸이 천근만근 무거웠다. 완전 물먹은 솜이 따로 없었다. 곧이어 머리가 어지럽고 속이 메스꺼워지기 시작했다. 헛구역질이 연신 터져 나왔다. 그는 그럼에도 불구하고 일어서보려고 발버둥을 쳤다. 그러다 눈앞이 아찔해지면서 바로 정신을 잃어버렸다.

시간이 얼마나 흘렀을까. 호인중은 천천히 눈을 떴다. 사방을 둘러봤다. 놀랍게도 하얀 종이로 깨끗이 도배를 한 작은 방에 자신이 눕혀져 있었다. 그는 갈증을 느끼고 주변을 두리번거렸다. 머리맡에 녹두차 한 잔이 놓여 있는 것이 눈에 들어왔다. 그는 허겁지겁 몸을 일으켜 단숨에 그것을 들이마셨다. 그때 천으로 만든 주렴이 걷히면서 비구니 한 사람이 들어왔다.

순간 호인중의 두 눈이 희열로 번뜩였다. 비구니가 미처 입을 열기도 전에 그가 먼저 외치듯 불렀다.

“뇌검 낭자! 나…… 지금 꿈꾸는 거 아니지? 뇌검, 그대가 어찌 여기 있소?”

뇌검이 히죽 웃으면서 대답했다.

“당연히 꿈이 아니죠! 그대는 아직 죽을 때가 안 됐나 봐요. 그만큼 곤경에 빠졌는데도 이렇게 되살아난 걸 보면 말이에요. 어젯밤까지만 해도 곧 죽을 것 같더니……. 하긴 교주께서 안 계셨더라면 지금쯤 저승에 가 있을 거예요!”

“교주라니? 교주께서는 하남으로 가신 것 아니었소? 그런데 어찌 여기 계신다는 말이오?”

호인중이 크게 놀라서 물었다.

“그러게 말이에요. 나도 지금 꿈속에 있는 것 같아요. 하남으로 간다고 가는데 이미 놈들이 쫙 깔려 있지 않겠어요? 날개가 돋쳐도 날아갈 수 없을 것 같더라고요. 별수 없었죠. 일 보 후퇴, 이 보 전진이라고 잠시 물러나는 수밖에요. 그러다보니 이 근처에 빈 절이 많고 인근 몇 십 리에 인가도 없다는 사실을 알게 됐어요. 우리가 숨어 있기에는 안성맞춤일 것 같아서 이리로 들어온 거예요. 죽을 끓이고 있으니 배가 고파도 조금만 참으세요. 벌써 이틀 동안 물 한 모금 못 마셨으니 오죽하겠어요?”

"이틀이라니? 내가 여기 이틀씩이나 누워 있었다는 말이오?"

"그저께 들어왔으니 이틀이죠. 아역 차림을 하고 있는 바람에 하마터면 도로 강물에 던져버릴 뻔했잖아요."

뇌검이 밉지 않은 표정을 한 채 호인중을 흘겨봤다. 그리고는 바로 정색을 했다.

"연입운 그 자식이 유통훈의 감언이설에 넘어가서 우리를 배신했다고 하네요. 우리는 벌써 다 알고 있어요. 의리 같은 건 밥 말아 처먹은 개자식!"

"더러운 놈, 내 그럴 줄 알았어! 네놈과 나는 이제 같은 하늘 아래에서 같이 숨 쉬고 살 수가 없어!"

호인중이 이를 부드득 갈았다. 입이 험악하게 비틀어지고 있었다.

23장

아름다운 금천金川

경복과 장광사는 장군이 직접 진지에 나서서 독전督戰을 하라는 건륭의 지엄한 어지가 떨어져서야 비로소 행동을 개시했다. 내키지 않는 걸음으로 남로군南路軍을 지휘하는 정문환鄭文煥의 대영으로 떠난 것이다. 정문환의 대영大營은 소금천小金川진에서 80리도 채 떨어지지 않은 달유진達維鎭에 소재하고 있었다. 대본영이 있는 강정康定에서도 600여 리밖에 되지 않았다. 그러나 길이 너무 험했기 때문에 출발한 지 보름이 지나서야 겨우 도착할 수 있었다.

정말 '길'이라고 할 수도 없는 험난한 구간이었다. 경복과 장광사는 행군 내내 종횡으로 뻗어있는 냇물만 휘저으면서 건너온 것 같았다. 실제로 언덕 위의 '길'은 수년 동안 방치돼 있었던 것 같았다. 게다가 설산雪山에서 녹아내린 설수雪水는 워낙 울퉁불퉁하니 볼품없는 그 길에 크고 작은 웅덩이까지 만들어놓았다. 더구나 산사태가 터지면서 흙모래가 흘러내려와 하루 종일 걸음을 재촉해도 제자리걸음을 하기 일쑤였다.

사고도 적지 않았다. 우선 이틀 사이에 말 네 마리가 골짜기 틈새에 다리가 빠져 허우적댔다. 또 발을 헛디뎌 골짜기에 떨어진 친병은 사람들이 지켜보는 앞에서 어이없이 목숨을 거두고 말았다. 장광사는 구원을 요청하는 친병의 처절한 눈빛을 잊을 수 없어 몇 날 며칠을 악몽에 시달려야 했다.

다행히 고난의 행군길이 이어지자 정문환이 친병들을 파견해 길잡이가 되어주도록 했다. 그 덕분에 더 이상의 인명사고 없이 무사히 현장에 도착할 수 있었다. 정문환 역시 수백 명의 목숨을 담보로 길눈을 익힌 것이 분명한 듯했다.

정문환은 문관과 무관 양쪽의 두 상사를 중군에서 맞았다. 그의 눈에 들어온 경복과 장광사 두 사람의 행색은 말이 아니었다. 흙더미에서 몇 날 며칠 굴렀다 나온 듯 머리에서 발끝까지 온통 진흙투성이였다. 몸에서는 구린내가 진동하기까지 했다. 정문환은 부하들에게 목욕물을 넉넉히 끓이고 푸짐한 음식상을 차릴 것을 지시했다.

정문환은 해가 뉘엿뉘엿 넘어가기 시작하자 독충의 침입을 막기 위해 향불을 여기저기에 피웠다.

"늑민 나리와 초로라는 사람이 하관의 대영에 와 있습니다. 사람을 보냈으니 곧 이리로 올 겁니다. 성도로 돌아가야 한다는 것을 비가 그친 뒤에 출발하라고 만류했습니다. 아무튼 두 분께서 무사히 당도하셨으니 하관은 한시름 놓았습니다. 험한 길을 굳이 걸음하실 이유가 있을까 해서 생각을 바꿔 주십사 하는 글월을 올렸사온데 못 받아 보셨습니까? 보시다시피 이같이 피폐한 라마묘喇嘛廟에서 두 분 대인을 영접하니 마음이 영 불편합니다."

정문환이 말을 마치더니 조심스레 다가섰다. 그러나 장광사는 별 감흥이 없는 모양이었다. 그저 아침 굶은 시어머니 얼굴을 한 채 나무침대에 걸터앉아 먼 산만 쳐다보고 있었다. 반면 마른 옷으로 갈아입고 따끈한 차까지 한 잔 마신 경복은 기분이 훨씬 좋아졌는지 감개에 젖었다.

"뭘 더 바라겠나! 길에서 고생한 것을 생각하면 지금은 그야말로 천당이 따로 없네. 뭘 차려내느라 하지 말게. 따끈한 국물에 밥 한 숟가락이면 족하네. 대장군께서 군사 배치에 대한 지시말씀이 계실 터이니 참장 이상의 군관들을 중군 대영으로 집합시키게. 북로군만 잘 싸워줬더라면 오월에 대금천에서 합류했을 것이고 반곤이 서장으로 도망가는 길을 차단했을 텐데……, 아무튼 계획에 차질이 생겨 아쉽네. 지금 상황을 봐서는 시월에나 대금천을 평정하면 다행이겠네. 이래 가지고 어찌 폐하를 알현할 면목이 있겠나?"

경복의 말은 너무나 당연한 소리였다. 그러나 그 말을 듣는 장광사는 기분이 상했는지 얼굴이 벌게진 채 짜증을 부렸다. 마침 그때 늑민과 초로가 들어서더니 예를 갖추려고 했다. 장광사가 다시 신경질적으로 손사래를 쳤다.

"먼저 밥이나 먹고 얘기하지. 악양루岳陽樓도 식후경食後景이라고 하지 않나!"

좌중의 사람들은 장광사의 말에 모두들 입을 꾹 다물었다. 곧이어 식사가 준비됐다. 크지 않은 불전佛殿에서는 그저 수저 부딪치는 소리만 달그락거릴 뿐이었다. 긴장된 분위기 속에서 밥이 목구멍을 타고 넘어가는 것이 용할 지경이었다.

식사가 끝나자 몇몇 친병들이 금천 지역의 지형도를 옮겨다 놓았다. 이어 등롱을 밝히고 모기향을 피워놓은 다음 조용히 물러갔다. 그 시각 불전佛殿 밖에서는 아계를 비롯한 여섯 명의 장군이 도착해 있었다. 그들은 일렬로 나란히 선 채 불전 안에서 들어오라는 소리가 들리기만 기다리고 있었다. 도착한 지 한참이 지나서야 비로소 장광사의 목소리가 들려왔다.

"왔으면 불러들여야지."

정문환이 그제야 모습을 드러내더니 무표정한 얼굴로 손짓을 했다.

"경복 대인과 장광사 대장군께서 시찰을 오셨네. 다들 안으로 들어오게."

아계를 비롯한 여러 명의 사람들은 정문환의 말이 끝나기 무섭게 우르르 불전 안으로 들어갔다. 그리고는 소리 높여 인사를 올렸다.

"경 대인과 장 대장군께 삼가 문후 올립니다."

"문후는 무슨!"

장광사에게서는 오늘따라 유난히 이상하게 평소의 오만불손하거나 전횡과 발호를 일삼던 모습을 찾아볼 수가 없었다. 그저 말없이 멍하니 앉아 있는 경복을 일별할 뿐이었다. 얼마 후 그가 드물게 어두운 표정을 짓더니 일어나라는 손짓을 했다.

"후유! 마음 편히 문후 받을 기분이면 좋겠네. 여러분의 문후를 즐겁게 받을 정도였다면 여기까지 오지도 않았겠지."

거두절미하고 내뱉는 장광사의 말에 좌중의 사람들은 영문을 몰라 어리둥절해 했다. 장광사는 그러거나 말거나 천천히 자리에서 일어서더니 노을빛이 짙어가는 창밖을 바라보면서 한숨을 내쉬었다.

"상심이 물밀 듯 밀려오는군! 여기 경 대인은 천추에 길이 빛날 업적을 세운 알필륭 어르신의 후예이자 유능한 대학사이고 성총이 지극한 신하가 아닌가. 이런 분이 뭐가 아쉬워 이런 썩을 놈의 동네에 와서 고생을 사서 하고 있겠는가? 혁혁한 전공을 세워 폐하의 성총에 보답하고자 함이 아니었겠나! 나 역시 예외는 아니지. 성조께서 원정 나가실 때부터 말고삐를 잡고 쫓아다녔고, 대당고랍산大唐古拉山, 청해, 운귀 지역에서 크고 작은 전투를 수없이 거쳤지. 훌륭한 주장主將 휘하에서는 큰 공을 세우고 무능한 주장 밑에서는 작은 공을 세웠지. 또 내가 주장이 된 후에는 단 한 번도 패배라는 것을 해본 적이 없었네. 자고로 백승장군百勝將軍이 없다고 하지만 나는 나름대로 내가 바로 백승장군이라고 자부해 왔어. 그래서 이번에도 좋은 결과를 바라고 택한 길이었네. 여태 날 따라 다니면서 고생한 사람들의 장래에 등촉도 밝혀줄 겸 환갑 넘긴 나이에 향리로 돌아가 말년을 더 멋있게 보내고자 계획했었지. 여기 아계를 제외한 여러분은 모두 십수 년 동안 나를 따른 사람들이네. 양심껏 말해보게, 내 말에 추호라도 거짓이 있는가?"

"없습니다."

장광사가 좌중 사람들의 말을 듣는 둥 마는 둥 하더니 곧바로 주저앉듯 자리에 앉았다.

"그런데 하늘은 나를 외면하려는 것 같아. 반곤의 일당 사라분은 부족 전체 남녀노소를 다 합쳐도 오만 명 안팎일 거야. 우리는 어떤가? 양도糧道, 의약醫藥, 창고수비군 등 후방 인원을 빼고 남로, 북로, 중로 삼로군三路軍만 합쳐도 칠만을 넘는 병력을 가지고 있어! 그런데 도대체 뭐가 문제인가? 왜 코흘리개 꼬마들의 술수에 놀아나 꼼짝도 못하는 건가? 후딱 쳐부수고 개선해 폐하의 성은에 보답하고 싶었건만……."

장광사가 말을 채 끝마치기도 전에 신경질적으로 자신의 머리를 쥐어뜯었다. 놀랍게도 두 눈에서 물기마저 번지고 있었다. 좌중의 사람들로서는 눈앞에서 보고 있으면서도 도무지 믿지 못할 일이었지만 그건 분명 눈물이었다.

"제기랄, 천하의 대장군 장광사가 여기에서 이렇게 죽을 쑤고 있을 줄이야! 안 돼, 절대 그럴 수는 없어!"

장광사의 모습은 가히 충격적이라 할 수 있었다. 정문환은 그런 장광사를 바라보다 자신도 모르게 소리 죽여 한숨을 토해냈다. 그는 장광사의 오랜 부하였고 장광사를 너무나 잘 알고 있었다. 그런데 일인지하, 만인지상을 표방할 정도로 자신감을 넘어 오만함이 하늘을 찌르던 그 장광사가 부하들 앞에서 상심의 눈물을 보이다니. 과거에는 결단코 있을 수 없는 일이었다. 정문환이 마음이 착잡해진 듯 더운 물에 적신 수건을 가져다 장광사에게 건네면서 조심스레 위로의 말을 건넸다.

"상심을 거두십시오, 대장군. 군사에 진척이 없었던 것은 사실입니다. 그러니 성려聖慮가 무거우신 폐하께서 몇 마디 책망하시는 것도 당연합니다. 악 군문……, 악종기 장군께서도 선제로부터 혼비백산할 정도로 책망을 당한 적이 있었습니다. 그랬어도 성총은 여전했습니다. 전사에 진척이 없는 것은 전적으로 저희 부하들의 무능함 때문입니다. 솔직히 귀신도 새끼치기를 꺼린다는 이놈의 땅에서 여태 살아남았다는 것 자체가 기적이라 하겠습니다. 도처에 널려 있는 개펄, 온갖 독충이 득실대는 수풀과 동굴, 아침 굶은 시어미 낯짝 같은 재수 없는 날씨! 이 모든 것이 우리에게는 반곤, 사라분보다 더 큰 적인지도 모릅니다. 사라분은 눈을 감고도 이 지역을 누빌 수 있는 인간 원숭이입니다. 수림樹林 어딘가에 분명히 사람 그림자가 어른거리는 것을 보고 병력을 배치해 들이치면 어느새 흔적조차 없이 종적을 감춰버리고는 하니 이렇게 기가 막히고 코가 막히는 답답한 일이 어디 있겠습니까. 땅으로 꺼졌는지 아니면 하늘로 솟았는지 도무지 알 수가 없습니다. 이밖에 우리는 언제 어디서 눈먼 화살이 날아올지 모르는 악조건에 처해 있습니다. 얼떨결에 벌레에 물려 목숨을 잃을 수도 있는 기막힌 상황입니다."

정문환이 금천 지역의 상황에 대해 장황한 설명을 늘어놓고 나더니 다시 정색을 하면서 말을 이었다.

"하지만 우리에게는 충분히 승산이 있습니다. 다행히 아직은 크게 원기를 다치지 않았습니다. 적들과 맞닥뜨리기만 한다면 단칼에 쳐 죽일 수 있는 힘이 남아 있습니다. 게다가 그 동안 값비싼 대가를 치르면서 우리도 서서히 이곳 지리와 환경에 적응해가고 있습니다. 얼마나 다행인지 모릅니다. 저를 비롯한 여러 형제들은 경 대인과 장 대장군께서 이끌어주시는 대로 칼산을 헤치고 불바다를 뛰어 넘을 각오로 싸우겠습니다."

"정 장군! 지금 그대는 우리 모두에게 대단한 용기를 주었네."

'대죄입공'戴罪立功이라는 멍에를 무겁게 쓰고 있는 경복이 마음이 급했던지 장광사에 앞서 먼저 말문을 열었다. 이어 몇 마디를 덧붙였다.

"천시天時과 인화人和는 분명 우리 편이야. 지리地利도 조금이나마 우리를 향해 마음을 열고 있어. 한번 붙어볼 만하다고 생각해!"

경복이 말을 마치고는 은근히 장광사의 눈치를 살폈다. 그러나 장광사는 경복의 의욕이 그리 달갑지 않았다. 더 정확하게 말하면 경복이라는 사람이 이번 전투에 끼어든 자체부터 달갑지 않다고 해야 옳았다. 패하면 말할 것도 없이 그 책임을 나눠가지겠으나 승리했을 경우 군사의 '군'軍자도 모르는 경복이 공로를 절반 가져갈 것을 생각하니 얄밉기 그지없었던 것이다. 그러나 건륭은 이미 이를 간파한 듯 얼마 전 뜻이 다른 두 사람을 한 배에 태우고자 묘한 내용의 주비를 보낸 바 있었다.

> 짐이 그대의 속마음을 꿰뚫어보지 못했다고 생각한다면 그건 큰 오산이네. 짐은 이미 경복에게 자네 장광사와 더불어 승패를 같이 하라는 어지를 내렸네. 꼭 승리의 축배도 함께, 패망의 절규도 함께 하게.

사정이 이렇게 되고 보니 장광사는 울며 겨자 먹기로 경복과 한 배에 타지 않을 수 없었다. 더 이상 선택의 여지가 없었던 것이다. 장광사가 얼마 후 마지못해 입을 열었다.

“경 대인이 나와 한마음 한뜻으로 여기까지 온 것은 바로 적을 소탕하기 위해서네. 나는 정 장군의 말에 두 손 들어 공감을 표하네. 여러분은 적들과 목숨 걸고 대결에 들어갈 자신이 있나?”

“예, 있습니다.”

“열사흘 굶은 게로군, 대답이 시원치 않은 걸 보니!”

“예! 있습니다!”

좌중 사람들의 목소리는 방금 전보다 한결 우렁찼다. 그때 장광사의 예리한 눈은 아계의 입을 쳐다보고 있었다. 그러나 아계는 여전히 입을 굳게 닫은 채 한마디도 하지 않았다. 장광사가 굳어진 얼굴로 한바탕 호통을 치려고 했다. 순간 눈치 빠른 경복이 몰래 그의 장포 자락을 잡아당겼다. 장광사가 알겠다는 듯 냉소를 머금은 채 정문환을 향해 고개를 돌리며 물었다.

“대포 네 문을 전부 이곳으로 옮겨 놓으라고 했는데 어찌 됐는가?”

“험악한 도로 사정 때문에 어제까지 겨우 다 옮겨왔습니다. 포구가 흙모래로 막혀 물로 씻어냈습니다. 마르기까지는 조금 기다려야 할 것 같습니다.”

“불을 지펴서 말리도록 하게!”

“예, 장군!”

“식량과 야채는 모자라지 않겠나?”

“예, 모자라지 않습니다!”

“약은?”

“약도 충분합니다!”

장광사의 표정은 그제야 약간 밝아졌다. 그가 곧이어 중요한 결단을 내리려는 듯 흠흠! 하고 목소리를 가다듬었다. 정문환이 황급히 부하들에게 명령을 내렸다.

"목도木圖 앞에 등촉을 몇 개 더 갖다 놓거라!"

그러자 장광사가 큰 손을 부채처럼 저었다.

"소금천 주변의 지리라면 눈감고도 족집게네. 지도는 볼 필요 없어."

"경 대인, 장 대장군!"

그러자 내내 침묵만 지키고 있던 아계가 고개를 번쩍 쳐들었다. 이어 천천히 입을 열었다.

"소인이 드릴 말씀이 있습니다. 해도 되겠습니까?"

"말해보게."

장광사가 떫은 감을 씹은 표정으로 의자 등받이에 몸을 기댔다. 아계는 잠시 망설이는 듯했다. 그러나 이내 평상심을 회복하더니 군례軍禮를 올리고 난 후 입을 열었다.

"자기를 모르고 상대를 모른다면 이번에도 결과는 불 보듯 뻔합니다. 적들의 열 배에 해당하는 군사력으로도 여태 촌척寸尺의 공로조차 이룩하지 못했다는 것은 심각하게 고민해야 할 부분입니다."

아계가 형형한 눈빛을 한 채 장광사를 힐끗 바라봤다. 표정이 결연해 보였다.

"지, 지금 뭐라고 했나?"

"우리 군은 객군客軍입니다. 북로군은 도처에 위기가 도사리고 있는 도로로 다니고 남로군은 온통 개펄 지대를 행군해야 합니다. 적들은 그늘 밑에 대자로 누워 잘 익은 감이 입 안으로 떨어지기만 기다리고 있습니다. 우리가 천시天時를 얻었다고 했으나 따지고 보면 그렇지도 않습니다."

"흥!"

경복과 장광사가 거의 동시에 콧방귀를 뀌었다. 그러나 아계는 조금도 위축되지 않았다. 얼굴 가득 분노한 기색이 역력한 두 사람은 거들떠보지도 않은 채 침착하게 말을 이었다.

"정 장군의 말씀대로라면 적어도 쌍방이 직면한 지리적인 위험은 같습니다. 하지만 우리는 적들의 상대가 못 됩니다. 이틀 전 사라분 부락의 한 늙은이가 뢰탕賴湯 장군의 부하 한 명을 칼로 찔러 죽인 사건이 발생했었습니다. 뢰탕 장군은 부하 사십 명을 파견해 그자의 뒤를 쫓았으나 시퍼런 대낮에 잡을 듯 말 듯 하다 놓치고 말았답니다. 그런데 사십 명 중에서 살아 돌아온 사람은 예닐곱밖에 안 되었다고 합니다. 심지어 그 중 네 사람은 독사에 물려 위독하다고 합니다. 늙은이라고 우습게 알고 덤볐던 무모함치고는 결과가 너무 참담하지 않습니까?"

아계의 말에 정문환의 두 눈이 휘둥그레졌다. 경복과 장광사는 얼굴을 붉힌 채 화가 난 듯했다. 그럼에도 아계는 물러서지 않았다. 힘없이 고개를 숙인 좌중의 장군들을 휙 쓸어보고 나서 계속 말을 이었다.

"사라분의 부락은 어떤지 몰라도 우리 군은 사기가 그리 높지 못합니다. 여기는 수로水路인 탓에 도망가는 병사가 없으나 북로군은 병영을 이탈하는 병사들 때문에 난리라고 합니다. 하루에도 수십 명씩 탈영하는데 그 사람들을 다 잡아 죽일 수도 없지 않습니까? 그래서 군법사軍法司에서도 이제는 군중에서 복역시키는 것으로 벌을 대신하고 있다 합니다. 사기가 땅에 떨어져 전투를 기피하니 이를 어찌 인화人和가 갖추어졌다고 할 수 있겠습니까?"

경복이 아계의 말에 더 이상은 참지 못하겠다는 듯 수염을 파르르 떨었다. 그리고는 준엄한 어조로 명령을 내렸다.

"저자를 끌어내라!"

그럼에도 아계는 전혀 입을 다물 기미를 보이지 않았다. 그러자 경복이 탁자가 부서져라 주먹을 내리쳤다.

"끌어낼 때 끌어내더라도 잠깐만 기다려보죠. 뭐라고 지껄이는지 조금 더 들어나 보자고요."

경복보다 표정이 더 심하게 일그러져 살기까지 번뜩이는 장광사가 껄껄 웃었다.

"감사합니다, 대장군!"

아계는 신변이 위태롭거나 말거나 아랑곳하지 않고 당당하게 말했다. 곧이어 두 사람을 향해 공수를 함으로써 예를 갖추고 나더니 성큼 목도木圖 앞으로 다가갔다. 그리고는 모래쟁반 위에 있는 채찍을 들어 지도를 가리키면서 하던 말을 계속했다.

"이곳과 운귀 지역의 다른 점을 말씀드리겠습니다. 운남, 귀주 지역에는 한로旱路(육로)가 많아 내지內地 병사들이 움직이기 편하지만 여기에는 물이 많아 아군이 곤경에 처하기 쉽습니다. 이곳은 또 청해青海 지역과도 다릅니다. 청해의 지세는 그나마 평탄해 기병騎兵들이 말을 타고 움직이는 데 별문제가 없습니다. 아군의 현재 위치는 소금천 동쪽 칠십 리입니다. 수로水路가 무려 사십 리나 펼쳐져 있으나 배가 통과할 수 없어 무릎이 넘는 흙탕길을 걸어서 건너야 합니다. 어떤 곳은 개펄이라 사람과 말에게 치명적인 위험이 있습니다. 나머지 삼십 리는 대포를 싣고 꼬박 사흘을 가야 하는 산길입니다. 우리 대부대가 떴다는 소문이 나면 소금천에 있는 사라분은 부락 전체를 이사시키고도 남을 시간입니다. 무사히 소금천까지 가서 주둔한다고 할 경우 그 다음에는 군량미 운송에 어려움이 가중될 것입니다. 북로군도 마찬가지입니다. 일주일 동안 끝없이 펼쳐진 풀밭을 지나 텅 빈 대금천을 함락한다 할지라도 소금천에 있는 우리와 제때 협공이 이뤄지지 못한다면 아무 소용이 없습니다. 우리는 꼼짝없이 사라분에 의해 반 토막이 나게 될 것입니다. 퇴로 역시 만만치 않을 겁니다."

아계가 간단한 말로 펼쳐 보인 섬뜩한 광경에 좌중의 사람들은 소름이 끼치는 듯 몸을 떨었다. 그러나 아계의 말은 하나도 틀린 데가 없었다. 그들 모두 똑같이 우려하면서도 감히 입 밖에 내지 못했던 말이었다. 좌중의 장군들은 모두 된서리를 맞은 매미처럼 입을 다물었다. 장광사가 곧 독사의 그것을 연상케 하는 눈빛으로 아계를 노려보면서 물었다.

"음, 뭘 좀 알긴 아는구먼. 아주 맹물은 아니로군. 자네는 진사 출신인가?"

"예, 그렇습니다. 은음恩蔭으로 공생貢生이 돼 진사를 하사받았습니다. 이리로 오면서 무직武職으로 바뀌었습니다."

"섬주陝州 감옥에서 죄수들의 반란을 잠재운 공로로 참장參將이 된 것이고?"

"예, 그렇습니다."

장광사가 잠시 침묵하더니 말을 이었다.

"그러고 보니 자네도 문무를 겸비한 재주꾼이로군. 구구절절 금천으로 진군해서는 안 된다고 못을 박고 있어. 그러면 자네의 고견을 한번 말해보게."

아계는 자신에게 말할 기회를 주는 장광사를 힐끗 쳐다보고는 고개를 돌렸다. 자신만만한 눈빛이었으나 조금 전과는 달리 부담감은 더 커졌다. 본인이 고립무원의 험지에 빠져든 것을 실감하는 것 같기도 했다. 그러나 그는 깊이 생각할 여지도 없다는 듯 큰 소리로 대답했다.

"모든 일은 상대보다 얼마나 앞서서 판단하고 행동하느냐에 달려 있다고 생각합니다. 하관의 생각에는 먼저 소수의 선두 부대를 파견해 소금천을 공격하는 척하는 것이 바람직할 것 같습니다. 대금천에 있는 사라분을 소금천으로 유인한 다음 미리 대기 중인 북로군이 사라분의 대금천 대본영을 들이치는 전략입니다. 그렇게 되면 사라분과 우리는 설령 이전투구를 벌일지라도 공정하게 승부를 가릴 수 있을 것입니다. 북로군은 사천성 순무 기산紀山이 직접 군량미 조달에 발 벗고 나선 덕분에 별로 걱정할 것이 없습니다. 그 자체의 군량미만으로도 충분합니다. 또 초원지대를 행군하니 대금천으로 진군하는 데 별다른 어려움이 없을 걸로 알고 있습니다. 소금천 지역은 지금이 장마철이라 칠백 리 양도糧道가 험하기 이를 데 없습니다. 군량미가 보장되지 않는 한 소금천은 성동격서聲東擊西의 유인책밖에 다른 방법이 없습니다. 사라분이 제아무리 신출귀몰하다고 해도 사면초가의 위기에 내몰리면 무릎을 꿇지 않을 수 없을 것입니다."

아계가 말을 마친 다음 채찍을 내려놓았다. 이어 낯빛 하나 변하지 않은 채 자리로 돌아가 앉았다. 경복은 채찍 끝으로 지도 여기저기를 딱딱 짚어가면서 자신의 주장을 펴는 젊은 아계가 그저 무모하고 오만불손하게만 보였다. 그림자도 밟아서는 안 되는 상사를 가르치려 드는 태도가 꼴사나웠다.

'저놈이 대체 뭘 믿고 저리 대책 없이 당당할까?'

경복은 그런 생각을 하면서 퉁명스레 내뱉었다.

"마치 대금천만 장악하면 모든 일이 술술 풀릴 것처럼 말하는데 무슨 근거로 그리 자신하는가?"

"경 대인!"

아계는 한심하다는 눈으로 경복을 바라봤다. 저렇게 멍청한 인간이 흠차라니! 아계는 내심 그렇게 생각을 하면서 차분히 자신의 견해를 밝혔다.

"우리 삼로군은 북로군만 빼고 모두 개펄에 묶여 있는 처지입니다. 적들과 싸우는 것이 아니라 살아남기 위한 자신과의 '사투'가 우선인 셈이죠. 그러니 어찌 사기가 떨어지지 않겠습니까? 병사들이 사기를 잃어가는데 천시와 인화를 운운하면 뭘 합니까? 일단 대금천을 공략해 한 번이라도 승리를 거두는 것이 중요합니다. 금천의 전사만 생각하면 피가 바짝바짝 마를 조정에는 일말의 안도감을, 자나 깨나 부모형제 생각에 유언 남기기에 급급한 병사들에게는 사기를 북돋아주는 것이 우선입니다!"

아계의 말은 몇몇 장군들의 공감을 이끌어냈다. 감히 대놓고 호응하지는 못했으나 모두의 얼굴에 모처럼 희열이 번뜩였다. 장광사 역시 아계의 말을 들으면서 점점 일리가 있다고 느꼈다. 그러나 문제는 아계의 주장이 장광사 본인의 생각과는 정반대라는 사실이었다. 솔직히 그는 자신이 직접 정예부대를 진두지휘해 소금천으로 진격하고 싶었다. 승리해도 장광사, 패해도 장광사여야 한다는 식이었다. 물론 중로군과 북로군이 전력을 다해 협조한다면 늦어도 가을쯤에는 사라분을 생포할 수 있을 것이라는 계산이 깔려 있었다. 사실 아계의 주장을 따르면 위험부담이 훨씬 줄어들 것은 자명한 일이었다. 하지만 아계의 주장대로 하자니 대장군의 체면이 깎일 수 있었다. 그렇다고 무시해버리자니 미련이 남았다.

당초 그는 "최고 지휘관의 뜻을 받들지 않았다"는 이유를 들어 아계를 죽이려 했다. 하지만 지금 그런 마음은 완전히 사라졌다. 더구나 아계의 '반란'은 이미 시작됐다. 아계의 뜻에 동조하는 사람도 많았다. 그렇게 된 이상 어떤 식으로든 마무리를 지어야 했다. 그는 경복에게 조언을 구하는 눈빛을 보냈다. 경복이 기다렸다는 듯 입을 열었다.

"후생後生이 무섭다더니, 그 말이 틀린 데가 하나 없구먼! 내가 보기에는 의견을 참작해도 괜찮겠네요. 하지만 어쨌든 군사적인 일은 대장군이 알아서 결정하세요."

"저 역시 아계의 건의에 취할 바가 있다고 생각합니다."

장광사는 결국 마른 침을 꿀꺽 삼키면서 아계의 생각에 동의했다. 이어 몇 마디를 덧붙였다.

"그러나 군이 유인책을 쓸 필요는 없을 것 같네요. 대금천을 치는 동시에 사라분의 도주로를 차단하는 데 주력해야겠어요. 왜냐하면 우리가 소금천을 거짓으로 공격했을 때 사라분이 우리의 추측과 달리 대금천, 소금천을 모두 버린 채 서쪽에 있는 상첨대, 하첨대 쪽으로 도망갈 가능성도 배제할 수 없기 때문이에요. 그렇게 되면 소금천 공격에 나선 대오가 주력이 돼 그 뒤를 추격해야겠죠. 문제는 누가 이 무거운 짐을 질 것인가 하는 건데……."

장광사가 좌중을 쓸어보고 나서는 뜻 모를 미소를 지었다.

"결자해지結者解之라고, 내 생각에는 아계 장군이 적임자일 것 같은데? 본인은 어찌 생각하는가?"

의외의 결정에 아계는 적이 황당한 표정을 지었다. 그는 지금껏 군중에서 하찮은 직책만 맡아왔었다. 고작 식량창고를 지키거나, 삼천여 명의 노약한 군사와 부상병들을 보살피는 게 대부분의 임무가 아니었던가. 더구나 이론과 실전은 엄연히 다른 법이었다. 그는 그래서 장광사의 말에 선뜻 따를 용기가 생기지 않았다.

아계는 도움을 청하는 눈빛으로 늑민을 일별했다. 그러나 늑민은 절묘한 반전을 이끌어낸 아계의 용기에 탄복한 나머지 분별력을 잃고 말았다. 흥분에 들떠 아계의 의중을 제대로 읽어내지 못한 것이다. 급기야 두어 발짝 앞으로 나서더니 장포 자락을 잡은 채 경복과 장광사를 향해 길게 읍을 하고 입을 열었다.

"아계는 제가 잘 압니다. 자신의 주장을 끝까지 관철시키는 뛰어난 재주가 있는 사람입니다. 대장군께서 밀어주신다면 마다할 리가 있겠습니까? 허락해 주신다면 별 볼 일 없는 이 사람도 아계를 따라 출전하겠습니다. 기필코 조정을 위해 공로를 세우고 싶습니다."

이건 또 무슨 엉뚱한 경우인가! 경복, 장광사와 정문환은 어리둥절해 할 말을 잃었다. 사실 늑민은 그들이 마구 부릴 수 있는 사람이 아니었다. 건륭 3년에 황제가 친히 선발한 장원壯元일 뿐 아니라 건륭의 성총을 듬뿍 받는 장래가 촉망되는 만주족 인재였다. 한마디로 신분이 고귀할 뿐더러 명성도 높은 사람이었다. 만에 하나 '사라분을 잡으려다 장원을 잃기라도' 한다면 그런 불상사도 없을 터였다. 얼마 후 정문환이 앞뒤 이해관계를 따져보더니 조심스레 미소를 지으면서 장광사에게 말했다.

"대장군, 아계는 아계 나름대로 필요로 하는 일들이 있습니다. 오희전吳喜全이 안성맞춤일 것 같습니다."

그러나 정문환의 말이 채 끝나기도 전에 아계가 먼저 입을 열었다.

"늑민은 문신입니다. 붓대와 총대는 굵기부터가 다릅니다. 소인은 저 사람을 달고 나가 신변을 보호해줄 자신이 없으니 혼자 가게 해주십시오!"

사실 늑민은 아계와 흉허물 없는 사이였다. 그래서 그의 진심을 믿어 의심치 않았다. 그래서 늑민은 급기야 한 발 앞으로 나서면서 결연한 의지를 보였다.

"나도 이래봬도 무장 가문의 후예입니다! 붓대도 붓대 나름이고 총대도 총대 나름입니다. 나는 죽는 것을 겁내는 사람이 아닙니다. 장부일언중천금인데, 내뱉은 말을 어찌 그리 쉽게 거둬들일 수 있겠습니까? 이봐, 아계! 오 장군의 정예병 삼천 명을 빌려 까짓것 죽기 살기로 해보자고!"

늑민이 입에 올린 '오 장군'은 오희전이었다. 장광사가 첫손에 꼽는 심복 장군이었다. 그런 그가 자신이 아끼는 정예부대를 다른 사람의 공로를 위한 희생양으로 내놓을 리 없었다. 곧 그가 차갑게 대답했다.

"우리 부대는 현재 마채구馬寨溝에 주둔하고 있습니다. 마채구라면 강정康定으로 통하는 요충지입니다. 건녕산乾寧山과도 시오 리밖에 떨어져 있지 않고요. 자리를 비웠다가 만일의 경우 사라분이 그곳을 통해 도주하는 날에는 누가 그 책임을 지겠습니까? 소금천을 거짓 공격하는 쪽으로 간다면 또 모를까!"

오희전의 말에 정문환이 덧붙였다.

"아계 수하의 늙고 병든 잔병들로는 어림도 없는 일입니다. 낭웅郎雄, 격걸格傑과 오희전의 부대에서 각각 천 명씩을 아계의 휘하에 줘서 지원하는 것이 어떨까 합니다."

늑민이 말을 받았다.

"나는 내 일을 초로에게 맡기는 한이 있더라도 이번에 반드시 출전할 것입니다!"

아계 역시 기왕지사 이렇게 됐으니 밀고 나가는 수밖에 없다고 생각한 듯 단호하게 말했다.

"늑민은 귀하신 몸임에도 이런 웅심을 품고 있는데 제가 주저할 이유가 어디 있겠습니까? 일병일졸一兵一卒의 지원 없이도 가능합니다. 출전하겠습니다!"

결국 장광사가 책상을 내리치면서 결론을 지었다.

"그렇다면 좋네! 그렇게 결정하지. 정문환 장군의 중군이 전력으로 협력하면 별문제 없을 거야. 각 장군들은 명령을 들으라!"

아계의 작전 계획은 장광사와 사라분의 밀고 당기는 신경전이 대치상태로 고착되자 기대 이상의 효과를 보기 시작했다. 대부대를 이끌고 전쟁을 치러본 경험이 없는 사라분은 관군이 소금천을 공격한다는 급보를 입수하자 대금천에 주둔해 있던 이천 명을 거느리고 소금천으로 줄

달음쳤다. 그와 때를 같이 해 북로군의 오천 정예병을 거느린 기산은 칼에 피 한 방울 묻히지 않고 대금천을 점령하는 데 성공했다.

그 시각에도 사라분은 소금천을 향해 행군하고 있었다. 그가 느닷없는 관군의 공격 소식에 놀란 가슴을 붙잡고 정신없이 달려가고 있을 때였다. 소금천으로부터 적정敵情에 대한 보고가 쾌마快馬로 전해졌다. 소금천을 공격한 관군의 선두 부대가 이미 단파丹巴, 대상大桑 일대까지 이르렀다는 것이었다. 아마 금천에서 상첨대, 하첨대로 이어지는 길목을 차단하려는 것 같다고 했다. 소금천 주둔군의 주장主將 상길桑吉은 사라분에게 급보를 전하는 한편 성문을 열어 장족藏族 노약자들을 풀어줬다. 각자 알아서 살길을 찾아 떠나도록 한 것이었다.

"드디어 올 것이 왔구나!"

사라분이 낙타 등에 몸을 싣고 어둠이 깃든 마을의 오솔길을 지나면서 한숨을 내뱉듯 중얼거렸다. 그런 중에도 소금천의 강물은 졸졸졸 소리를 내면서 무성한 숲을 지나 대도하大渡河로 흘러가고 있었다. 강물이 갈대를 치고 지나가는 소리가 그렇지 않아도 불안한 심경에 불길한 예감을 더했다.

그는 등 뒤를 돌아봤다. 수백 마리의 낙타 행렬이 끝없이 이어지고 있었다. 그가 얼마 후 낙타에서 뛰어내리더니 수행 중인 부하에게 지시했다.

"뒤에 가서 타운, 인착仁錯 라마喇嘛에게 전하라. 오늘밤은 이곳 무변진撫邊鎭에서 쉬어갈 거라고 하라."

무변진은 소금천에서 백 리 정도 떨어져 있었다. 삼백여 가구가 사는 자그마한 마을이었다. 그곳은 소금천에서 피난을 온 장족 백성들로 꽉 차 있었다. 사라분은 중군을 진의 남쪽에 있는 라마묘에 배치하고 부인인 타운과 두 아이에게 거처를 마련해주고 나왔다. 숙부이자 활불活

佛인 인착과 상착桑錯이 이미 와서 기다리고 있었다. 사라분이 자리에 털썩 주저앉으면서 말했다.

"우리는 대단히 불리한 상황에 직면해 있습니다. 장광사가 최후의 발악을 하려나 봅니다. 우리의 퇴로를 막으려고 하는 것 같은데, 대응책이 시급해요!"

사라분이 굳이 상황의 불리함을 강조하지 않아도 사람들은 이미 모든 것을 알고 있었다. 숨통을 죄어오는 두려움 역시 느끼고 있었다. 소금천이 막히고 퇴로가 차단되면 산 속으로 도망가는 길밖에는 다른 방법이 없었다. 그러나 노약자들에게 그것은 곧 죽음의 길이었다. 사라분의 숙부 상착 활불도 그 사실을 떠올린 듯 흰 눈썹을 모으면서 비감한 어조로 말했다.

"인착 라마, 사라분 장군! 소금천의 부대를 철수시켜 장광사에게 빈 성곽을 내주는 것이 나을 것 같습니다. 겨우 일천 명의 군사로 소금천을 지켜낸다는 것은 불가능합니다. 이곳에서 합류해 서남쪽의 심산 동굴로 숨어들어야 합니다. 한숨 돌린 뒤 우리 부락의 모든 전사들을 총동원해 상첨대, 하첨대로 통하는 길을 트고 서장으로 들어가야 합니다. 관군이 철수하고 나면 다시 금천으로 돌아오면 됩니다."

이번에는 인착 라마가 손가락으로 법주法珠를 굴리면서 말했다.

"상착 라마의 뜻에 공감합니다. 다행히 우리는 이런 때를 대비해 괄이애刮耳崖 산굴에 일 년 동안 먹을 식량을 비축해두지 않았습니까. 적들은 이곳에 오래 있을 수 없습니다. 먹을 식량이 없어서라도 곧 철수할 겁니다. 마채구 서쪽에 청군淸軍이 없는 것을 보면 그들은 우리가 건녕산으로 도망갈 거라는 것만 염두에 두고 있는 것이 분명합니다. 지금은 여름입니다. 우리는 악천후에도 산을 타는 재주가 있지 않습니까? 협금산夾金山을 넘어 상, 하첨대로 돌아가는 수가 있다는 것을 저들은 꿈에도 생각하지 못할 것입니다."

그러자 상착 활불이 수염을 쓸어내리면서 잠시 침묵하더니 천천히 입을 열었다.

"좋은 생각이기는 하나 노약자와 아이들은 어떻게 할 셈입니까? 그들이 산을 타기는 무리가 아니겠어요? 추위를 이겨낼 의복도 챙겨오지 않았는데요!"

그 사이 아이를 안고 밖으로 나온 타운이 수심에 잠긴 채 말했다.

"대설산大雪山을 넘겠다는 얘기예요? 죽는 사람이 엄청날 텐데……. 반곤 어른도 이천여 명의 정예병을 거느리고 설산을 넘다가 칠백 명밖에 살아 돌아오지 못했잖아요."

타운이 말을 마치고는 바로 한숨을 지었다. 금천에서 학질에 걸려 죽은 지 1년도 더 넘은 반곤을 떠올리는 듯했다. 반곤에 대한 얘기가 나오자 분위기는 더욱 가라앉았다. 잠시 후 상착 활불이 말했다.

"한족들은 인정이라고는 손톱만큼도 없어. 언제 한번 자기 입으로 한 약속을 지키는 걸 봤던가? 어떻게 하면 남의 땅을 통째로 삼킬까 잔머리는 잘 굴리지. 날로 먹을 생각도 아니고 적당한 선에서 거래를 하자는데 무슨 욕심이 그리 많은지……. 몹쓸 것들 같으니라고! 한족 관리들은 하나같이 개돼지가 환생한 짐승들이야. 여자하고 금덩이만 보면 사족을 못 쓰는 것들! 전에 악종기는 그나마 괜찮은 사람이었는데. 그런 사람마저 자기네들끼리 물고 뜯고 싸워서 매장시켜버렸잖아."

상착 활불이 울분을 터뜨리면서 다시 한숨을 토해냈다. 인착 활불은 그 와중에도 한 손으로 내내 경륜經輪을 굴리고 있었다. 또 다른 한 손으로는 불주佛珠를 만지작거렸다. 그는 설산을 넘을 궁리를 하느라 고민에 빠진 듯했다. 그가 천천히 입을 열었다.

"설산을 넘으려면 많은 사람이 죽어나갈 텐데……. 또 서장으로 통하는 길을 뚫으려고 할 때도 다수의 희생자가 생길 거요. 그러고 나서 서장 라싸拉薩까지 걷다보면 또 여럿이 죽어나갈 텐데……. 우리 금천족金川族은 과연 멸망을 앞두고 있단 말인가? 부처님, 부디 우리에게 살길을 열어주시옵소서!"

인착 활불의 말이 끝나기 무섭게 사라분이 갑자기 한어漢語로 욕설을 퍼부었다.

"제기랄! 대금천은 우리 형 색륵분의 땅이었어. 그것이 내 소유로 넘어온 건 우리 가문의 일이야. 그런데 건륭이 왜 남의 일에 감 놔라, 배 놔라 하는 거야? 내 땅에서 내가 조용히 살겠다는데! 저들한테 무슨 해가 된다고 이리 못 잡아먹어서 안달인가? 싸우기 싫다고 조정에 귀순 의사를 몇 번이고 밝혔건만 기산 이놈은 내 편지를 똥 닦는 데 써먹은 거야, 뭐야? 무기 내려놓고 투항하겠다는 사람을 기어코 궁지로 몰아넣는 이유가 뭐야!"

사라분이 두 주먹을 부르르 떨면서 광기 어린 반응을 보였다. 땅을 치는 장화의 굽 소리가 무거운 신음소리 같았다. 그가 다시 말을 이었다.

"정 그렇게 나온다면 나도 이판사판이야. 아까운 생명을 희생시키면서 설산을 넘느니 차라리 아무 데도 도망가지 않을 거야. 바로 이 자리에서 너 죽고 나 죽기로 한판 대결을 벌여보자고! 금천이 얼마나 큰데, 고작 오륙만 명이 들어와 덮어버리겠다고? 어림도 없지! 장광사, 우리가 꼭 너에게 먹힌다는 법은 없어. 길고 짧은 것은 대봐야 해! 인착 라마께서는 불당으로 가셔서 불조께 발원 기도를 하시고 상착 숙부는 소금천으로 사람을 파견해 즉각 철수하라는 내 명령을 전하세요. 소금천 진내에 있는 모든 식량창고와 가옥을 불살라버리고 철수하라고 하세요. 보이는 난민들은 전부 수용하세요. 싸울 수 있는 사람은 싸우게 하고 싸울 수 없는 사람은 노약자들을 돌보게 하세요. 지금부터 우리 형제들에게 무기를 내주세요."

인착과 상착 두 활불은 사라분을 향해 묵묵히 절을 하고 물러갔다. 방 안에는 사라분과 타운 둘만 남았다. 둘은 아무 말도 하지 않았다. 얼마 후 오래도록 지속되는 무거운 침묵을 깨고 타운이 먼저 입을 열었다.

"이것 봐요, 죽고 죽이는 전쟁을 꼭 해야겠어요?"

"그래!"

"그 사람들은 왜 우리의 귀순을 받아들이려 하지 않을까요?"

타운이 품에 잠들어 있는 작은아이의 머리를 쓰다듬으며 말을 이었다.

"애들을……, 애들이라도…… 안전하게 대피시키는 방법이 없을까요?"

타운의 말에 사라분의 크고 깊은 눈에 눈물이 가득 고였다. 그가 그녀에게 가까이 다가갔다. 이어 그녀의 수척해진 얼굴을 쓰다듬으며 깊은 한숨을 내뱉었다.

"그렇게 할 수는 없지. 모범을 보여야 할 우리가 그러면 어느 아비가 총대를 메려고 하겠어. 내 새끼 귀하면 남의 새끼도 귀한 법이야."

그는 가래 같은 손으로 얼굴을 쓱 문지르면서 일어났다. 이어 성큼성큼 밖으로 나섰다. 하늘에는 차가운 초승달이 걸려 있었다. 멀리서 아낙의 한숨을 닮은 소금천의 물소리가 들려왔다. 또 남쪽으로는 일 년 내내 흰 눈을 이고 있는 대설산이 보였다.

어디선가 처량한 노랫소리가 바람을 타고 들려왔다. 사라분은 하염없이 흘러내리는 눈물을 닦으면서 소리 나는 쪽으로 고개를 돌렸다. 난민들이 노숙하는 곳에서 장작불이 타오르고 있는 모습이 보였다. 그는 자신도 모르게 발길을 돌려 그쪽으로 다가갔다. 노랫소리는 점점 가깝게 들렸다.

금천, 금천! 천리 강산, 아름다운 어머니의 땅!
넓게 펼쳐진 초원에 한가로이 노니는 소와 양떼들.
졸졸졸 흐르는 시냇물에 머리 감고 발 씻는 처녀들아,
어서 들어가라, 너무 고와 독수리가 채어 갈라.
아! 정든 땅 나의 금천, 보고 있어도 그리운 어머니의 품!
금천아, 내 영원히 그대 품을 떠나지 않으리.

사라분은 더 이상 다가가지 않았다. 먼발치에서 지켜보는 것이 낫다는 생각이 들었다.

"어떤 자들은 귀신도 새끼치기 싫어하는 몹쓸 곳이라고 떠들지만 우리에게는 분명 풍요로운 낙원이다. 영원히 떠나지 않을 거야!"

사라분은 몇 번이고 중얼거리면서 무지막지한 정복자에 대한 증오심을 활활 불태웠다. 그는 다시 라마묘로 돌아왔다. 타운은 여전히 그 자리에 멍하니 앉아 있었다.

"애 데리고 먼저 자지 그래."

타운이 처연한 표정을 지었다.

"잠이 안 와요. 노래를 들으니 옛날로 돌아가는 것 같아요. 어릴 때 할아버지께서 가르쳐 주셨어요. 할아버지는 또 할아버지의 할아버지에게 배웠다고 하더군요. 할아버지께서 그러시는데, 우리 금천은 금이 난다고 해서 금천이란 이름이 붙여졌다고 해요. 하류의 금사강金沙江에서 나는 금사金沙는 바로 여기서 씻겨 내려간 거래요. 전에 악종기가 그러는데 한족들은 금을 보면 오금을 못 쓴다면서요! 금을 주고 우리를 그만 괴롭히라고 부탁하면 안 될까요?"

사라분이 아내의 어리석은 생각에 실소를 흘렸다.

"당신은 갈수록 어린애가 되나 보네. 장광사가 여기에서 금이 많이 나는 걸 알게 되면 눈이 시뻘게져서 더 우악스럽게 달려들 거야!"

"그래도 싸우는 건 너무 무서워요. 외삼촌 두 분이 모두 청해 전투에서 돌아가셨어요. 한 분은 머리만 찾고 한 분은 반 토막이 되어 발견됐어요. 우리가 왜 이리 비참한 지경에 내몰려야 해요?"

타운은 울상이 돼 있었다. 어느새 마음을 추스른 사라분이 쓴웃음을 지었다.

"한족들의 속담에 궁하면 통한다는 말이 있어. 장광사는 아무리 발광해도 텅 빈 성곽만 껴안고 있을 뿐이야. 우리는 아직 인명 손실 하나 없이 건재해. 일단 장광사의 기를 팍 꺾어놓아야겠어. 그때는 자기가 먼저 강화조약을 맺자고 달려들 테니까."

"강화조약이라뇨? 끝까지 싸울 거라고 하지 않았어요?"

타운이 놀란 눈으로 남편을 바라봤다. 그러자 사라분이 뜻을 헤아리기 힘든 웃음을 지었다.

"길게 보는 안목을 키워야 해. 오래도록 살아남으려면 당분간은 조정과 끝까지 가서는 안 돼. 우리는 건륭이라는 거목의 발치에 숨죽이고 사는 잡초에 지나지 않아. 잡초일지라도 살 권리가 있다는 것을 온몸으로 보여주고 당당한 생존권을 사수하자는 것뿐이야. 우리는 건륭에게 이를 깨닫게 해줘야 할 의무가 있어. 장광사가 우리 앞에 무릎 꿇는 날이 곧 건륭이 잡초들의 삶을 이해하게 되는 날이라 생각해."

사라분의 말이 계속 이어질 때였다. 상착 활불이 건장한 사내 하나를 데리고 들어왔다. 사라분이 물었다.

"소금천에서 왔다는 사람이에요?"

"예, 그렇습니다!"

사내가 인사를 올리면서 말을 이었다.

"저는 엽단잡葉丹卡이라는 사람입니다. 아버지의 명을 받고 왔습니다.

청병清兵은 지금 소금천으로 대포를 운반하는 중입니다. 어제는 이천 명을 더 불러 금천의 남부 지역에 주둔하는 것 같았습니다. 아버지께서는 그들이 아직 자리를 못 잡은 틈을 타 선제공격을 가하려고 하십니다. 어떻게든 대포를 무용지물로 만들어버리겠다고 하셨습니다. 장군의 지시를 기다리십니다!"

엽단잡은 거구의 사내임에도 지친 기색이 역력했다. 사라분이 그를 눌러 앉히고 따끈한 우유를 한 잔 건네주면서 격려했다.

"아우, 정말 수고가 많았네. 그래, 소금천에서는 언제 출발한 건가?"

엽단잡이 한숨을 쉬면서 대답했다.

"오늘 아침 동트기 전에 떠났습니다. 아버지께서는 내일 점심때까지 돌아오지 못한다면 더 이상 아버지라 부르지 말라고 하셨습니다."

사라분은 엽단잡의 말을 듣고 놀라서 숨이 막힐 뻔했다. 소금천에서 이곳 무변진까지는 100리 밖에 되지 않았다. 그러나 길이 워낙 험해 넉넉잡아 사흘은 걸려야 도착할 수 있었다. 그런데 이 젊은이는 하루 만에 그 길을 왔다고 하는 것이 아닌가. 사라분은 엽단잡의 어깨를 잡아 흔들면서 칭찬의 말을 건넸다.

"장하네, 장해! 엽단 숙부님께는 내가 나중에 얘기할 테니 자네는 여기 있게! 나는 이미 엽단 숙부님께 소금천에서 철수해 우리와 회합하라는 명을 전했다네."

그때 인착 활불이 들어섰다. 사라분은 즉각 수행원에게 금천의 지도를 가져오라는 명령을 내렸다.

지도는 반질반질한 양가죽 스무 장을 이어 만든 것이었다. 대금천과 소금천의 산천, 하류, 촌락, 큰길과 꼬불꼬불한 산길까지 한눈에 척 알아볼 수 있을 정도로 세세하게 그려져 있었다. 사라분은 조심스럽게 지도를 땅에 펴면서 흡족한 표정을 지었다.

"만금을 준다고 해도 못 바꿀 보배죠. 그 동안 나에게 얼마나 큰 힘이 돼 왔는지 몰라요. 장광사의 목도木圖는 강희 삼십육 년에 만들어진 것이라 큰 산의 방향마저 틀린 데가 많거든요. 우리 이 지도는 몇 사람의 목숨과 바꾼 소중한 보물이죠!"

사라분이 다시 무릎을 꿇고 지도를 들여다보면서 물었다.

"엽단잡 아우, 관군의 선두부대를 이끌고 들어왔다는 아계라는 자는 지금 어디쯤에 있는가? 후속 부대는 또 누가 이끌고 오는가? 그것들의 위치도 가늠해보게! 여기가 바로 소금천이거든. 그리고 여기는 우리가 지금 있는 무변진이고. 이게 대금천하라는 말이야. 소금천 강은 바로 여기 있고. 여기에서 북으로 가면…… 정문환의 대영이 있어, 알아볼 만한가?"

사라분은 칼집을 천천히 움직이면서 지도 위의 몇 곳을 짚어 보였다. 처음에는 어리둥절한 표정을 짓던 엽단잡이 차츰 눈빛을 반짝이면서 바짝 다가섰다. 곧이어 그가 손가락으로 단파진을 가리키면서 말했다.

"아계는 만주족입니다. 서른이 채 안 됐다고 합니다. 똑똑하고 싸움 잘하기로 소문이 났습니다. 그자는 지금 여기…… 달유진 남쪽에 있습니다. 찰왕扎旺에는 정문환의 식량창고가 있습니다. 워낙 습한 지역이라 식량은 운송되자마자 서둘러 먹어버리지 않으면 곰팡이가 슬기 십상이죠. 대포는 인력으로 밀어붙이는 것 같은데, 그 속도라고 해도 앞으로 닷새는 더 있어야 소금천에 도착할 겁니다. 후속부대로 들어온 자는 나택성羅澤成이라고 하는 한족입니다. 약 이천 명 정도 달고 온 것 같은데 소금천 북쪽으로 움직이고 있습니다. 보아하니 대포가 도착하면 정문환이 직접 소금천에 내려와 전투를 지휘할 것 같습니다."

사라분이 냉소를 터트리면서 고개를 저었다.

"소금천이라고? 돼지가 아니고서야 누가 그리 둔할까! 소금천 진내에서 판을 벌인다고? 내가 보기에 정문환은 우리에게 겁을 줘서 멀리 쫓아내려는 심산이야. 그래야 건륭에게 우리가 도망갔다고 거짓보고라도 올릴 테니까! 악종기가 그랬어, 항우는 백전백승을 했어도 한 번 패하니 오강烏江에서 자살할 수밖에 없었다고! 장광사 그 자식은 고작 묘족 반란을 진압하고 저리 하늘 높은 줄 모르니……. 두고 봐, 그자가 우리 대, 소금천 강에서 장검으로 제 목을 베는 그날이 오지 않나!"

사라분은 자신만만했다. 엽단잡의 설명을 들으며 이미 마음속으로 작전계획을 다 짠 것 같았다. 그는 아계가 주둔하고 있다는 단파 지역을 손가락으로 찌르듯 지그시 누르다가 천천히 자리에서 일어섰다. 그리고는 잠시 고개를 갸웃하면서 발걸음을 떼더니 다시 멈춰 섰다. 동시에 고개를 돌리면서 좌중의 사람들에게 뭔가 말하려다 말고 또 고개를 저었다. 그 모습을 지켜본 상착 활불이 물었다.

"무슨 석연치 않은 점이라도 있는 겁니까?"

"이제 보니 아계라는 놈이 있는 단파가 괄이애에서 이십 리밖에 떨어져 있지 않네? 동굴 속에 우리 식량이 들어있는데, 혹시 그 냄새를 맡고 접근한 것은 아닐까?"

사라분이 턱을 만지면서 입을 열었다. 좌중의 사람들은 순간 할 말을 잃었다. 식량뿐만이 아니라 그곳에는 소금, 기름, 약품 등도 보관돼 있었다. 또 땅 밑에는 황금도 있었다. 순간 기름등잔에 지그시 시선을 박고 있던 상착 활불이 입을 떼었다.

"그걸 시험해보는 방법이 있습니다. 소금천에 있는 정문환을 쳤을 때 아계가 달려오는지, 안 오는지 살펴보면 알 것 아닙니까?"

사라분이 상착 활불의 말에 고양이 눈에서나 볼 수 있는 푸르스름한 빛을 뿜었다.

"내가 바로 그 생각을 하고 있었어요! 아마 그곳 동굴에 우리 식량이 있다는 걸 알고 있다면 소금천의 안위를 제쳐두고라도 우리 양도糧道를 차단하려 들 거예요."

사라분이 메마른 입술을 빨면서 한참동안 지도 앞을 서성거렸다. 곧이어 다소 여유를 회복한 듯 입을 열었다.

"아계는 아직 우리 비밀을 모르는 것이 분명해요. 만약 알고 있다면 벌써 사력을 다해 우리 양도를 차단하러 달려갔을 거예요. 그가 단파를 지키고 있는 이유가 뭔 줄 알아요? 우리가 소금천에서 버티지 못하고 물러날 경우 반드시 단파를 거쳐 서쪽으로 도망갈 거라는 걸 알고 있기 때문이죠. 또 단파는 우리가 협금산을 지나는 경우에도 가장 빨리 기습공격을 할 수 있는 곳이거든요. 그 자식, 머리가 꽤 좋은 것 같습니다. 우리를 날로 먹으려고 드네요?"

인착 활불이 콧등의 땀을 훔치면서 말했다.

"서둘러야겠습니다. 소금천을 공격합시다. 아계가 달려오지 않고는 못 견디게 말입니다."

좌중의 분위기는 절정을 향해 치닫고 있었다. 칼집을 꽉 움켜쥔 사라분의 손마디가 하얗게 변했다. 곧이어 그가 목의 힘줄이 튀어나오도록 이를 악물었다. 그리고는 무거운 몇 마디를 이빨 사이로 내뱉었다.

"그렇게 합시다! 내일 아침 날이 밝기 전에 행동을 개시합시다. 일단 오백 명의 선두부대를 찰왕에 보내 아계의 식량창고를 날려 버리도록 하세요. 가면서 도로 표시판을 뽑아버리는 것도 잊지 말고요. 그 다음 다시 오백 명을 파견해 달유 서쪽을 공격하는 척합시다. 엽단 숙부의 일천칠백 명 인마 중에서 이백 명을 파견해 아계를 거짓 공격하고 나머지 천오백 명은 본부의 인마와 합세해 소금천을 포위하는 겁니다."

사라분이 칼집을 들어 마채구를 가리키면서 말을 이었다.

"오희전의 병력은 우리가 강정을 공략하거나 대설산으로 도주하는 걸

막기 위해 이곳에 죽치고 있는 거예요. 그러면 우리는 아예 저것들을 무용지물로 만들어버리죠 뭐. 그자들은 소금천이 포위당했다는 소문을 듣고 달려가려고 해도 주야로 닷새는 가야 하니 아무 도움도 안 돼요. 그자들의 지원병이 도착하기 전에 소금천의 청병은 섬멸당하고 말 테니 말입니다. 아무튼 달유에서 소금천을 노리고 달려드는 정문환의 삼천 병사만 섬멸시키면 우리는 기선을 제압했다고 볼 수 있어요."

"노인과 아이들은 어떡하죠?"

인착 활불이 물었다. 사라분이 기지개를 켜고는 웃는 얼굴로 말했다.

"인착 숙부께서 어련히 잘 알아서 보호하겠습니까? 그들이 괄이애 동쪽으로 무사히 대피하도록 잘 인도해주세요."

사라분이 잠시 말을 멈췄다가 덧붙였다.

"낮에는 숨고 밤에만 움직이도록 하세요. 서두를 것 없이 천천히 움직이세요. 소금천의 적들이 우리 주력부대가 움직이는 줄 착각하도록 말입니다. 아계는 우리 주력부대가 괄이애 동쪽으로 옮겨가는 줄 착각하고 절대 소금천으로 지원병을 파견하지 못할 거예요. 제 생각이 어때요?"

사라분이 말을 마치고는 득의양양한 표정으로 인착과 상착 활불을 쳐다봤다. 좌중의 사람들은 모두 "절묘한 계책입니다!"라고 찬탄하면서 허리를 숙였다.

24장

경복과 장광사의 패배

경복과 장광사는 낙타를 타고 의기양양하게 소금천小金川에 진입했다. 비록 아직까지는 사라분과 직접 전투를 벌이지도, 내세울 만한 전과를 거두지도 못했으나 믿는 구석이 있는지라 마음은 아주 든든했다. 더구나 북로군은 이미 대금천大金川을 점령했다. 또 남로군 역시 나름대로 소금천을 '공략'하는 데 성공했다. 어디 그뿐인가. 중로군도 사라분의 서쪽 도주로를 차단했다. 충분히 의기양양할 만했다. 게다가 아계는 적들의 심장부로 들어가 주력부대를 쫓고 있다고 했다. 이제 사라분은 날개 꺾인 독수리요, 다 잡아놓은 물고기나 다름없는 셈이었다. 사라분을 잡아들이는 것은 이제 그야말로 시간문제였으니 절로 콧노래가 나올 지경이었다.

소금천에 당도한 두 사람은 건륭에게 홍기첩보紅旗捷報부터 띄우기로 했다. 경복은 문연각文淵閣 대학사大學士였으니 글재주가 뛰어난 것은 두 말하면 잔소리였다. 그는 1만 글자도 넘는 주장을 단숨에 써서 라마사喇嘛寺에 있는 장광사를 찾아갔다.

더위를 유난히 참지 못하는 장광사는 얼음물에 발을 담그고 있었다. 두 명의 친병이 그의 등 뒤에서 부채질을 해주고 있었다. 장광사는 경복이 들어오는 것을 보면서도 일어서지 않았다. 그나마 태도는 대단히 깍듯했다.

"어서 오세요! 무슨 놈의 날씨가 이리도 변덕이 심한지 원! 밤에는 추워서 솜이불 생각이 나더니만 낮에는 남경보다 더 더운 것 같네요."

장광사는 입으로는 그렇게 말을 하면서 눈으로는 경복이 건넨 주장의 초안을 들여다봤다. 경복은 순간 속이 부글부글 끓어올랐다. '대죄입공'戴罪立功의 꼬리표를 단 흠차의 신분이라고 해서 은근히 자신을 무시하는 장광사의 언동에 기분이 몹시 상했던 것이다.

'더우면 네놈만 덥냐? 무례하고 못된 놈 같으니라고.'

경복은 속으로 계속 욕설을 퍼부으면서 겉으로는 아무렇지도 않은 듯 웃음을 지은 채 자리에 앉았다. 그러자 장광사가 한심하다는 듯 주장의 한 대목을 가리키면서 말했다.

"적군 삼천 명을 소멸시켰다? 이건 좀 지나친 것 같네요. 대금천, 소금천 두 진의 백성들을 다 합쳐봤자 칠천 명밖에 안 돼요. 여기저기 널려 있는 장족藏族들까지 다 합쳐도 만이천 명 정도가 고작이에요. 그중 사라분의 주둔군이 칠천 명이라고 쳐도 여기서만 삼천 명을 요절냈다는 것은 좀 억지스러운 것 같네요. 그렇게 되면 대금천에 있는 기산紀山은 뭐가 되겠어요! 폐하께서 얼마나 예리하신 분인데요. 이를 곧이곧대로 믿으실 것 같아요? 욕이나 실컷 얻어먹죠! 사백오십, 많아야 오백 명 정도가 적당할 것 같군요. 무슨 말인지 알겠어요, 경 흠차?"

경복이 즉각 난처한 웃음을 지었다.

"이미 금천의 명줄을 움켜잡았으니 영 터무니없는 소리는 아니지 않습니까."

장광사는 고개를 절레절레 저을 뿐 말이 없었다. 얼마 후 그가 주장을 끝까지 다 읽어보고 나더니 자리에서 일어섰다. 이어 신발을 신고 고개를 갸웃거리면서 천천히 방 안을 거닐었다. 조바심이 난 경복이 가까이 다가가며 물었다.

"대장군, 뭐가 마음에 안 드는 모양입니다?"

장광사가 기다렸다는 듯 즉각 대답했다.

"문필文筆은 흠잡을 데가 없어요. 그러나 폐하께서 우리 두 사람에게 가장 불만스러워하시는 부분이 뭔지를 모르는 것 같군요. 폐하께서는 우리가 사라분을 '생포'할 것을 바라고 계세요. 그런데 주장에서 '반드시 소굴을 갈아엎어 개선하겠사옵니다'라고 알맹이 없이 뭉뚱그려 놓았으니 헛소리에 불과하지 않습니까? 그렇다고 잡지도 못한 사라분을 잡았다고 거짓말할 수도 없고요. 나중에 호송해오라고 하면 그만한 낭패도 없을 테고……."

장광사는 뚜벅뚜벅 발을 옮기며 천천히 방 안을 거닐었다. 경복이 그런 장광사를 뚫어지게 바라보더니 갑자기 피식 웃음을 터트렸다.

"별걱정을 다 하네요. 폐하께서는 죽은 사람을 살려내라고 하실 정도로 억지를 부리시는 분은 아니지 않습니까! '생포'는 어디까지나 폐하의 희망사항이지 반드시 '생포'하라고 쐐기를 박으시지는 않으셨잖습니까. 성조 때는 갈이단을 생포하려고 했으나 그는 자살해버렸어요. 또 선제 때는 나포장단증을 생포하라고 하명하셨으나 연갱요와 악종기는 그를 놓치고 말았죠. 가깝게는 윤계선도 강서에서 일지화를 놓쳐 육십오만 냥의 군비까지 빼앗기는 실수를 저질렀으나 아직 멀쩡하지 않습니까!"

장광사가 다시 말을 받았다.

“까놓고 말해서 나는 이곳을 평정하면 책임을 다하는 거지만 경 흠차는 나하고 처지가 다르지 않습니까? 전에 상첨대, 하첨대에서 그대가 반곤을 놓치지만 않았더라면, 그래서 금천으로 기어든 반곤이 사라분을 부추기는 일만 없었더라도 오늘의 이 난리는 피할 수 있었을 것 아니에요! 그런데 이제 여기서 사라분을 놓친다면……? 경 흠차, 우리 둘은 한 가마에 쪄죽게 생겼어요!”

장광사의 말은 약 올리는 것 같기도 하고 협박하는 것 같기도 했다. 경복은 도무지 그의 생각을 종잡을 수가 없었다. 그러나 한참을 생각하자 비로소 장광사가 까닭 없이 트집을 잡는 이유를 알 것 같았다. 경복이 작성한 주장에 장광사의 공로가 대서특필되지 않은 것이 이유였던 것이다! 경복은 거기에 생각이 미치자 슬슬 화가 나기 시작했다. 두 사람이 동고동락해서 지금의 성과를 거뒀으니 공로도 똑같이 나눠가지는 것이 마땅하지 않은가. 그러나 경복으로서는 한 발 양보할 수밖에 없었다. 그가 한숨을 쉬면서 말했다.

“나도 어쩔 수 없었어요. 너그럽게 생각해주기를 바라오!”

장광사는 알량한 전공 정도를 놓고 다른 사람과 아옹다옹할 정도로 속 좁은 사람은 아니었다. 그럼에도 그가 트집을 잡은 것은 자신을 여기까지 끌고 와 몇 년 동안이나 골탕을 먹인 경복에게 화풀이를 하고 싶어서였다. 그런데 경복은 이미 알아서 설설 기고 있었다. 장광사는 그제야 기분이 좀 풀렸는지 히죽 웃었다.

“아직 사라분을 잡아 족칠 기회는 얼마든지 있는데 무슨 걱정이에요? 내 말은 사라분에 대해 언급하되 워낙 교활하고 잔인하기가 반곤은 저리 가라 할 정도라는 점을 강조하자는 겁니다. 또 금천의 지세도 상첨대, 하첨대와는 비교 못할 정도로 험악하다고 우는 소리를 해야 해요. 그리고 ‘그러나 남은 시간 동안 사라분을 생포하기 위해 사력을 다

하겠사옵니다. 혹시 그가 자살이라도 하면 그 시체라도 끌고 가서 성궁聖躬에 충성을 하겠사옵니다' 뭐 이런 식으로 덧붙이는 겁니다. 그리고 기간도 넉넉히 잡아놓자고요. 저절로 제 목을 조르는 격이 돼서는 곤란하지 않겠어요?"

경복은 장광사의 말이 이어지는 동안 주장을 윤색할 단어를 생각했다. 바로 그때 정문환이 중군 부장副將인 장흥張興, 총병總兵 임거任擧, 참장參將 매국량買國良을 데리고 들어섰다. 그 뒤에는 포영砲營의 유격遊擊 맹신孟臣도 있었다. 장광사가 일행을 힐끗 쳐다보고는 말했다.

"경 흠차, 방금 얘기한 대로 보충하고 어서 베껴 쾌마로 발송하세요. 그런데, 자네들은 무슨 일인가?"

장흥이 얼굴에 흘러내리는 땀을 소매로 닦으면서 먼저 입을 열었다.

"장 대장군! 사라분이 수상합니다. 오늘 아침 달유에서 찰왕에 이르는 구간에 몇몇 적군이 슬금슬금 나타나더니 개펄에 꽂아놓은 이정표를 뽑아버렸습니다. 달유에서 소금천으로 이어지는 구간에도 이정표가 뒤섞여 제멋대로 꽂혀 있었습니다. 수비들이 활을 쏴서 내쫓기는 했으나 이정표는 아마 제 구실을 못할 것 같습니다. 그래서 급히 오백 명을 파견해 복구시키도록 했습니다."

"내 양도糧道를 차단하겠다? 어림도 없지. 오백 명으로는 부족하네. 오백 명을 더 붙이도록 하게! 문환, 지금 우리 쪽의 식량으로는 며칠 정도 더 버틸 수 있겠는가?"

정문환이 나무로 만든 지도를 들여다보더니 황급히 대답했다.

"소금천으로 실어온 식량은 닷새 정도 버틸 수 있는 양입니다. 달유에 숨겨놓은 식량이라면 보름쯤은 문제없을 겁니다. 워낙 습해서 장시간 많은 양을 보존하는 것은 무리입니다."

총병 임거도 적극적으로 나섰다.

"어젯밤에는 대규모의 적군이 서쪽 괄이애 방향으로 움직였습니다. 횃불이 구불구불 오 리 길에 이어졌습니다. 아마 적들은 괄이애에서 남하해 상첨대 쪽으로 도주하려는 것 같았습니다."

임거의 말에 경복의 낯빛이 대뜸 변했다. 사라분이 상첨대로 도주하다니, 말도 안 돼! 그러나 그가 미처 뭐라 말하기도 전에 장광사가 냉소를 흘렸다.

"서쪽으로 갔다? 거기에 무슨 활로가 있다고 그래? 우리 남로군은 뭐 허수아비인가? 아계로부터는 무슨 소식이 없었나?"

장광사의 물음에 매국량이 황급히 대답했다.

"그렇지 않아도 보고를 올리려던 참이었습니다. 아계는 괄이애가 사라분의 식량창고라고 의심하고 있습니다. 몇 번이고 정찰병을 파견했으나 번번이 근처까지 접근하는 데는 실패했다고 합니다. 그도 괄이애 쪽으로 움직이는 횃불을 봤답니다. 아계는 이를 다르게 해석하고 있습니다. 적군이 도주하는 게 아니라 괄이애로 퇴각한다고 말입니다. 요새를 끼고 끝까지 반항하겠다는 의지를 표출한 것으로 판단하고 있습니다. 또 사라분의 식량창고가 괄이애에 있는 것이 분명하다는 입장입니다. 그래서 아계는 늑민과 양쪽에서 괄이애를 협공할 수 있도록 이천 명만 더 지원해달라고 했습니다."

장광사가 바로 대답했다.

"이곳 소금천에는 지원해줄 병력이 없네. 남로군에서 삼천 명을 빌리라고 하게. 훙, 젊음이 좋긴 좋구먼! 무모한 것도 멋있어 보이는 줄 착각하고 있으니!"

장광사는 뭐가 그리 화가 치미는지 비아냥거리면서 두 눈 가득 불을 뿜었다. 그 모습을 지켜본 좌중의 장군들은 가슴이 섬뜩했다. 특히 정문환은 의문점이 한두 가지가 아닌 듯 표정이 어두웠다. 곧 미간을 좁히면서 입을 열었다.

"사라분의 세력은 아직 피 터지게 얻어맞은 적이 없어서 팔팔할 것 같은데요? 동쪽에서는 우리 양도糧道를 노리고 서쪽으로는 대부대가 겁 없이 움직이고……. 어쩐지 예감이 안 좋습니다!"

장광사가 쓸데없는 걱정을 한다는 듯 말했다.

"그자들은 별 볼 일 없는 것들이야. 내가 양도를 가장 중시하는 걸 알고 일부러 동쪽에서 저 지랄들을 하는 거야. 사실 그자들이 실제로 노리는 것은 서쪽이야. 괄이애에 발톱을 걸고 심산동굴에 숨어들어 나하고 술래잡기나 하자는 뜻일 수도 있고, 기회를 노려 상첨대 쪽으로 도주하려는 것일 수도 있지. 그도 아니면 백기를 들고 우리에게 귀순을 간청해 오든가! 이 몇 가지 가능성 외에는 없어."

장광사가 말을 마치고는 자리에서 벌떡 일어났다. 자신에 찬 표정이 얼굴에 그대로 나타나고 있었다. 그가 더욱 자신감 넘치는 어조로 덧붙였다.

"양도를 잘 지켜야 하네. 달유의 병력 일천 명에게 일러 이쪽을 지원하도록 하게. 우리가 소금천에 버티고 있고 북로군과 남로군이 괄이애로 쳐들어간다면 그자들은 날개가 돋쳤다고 해도 도망가지 못할 거야!"

장광사가 다시 자리로 돌아와 앉아 차 한 모금을 마셨다. 그리고는 경복에게 말했다.

"경 흠차, 첩보 주장에 한마디 더 보태세요. 대금천, 소금천을 한꺼번에 수복했으니 폐하께서는 일체의 심려를 거두시고 발 뻗고 편안히 주무시라고 말이에요!"

그러나 청나라 병사들이 발 뻗고 편히 잠든 날은 그날 하루뿐이었다. 다음날 이른 아침 장광사는 밀물처럼 밀려드는 고함소리에 놀라 잠에서 깨어났다. 이어 부랴부랴 옷을 입고 뜰로 내려섰다. 그러자 정문환과 장홍 두 장군이 빠른 걸음으로 달려오는 모습이 보였다. 그 뒤를 따라 들어오는 매국량의 얼굴에는 '낭패'라는 두 글자가 적혀 있었다. 그들은 군례를 올리는 것도 잊은 채 바깥을 가리키면서 경황없이 말했다.

"대장군, 적들이 공격해오고 있습니다. 성 북쪽에 있던 적들이 남쪽으로 움직이고 있습니다. 맹신이 소부대를 거느리고 대적하기에는 무리인 것 같습니다. 성 안으로 불러들여야 할 것 같습니다."

"그래? 전부 철수시켜!"

장광사는 금방 잠에서 깬 사람 같지 않았다. 어느새 두 눈이 예리하게 빛나고 있었다. 뭔가 예상과 다른 큰 변고가 생겼다는 걸 짐작하면서도 평상심을 잃지 않고 침착하려 애썼다. 그가 물었다.

"성을 공략하러 나선 적들이 얼마나 되는 것 같던가? 누구의 깃발을 세웠던가? 무기는 어떤 것이 주종을 이루던가?"

장홍이 즉각 대답했다.

"적들은 이천 명이 안 돼 보였습니다. '대청 금천 선위사 사(사라분)'大清金川宣慰使莎라는 장군 깃발을 내걸었습니다. 궁수는 오백 명, 무기는 엽총 서너 개와 일상적인 병기들이었습니다."

장광사가 장홍의 보고를 듣자 얼굴에 음흉한 미소를 머금었다.

"좋았어! 내가 주력부대를 찾지 못해 조급해하는 걸 어찌 알고 제 발로 찾아왔을까! 사라분 그놈, 간이 배 밖으로 나왔구먼! 내 명령을 전하라! 대포 네 문을 전부 남채문南寨門 앞에 끌어다 놓아라. 오백 명의 궁수, 삼십 명의 화창火槍 부대는 즉각 성벽으로 올라가 수비를 하라. 중군은 오백 명의 근위병近衛兵만 남기고 나머지는 정문환의 지휘에 따르도록 하라!"

"대장군의 명에 따르겠습니다!"

"명령을 전하라! 아계의 삼천 인마를 속히 단파에서 철수하라고 하라. 길에서 그 어떤 장애물을 만나더라도 반드시 사흘 이내에 소금천에 당도하라고 전하라!"

"예, 그리 이르겠습니다!"

"명령을 전하라! 임거 휘하의 달유 수비군은 전력을 다해 아군의 양도를 사수하라. 강정에 주둔하고 있는 중로군은 사상자가 얼마가 생기든 반드시 보름 내에 소금천에 당도하도록 하라. 북로군도 일천 명만 남겨 대금천을 수비하도록 하고 나머지 인마는 열흘 내에 당도하라고 전하라! 정해진 기일 안에 당도하지 못했을 시에는 승패를 떠나 우리 군의 군법에 따라 주장主將의 목을 칠 것이라고 이르라!"

"예, 그리 이르겠습니다!"

날은 점점더 밝아오고 있었다. 그 사이에도 함성소리는 높았다 낮았다 하면서 파도처럼 밀려왔다. 장광사가 패검을 손에 들고 밖으로 뛰쳐나갔다.

"경 흠차, 어디 있습니까? 나하고 같이 성내 순시를 돕시다! 내 장군기를 채문寨門에 꽂아라!"

장광사는 내뱉듯 명령을 내리고 밖으로 나섰다가 때마침 안으로 들어서는 경복과 정면으로 맞닥뜨렸다. 경복은 낯빛이 하얗게 질린 채 입술을 덜덜 떨고 있었다. 장광사가 뭔가 말하려고 하는 경복을 향해 손사래를 쳤다.

"지금은 아무 말도 할 필요가 없어요. 성곽에 올라가 봅시다!"

경복이 장광사의 태연한 모습에 적이 안심이 된 듯 물었다.

"먼저 대포를 두어 발 발사해 적들의 사기부터 꺾어놓는 것이 어떻겠습니까?"

"그것도 나쁠 것은 없죠! 대포를 쏘고 장군기를 올려라!"

장광사의 명령이 떨어지고 얼마 지나지 않아 바로 세 발의 요란한 대포소리가 지축을 뒤흔들었다. 동시에 남채문 성루에 남색 바탕에 금선金線을 두른 장군기가 바람에 펄럭이면서 서서히 떠오르기 시작했다. 적들도 요란한 대포소리에 놀란 듯 함성을 멈췄다. 삽시간에 성 안팎은 쥐 죽은 듯한 정적에 사로잡혔다.

장광사는 대포의 위력을 새삼 실감하면서 장흥, 매국량과 경복을 데리고 뚜벅뚜벅 성곽의 계단 위로 올라갔다. 이어 입가에 엷은 조소를 머금으면서 계단을 올라 사방을 두리번거렸다. 순간 그는 그만 할 말을 잃고 말았다.

그런데, 사라분의 부대는 그가 상상했던 것과는 전혀 달랐다. 여왕벌을 잃어버린 벌떼처럼 여기저기 질서 없이 널려 있을 거라고 생각했었던 장광사의 생각은 커다란 오판이었다. 채문에서 남쪽으로 얼마 떨어지지 않은 곳에는 언제 세웠는지 커다란 우피牛皮 천막 세 개가 턱하니 자리 잡고 있었다. 마치 무언의 위협을 가하는 것 같았다. '대청 금천 선위사 사(사라분)'大淸金川宣慰使莎라고 적힌 장군 깃발 역시 마치 장광사에게 시위라도 하듯 바람에 힘차게 나부끼고 있었다. 적들의 진영은 전후좌우가 제때에 호응할 수 있도록 품品자 형으로 배치된 채 희미한 아침 안개 속에서 보일 듯 말 듯 엎드려 있었다.

장족藏族 병사들은 일사불란하게 정렬해 있었다. 성을 공격하라는 명령이 떨어지기만을 기다리고 있는 듯했다. 그들의 진영 앞에는 낙타 수십 마리도 서 있었다. 머리에 두건을 두르고 허리에 장족 특유의 칼을 찬 두령頭領들은 낙타 등에 앉은 채 채문 쪽을 바라보고 있었다.

경복과 장광사, 그리고 정문환 등이 채문 위에 모습을 드러냈다. 그러자 장족 두령들 가운데 서른 살 쯤 되어 보이는 사내가 옆에 있는 노인에게 손짓을 했다. 노인은 낙타 등에서 뛰어내리더니 성큼성큼 채문 쪽으로 다가왔다. 삽시간에 채문 앞에는 긴장감이 감돌았다. 쌍방 장사壯士들의 칼 잡은 손에는 잔뜩 힘이 들어갔다. 숨통을 조이는 긴박한 분위기 속에서 노인은 장광사의 바로 밑에까지 다다라 한쪽 무릎을 꿇었다가 일어나고는 다시 깊이 허리를 굽혀 예를 갖췄다. 그리고는 큰 소리로 말했다.

"대금천에서 온 상착이라는 사람이오. 우리 사라분 장군께서 대장군께 드릴 말씀이 있다 하오니 청을 받아주었으면 하오."

"할 말이 있으면 이 앞에 와서 하라고 그래!"

장광사가 차갑게 내뱉었다. 사라분은 그 말을 듣자마자 낙타를 탄 채 상착 활불 옆으로 다가갔다. 이어 낙타 등에서 장광사를 향해 공수를 했다.

"처음 뵙겠소!"

사라분은 짤막하고 당당한 인사와 함께 턱을 들어 장광사를 마주 봤다. 그 모습이 자못 의연했다. 사라분은 장광사가 대장군의 명성에 금이 가도록 2년이 넘게 찾아 헤매고 다닌 상대가 아니던가. 잡히기만 하면 맷돌에 갈아 죽이고 싶을 정도로 이가 갈리는 상대였다. 그런데 바로 그런 사라분이 스스로 찾아와 지척에서 턱을 치켜들고 있었다. 드디어 얼굴을 마주한 양쪽의 눈에서는 불꽃이 튀었다. 그러나 당장 덮칠 수도 없는 상황이었다. 사라분을 바라보는 장광사는 기분이 착잡할 수밖에 없었다. 얼마 후 장광사가 터져 나오려는 일갈을 억지로 누르면서 차분하게 말했다.

"흠흠! 이보게, 젊은이! 하늘의 뜻을 거역하고 조정에 반기를 든 대역죄인이 무슨 배짱으로 내 앞에서 턱을 치켜들고 있는가? 우리는 십만 천병이 있어. 고작 몇 천 병졸들을 거느리고 와서 뭘 어쩌자는 거야? 칼에 더러운 피를 묻히기 싫어 권유하는데 겁 없이 깝죽대지 말고 어서 깃발을 내리고 투항하게. 그리 하면 하늘같은 인덕을 지니신 우리 인군仁君께서 너희 일족의 씨를 말리는 대재앙을 면해주실 거야. 네 목숨도 부지시켜 주실 것이고! 좋게 말할 때 순순히 항복하란 말이야. 그렇지 않고 끝까지 하늘 높은 줄 모르고 덤볐다가는 순식간에 하늘에서 재화災禍가 내려 네놈들을 한 입에 삼켜버릴 것이야!"

그러나 사라분은 전혀 기가 죽지 않았다. 장광사의 얼굴을 뚫어지게 응시하면서 태연하게 대꾸했다.

"대장군의 명성은 익히 들어왔소. 그러나 나 사라분은 지은 죄도 없이 순순히 포박당할 수는 없소. 한족들 속담에 '군자는 굴욕 대신 죽음을 택한다'는 말이 있지 않소? 군공軍功에 미쳐 기군죄欺君罪도 불사하는 파렴치한 자 같으니라고! 지금 누구를 훈계하려 드는 거야? 그동안 무고한 우리 장족 백성들을 학살, 유린하고 재물을 강탈한 네놈들과는 결코 같은 하늘을 이고 살 수 없어. 나도 충고 한마디 하겠어. 몇 만 군사력을 믿고 우리를 겁주려는 것 같은데 꿈 깨라고! 먼 데 있는 물이 당장의 해갈에는 도움이 안 된다는 걸 명심해. 우리 군은 이미 소금천을 완전히 포위하고 있어. 여기에서 내가 채찍 한 번만 휘두르면 대장군 당신이 일생동안 쌓아온 명성은 거지발싸개가 되고 만다고. 대장 하나 잘못 만난 죄로 삼군三軍의 청병들은 개똥밭에 머리가 나뒹굴 테지. 그러나 병졸들이 무슨 죄가 있는가? 그들로 하여금 부모형제를 떠나 낯선 금천 땅까지 와서 객사하게 만들어서는 안 되지. 그러니 나도 성질을 좀 죽이겠소. 화가 나게 했다면 미안하게 생각하오. 나도 욱하는 성질이 있어서 그랬소. 어쨌든 나 사라분은 밤잠 설치면서 아무리 생각해봐도 결코 조정의 병졸들을 여기서 객사하게 만들 수는 없었소. 그러니 서로 한 발짝씩 물러났으면 하오. 무모한 희생은 조정에서도 원치 않을 거요. 만약 우리에게 선조들의 피땀이 스민 이 땅에서 조용히 살 수 있게만 해준다면 금천 백성들은 거룩한 황은에 감지덕지할 것이오. 대대손손 착실한 양민으로 이곳을 가꿔나갈 거요. 이거야말로 누이 좋고 매부 좋은 일이 아니겠소?"

경복과 장광사는 약속이라도 한 듯 고개를 돌려 시선을 교환했다. 두 사람 다 적당히 사라분의 제안을 받아주는 척하면서 지원병이 당도할 때까지 시간을 끌면 좋겠다는 생각을 했다. 장광사의 의중을 완벽하게 파악한 경복이 한 걸음 앞으로 다가가 아래를 굽어보면서 큰 소리로 외쳤다.

"귀순하고자 하는 마음이 그리 간절하다니 조정에서도 받아들이지 않을 이유가 없을 것 같네. 일단 군대를 철수시키고 마주 앉도록 하지. 장소는 그쪽이 택하고 우리가 사람을 보내는 걸로 하겠네. 우리도 성하지맹城下之盟(굴욕적인 조약)은 싫네!"

"회담에 응하는 척하면서 시간을 벌어보겠다? 그렇게 되지는 않을 거요!"

사라분이 말을 마치더니 부하들을 향해 큰 소리로 외쳤다.

"다들 들었지? 경복 대인의 말대로 하는 것이 어떤가?"

"그럴 수는 없습니다!"

마치 약속이라도 한 듯 수백 명의 함성이 메아리쳤다. 그러자 놀란 까마귀들이 괴성을 지르면서 푸드덕푸드덕 날아올랐다.

"요놈들 봐라? 어허, 제법인데!"

장광사는 사라분의 전혀 예상 못한 반응에 얼굴을 험악하게 찌푸렸다. 그리고는 부들부들 떨리는 손가락 끝으로 사라분을 가리키면서 미친 듯이 소리를 질렀다.

"저놈을 잡아라! 저 쥐새끼 같은 놈을 박살내 버려라!"

장광사의 말이 떨어지기 무섭게 성벽 위에서는 쌩쌩 바람소리를 내면서 화살이 쏟아져 내렸다. 그러나 화살은 하나도 사라분을 명중시키지 못했다. 대부분 힘없이 사라분의 발밑에 툭툭 떨어졌다. 화살이 닿기에는 거리가 너무 멀었던 것이다.

사라분이 가소롭다는 듯 코웃음을 쳤다. 이어 몸을 돌리더니 깊은 숲속을 향해 채찍을 휘저었다. 그러자 그 속에 숨어 있던 장족 병사들이 하늘을 뒤흔드는 함성을 지르면서 벌떼처럼 몰려나왔다. 순식간에 성 북쪽과 동쪽은 해일과도 같은 함성에 뒤덮였다. 맹수처럼 날렵하고 용맹한 장족 병사들은 장족 특유의 보도寶刀를 휘두르면서 성곽 앞으로 돌진했다. 쌩! 쌩! 어디선가 쏘아대는 눈먼 화살에 장광사의 궁수들은 속수무책으로 비명을 지르면서 쓰러졌다. 깜짝 놀란 장광사가 다급하게 소리를 질렀다.

"포격하라! 포수는 어디 갔어? 어서 포격하라고!"

친병 하나가 정신없이 달려가 지령을 전했다. 그러자 비로소 "쿵! 쿵!" 하고 두 발의 대포소리가 들렸다. 그러나 그마저도 여의치 않았다. 사나운 기세로 날아간 포탄은 장족 병사들의 진영을 넘어 그 뒤편의 연못에 떨어졌다. 순간 연못에서는 집채 같은 흙탕물이 치솟았다!

"아휴, 저런! 저 빌어먹을 놈이 손모가지가 삐었나?"

정문환이 포수를 향해 불같이 화를 내면서 마구 욕을 퍼부었다. 그러자 포수 한 명이 사색이 되어 달려와 더듬거리면서 아뢰었다.

"장…… 장군! 습기가 차서 화약이 모두 못 쓰게 됐습니다. 그나마 쓸만한 것은 다섯 봉지뿐입니다……."

장광사는 입술을 지그시 깨물었다. 화를 죽이느라 안색까지 창백해지고 있었다. 평소 그의 성질대로라면 당장 달려가 포수를 죽여 버리고 싶었다. 그러나 워낙 포수가 부족한 터라 그렇게 할 수도 없었다.

"그거라도 어서 다시 재워 발사하지 못할까! 대세를 그르쳤다가는 죽여 버릴 줄 알아!”

급기야 장광사가 화를 누르지 못하고 씩씩거렸다. 순간 그의 등 뒤에서 네 발의 대포 소리가 일제히 울려 퍼졌다. 이번에는 조준이 제대로 되었다. 그러나 장족 병사들은 이미 병영을 깡그리 비운 뒤였다. 우피 천막 앞에는 고작 늙은 낙타 몇 마리만이 검은 피를 질펀하게 흘리며 땅바닥에 널브러졌을 뿐이었다.

사라분의 부하들은 기염을 토하는 대포 앞에서 잠시 주춤했으나 곧 덩치 큰 괴물도 별것 아니라는 사실을 깨달은 듯했다. 곧바로 더 억척스럽게 달려들었다.

소금천의 채문寨門은 대체로 나지막했다. 어떤 곳은 아예 대나무를 베어 울타리를 대충 엮어놓기도 했다. 장족 병사들은 곧 오랫동안 수리하지 않아 낡고 허술해진 채문을 힘껏 밀어젖혔다. 그렇게 성문이 열리자 수비를 하고 있던 청병들은 반항다운 반항 한번 못해보고 베이고 잘리는 봉변을 당했다. 사라분은 장검을 휘두르면서 장족 말로 정신없이 외쳤다.

“라마묘와 성 남쪽의 연결통로를 차단하라! 장광사, 경복, 정문환을 생포하는 자에게는 모우牦牛(야크) 백 마리와 스무 명의 노예를 상으로 내린다!”

쌍방의 접전은 치열했다. 장검끼리 부딪치는 쇳소리가 귀청을 찢어놓을 정도였다. 가까이에서 찌르고 베다 보니 화총과 대포는 무용지물이었다.

장광사가 중군 대영으로 사용하던 라마묘에서 남채문에 이르는 구간 역시 어디나 할 것 없이 피가 튀는 도광검영刀光劍影의 현장이 되었다. 백전노장이라는 장광사도 그런 참혹한 육박전은 처음이었다. 전세는 청병들에게 일방적으로 불리했다. 그들은 장검을 마치 나무방망이 다루듯

하는 사라분의 부하들에게 달려드는 족족 고목처럼 잘려나갔다.

경복 역시 평생에 그런 광경은 처음 목격했다. 그랬으니 두 토막이 난 채 몸통만 남아 꿈틀대는 부하 장졸들의 모습이 섬뜩해 정신없이 뒷걸음질을 쳤다. 그러자 이번에는 목이 간들간들 붙어있는 친병이 등 뒤에서 쿵 하고 쓰러졌다. 경복은 송장처럼 사색이 된 채 아래윗니를 부딪치며 덜덜 떨기만 했다.

정문환은 시간이 흐를수록 궁지에 몰리자 천막 안으로 달려 들어왔다. 이어 큰 소리로 아뢰었다.

"대장군, 흠차대인! 상황이 너무 급박하게 돌아가고 있습니다. 지원병이 빨리 당도해야 그나마 라마묘로 철수할 수 있습니다. 조금만 더 늦으면 다 같이 위태로울 것입니다!"

장광사는 맥없이 털썩 자리에 주저앉았다. 그리고는 천막 밖을 내다봤다. 어느새 접전에 가담한 근위병들의 모습이 보였다. 그러나 사라분이 진두지휘하는 장족 병사들의 기세는 도무지 꺾일 줄을 몰랐다. 결국 장광사의 지휘본부는 물 샐 틈 없이 겹겹이 포위당하고 말았다. 그런 상황에서도 일부 친병들은 한사코 뒤로 물러나지 않고 버텼다. 하지만 그런 그들의 목숨을 건 사투는 무의미한 죽음만을 늘릴 뿐이었다.

장광사는 길고도 처량한 한숨을 토해냈다.

"저것들이 불사조도 아니고…… 도무지 줄어들 줄을 모르는군. 안 되겠어, 예비대를 빨리 합류시켜!"

정문환은 바로 밖으로 뛰쳐나갔다. 이어 두 손으로 깃발을 흔들었다. 라마묘 근처의 청병들에게 뒤에서 사라분을 습격하라는 명령이었다. 그러나 서쪽의 포대炮臺는 이미 사라분의 수중에 장악된 후였다.

중군 부장인 장홍은 이때 1200명의 인마를 거느리고 라마묘 대영을 지키고 있다가 성 남쪽의 장광사가 포위당하는 광경을 고스란히 목격했다. 그러나 지원을 하러 가다가 대세에 직접적인 영향을 미치는 중군을 잃어버릴 수도 없어 자리를 뜨지 못하고 있었다.

장흥은 이러지도 저러지도 못하고 좌불안석하다 수시로 탐마探馬를 보내 전방 소식을 확인했다. 그러나 탐마가 주마등처럼 드나들면서 전하는 소식은 하나같이 불리하기만 했다.

"적군은 이미 우리와 남채문 사이의 통로를 차단했습니다!"

"포대가 적들의 손에 넘어갔습니다!"

"마 유격이 전사했습니다!"

"적들은 서쪽으로 돌아가 남채문을 포위했습니다. 사라분이 진두에 나서서 지휘하고 경 대인과 장 대장군의 친병들도 출전했습니다!"

장흥의 표정은 심각하게 굳어졌다. 불안한 예감은 더욱 증폭됐다.

"이쪽으로 도망쳐온 병사들이 있는가?"

"있습니다!"

"도망쳐온 자들은 모두 군법에 따라 처리하라!"

"…… 모두 부상병입니다!"

장흥의 미간이 신경질적으로 좁혀졌다. 그가 도망쳐온 병사들의 얘기는 일단 접어둔 채 다시 물었다.

"달유 쪽의 지원병은 출발했나?"

탐마를 탄 병사가 잠시 어정쩡한 표정으로 있을 때였다. 땀범벅이 된 다른 탐마가 엎어질 듯 달려 들어와서 보고를 올렸다.

"달유의 채 유격 말씀으로는 지원병을 이백 명밖에 보낼 수 없다고 합니다. 정 장군의 명령이 없이는 달유를 비울 수 없기 때문이라고 합니다. 게다가 지원병은 이십사 시간 이후에나 도착할 것 같다고 합니다!"

장흥은 화가 머리끝까지 치솟았다. 그러나 어쩔 수 없었다. 자신도 장광사의 명령 없이 그곳을 한 발짝도 움직일 수 없기는 마찬가지였으니까. 그때 비보가 날아들었다. 포대를 빼앗긴 포영炮營의 유격 맹신이 자결했다는 소식이었다. 놀란 가슴이 진정되기도 전에 이번에는 총병 임거가 칼에 맞아 죽었다는 흉보가 잇따랐다. 장흥은 머리가 아찔했다. 바로 그 순간 친병 한 명이 헐레벌떡 달려와 아뢰었다.

"예비대는 전부 결전에 투입하라는 장 대장군의 명령이 내려졌습니다!"

"우리 북쪽에도, 동쪽에도 적들이 있는데, 이쪽 대영은 어떻게 하라는 말씀은 없던가?"

"없었습니다."

"제기랄! 무슨 명령이 그래? 한쪽은 포기하라든지 뭐 구체적인 언급이 있어야 할 것 아니야!"

장흥이 악에 받친 듯 덧붙여 소리쳤다.

"대영이 점령당하는 날에는 양초糧草와 부상병들을 고스란히 사라분에게 바치는 격이 되는데 뭘 먹고 버티려고 저럴까!"

그러나 장흥은 곧 손을 흔들면서 큰 소리로 명령했다.

"식량창고를 수비할 군사 삼백 명과 부상병들만 남고 나머지는 전부 장 대장군을 지원하러 간다!"

그 시각 장광사의 중군 호위병은 악전고투하고 있었다. 사라분의 후방에서 장광사의 신변을 간신히 보호하는 정도였다. 그러던 중 장흥의 대영이 지원에 나서자 큰 힘이 되었다. 사라분 역시 즉각 천막을 둘러싸고 있던 병사들을 불러 장흥과 맞서 싸우도록 했다. 또 성의 북쪽과 동쪽에 있는 부대에게 대영을 에돌아 성 안으로 들어와 합류하라고 지시했다. 이제 모든 병력을 총동원해 청병들과 남채문에서 결전을 벌일 생각인 듯했다.

얼마 후 성 북쪽에 있던 사라분의 부하들은 정문환의 지휘본부를 점령했다. 식량창고를 지키고 있던 300명의 청병은 모두 불귀의 객이 되고 말았다.

그러나 치열한 접전에도 불구하고 저녁나절까지 전투의 결판은 나지 않았다. 다행히도 장광사, 경복과 정문환 등은 최악의 상황을 피할 수 있었다. 정예병 300명이 도착했을 때는 비로소 한숨을 돌릴 수도 있게 됐다.

피비린내가 진동하는 전쟁터에도 어둠은 어김없이 찾아들었다. 어두운 잿빛구름이 뭉게뭉게 하늘을 뒤덮었다. 우렛소리는 들리지 않았으나 간간이 번쩍이는 번갯빛이 여기저기 널브러진 시체들을 섬뜩하게 비췄다. 공포에 휩싸인 밤이었다. 천막 안에 지핀 횃불은 경복과 장광사를 비롯한 여러 사람의 어두운 얼굴을 붉게 비췄다. 천막 밖의 병사들 역시 장작불을 피워놓고 있었다. 장시간 침묵하고 있던 장광사가 등 뒤의 정문환을 돌아보며 천천히 입을 열었다.

"이봐, 적들이 밤중에 쳐들어오지는 않을까?"

"그럴 가능성은 희박합니다. 너무 어두워 상대를 분간할 수 없으니까 말입니다."

"먹을 식량은 있나?"

"없습니다. 냄새를 맡아보십시오. 병사들이 낙타고기를 구워먹는 것 같습니다."

"아계는 무슨 소식이 없나?"

"방금 보고를 올린 대로입니다. 수시로 저격을 받다보니 빨리 움직일 수가 없다고 합니다."

장광사는 더 이상 묻지 않았다. 방금 군사들을 정돈해 본 결과 청병의 사상자가 절반을 넘어선 것을 확인했으니 그럴 필요도 없었다. 반면 사라분은 고작 300여 명 정도의 인명피해밖에 없는 듯했다. 아계가 제

때에 지원을 오지 못할 경우 내일의 결전은 결과를 장담하기 어렵다고 해야 했다. 그때 내내 고개를 숙이고 있던 경복이 무겁게 입을 열었다.

"아무래도 최악의 경우를 대비해야 할 것 같네요. 유서를 가족들에게 보낼 수 있는 방법도 강구해보고. 낮에 사라분이 제안했던 방법도 다시 한 번 생각해보는 것이……."

"장군이 전장에서 싸우다 죽는 것은 당연한 거예요. 유서를 쓰는 것은 좋은데 지필은 어디에서 구하고 발송은 어떻게 할 건데요?"

장광사가 말을 마치고는 고개를 들어 깊은 한숨을 토해냈다. 그리고는 말을 이었다.

"내가 저놈을 너무 쉽게 봤어요. 이곳에서, 이렇게 죽게 될 줄은 정말 몰랐네요!"

경복이 떨리는 목소리로 말을 받았다.

"내 생각에는 아계의 지원병이 늦어질 경우 우리는 포위망을 뚫고 나가는 것이 좋겠어요. 서쪽으로 달아나 아계와 합류해야 한다고요."

그러자 장광사가 잔뜩 기가 죽은 어조로 대답했다.

"포위망을 뚫으려다가 전군이 전멸하는 참극이 벌어질 수도 있어요. 지금은 요리조리 피해가며 아계를 기다리는 수밖에 없어요. 밖에 명령을 전하거라. 장작불을 여러 군데 피워 적들에게 우리 지원병이 당도했다는 착각을 불러일으키도록 하라!"

그러나 장광사의 이른바 의병계疑兵計는 아무런 효과도 거두지 못했다. 이튿날 하루 종일 기다려도 사라분이 공격을 개시하지 않았던 것이다. 포대를 점령한 장족 병사들은 그저 분주히 왔다 갔다 하면서 알아듣지 못할 장족 말로 떠들어대기만 할 뿐이었다. 청병들로서는 그들이 도대체 뭘 하는지 알 수가 없었다.

아무려나 구백 명의 청병들은 바짝 긴장한 채 천팔백 개의 충혈된 눈을 부릅뜨고 긴장된 표정으로 사라분의 동정을 살폈다. 그러나 사라분은 공격을 하지 않고 잠잠했다. 사방에서는 쇠뿔로 만든 호각소리가 흐느낌처럼 들려오거나 숲속에서 장족 병사들의 노랫소리만 간간이 울려 퍼질 뿐이었다. 경복과 장광사는 고개를 절레절레 흔들었다.

"귀신이 곡할 노릇이군! 저것들이 무슨 꿍꿍이를 꾸미는 걸까요?"

경복이 조바심이 나서 혼자 중얼거렸다.

"적들의 공격도 없고 아계도 나타나지 않네. 더구나 대금천 쪽에서도, 남로군에서도 아무 소식이 없으니 우리는 그야말로 장님이나 귀머거리 신세로군!"

장광사 역시 크게 기가 꺾인 듯했다. 이제는 그 역시 경복이 '대죄입공'의 꼬리표를 달았다고 해서 함부로 비아냥거릴 수도 없는 처지가 되고 말았다. 그 사이 갑자기 어깨에 힘이 들어간 경복이 이빨 사이에 낀 낙타고기를 손가락으로 후벼내면서 말했다.

"안 돼! 여기 앉아서 사라분이 죽여주기를 기다리고 있을 수는 없어요. 쾌마를 보내 아계와 다시 연락을 취해야겠어요. 닦달을 하면 아무래도 더 빨리 움직이지 않겠어요?"

그러자 정문환이 고개를 저었다.

"경 대인, 적들이 사면에 포진해 있습니다. 지금 당장 공격을 개시하면 우리는 꼼짝도 못하고 당할 판국입니다. 어찌 그리 조급해 하십니까?"

"하기야 대포도 다 빼앗긴 마당에 서두르면 뭘 하겠나! 내가 사라분이라면 대포로 한번 휙 쓸어버리고 말겠다, 깨끗하게!"

경복이 비꼬듯 말했다. 말이 씨가 된다고 했던가. 경복의 말이 채 끝나기도 전에 갑자기 대포소리가 터졌다.

쾅! 쾅! 쾅!

사람들이 미처 반응하기도 전에 다시 세 발의 포성이 연이어 터졌다.

천막이 드르르 진저리를 쳤다.

"탄약에 습기가 차서 못 쓰게 됐다더니, 저 자식들은 잘만 쏘아대는군!"

정문환이 욕설을 퍼붓더니 벌떡 일어나 밖으로 뛰쳐나갔다. 반면 장광사는 대포소리에 놀라서 비아냥거리던 입을 다물지 못하고 있는 경복을 바라보면서 그 와중에도 피식 웃음을 터트렸다.

"노병老兵은 칼을 무서워하고, 신병新兵은 대포소리에 오줌을 싼다더니 그 말이 틀리지 않군요! 자, 이걸 가지고 계세요!"

장광사가 탁자 위에 놓여 있던 비수를 경복에게 건네주었다. 낙타고기를 발라먹던 비수였다. 그가 다시 덧붙였다.

"아까 이걸로 고기 써는 거 봤죠? 단칼에 고통 없이 해결할 수 있어요. 우리가 사라분 손에 죽을 수야 없죠!"

경복은 혼이 나간 표정으로 어정쩡하게 비수를 받아들었다. 그러다 그 차가운 감촉에 부르르 몸서리를 치면서 땅에 떨어뜨리고 말았다. 그의 얼굴은 달빛에 비친 창호지처럼 창백했다.

경복이 입술을 실룩거리면서 뭔가 말하려고 할 때였다. 정문환이 들어오더니 도무지 믿어지지 않는다는 얼굴로 말했다.

"경 대인! 장 대장군! 사라분 저놈의 속은 알다가도 모르겠네요. 다시 협상을 하자고 요청해 왔는데요? 호위병을 제쳐두고 사라분 혼자 오겠다고 합니다."

"그게 과연…… 사실인가? 그가 우리 천막에 혼자 찾아온다는 말인가?"

경복이 한 걸음 다가서면서 확인하듯 다급히 되물었다. 장광사의 얼굴 근육이 몇 번 움찔거렸다. 이어 그가 이를 악물고 한참 동안 뭔가 생각하더니 명령을 내렸다.

"그렇게 간절하다면 만나나 보지. 진영을 정돈하고 의장 행렬을 갖춰 사라분을 맞이하라!"

잠시 후 청병 일동이 천막 앞의 공터에 집합했다. 사라분이 교위校尉의 안내를 받으면서 당당하게 모습을 드러낸 것은 그들이 네모반듯하게 정렬하고 난 뒤였다.

사라분은 떡 벌어진 앞가슴을 쭉 펴고 발걸음을 크게 떼어놓으면서 씩씩하게 다가왔다. 이어 경복, 장광사, 정문환 등을 가볍게 쓸어 보고 나서 말했다.

"놀라게 해드려 미안하오!"

사라분은 그 말과 함께 두 손을 들어 공수를 했다. 장광사가 차가운 음성으로 내뱉었다.

"쌍방은 아직 교전중이거늘…… 자네 사라분은 무슨 일로 이리 위험한 걸음을 했는가?"

"위험하다니? 누가 할 소린지! 이쪽 실력이 어느 정도인지 나는 손금 보듯 알고 있소!"

"우리는 아직 이천 인마가 건재해 있어! 아계의 삼천 인마도 달려오고 있고!"

장광사의 말에 사라분이 피식 웃음을 흘렸다.

"어젯밤에 어지간히 추웠던가 보오? 장작불 더미가 수도 없는 것을 보니! 그런다고 내가 속을 줄 알았소? 나도 나뒹구는 시체를 셈할 줄은 안다오. 그대에게 남은 군사는 불과 일천 명도 안 될 걸?"

장광사가 질 수 없다는 듯 흥! 하고 콧방귀를 뀌었다.

"다 알면 공격이나 할 일이지 여기는 어쩐 일이냐고!"

장광사의 말에 사라분이 낯빛을 정중하게 바꿨다. 이어 형형한 눈빛으로 세 명의 패장을 응시했다.

"습기가 차서 못 쓰게 됐다던 탄약을 우리는 이미 다 말려놓았소. 불에 쬐어 말리느라 두 명이 죽었지. 내가 이 손바닥만 한 천막을 날려 보내려면 한 시간도 채 안 걸릴 거요. 물론 여기 있는 세 분의 고귀한 목숨도 함께 날아갈 것이고! 그러나 그건 최선이 아니라고 생각했소. 내 소신은 변함이 없소. 더불어 사는 방법을 강구해 보자는 거요."

경복과 장광사는 약속이나 한 듯 서로 눈빛을 교환했다. 솔직히 대국 흠차의 신분과 대장군의 체면에 적과 손을 잡는다는 것은 말도 안 되는 일이었다. 그러나 지금은 분명 찬밥, 더운밥을 가릴 때가 아니었다.

"무슨 얘기를 하는지 일단 들어나 보지!"

경복이 심드렁하게 대꾸했다. 사라분이 얼굴에 미소를 지으면서 손가락 세 개를 폈다.

"들어준다니 반갑소! 첫째, 나는 우리의 스승이신 인착과 상착 활불을 대표로 보내 대군과 강화조약을 맺으려 하오. 둘째, 나는 조정의 법도를 준수할 것이오. 금천 이외의 지역은 넘보지 않고 전에 일방적으로 점령했던 땅도 내놓겠소. 전쟁 포로와 화총, 대포도 돌려줄 것을 약속하오. 셋째, 나는 우리 병사들을 파견해 대군이 아무 탈 없이 금천을 벗어날 수 있게 도와줄 의향이 있소. 대신 그쪽에서는……."

사라분이 잠시 뭔가를 생각하는가 싶더니 다시 말을 이었다.

"대장군과 흠차께서 꼭 나하고 약조해주기 바라오. 다시는 이런 식으로 우리를 괴롭히지 않겠다고 말이오. 또 임거, 매국량, 맹신 등의 죽음에 대해 우리에게 책임을 묻지 않겠다고 약조하시오. 그럴 의향이 있다면 두 분은 지금 당장 나와 함께 우리 병영으로 가서 대국의 황제께 강화 협정을 윤허해 주십사 하는 주장을 올리기 바라오. 지원병을 기다리느라 시간을 끄는 우매한 짓은 삼가는 게 좋을 거요. 아무 소용없을 테니 말이오. 내가 죽음을 겁내는 사람이었다면 여기까지 오지도 않았을 거요. 이건 마지막 기회요. 나를 인질로 삼을 생각도 일찌감치 버리시오. 내가 만약 한 시간 안으로 돌아가지 못한다면 내 후임이 즉각 무자비한 포격을 가할 것이니 그때는 후회해도 늦지 않겠소?"

사실 사라분이 반나절 동안 조용하게 있었던 것은 이유가 있었다. 부하들과 협상 내용을 상의하느라 바빴던 것이다. 실제로 사라분은 부하들과 함께 강화조약의 내용을 비롯해 거절당했을 때의 대처 요령까지 치밀하게 준비했다. 경복을 비롯한 세 사람은 사라분의 수완과 배짱에 잠시 할 말을 잃었다. 그러나 사라분을 인질로 삼을 생각에 들떠 있던 정문환은 정신을 차렸다. 이대로 보내기에는 억울하다는 듯 위협조로 나섰다.

"나는 무식한 놈이라서 다 잡은 이리를 놓치고 싶지 않아. 강화조약이니 뭐니 하고 까불지 마, 이놈아! 네놈의 대가리 하나 노리고 왔는데 그까짓 게 무슨 소용이 있어!"

정문환이 장검을 쓱 뽑아들었다. 일촉즉발의 순간이었다. 그러나 사라분은 눈 하나 깜짝하지 않았다. 순간 경복이 가타부타 말없이 자리를 지키고 있는 장광사를 서늘한 눈매로 쓸어봤다. 그 눈에서는 대장군이고 뭐고 자신이 직접 강화조약에 도장을 찍고 싶은 생각이 활활 타오르고 있었다.

"죽이든 살리든 마음대로 하시오. 내 목숨은 이미 내 것이 아니니까! 나 사라분이 정 장군이 칼을 휘두를 때 눈이라도 깜빡하면 장족의 자손이 아니오!"

"이봐, 문환! 그 칼 도로 집어넣지 못해! 사라분 장군, 아랫것이 철이 없어서 결례를 했소. 거기 앉으시오! 서로의 요구사항을 합의해 보도록 하지."

장광사의 태도는 결정적인 순간에 돌변했다. 그러자 사라분이 미리 준비해온 종이 한 장을 꺼내 건넸다.

"시간도 많지 않으니 그냥 서서 얘기하는 게 편하겠소. 나에게 북경까지 따라가자는 조건만 달지 않는다면 다른 것은 뭐든지 다 들어줄 수 있소. 이걸 읽어보고 대장군이 서명만 하면 되겠소!"

종이는 경복에게서 장광사에게, 그리고 다시 정문환에게 건네졌다. 세 사람은 협상조항을 다 읽어보고 난 다음 잠시 아무 말도 하지 않았다. 한참 후 경복이 먼저 입을 열었다.

"사라분 장군, 조정과 사이좋게 이웃하고 싶다는 그대의 성의가 가상하게 느껴지오. 뭐 굳이 흠잡을 만한 내용은 없으나 기왕이면 우리 대국의 체면을 고려해서라도 '청구궤항'請求跪降(무릎 꿇어 항복을 청한다)이라는 네 글자를 보탤 수는 없겠소? 그렇다고 금천 땅 어디가 꺼지는 것도 아니고. 좋은 게 좋은 것 아니겠소?"

경복의 말이 끝나기 무섭게 장광사와 정문환의 눈길이 일제히 사라분에게 향했다. 제발 경복의 말처럼 그래줬으면 하는 표정이 간절했다.

"우리는 '궤항'跪降이라는 말을 모르오."

그러나 사라분은 그것만은 절대 안 된다는 강경한 입장을 피력했다. 하지만 마음속에는 서글픔이 가득한 것 같았다. 힘이 약한 자의 설움도 느끼는 듯했다.

사실 지금 포격을 가한다면 청병을 몰살시키는 것은 일도 아니었다. 하지만 그러면 건륭은 틀림없이 더 많은 병마를 파견해 재차 정벌에 나설 것이 분명했다. 또 그렇게 되면 앞으로 얼마나 오랫동안 전쟁에 시달려야 할지 기약을 할 수 없을 터였다. 한마디로 장족의 존망은 건륭에게 달려 있다고 해도 과언이 아니었다. 그래서 사라분은 죽도록 억울했으나 차선책으로 강화를 선택할 수밖에 없었다. 곧 사라분이 눈물을 머금고 다시 입을 열었다.

"이 조약에는 그 네 글자를 명시할 수 없소. 그러나 황제께 올리는 주장에는 이보다 더 굴욕적인 문구를 적어넣어도 개의치 않겠소. 우리 장족은 신이 내린 위대한 민족이오. 거듭 말하지만 우리 사전에는 '궤항'이라는 말은 없소."

더 밀고 당겨봤자 별 뾰족한 수가 나올 것 같지도 같았다. 급기야 경복과 장광사, 정문환 등은 적당한 선에서 절충하기로 의견을 모았다. 결국 차례로 '강화조약'에 서명을 했다.

25장

황제를 기만한 강화조약

아계와 늑민은 대장군 장광사가 적들과 그런 식으로 강화조약을 체결했다는 사실을 까맣게 모르고 있었다. 그저 사라분이 식량과 금은보화를 괄이애에 숨겨놓았다는 정보를 입수하고 그곳을 공략하려고 안간힘을 쓰고 있었다. 그러나 지형이 워낙 험준한 탓에 몇 번의 시도는 모두 실패로 돌아갔다. 궁여지책으로 동쪽으로 이동해 측면공격을 꾀했으나 이번에는 사라분의 의병계疑兵計에 넘어가 제자리로 돌아왔다. 그러다 증원이 화급하다는 장광사의 연락과 이동 명령을 받고 움직일 때에야 비로소 적들의 간계에 속았다는 것을 알게 됐다. 나중에 전말을 확인해 보니 적들은 우선 괄이애로 대부대가 움직인다고 착각을 하게 만들었다. 그렇게 아계의 발목을 붙들어 매놓은 다음 그 사이에 소금천을 포위했던 것이다.

그랬으니 장광사의 전투를 독려하는 연락은 어느 순간 뚝 끊어졌던 것이다. 서찰을 보냈던 쾌마 역시 사라분 부하들의 포위망을 뚫지 못하고 번번이 되돌아왔다. 결국 지원을 나섰던 아계의 부대는 소금천에서 서쪽으로 50리 떨어진 괄이애 동쪽에 발목이 묶이고 말았다.

그때까지 전투다운 전투라고는 한 번도 겪어본 적 없었던 아계와 늑민은 어찌해야 할 바를 모르고 발만 굴렀다. 가장 큰 문제는 포위망을 뚫고 나갈 수가 없어 적들의 허실을 염탐할 방법이 없다는 사실이었다. 아계는 일단 부대를 자신의 천막 가까운 곳에 집결시켰다. 이어 유격 이상의 부하들을 천막 안으로 불렀다. 그리고는 맥을 놓고 있는 늑민에게 말했다.

"이럴 때일수록 정신을 바짝 차려야 하네. 우리 둘이 대책 없이 골머리를 쥐어짜느니 한 사람이라도 더 불러서 여럿의 의견을 들어보는 것이 나아. 걱정하지 말라고. 무슨 일이 있어도 자네에게 책임을 떠넘기는 일은 없을 테니!"

늑민이 우울한 표정으로 한숨을 쉬었다.

"나를 뭘로 보고 그러는 거야! 나는 장광사 그 양반이 대체 무슨 생각을 하는지 모르겠어. 가까이 있으면 멱살이라도 잡고 싶은 심정이야. 눈 감고 지휘해도 이보다는 낫겠네! 달리 불안한 것은 없다고."

아계와 늑민 두 사람이 그렇게 말을 주고받고 있을 때였다. 유격 해란찰海蘭察과 조혜兆惠가 서너 명의 부하들을 데리고 들어섰다. 하나같이 참담하고 무거운 표정을 하고 있었다. 그 중 해란찰은 만주족 황친 귀족 자제로 신분이 높았는데, 심신을 단련하라는 건륭의 명령을 받고 군중에 들어온 사람이었다. 조혜와는 동갑인 스물다섯이었다. 둘 다 젊음이 끓어오르는 나이라 성격 역시 화통했다. 들어서자마자 격앙된 목소리로 떠들어댔다.

"아계 장군! 어떻게든 뚫고 나가야 합니다. 장광사 대장군이나 정문환

군문 같은 무지렁이들을 믿다가는 하나도 살아남지 못할 겁니다! 내가 유심히 살펴봤는데 우리 부대 앞을 막고 있는 적들은 많아야 일천 명입니다. 이래도 죽고 저래도 죽을 바에는 용감하게 치고 나가 혈로血路을 개척하는 것이 상책입니다. 적들이 횃불을 들고 야간 행군을 할 수 있다면 우리도 충분히 할 수 있습니다."

"다들 앉지."

아계가 짤막하게 말했다. 순간 횃불이 바람에 흔들리면서 준수한 그의 얼굴을 비췄다.

"현재 우리 군이 처한 상황은 불리하기 그지없어. 남로군의 회합은 전혀 바랄 수 없는 처지네. 북로군은 적어도 일주일은 있어야 소금천에 도착할 것이고. 우리 병사는 삼천 명에 이르지만 노약하고 피로한 데다 적의 배후에 들어온 지 이십 일이 넘었어. 식량도 부족하니 어떻게든 사라분의 포위망을 뚫고 나가야 하는 절박한 상황에 처해 있다고. 모르기는 해도 대장군 역시 소금천에서 죽을 쑤고 있는 모양이야."

아계가 간단하게 요약해 상황 설명을 한 다음 다시 말을 이었다.

"내가 세 가지 대안을 생각해봤어. 그 중에서 어떤 것이 가장 좋을지 여러분의 의견을 듣고 싶어서 부른 거야. 물론 결과는 내가 책임지겠어. 첫째는 해란찰 아우가 말했듯 죽기 아니면 산다는 각오로 포위망을 뚫고 달려가 소금천을 지원하는 거야. 이 방법의 좋은 점은 일단 대장군의 명령을 어기지 않는다는 것이지. 또 잘하면 소금천의 위기 탈출에 일조했다는 공로를 얻을 수도 있고. 문제는 미로 같은 산속을 탈출해 거기까지 간다는 것이 하늘의 별따기와 진배없다는 거야. 둘째는 괄이애를 공략해 사라분의 식량창고를 차지하는 방법이야. 성공할 경우 사라분은 소금천을 내팽개치고 가랑이에 불이 나게 달려오지 않을 수 없을 거야. 또 만일의 경우 대장군이 소금천을 빼앗기게 되더라도 사라분과 협상할 자본이 생긴다는 거지. 문제는 이 방법을 쓰면 대장군의 명령에 불복했다는 죄명을 덮어쓸 수 있다는 거야. 셋째는 아무 곳에도 가지 않고 이곳을 고수하는 방법이야. 소금천 쪽에서 우리 이쪽으로 포위망을 뚫어주기를 기다리는 것이지."

좌중의 사람들은 살아남느냐, 죽느냐의 선택을 앞두고 진지한 고민에 빠졌다. 해란찰이 성질 급한 그답게 먼저 입을 열었다.

"저라면 두 번째 방안을 택할 것 같습니다."

그러나 늑민은 다른 주장을 폈다.

"그건 우리가 현명하고 사리 분별력이 뛰어난 장군을 만났을 때라야 가능한 일이지. 경복과 장광사 두 양반을 보라고! 둘 다 남이 잘되는 꼴은 못 보는 덜 된 족속들 아닌가? 그 양반들이 우리가 장군령將軍令을 무시한 채 여기 앉아 알토란 까먹는 꼴을 봐줄 것 같아?"

아계가 늑민의 말이 틀리지 않다고 생각한 듯 한숨을 내뱉었다.

"나한테 늙고 약한 병사들로만 골라 삼천 병사라며 떠맡겨 오지로 보낼 때부터 알아봤어. 그런데 나야 그 사람이 손수 키워낸 부하가 아니니 어쩔 수 없지 않은가."

아계의 말이 끝나기 무섭게 이번에는 조혜가 나섰다.

"저도 두 번째 방안에 더 마음이 갑니다. 지금은 앞날의 시시비비를 미리 저울질할 때가 아니지 않습니까. '위위구조'圍魏救趙라는 계책을 상기해보면, 위魏나라를 포위한 목적도 조趙나라를 구하기 위한 것이라는 사실을 알 수 있습니다. 우리가 이 방안을 택한다고 해서 장광사의 장군령을 어겼다고 볼 수는 없습니다. 저는 아계 장군과 영욕을 같이 하겠습니다."

아계는 조혜의 진정 어린 말에도 장검을 지팡이 삼아 짚고 앉은 채 가타부타 말이 없었다. 그러나 다른 부하들의 생각이 대체로 일치하는 것에 만족하는 듯했다. 이제 좌중의 분위기는 두 번째 방안을 택하는 쪽으로 서서히 기울고 있었다. 그때 다른 부하가 한마디 끼어들었다.

"사라분의 식량창고를 차지해 그의 기세를 꺾는 것은 궁극적으로는 대장군을 구하는 길입니다. 그런데 그 양반이 무슨 이유로 우리 죄를 묻는다는 말입니까?"

좌중의 다른 사람들도 공감한다는 듯 고개를 끄덕였다. 아계가 드디어 결단을 내렸다.

"그래, 해보자고! 내가 지형을 분석해보니 동쪽 산자락에서 괄이애로 쳐들어가는 것이 남쪽에서 치는 것보다 나을 것 같아. 이곳 괄이애를 지키는 적들은 대부분 노약자들이야. 또 괄이애에는 식량 말고 금은보화도 많다고 해. 그러니 식량은 모두 위에 바치고 금은보화는 마음대로 가져도 돼. 하지만 어떤 경우가 됐든 사람을 죽이는 일은 없어야겠어. 우리의 목적은 식량창고를 들이쳐 사라분의 숨통을 조이자는 것이니 말이야. 부녀자를 능욕하거나 사람을 해치는 자에 대해서는 가차 없이 목을 칠 것이야!"

횃불에 비친 아계의 눈빛이 매섭게 빛나고 있었다. 여간해서는 그 깊이를 알 수 없는 눈빛이었다.

"늑민 형은 소부대를 거느리고 동쪽을 거짓 공격하라고. 우리가 아직도 소금천으로 지원을 하러 가고 있다고 착각할 수 있도록 말이야. 괄이애 식량창고로 추정되는 곳까지 접근한 뒤에는 거짓 공격을 진짜 공격으로 바꿔 양쪽에서 협공하자고. 산 위에 불을 피우는 게 신호야!"

아계의 작전 계획은 예상보다 더 순조롭게 진척됐다. 사라분은 자정이 지나고 얼마 되지 않았을 때 괄이애가 점령당했다는 급보를 접했다. 괄이애로 돌아가 난국을 수습해야 하나, 아니면 계획대로 소금천의 장광사를 쳐야 하나……. 사라분은 진퇴양난에 빠져 고심을 거듭했다. 그 시각 경복과 장광사는 그런 사실을 전혀 모른 채 꿈속을 헤매고 있었다.

그때 사라분의 군중에서는 옙단잡이 흥분해서 떠들고 있었다.

"돌아가서 괄이애를 지켜야 합니다. 인착 활불이 적들에게 생포되는 날에는 우리는 나중에 달라이 라마達賴喇嘛(티베트 라마교 법왕의 존칭)와 반선班禪(판첸) 대사大師를 뵐 면목이 없습니다."

그러나 상착 활불의 의견은 달랐다.

"설령 그런 불행이 닥친다고 해도 우리가 지금 소금천을 버리고 갈 수는 없습니다. 경복과 장광사를 생포해 협상에 들어가는 한이 있더라도 지금은 안 됩니다. 만약 괄이애에서 패한다면 우리는 결국 양면에서 협공을 받게 됩니다."

선택의 기로에 선 사라분은 깊은 고민에 빠졌다. 한참 고민한 후에야 겨우 입을 열었다.

"이대로 돌아가 괄이애를 수복한다는 것은 승산이 없습니다. 소금천을 대포로 뭉개는 것도 재고해볼 일이고요."

사라분이 좌중 부하들의 의문에 찬 눈빛을 한 몸에 받으면서 다시 침묵을 지켰다. 그리고는 한참 후에야 말을 이었다.

"우리가 명심해야 할 것은 우리가 대체 무엇을 얻기 위해 싸우느냐는 거예요. 우리는 고향 금천의 평화와 우리 민족의 운명을 위해 피를 흘리며 싸우고 있습니다. 이 말에는 다들 이견이 없겠죠? 장광사의 청병들을 몰살시키려면 내일까지 기다리지 않아도 됩니다. 그렇게 하면 당장은 속이 시원하겠죠. 그러나 건륭이 우리를 가만히 두겠어요? 분명 이를 갈면서 제이, 제삼의 장광사를 파견할 겁니다. 우리는 조정과 지구전을 벌여 버텨낼 여력이 없어요. ……내가 보기에 아계는 제대로 된 장수입니다. 노약한 병사들만 거느리고도 여태 사상자 하나 없이 버티고 있다가 급기야 괄이애까지 점령한 것을 보면 대단한 사람임이 분명합니다."

사라분의 말은 언제나처럼 설득력이 있었다. 더구나 그는 주장主將이라고 해서 막무가내로 함부로 밀어붙인 적이 한 번도 없었다. 좌중의 부하들은 그의 논리 정연한 분석에 내심 감탄했으나 일단 침묵을 지켰다. 곧이어 사라분이 여전히 불안한 기색이 역력한 사람들을 쓸어보고 나서 긴 팔을 휘둘렀다.

"이렇게 하죠. 일단 병력을 서쪽으로 옮겨 아계가 움직이지 못하도록 발목을 묶어버려야 합니다. 싸움은 가급적 피하고 제자리를 지키기만 하면 됩니다. 또 아계가 괄이애를 함락했다는 소식이 장광사에게 전해지지 못하도록 막아야 합니다. 나는 이쪽에서 장광사를 찾아가 결판을 내고 올 테니까요!"

"위험합니다. 갔다가 다시 돌아오지 못할 수가 있어요."

좌중의 한 부하가 걱정스럽게 입을 열었다. 그러나 사라분은 교활한 웃음을 지어보이면서 자신감을 피력했다.

"궁지에 몰린 장광사에게 그럴 여유는 없을 거야. 아마 내가 먼저 강화를 제안하기를 눈 빠지게 기다리고 있겠지. 한족들이 어떤 사람들인지는 내가 잘 알거든."

"혹시 강화를 거부하면 어떻게 해야 합니까?"

"그렇다면 먼저 소금천을 먹어치우고 다시 괄이애로 진격해야겠지. 아계는 심산 오지에서 독불장군으로 얼마 못 버틸 거야."

바로 이렇게 해서 사라분은 혼자서 의연히 장광사를 찾아갔던 것이다. 그리고 갖은 설득과 협박 끝에 경복, 장광사 등과 강화조약을 체결할 수 있었다.

그로부터 사흘 후 장광사는 달유로 철수했다. 그리고는 다음 날 남로군에게는 현지에서 대기하라는 명령을 내렸다. 동시에 북로군을 소금천에서 철수시켰다. 이어 경복과 장광사 두 사람은 서둘러 건륭에게 첩보 주장을 쓰기 시작했다.

> 신들은 대금천, 소금천을 성공적으로 탈환했사옵니다. 막다른 골목에 내몰린 사라분은 급기야 참회의 눈물을 쏟으면서 제 발로 대영을 찾아왔사옵니다. 그리고는 무릎 꿇어 항복을 간청해왔사옵니다. 지난날의 잘못을 통렬히 뉘우치고 이제부터라도 조정의 충실한 개가 되어 황은에 보답하겠사오니, 제발 금천의 백성들을 주살하지 말아달라고 간곡히 구걸해 왔사옵니다. 신들은 폐하의 하늘과 같은 인덕仁德과 하해河海과 같은 아량을 알고 있사옵니다. 폐하께서 금천을 정벌하시는 목적이 이곳 백성들을 애양愛養하시고 품어 안으시려는 깊은 뜻에서 발로한 것임을 익히 알고 있사옵니다. 때문에 신들은 공의公議 끝에 폐하께 주청을 올리는 바이옵니다. 뒤늦게나마 천위天威의 두려움을 느끼고 성치聖治에 신복臣服하는 사라분의 정성을 헤아려 조정을 소란하게 만든 죄를 추궁하지 않는 것이 어떨까 하옵니다. 더불어 전과 다름없이 안무사按撫使를 두어 금천 지역의 토사土司를 관리하는 것이 어떨까 주청을 올리는 바이옵니다.

경복과 장광사 두 사람은 전사한 장군들에 대해서는 어떻게 할지 한참 궁리한 끝에 대충 얼버무려 넘기기로 했다. 이렇게 해서 임거와 매국량은 '수토水土에 적응하지 못해 병사'한 것으로 처리됐다. 또 맹신은 '눈먼 화살에 맞아 죽은 것'으로 꾸며졌다. 이제 아계와 늑민만 남았다. 두 사람은 아계와 늑민에 대해서는 어떻게 언급해야 할지 고민에 빠졌다. 장광사가 급기야 자조적 웃음을 지으면서 말했다.

"상주문을 쓰면서 이렇게 골머리를 앓아보기는 내 평생 처음이네요. 물론 첩보 주장이고, 아계와 늑민 모두 성총이 남다른 자들이니 좋은 말을 써주는 게 좋겠죠? 그러나 유감스럽지만 이들의 공로를 인정해줄 수는 없어요. 감히 군령을 어겨 나의 대세를 망가뜨린 자들이에요. 그 죄는 목을 쳐야 마땅합니다."

경복 역시 맞장구를 쳤다.

"군법에 의해 목을 쳐야 해요. 위기에 직면한 주장主將이 지원을 요청했는데도 외면한 자들이에요. 우리 군이 죽어나가는 것을 보면서도 그랬어요. 그자들이 먼저 양심을 저버렸으니 우리라고 못할 것이 뭐 있겠습니까? 눈에는 눈, 이에는 이로 갚는 법이에요. 사라분에게 우리 대포를 돌려달라고 독촉하고 즉각 늑민과 아계의 병권을 박탈해야겠어요. 해란찰과 조혜에게 그쪽 병마를 맡겨 달유에서 대령하라고 하면 되지 않겠습니까?"

장광사가 고개를 끄덕였다. 그러자 경복이 다시 붓을 들어 한 획, 한 획 정성껏 적어나가기 시작했다.

> 아계와 늑민은 공로에 눈이 멀어 삼천 노약병을 거느리고 무모하게 적의 심장부인 괄이애로 들어갔사옵니다. 하마터면 고립무원의 처지에 빠질 뻔했사옵니다. 또 소금천 서쪽의 적들이 두려워 주력 부대와 합류하라는 군령을 어겼사옵니다. 이 때문에 하마터면 주력 부대가 몰살당하는 위기를 맞을 뻔했사옵니다. 신들은 아계와 늑민이 이토록 죽음을 두려워하는 겁쟁이들인 줄은 정말 몰랐사옵니다. 내심 폐하의 지인지명知人之明에 누가 될까 두렵사옵니다. 군사들의 모범이 되어야 할 사람들이 오히려 군사들의 기강이 해이해지게 만들었으니 신들은 재발을 방지하는 차원에서 두 사람을 군법에 따라 엄정히 문책하기로 했사옵니다.

경복이 붓을 내려놓으면서 말했다.

"이 정도면 괜찮은지 한번 보세요."

장광사가 첩보 주장 초안을 읽어 내려갔다. 순간 그의 얼굴에 뭐라 설명할 수 없는 표정이 나타났다. 그러나 그는 서둘러 자신의 도장을 찍고 나서 내쫓듯 손사래를 쳤다.

"어서 발송하세요!"

아계와 늑민은 이렇게 해서 결국 장광사와 경복 등이 쳐놓은 음모의 덫에 빠져들고 말았다. 자신들이 왜 그렇게 됐는지는 알 턱이 없었다.

패배를 승리로 교묘하게 위장한 거짓 군정軍情 보고서가 북경에 도착했을 때 건륭은 북경을 떠나 지방 순유에 나선 지 보름을 넘기고 있었다. 주장은 북경에 남은 장정옥, 악이태와 부항이 돌려가면서 읽었다. 당연히 모두들 고개를 갸웃거렸다. 어쩐지 앞뒤가 전혀 맞지 않았고 어폐가 있었던 것이다. 그러나 군국軍國의 요무要務였으므로 사사로이 잘잘못을 논할 수가 없었다. 그랬으니 좌중의 세 사람은 약속이나 한 듯 아무 말도 하지 못했다. 그저 주장 원본을 그대로 노란 함에 넣어 제남濟南에 있는 산동성 순무아문으로 발송했다. 동시에 순무인 악준이 직접 황제의 행궁行宮으로 전달하도록 명령을 내렸다. 그들은 이때 악준의 아문이 이미 황제의 행궁으로 바뀌었다는 사실을 모르고 있었다.

건륭의 이번 순유는 극비리에 이뤄졌다. 때문에 주장을 담은 노란 함 겉면은 붉은 비단으로 한 벌 더 감싸였다. 눈치 빠른 사람들이 간파해내지 못하도록 하기 위함이었다. 악준은 건륭이 도착한 다음 순무아문의 업무를 산동 번대藩臺에게 넘겨준 다음 거의 매일 형식적으로만 아문을 지키고 앉아 있었다. 비록 그렇게 한 울타리 안에 있었으나 건륭의 신상 보호를 위해 그 역시 마음대로 건륭을 알현할 수가 없었다.

악준은 느닷없이 노란 함을 전해 받고는 고개를 갸웃거렸다. 이어 함을 안고 공문결재처로 눌친을 찾아갔다.

“눌 중당께서는 자리에 안 계십니다.”

태감 왕신이 깍듯이 예를 갖췄다. 이어 차를 따라주면서 다시 입을 열었다.

“눌 중당과 군기처의 기윤 대인은 둘 다 역관으로 폐하를 모시러 갔습니다. 악 중승께서는 다른 급한 일이 있으시면 먼저 일을 보시거나 아니면 여기서 기다리고 계십시오. 폐하께서 오시면 부르실 겁니다.”

악준이 눈빛을 반짝이면서 몸을 앞으로 숙였다. 그리고는 소리를 낮춰 물었다.

“그러면 폐하께서는…… 지금 제남에 안 계신다는 말인가?”

왕신은 입을 다문 채 미소로 대답을 대신했다. 그리고는 엉뚱한 소리를 했다.

“한단 쪽에서 사건 해결에 큰 진척이 있는 모양입니다. 폐하께서는 기분이 대단히 좋으십니다. 이번에 산동에 오시면서도 그 일로 내내 즐거워 하셨습니다. 폐하께서는 악 중승에 대해서도 치하하셨사옵니다. ‘역시 콩 심은 데 콩 나고, 팥 심은 데 팥 나는구려! 악준은 누가 뭐라고 해도 대장군의 후예다워. 정무도 잘 보고 말이야. 게다가 의창도 세웠어. 더구나 번고 재산도 한 푼도 차이가 나지 않아. 심지어 재해복구에도 신속히 뛰어들어 피해를 최소화시켰어. 참 대단하네!’ 이렇게 말입니다.”

악준은 건륭이 산동에 도착한 뒤로 혹시 책잡힐 일이 없을까 전전긍긍하던 차였다. 그러니 하루도 발을 편히 뻗고 잠을 잘 수가 없었다. 그런 차에 건륭이 만족하고 있다는 왕신의 말을 들었으니 기분이 좋을 수밖에 없었다. 그는 그 동안의 불안이 단번에 사라지며 안도의 숨을 내쉬었다. 이어 주머니에 손을 넣었다. 은표 몇 장이 손에 잡혔다. 그 중 한 장을 꺼내자 엉뚱하게 500냥짜리 거금이었다. 그러나 도로 집어넣을 수도 없었다. 결국 잠시 망설인 끝에 순순히 은표를 왕신에게 건네주었다.

"안에서 시중드느라 힘든 일이 많을 거야. 많지는 않으나 내 성의이니 받아두게. 요긴하게 쓸 수 있었으면 좋겠네."

왕신은 생각지도 않았던 횡재에 두 눈이 휘둥그레져서는 기쁨을 감추지 못했다. 바로 은표를 넙죽 받아 냉큼 신발 속에 집어넣고는 천연덕스럽게 한쪽 무릎을 꿇으며 고마움을 표했다. 악준이 입가에 옅은 미소를 지으면서 찻잔을 들었다. 그러자 왕신이 나지막이 다시 입을 열었다.

"대인, 희소식이 또 있습니다. 무슨 책령인가 아랍포탄인가 하는 작자가 얼마동안 잠잠하더니 다시 객이객몽고에서 난리를 부리나 봅니다. 병부에서는 감섬甘陝(감숙성과 섬서성을 일컬음) 총독으로 몇 사람을 천거했으나 폐하께서는 크게 달가워하지 않으셨습니다. 폐하께서는 북경에 계신 부상(부항)에게 악종기 장군을 찾아가라고 명령을 내리셨다고 합니다. 보아하니 악종기 장군이 재기할 날이 그리 멀지 않은 것 같습니다."

왕신은 일부러 비밀스러운 분위기를 만들려는 듯 좌우를 두리번거렸다. 이어 덧붙였다.

"이제 말씀드리겠습니다. 폐하께서는 사실 미복微服 차림으로 빈현濱縣으로 행차하셨습니다. 그곳이 반은 풍작을 거두고 반은 풀무치 피해가 심각하니 두 얼굴을 볼 수 있는 곳이라나요? 아무튼 오늘 돌아오시기로 돼 있어요! 눌 중당이 기윤 대인에게 말하는 걸 들었는데요, 폐하께서는 제녕濟寧 순유도 계획하고 계시는데 산동의 역로가 오랫동안 손을 보지 않아 엉망이라면서 폐하께서 불쾌해하실 것 같다고 했습니다."

태감 왕신의 한번 열린 말문은 닫힐 줄 몰랐다. 마침 그때 시위 색륜이 두 신참 시위를 데리고 의문儀門으로 들어섰다. 그러자 왕신이 황급히 뒤로 물러나더니 시립했다.

"폐하께서 당도하셨습니다!"

악준은 왕신의 말에 정신이 번쩍 드는 듯 황급히 자리에서 일어났다. 과연 색이 바랜 장포를 입은 시위들이 일렬로 들어서고 있었다. 의문 앞에 말없이 멈춰선 그들 뒤로 건륭이 모습을 드러냈다. 관포官袍를 입은 눌친과 기윤 역시 건륭의 뒤를 따라 들어왔다.

"탁탁!"

악준이 소매를 쓸어내리는 소리를 내면서 빗물이 고인 처마 밑에 무릎을 꿇었다. 그리고는 머리를 조아렸다.

"신, 악준이 무릎 꿇어 폐하께 문후 올리옵니다."

"됐네!"

건륭이 손사래를 쳤다. 이어 대청으로 들어가 자리하고는 찻잔을 들었다. 그는 차를 한꺼번에 들이키려고 하다가 바로 옆에 있는 신하를 쓸어보고는 찻잔을 내려놓았다. 왕신은 건륭이 갈증을 느끼고 있다는 것을 눈치채고 즉각 주위에 일러 얼음물에 담가둔 수박을 가져오라고 지시했다. 건륭이 그제야 입을 열었다.

"들어오게, 악준."

"예, 폐하!"

악준이 대답과 함께 구르듯 들어와서는 다시 대례를 올렸다. 건륭은 월백색月白色 장삼을 입고 자줏빛 허리띠를 두르고 있었다. 신발 위로 당겨 신은 흰 버선에는 먼지가 누렇게 앉아 있었다. 먼 길을 걸어온 것임에 틀림없었다. 악준이 다시 머리를 조아리면서 아뢰었다.

"폐하의 용안이 수척해지시고 햇볕에 그을린 것 같사옵니다. 모두 다 신의 불찰이옵고 신의 부족함 때문이옵니다. 산동은 더운 날씨가 북경과 비슷해 폐하께서 심히 괴로우실 줄로 아옵니다. 소인이 폐하를 모시고 노산嶗山으로 피서를 다녀올까 하옵니다만……."

"짐은 막 노산에서 돌아오는 길이네. 이 사람이 또 짐을 노산에 보내려고 하는구먼."

건륭이 말했다. 이어 고개를 돌려 눌친을 바라봤다.

"이번에 짐은 괜찮았으나 자네 둘은 고생이 많았네."

악준은 건륭의 말을 듣고서야 비로소 그가 빈현 뿐만이 아니라 노산이 있는 즉묵현도 다녀왔다는 사실을 알 수 있었다. 그가 역시 태감의 말은 그대로 믿어서는 안 되겠다는 생각을 하면서 다시 아뢰었다.

"노산은 피서에는 그만이오나 왕복 천리 길이라 너무 멉니다. 폐하께서 이런 날씨에 움직이시느라 고생이 많으셨겠사옵니다."

건륭이 말을 받았다.

"짐이 피서가 목적이었다면 산동까지 올 필요가 있었겠나? 또 짐이 명승고적을 유람하는 게 목적이었다면 찜통더위에 여기를 왔겠나? 따스한 봄날에 강남을 찾지. 제남을 떠나 있던 보름 동안 짐은 빈현까지 갔다 왔다네."

건륭의 말이 끝나자 기윤이 악준이 가져온 노란 함을 건륭에게 받쳐 올렸다.

"중요한 서류인 것 같사오나 수박을 드시고 한숨 돌리신 뒤 천천히 읽어보시옵소서. 솔직히 신은 폐하를 모시고 산동으로 내려오면서 은근히 들떠 있었사옵니다. 태산泰山, 봉래蓬萊, 공묘孔廟. 노산嶗山, 연대煙臺, 청도青島 등등 명승지가 열 손가락도 모자라게 많사온데 어찌 마음이 싱숭생숭하지 않았겠사옵니까? 제남 대명호大明湖도 추억이 될 만한 곳이고, 박돌천趵突泉의 차茶도 별미라던데 모처럼 산동에 왔다 그냥 가게 생겼으니 참으로 유감이옵니다."

건륭이 기윤의 말을 건성으로 들더니 조심스레 노란 함에 붙어 있는 밀봉딱지를 뗐다. 동시에 악준에게 일어나라는 손짓을 했다.

"천하 명승지를 휩쓸고 싶으면 제이의 서하객徐霞客(명나라 말기의 유명한 지리학자)이 될 일이지 군기처에 발이 묶이면 안 되지. 사람이 살면서 유감스러운 일이 어디 한두 가지인가!"

건륭은 비로소 기윤에게 찐잔을 주면서 상주문을 펼쳐들었다. 곧 얼굴에 흡족한 미소가 퍼졌다.

"경복의 필체는 갈수록 마음에 드는구먼! 금천을 평정했다는 희소식이네."

좌중의 사람들은 금천 첩보에 모두들 안도의 한숨을 내쉬었다. 그리고는 흐뭇한 미소를 지은 채 건륭을 지켜보고 있었다. 그런데 웬일인지 건륭의 얼굴에 환하게 서려 있던 미소가 급속도로 사라지고 있었다. 그러는가 싶더니 건륭은 고개를 들어 무슨 생각을 하고는 다시 주장을 들여다보고 하기를 몇 번이나 반복했다. 이어 다시 고개를 갸웃거렸다. 뭔가 대단히 석연치 않은 것 같았다.

건륭은 몇 장을 넘기면서 거듭 읽어보고 나서야 비로소 가볍게 고개를 저었다. 급기야 손 가는 대로 주장을 책상 위로 던져버렸다. 그리고는 말없이 찻잔을 들어 조금씩 마시더니 눌친을 향해 입을 열었다.

"기윤과 둘이서 읽어보도록 하게. 짐은 어쩐지 석연치 않네!"

건륭이 가벼운 한숨을 쉬며 이번에는 악준을 향해 고개를 돌렸다.

"짐은 이번에 시일이 촉박해 말 타고 꽃구경하는 식으로 둘러봤네. 그래서 자네의 이치吏治에 대해 집중적으로 눈여겨볼 기회가 없었네. 하지만 오면서 보니 조운漕運이 원활하게 뚫린 것 같더군. 속이 다 시원하네. 산동 덕주德州에서 직예直隸로 들어가는 구간이 뻥 뚫렸더군. 재해 복구도 제때에 잘 마무리된 것 같고. 여러 군데 지어놓은 의창에도 식량이 차고 넘친다니 짐의 마음이 흐뭇하네. 다만 짐이 길에서 보니 백성들의 겨울나기에 효자노릇을 하는 옥수숫대와 짚단들이 벌레를 먹어 못 쓰겠던데? 이렇게 되면 겨우내 땔감도 큰일이고 가축들의 사료도 부족할 것 아닌가. 자네는 이 어려움을 어찌 극복할 셈인가?"

"아뢰옵니다, 폐하!"

건륭의 지적은 현실적이고도 예리했다. 때문에 악준은 머리를 깊숙이 숙이면서 아뢰었다.

"지난해 산동성의 작황은 동부와 서부가 극과 극을 치달았사옵니다. 동부에서는 백년 만에 대풍작, 서부에서는 전례 없는 흉작을 거뒀사옵니다. 재해복구를 위해 창고에 비축했던 식량을 다 풀고도 모자라 다른 곳에서 사들일 지경이었사옵니다. 폐하께서 내려주신 식량이 백성들에게 큰 도움이 되었사옵니다. 이제 일인당 하루에 잡곡 반 근씩은 제공해줄 수 있사오니 다행히 굶어죽는 백성은 없을 것 같사옵니다. 월동越冬에 필요한 땔감과 사료는 소인이 이미 직예, 하남, 안휘, 강남 여러 성과 합의해 시중가보다 싼 관가官價로 사들이기로 했사옵니다. 이렇게 하면 내년 춘궁기 역시 별다른 어려움 없이 넘을 수 있을 것 같사옵니다. 필요한 은자는 국은國銀에 손대지 않고자 하오니 폐하께서 은전恩典을 내려주셨으면 하옵니다. 다름이 아니옵고, 산동성의 올해 염세鹽稅 수입을 국고에 납입하지 않고 성에서 어려운 고비를 넘는 데 쓰도록 윤허해주셨으면 하옵니다. 산동성 관리들은 지난 겨울부터 지금까지 녹봉을 절반밖에 받지 못하고 있사옵니다. 워낙 박봉인데 반으로 줄어들고 보니 생활난에 쪼들리는 모습이 안쓰럽사옵니다. 소인이 악명을 뒤집어쓰는 것은 추호도 두렵지 않사옵니다. 실제로 일각에서는 소인을 '껍질을 발라 죽일 놈', '돈이라면 죽음도 두려워하지 않는 무식한 무장 출신', 심지어 '악비岳飛의 불초 자손'이라면서 별의별 악담을 다 하고 있사옵니다. 게다가 다른 성에 비해 워낙 박봉이다 보니 가솔들도 먹여 살리기 힘들 지경이옵니다. 이로 인해 산동을 뜨고 싶어 하는 관리들이 나올까 두렵사옵니다. 졸병 없는 대장이 무슨 멋에 팔자걸음을 하고 다니겠사옵니까?"

악준은 솔직하다 못해 웃기기까지 했다. 심각한 표정을 짓고 있던 좌중의 사람들은 그예 악준의 마지막 한마디에 모두 웃음을 터트리고 말았다. 건륭 역시 웃음 띤 얼굴을 한 채 말했다.

"죽은 사람 소원도 들어준다는데 그것 하나 못 들어주겠나! 기윤, 자네가 부항에게 서찰을 보내게. 산해관山海關의 염정鹽政에 명령을 내려 산동성의 염세를 면제해주도록 하게."

기윤은 지체 없이 대답했다. 악준은 그에 용기를 얻은 듯 다시 말문을 열었다.

"재해를 입은 뒤 땅값이 폭락을 했사옵니다. 회하淮河 남쪽에서는 한 무畝에 사백 냥씩 한다는데 여기서는 고작 서른 냥 선에서 거래되고 있사옵니다. 그 때문에 돈 있는 강남의 부자들이 산동에 와서 땅을 사재기하려고 단단히 벼르고 있사옵니다. 소인은 그래서 궁여지책으로 외지인이 산동 토지를 매입할 때는 한 무당 일백에서 삼백 냥의 세금을 부과한다는 고시를 내렸사옵니다. 그러다 보니 그나마 땅을 팔아야 연명할 수 있는 빈곤층이 집도 땅도 내버린 채 타향으로 떠나는 일이 또 생겼사옵니다. 땅은 있어도 농사지을 여력이 없는 사람들이죠. 신은 요즘 이 일 때문에 골머리를 앓고 있사옵니다. 외지인들이 뜸하니 이번에는 현지의 먹고살 만한 사람들이 땅을 무단 투기하는 바람에 가난한 백성들은 이래저래 죽을 지경이옵니다. 그래서 드리는 말씀이온데, 폐하, 일 년 동안만 토지매매를 금하게 해주시면 안 되겠사옵니까?"

열심히 악준의 말에 귀를 기울이던 건륭이 가볍게 고개를 저었다.

"그건 곤란하네. 자네가 외지 지주들의 땅 매입을 금지시킨 것도 사실 충분히 억지스러운 처사였네. 땅이 있어도 일손이 부족하고 농사지을 여력이 없다면 그 땅을 방치하는 수밖에 더 있겠나? 그렇다고 먹을 식량과 종자種子에 소와 말, 농사에 필요한 농기구까지 자네가 모두 해결해줄 수는 없지 않은가. 백성들이라고 다 같은 백성이 아니네. 극소수이기는 하나 구제양곡을 타먹는 데 익숙해져 나태하고 불성실한 자들도 많다네. 이들은 없으면 뻔뻔스레 손을 내밀고, 농사를 지으라고 종자를 주면 씨앗까지 빻아먹는 대책 없는 자들이라네. 밑 빠진 항아리와도 같지. 이런 자들은 빌어먹든 굶어죽든 신경 쓸 것 없네. 짐이 보니 자네는 부처의 마음이 따로 없는 사람이네. 자신을 부모관으로 믿고 따르는 경내境內 백성들을 자식처럼, 부모처럼 아끼고 섬기는 것은 좋은 일이지. 짐이라고 어찌 그러고 싶지 않겠나! 그러나 무원칙하고 무분별하게 베푸는 것은 금물이네."

건륭이 감개가 무량한 듯 깊은 한숨을 내쉬었다. 이어 수박을 한 입 베어 물고는 다시 계속했다.

"그러나 천정부지로 치솟는 땅값을 안정시키고 토지를 측량하는 것은 자네 봉강대리의 권한이니 짐의 말에 너무 부담 갖지는 말게. 불인부덕不仁不德한 일부 업주들에 대해서는 세금을 가차 없이 받아내도록 하게. 물론 인명사고를 내게 되면 안 되겠지. 어르고 달래는 쪽으로 방향을 틀어보게. 죽어서 천당에 가려면 덕을 쌓아야 하니 못 사는 사람들을 위해 베푸는 것이 좋다는 식으로 말일세. 이것도 갈수록 심해지는 토지 겸병을 지연시킬 수 있는 방책이 아닐까 하네."

악준이 건륭의 말에 즉각 고개를 깊이 숙였다. 건륭의 길고도 긴 사자후를 들으면 들을수록 옳다는 생각이 드는 모양이었다. 그는 건륭의 말을 통해 얻은 소득이 한두 가지가 아니었다. 악준이 경건한 표정으로 다시 아뢰었다.

"여러모로 부족한 신은 폐하의 훈육에 많은 걸 느끼고 깨달았사옵니다. 무식한 무장의 후예라 별 볼 일 없다는 소리를 듣지 않도록 더욱 분발하겠사옵니다. 지켜봐주시옵소서, 폐하!"

"그럼, 그래야지!"

건륭이 흡족한 표정을 지었다. 그러더니 의자 등받이에 편하게 기대 앉으며 덧붙였다.

"그 아비에 그 아들이라더니 악종기의 아들이 다르기는 다르군. 잘해 보게, 기대를 걸어보겠네!"

건륭은 원래 산동의 역로가 엉망인 것에 대해 지적하려고 했다. 그러나 꾹 참고 입을 열지 않았다. 곧이어 그가 자리한 신하들에게 얼음덩이를 하나씩 입에 물고 더위를 식히라고 하고는 다시 입을 열었다.

"강산의 위상은 인위적인 화려함에 있는 것이 아니라 내적인 아름다움에 있다네. 그래서 성조 때부터 조정에서는 만리장성에 더 이상 돈을 쏟아 붓지 않았지. 만리장성에 은자를 깔지 않고 그 돈으로 이 나라와 백성들을 살찌우는 것이 훨씬 중요하다는 진보적인 생각을 했던 것이야. 산동은 자고로 민풍이 험하고 녹림들이 모여드는 곳이었어. 이곳의 안정은 북방 몇 개 성의 안정과 직결돼 있다는 것을 잊지 말게. 전대前代의 명신이었던 우성룡은 역로 양측에 높은 담을 쌓아 강도의 출몰을 견제했다고 하네. 그 뒤를 이어 이위는 도둑으로 도둑을 다스려 괄목할 만한 성과를 거뒀었지. 그러나 두 사람 모두 우환을 뿌리째 뽑는 데는 실패했네. 한 손에는 방망이, 한 손에는 떡, 마음속에는 사랑을 가져야 해. 이 삼박자가 맞아떨어져야 이치吏治가 비로소 제 궤도에 들어설 수 있다네. 일지화가 산동, 직예, 산서 그 어디에도 발붙이지 못하고 쫓겨 다니는 것이 우연으로 보일지도 몰라. 그러나 그것은 사실 조정의 변함없는 관대한 정치와 인자한 정치가 백성들로부터 인정을 받고 있다는 방증이 아니겠어?"

건륭이 말을 마치고는 옆에서 시중을 드는 태감에게 명령을 내렸다.

"이위가 올려 보낸 그림을 가져다 악준에게 보여주도록 하라."

태감이 즉각 달려가더니 돌돌 만 화축畵軸을 들고 왔다. 이어 조심스레 펼쳤다. 그러자 악준과 눌친이 재빨리 다가갔다. 그림은 오랜 세월을 말해주듯 색깔이 전체적으로 어두웠다. 또 둘레에는 보풀마저 일었다. 손때 자국 역시 진했다. 붓이 몇 번 가지 않은 간결한 화폭에는 선명하게 제목이 적혀 있었다.

추계대사도雛鷄待飼圖

그림은 이제 막 알을 깨고 세상에 나온 햇병아리들이 노란 입을 쫑긋 벌리고 시골아낙이 들고 있는 이 빠진 사발을 쳐다보는 장면이었다. 특히 약간 떨어진 곳에서 뒤뚱대면서 달려오는 두 마리 병아리의 모습이 아주 귀여웠다. 또 까치발을 한 채 고개를 한껏 치켜 올리고 있는 다른 한 마리 역시 보는 이의 마음을 훈훈하게 만들었다. 아낙의 사발에 당장이라도 달려들 듯 조그마한 날개를 파닥거리는 한 마리의 모습 역시 그랬다.

건륭은 당연히 병아리들의 몸짓을 보고 웃으라고 좌중의 신하들에게 그림을 보여준 것이 아니었다. 아니나 다를까, 좌중의 사람들은 그림 속에 깃든 심오한 뜻을 천천히 음미하면서 가슴이 싸해지는 감동을 받았다. 그들은 모두 숙연한 표정을 지었다.

"이 얼마나 귀여운가! 그러나 모이를 안 주면 금방 굶어죽게 되지."

건륭이 말을 마치더니 잠시 입을 닫았다. 이어 다시 무거운 어조로 말을 이었다.

"이 간결한 그림이 오래도록 짐의 마음을 무겁게 했네. 모이를 주지 않으면 무슨 반항할 힘이나 있겠나? 비실대다가 죽어가는 수밖에. 그게 우리네 백성들이네……."

건륭은 말을 채 잇지 못했다. 그리고는 더 이상 말이 없었다. 본인이 말을 하고도 스스로 감동을 받은 듯했다.

그러나 눌친과 기윤은 이때 머릿속으로 다른 생각을 하고 있었다. 경복과 장광사가 올린 주장을 읽은 탓에 두 눈은 화폭에 두고 있었으나 마음은 심란하기 그지없었던 것이다. 눌친이 드디어 비감에 젖은 건륭의 얼굴을 보면서 조심스레 아뢰었다.

"폐하! 아직 수라상을 받지 않으셨사옵니다. 악준이 수라를 준비할 동안 폐하께서는 세욕洗浴부터 하시고 휴식을 취하심이 어떻겠사옵니까?"

건륭은 즉각 대답을 하지 않았다. 그래도 악준은 황급히 물러났다. 이어 건륭을 시중들 사람을 부르고 번사와 법사의 관리들도 아문으로 호출했다.

건륭은 먼 길을 걸어오고 장시간 관리들과 대화하느라 피곤했던지 수라상을 물리고 나서 두 시간쯤 눈을 붙였다. 이어 내친김에 이발까지 했다. 그제야 기분이 한결 가벼워진 모양이었다. 공문결재처로 들어가는 발걸음이 무척이나 가벼웠다. 그곳에는 이미 눌친과 기윤이 기다리고 있었다. 건륭이 두 사람에게 예를 면하라고 손짓을 하면서 자리에 앉았다.

"그래, 경복의 주장을 읽고 난 소감이 어떤가?"

눌친이 먼저 입을 열었다.

"신이 느낀 바로는 경복과 장광사가 승전을 이끌어낸 것은 사실인 것 같사옵니다. 하오나 절대 크게 승리한 것은 아니옵고 완승도 아니옵니다. 폐하께서는 누누이 준엄한 조서를 내리셨사옵니다. 일단 사라분을 생포한 후 북경으로 압송해 죄를 물을 것인지, 아니면 시은施恩을 베풀어 풀어줄 것인지 여부를 폐하께 여쭈라고 하셨사옵니다. 그런데 귀에

못이 박히도록 들었을 어명을 못 들은 척하고 제 마음대로 강화협정을 맺어버렸다니, 이게 어디 될 법이나 한 소리입니까? 게다가 그들의 말처럼 대군이 간난신고艱難辛苦 끝에 대금천, 소금천을 공략했다면 무엇 때문에 이유 없이 물러났겠사옵니까? 신의 소견으로는 그들에게 이 두 가지를 따져 물어 답변을 들어야 할 것 같사옵니다."

골초인 기윤은 건륭의 앞에 시립해 있는 순간에도 담배 생각이 간절한 모양이었다. 예의 버릇을 어쩌지 못하고는 연신 아래턱을 문지르면서 아뢰었다.

"신도 그리 생각하고 있사옵니다. 전도에게 군량미를 싣고 현지로 가라고 어지를 내리시는 것이 어떻겠사옵니까? 대군을 위로하는 척하면서 자초지종을 조사할 필요가 있을 것 같습니다."

건륭은 신하들의 말에 즉답을 하지 않은 채 순무아문 뜰의 울창한 나무에 오래도록 시선을 박았다. 그러더니 땅이 꺼질 듯 한숨을 내쉬었다.

"사라분이 대영으로 끌려와 강화조약을 간청했다는 말이 사실일지라도 어찌 감히 주청도 올리지 않고 금천에서 철수를 한단 말인가? 아무리 생각해봐도 이건 불가사의한 일이 아닐 수 없네. 은자 백만 냥을 쏟아 부은 전쟁이야. 총병이 죽고 장군이 죽었을 뿐 아니라 유격까지 죽어나갔지. 더구나 아계와 늑민은 둘 다 성총이 두터운 짐의 친신親信들이야. 설사 지은 죄가 있다 한들 어찌 자기들 마음대로 죄를 물을 수 있다는 말인가? 죽이든 살리든 북경으로 압송했어지! 놀랍고 믿어지지 않고 석연치 않네. 짐은 일단 가타부타 반응을 보이지 않고 지켜볼 것이네. 자네 둘이서 각자 경복, 장광사와 전도에게 서한을 띄우고 답장을 기다려보도록 하세."

건륭이 다시 말을 이으려 할 때였다. 갑자기 태감 왕신이 들어와 아뢰었다.

"악준 중승이 뵙기를 청하옵니다."

"지금은 정무를 의논 중이니 볼일이 있으면 내일 아침에 뵙기를 청하라 이르라."

"급한 일이 있다고 하옵니다. 금천에서 도망쳐온 장군이 있다 하옵니다. 아계라고……."

건륭은 태감의 말이 끝나기도 전에 용수철처럼 퉁기듯 자리에서 일어서면서 소리쳤다.

"아계라고 했는가? 늑민은? 둘이 같이 갔는데!"

"예! 아계라고 들었사옵니다. 늑민에 대해서는 듣지 못했사옵니다."

방 안에는 삽시간에 쥐 죽은 듯한 정적이 깃들었다. 기윤이 먼저 입을 열었다.

"폐하! 아계를 불러 이야기를 들어보는 것이 좋겠사옵니다. 일단 소문이 밖으로 새는 것은 막아야 하오니 악준에게는 다른 일을 보라고 하고 아계만 불러들이는 것이 어떻겠사옵니까?"

건륭이 당연하다는 듯 고개를 힘주어 끄덕이면서 명령을 내렸다.

"들라 하라!"

건륭은 말을 마치자마자 이름 모를 불길한 느낌이 뇌리를 스치는 것을 어쩌지 못했다. 그의 예감은 과연 틀리지 않았다. 태감을 따라 들어서는 아계의 몰골이 말이 아니었던 것이다. 대충 꼬아 새끼줄처럼 헝클어진 머리채가 가장 심했다. 완전히 진흙탕에 뒹군 강아지 목줄 같았다. 그렇지 않아도 새카맣게 탄 얼굴은 검불처럼 헝클어진 수염 때문에 더욱 까맣게 보였다. 그뿐만이 아니었다. 왼쪽 뺨에는 전장에 나갈 때는 없었던 칼자국까지 선명했다. 맨발로 다녀도 쪄죽을 더운 날씨에 가죽장화를 신고 있는 모습이 가관이었다. 그마저도 앞코가 터져 검은 발가락이 비죽 빠져나와 있었다.

아계는 마치 술 취한 사람처럼 비틀거리면서 힘겹게 문지방을 넘었다. 그러다 그대로 고꾸라질 뻔했다. 마치 누가 밀치기라도 한 것처럼 그 자리에 쓰러져 무릎을 꿇은 아계는 감정이 북받치는 듯 컹컹거리면서 기침을 해댔다. 이어 거칠게 오르내리는 가슴을 애써 진정시키더니 심하게 쉰 목소리로 "폐하!" 하고 한 마디를 외쳤다. 그리고 나서는 더 이상 감정을 주체 못한 듯 목을 놓아 울고 말았다.

"지금 여기가 어느 안전인지 잊었는가! 폐하의 면전에서 이 무슨 체통 없는 짓이야!"

눌친이 목석처럼 무표정한 건륭의 얼굴을 힐끗 일별하면서 고함을 쳤다.

"과연 그러하옵니다. 패전한 장수 주제에 이 몰골을 하고 감히 폐하의 면전에 나타나다니……."

눌친의 호통에 울음을 그친 아계가 처연하게 말했다. 그러나 눈에서는 소리 없는 눈물이 그칠 줄 몰랐다.

"그러나 신이 죽지 못하고 삼천리 길을 달려 여기까지 온 것은 폐하께 진실을 고하고 싶었기 때문이옵니다. 진실을 고하고 나면 신은 죽어도…… 죽어도 여한이 없사옵니다."

건륭이 시선을 눌친, 기윤에게 돌리더니 차례로 눈길을 주고받았다. 이어 냉정하게 입을 열었다.

"자네는 패장敗將보다 더한 용장庸將(어리석고 졸렬한 장수)이네! 군령을 무시해 작전에 치명타를 입히고 하마터면 전군의 멸망을 부를 뻔한 용장이라는 말이야! 그래 놓고 무슨 면목으로 짐 앞에 이런 몰골로 나타났다는 말인가? 짐은 경복과 장광사에게 축전을 띄우고 그 공로를 인정해줄 참이었네!"

"폐하……."

아계가 말을 차마 잇지 못한 채 처절하게 몸을 떨었다.

"지금…… 그자들에게 공로를 인정하고 축전을 띄우신다고 하셨사옵니까?"

"그러하네! 금천을 수복하고 사라분이 무릎을 꿇고 투항했다고 하지 않는가. 그러니 당연히 논공행상을 해야 하지 않겠는가!"

말이 떨어지기 무섭게 아계가 엉금엉금 기어 건륭에게 다가갔다. 이어 눈물로 범벅이 된 잿빛 얼굴을 든 채 피를 토하듯 간절한 목소리로 아뢰었다.

"폐하! 폐하…… 그건 모두 거짓이옵니다. 그들은 사라분에게 병마의 절반 이상을 잃었사옵니다. 강화조약도 사라분이 협박해서 조인한 것이옵니다. 그들은 폐하를 기만하고 있사옵니다!"

아계는 사력을 다해 자신이 알고 있는 그 동안의 경위를 세세하게 설명했다. 심지어 금천 지도까지 펼쳐놓고 검고 거친 손을 덜덜 떨면서 무려 한 시간 넘게 자초지종을 털어놓았다. 이어 터져 나오는 울분을 이기지 못한 듯 소리 내 울었다.

"폐하께서는 성명하신 군주시옵니다. 우리 군은 금천에 들어가자마자 홍의대포紅衣大炮까지 사라분의 손에 공손히 넘겨주고 말았사옵니다. 경복과 장광사 둘이 이끈 군사는 이리 베이고 저리 죽고 패잔병들만 몇 명 살아남았사옵니다. 유독 신의 대오만 사상자를 거의 내지 않고 돌아왔사옵니다. 이는 신이 달리 능력이 있어서가 아니옵고 폐하의 홍복 덕분이옵니다. 저들이 신을 죽여 없애려는 것은 영원히 입을 틀어막아서 끝까지 폐하를 기만하려고 했기 때문이옵니다."

건륭과 눌친, 기윤 세 사람은 아계의 마지막 말을 듣는 순간 입을 딱 벌리고 할 말을 잃고 말았다. 청천벽력이 따로 없었다. 주장에 석연치 않은 구석이 많아도 작은 승리를 크게 부풀리기 위한 얕은 수작쯤으로 생각했었다. 그런데 승리는커녕 전군의 과반수를 희생시킨 대패였다니, 소위 장군이고 흠차라는 자들이 거짓보고를 올려 황제를 기만하다니, 도무지 말도 안 되는 사실에 좌중의 사람들은 모두들 아연실색하고 말았다.

건륭의 얼굴이 붉어지는가 싶더니 이내 창백해졌다. 곧이어 파리하게 질렸다. 급기야 그는 찻잔을 집어 들어 사정없이 내던졌다. 이어 지금껏 한 번도 보인 적이 없던 험악한 표정을 지으면서 내뱉듯 고함을 질렀다.

"승패는 병가지상사라고 했어. 그러니 패배 자체에 대해서는 책임을 묻지 않겠어! 그러나 기군죄欺君罪는 반드시 물어야겠어. 왕신, 밖에 있느냐!"

"찾아계시옵니까, 폐하!"

"즉각 사천으로 가서 경복을 비롯해 장광사, 정문환을 북경으로 압송하라! 아니, 현지에서 죽음을 내리는 것이 낫겠다!"

"예? 예, 폐하……."

사색이 된 왕신이 반문을 하는가 싶더니 바로 대답을 하고 무릎을 일으켰다.

"잠깐!"

아계가 그 사이 제정신을 차렸는지 물러가려는 왕신을 불러 세웠다. 이어 무릎걸음으로 건륭에게 다가가면서 아뢰었다.

"고정하시옵소서, 폐하! 부디 고정하시옵소서. 소인이 방금 여쭌 내용은 두 눈으로 직접 본 것도 있사오나 전해들은 소리도 있사옵니다. 사실의 진위를 정확히 조사하신 연후에 조처하셔도 늦지 않을 것이옵니다. 신의 말만 믿고 목을 치신다면 저들은 죽는 순간까지도 굴복하지 않을 것이옵니다. 늑민은 현재 전도가 있는 운남에서 소인의 소식을 기다리고 있사옵니다. 그 사람도 당사자이오니 불러들여 의견을 들어보시는 것이 현명한 결단에 도움이 될 듯하옵니다."
"음……!"
건륭이 거친 숨을 지그시 눌렀다. 서서히 이성을 찾는 모양이었다. 그러나 놀라움과 분노에 기력을 모조리 소진한 듯 손가락 하나 까딱할 힘조차 없어 보였다. 얼마 후 그가 주저앉듯 의자에 내려앉으면서 비로소 입을 열었다.
"기산紀山에게 대금천에 가서 조사하고 제대로 된 보고서를 올리라고 하게. 나머지는 알아서 처리하라고 이르게."
눌친은 아계의 말을 믿어 의심치 않았다. 험악하게 굳어진 표정으로 보아 제대로 된 확실한 조치를 내려야 한다고 생각하는 것 같았다. 그가 천천히 입을 열었다.
"기산은 장광사의 오랜 수하이옵니다. 그를 파견하면 아마 장광사의 위세에 눌려 제대로 조사하지 못할 것이옵니다. 전도가 어떻겠사옵니까? 똑똑하고 예리하옵니다. 폐하께서 친히 발굴하신 인재이기도 하옵니다."
건륭이 기운 없는 목소리로 대답했다.
"그러면, 그렇게 하든가! 아계의 보고가 사실이라면 그 둘을 현지에서 파직시키고 짐의 어지를 기다리라고 하게. 아계는 여기 있지 말고 북경으로 가서 대리시大理寺의 조사를 기다리게!"
좌중의 군신 세 사람은 아계가 물러가자 그저 묵묵히 서로 마주보기만 했다. 마땅히 할 말을 찾지 못하는 눈치였다. 그래도 그럴 때는 신하가 먼저 입을 열어야 했다. 한참 후 기윤이 건륭에게 위로의 말을 했다.
"너무 심려치 마시옵소서, 폐하. 경복과 장광사의 기군죄는 용서할 수 없사오나 조정에 역심逆心이 없는 사라분의 속마음은 이참에 여실히 드러났사옵니다. 옆에서 조용히 살게 해달라고 부탁을 하는 걸 보면 군사력도 불 보듯 뻔하옵니다."

건륭이 기윤의 말을 듣고는 뭔가 결심이 선 듯 단호하게 말했다.

"눌친, 아무래도 자네가 경복과 장광사를 대신해 뒷마무리를 하고 와야겠네. 어떻게 하면 좋을지 자네의 견해를 소상히 얘기해보게. 그리고 자네는 먼저 북경으로 돌아가게. 전도로부터 확실한 소식이 들어오면 즉각 움직이도록 하게."

"예, 폐하!"

눌친의 목소리가 갑자기 흥분한 듯 커졌다. 하기야 평소 금천으로 가고 싶어 속앓이를 해왔던 그였으니 그럴 만도 했다. 전혀 예상치 못했으나 이제 다시 기회가 찾아왔으니 반갑지 않을 수 없었다. 그때 기윤이 여전히 미간을 펼 줄 모르는 건륭을 향해 여쭈었다.

"폐하, 원래 계획대로라면 내일은 산동 남쪽을 둘러보기로 되어 있사옵니다. 이렇게 되면 계획에 변동이라도 생기는 것이옵니까?"

건륭이 기윤의 말에 미간을 활짝 펴면서 단호한 어투로 대답했다.

"아니! 부득이한 경우가 아니고서는 일정을 변경해서는 안 되네"

26장

건륭의 산동 순시

이튿날 눌친은 북경으로 출발했다. 건륭은 동시에 제남의 행궁을 즉각 철거했다. 그리고는 순무아문에서 말 10여 필을 끌어다 약재와 찻잎을 실은 다음 장사꾼의 행색을 두루 갖췄다. 이어 기윤을 데리고 제남을 떠나 산동성 남쪽의 제녕으로 향했다.

건륭은 금천 사태 때문에 받은 충격이 여전히 가시지 않은 것 같았다. 가는 길 내내 기분이 우울했다. 시위들은 그런 건륭의 눈치 보기에 바빴다. 할 말이 있을 때만 건륭의 옆에 다가갔을 뿐 그렇지 않을 때는 말을 모는 척 멀찌감치 피해 걸었다. 그러나 그것이 건륭을 더욱 불쾌하게 만들었다.

기윤 역시 이미 엎질러진 물이라고 건륭을 위로하고 싶었으나 마땅한 말이 생각나지 않았다. 그래서 직설적인 화법을 피해 에둘러 권유했다.

"폐하께서는 성정이 산과 물을 좋아하시는데 황토만 풀풀 날리는 길에 들어서니 따분하실 것 같사옵니다. 태산을 오르지 않을 계획이시라면 내일 영양寧陽에 도착한 다음 운하를 이용하는 것이 좋겠사옵니다. 지금은 조운漕運 선박도 한가한 때이옵니다. 양쪽에 산이 있고 멀리 미산호微山湖도 보이니 경관이 무척 수려할 것 같사옵니다. 더운 날에 먼지만 날리는 육로를 걷는 것과는 비할 바가 못 되지 않겠사옵니까!"

건륭은 기윤의 말에 모처럼 싱긋 웃음을 보였다.

"참 반가운 소리로군. 그러나 우리는 장사꾼이네. 말과 물건은 어쩔 텐가?"

"폐하, 저희들은 큰 상인이지 보따리 장사꾼이 아니지 않사옵니까!"

기윤은 건륭의 얼굴에 화색이 돌자 그제야 비로소 안도의 한숨을 내쉬면서 다시 입을 열었다.

"신의 고향 창주滄州에도 장사꾼이 무척 많사옵니다. 진짜 돈 있는 상인들은 큰 자루, 작은 보따리 바리바리 챙겨들고 다니지 않사옵니다. 물건 따로, 사람 따로 여유있게 다니옵니다. 우리도 물건은 시위들에게 맡기고 두 태감과 시위대장 색륜과 소인만 폐하를 모시고 배에 오르는 것이 어떻겠사옵니까? 이 운하에는 북경으로 약재, 부채, 돗자리, 수박 따위를 실어 나르는 배들이 많이 다니옵니다. 돌아올 때는 텅텅 비어 있사오니 돈을 좀 주고 거의 공짜로 낭만을 즐기시면 좋지 않겠사옵니까? 굳이 이런 묘미를 마다할 필요는 없다고 사료되옵니다."

시위들 역시 내내 긴장하며 한순간도 방심할 수 없는 나날이 괴로웠던지 기윤의 말에 혹하는 눈치를 보였다. 색륜 역시 시위대를 책임지는 사람답게 배짱 좋게 나섰다.

"소인들도 땡볕이 두렵사옵니다. 언젠가 소인이 폐하를 모시고 하남성 신양信陽으로 갔다가 폐하께서 더위를 먹으시고 우박까지 맞으신 적이 있지 않았사옵니까. 그때 소인은 돌아온 뒤 태후마마께 곤장 오십 대를 상으로 받았사옵니다. 그때 일을 떠올리면 지금도 등골이 서늘하옵니다. 이 일대의 운하는 강폭이 좁고 수심도 깊지 않사옵니다. 폐하께서는 배를 타시고 소인들은 언덕 위 흐드러진 버드나무를 따라 가는 것도 좋을 듯하옵니다."

색륜에 말에 건륭이 활짝 웃었다. 기윤과 색륜 역시 따라 웃었다. 그렇게 모두가 유쾌한 웃음을 터트리자 분위기가 한결 가벼워졌다. 곧이어 건륭이 가슴에 켜켜이 쌓여 있던 울기를 토해내듯 긴 한숨을 내뱉었다.

"짐은 그만한 일에 쉽게 울고 웃는 사람이 아니네. 금천을 수복하는 일은 시간문제였네. 짐이 걱정하는 것은 따로 있네. 어젯밤 눌친과 작전을 논하면서 보니 어쩐지 눌친의 말에 자신감이 부족한 것 같더군. 물불 가리지 않을 것 같아 보이는 외양과 달리 속이 좀 무른 것 같았어. 보내기는 했어도 영 마음을 놓을 수 있어야 말이지. 이미 한 번 톡톡히 망신을 당했는데 또 얻어맞고 온다면 큰일이 아닌가!"

기윤이 기다렸다는 듯 아뢰었다.

"조정에서 대금천, 소금천 지역에 대해 주목하는 것이 그 땅 자체에 연연하는 것이 아님은 온 천하가 주지하는 바이옵니다. 사라분의 꿈 역시 우리 대청의 옆구리에 붙어 조용히 살고 싶다는 것 아니겠사옵니까? 그러므로 변경을 소란케 하는 일은 없을 것이옵니다. 해마다 특산물을 공납하고 조정의 충실한 개가 되겠다는 뜻이 아닌가 싶사옵니다. 폐하께서 관리를 금천으로 파견하시는 것도 앞으로의 조정을 위해 젊고 유능한 장군을 양성하기 위한 것이 아닌가 사료되옵니다. 사라분은 우리가 활쏘기 연습을 할 때 필요한 과녁에 불과하옵니다. 비록 이번에 중심을 관통하지 못한 것이 유감이라고는 하나 그 때문에 옥체를 다쳐서는 아니 될 것이옵니다. 아계의 말이 사실이라면 소인이 보기에는 그 사람이야말로 훌륭한 장군감이옵니다. 패망의 고배를 마셨으나 가능성이 있는 무장을 발견했으니 이 역시 값진 성과가 아니겠사옵니까!"

기윤이 잠시 말을 멈췄다. 그리고는 열심히 자신이 말에 귀를 기울이는 건륭을 쳐다봤다. 그러다 문득 자신의 실수를 깨달은 듯 덧붙였다.

"폐하의 심려를 덜어드린다는 것이 또 정무를 입에 올리고 말았사옵니다……."

기윤이 난감해 하면서 말끝을 흘렸다. 건륭은 그러나 개의치 않는다는 듯 미소를 짓다가 문득 뭔가 생각났는지 단도직입적으로 물었다.

"듣자니 자네는 몇 년 전에 서재 앞에 '개압강남재자'蓋壓江南才子라는 팻말을 달았었다던데, 그게 사실인가? 기세가 강남의 재자를 압도한다? 음! 될성부른 나무는 떡잎부터 알아본다더니, 과연 기개가 남달랐군!"

건륭의 말에 기윤이 얼굴을 붉혔다. 이어 고개를 숙인 채 잔뜩 누그러든 목소리로 아뢰었다.

"겁 없던 시절의 황당한 일화이옵니다. 그때는 고루에 올라 손만 뻗으면 하늘의 별도 쉽게 딸 수 있을 것 같았사옵니다. 깊이를 가늠할 수 없는 폐하의 연박한 성학聖學을 지척에서 경앙하오니 지난날의 치기가 한없이 부끄럽사옵니다. 앞으로는 겉으로 과시하기보다 안으로 익는 참된 삶을 영위하도록 더욱 정진하겠사옵니다."

건륭과 기윤은 그렇게 얘기를 주고받으면서 걸었다. 그러자 어느새 운하가 눈앞에 모습을 드러냈다.

때는 하지夏至 무렵이었다. 나무들은 푸른 물감을 부어 놓은 것처럼 신록이 짙었다. 짙은 풀 내음이 풍기는 나무와 농작물들이 끝 간 데 없이 이어지고 있었다. 숨 한 번만 깊이 들이쉬어도 그 동안 몸속에 켜켜이 쌓인 먼지가 깨끗이 씻겨 내려가는 느낌이 더 없이 상쾌했다. 푸른 연잎 위에 연분홍 연꽃들이 하늘거리는 자태는 천상의 것 같았다.

건륭은 살짝만 건드려도 톡 하고 터질 듯 입을 다물고 있는 연꽃 망

울의 나긋나긋한 자태를 한참동안 넋 놓고 쳐다봤다. 그러더니 천천히 입을 열었다.

“자네들 덕분에 가슴이 확 트이네. 기윤, 자네는 강남재자의 자부심이 대단한 사람이니 짐이 즉석에서 내는 대련對聯이나 맞춰보게. 단, 짐이 즉석에서 내는 만큼 자네도 듣자마자 맞춰야 하네. 자, 시작하네. ‘저 동그란 연꽃은 빨간 주먹을 들어 누구를 때리려 하느냐?’라는 구절이네.”

“저 길옆의 마엽麻葉은 여린 손 내밀어 뭘 달라고 하는가?”

기윤이 숨 돌릴 시간도 없이 건륭이 읊은 구절을 받아 대구對句를 입에 올렸다. 건륭이 그러자 피식 웃었다.

“음, 다소 억지스럽기는 하나 그래도 냉큼 받아 넘긴 게 용하네.”

건륭이 말을 마치고는 말고삐를 힘껏 낚아채 주변의 높은 다리 위로 올랐다. 그러더니 갑자기 태감 왕신에게 물었다.

“이 다리 이름을 알고 있나?”

왕신은 느닷없는 질문에 당황한 듯했다. 황급히 말에서 내려 다리 입구에 적힌 글을 들여다봤다. 그런 다음 고개를 들어 건륭을 향해 큰 소리로 아뢰었다.

“폐하, 팔방교八方橋라고 적혀 있사옵니다.”

건륭이 왕신의 말을 듣자마자 바로 입을 열었다.

“귀 씻고 듣게, 기윤! 팔방교는 다리가 팔방이요, 팔방교에 서서 팔방을 둘러보니 팔방, 팔방, 팔팔방이로구나!”

건륭의 말을 듣자마자 기윤이 황급히 말에서 미끄러지듯 내렸다. 동시에 그 자리에 엎드린 채 머리를 조아리면서 외쳤다.

“……폐하 만세, 만세 폐하, 폐하 전에 무릎 꿇어 만세를 연호하니 만세, 만세 만만세!”

기윤의 임기응변은 그야말로 기발했다. 다른 수행원들의 박수갈채까지 터져 나오게 만들 정도였다. 건륭도 웃었다.

"기다렸다는 듯 냉큼 받는구먼. 안 시켰더라면 어떻게 할 뻔했나?"

건륭이 모처럼 농담을 하면서 다음 말을 이으려고 할 때였다. 시위 색륜이 손으로 어딘가를 가리키면서 목소리를 낮춰 아뢰었다.

"폐하, 저기서 오는 무리들을 좀 보시옵소서. 행색이 장사꾼들 같사옵니다. 언행에 유의해야겠사옵니다."

색륜의 말에 건륭이 두 손을 이마에 대더니 멀리 북쪽을 내다봤다. 길게 이어진 강 언덕에는 버드나무만 무성할 뿐 사람은 보이지 않았다. 그러나 잠시 후 수레바퀴 구르는 소리가 점점 가까워졌다. 조용히 지켜보고 있노라니 단조로운 수레바퀴 박자에 맞춰 흥얼거리는 노랫소리가 들려왔다.

> 기왕 주시려거든 좋은 팔자를 주시지, 파옥破屋에 설움 받는 소작농 팔자가 뭡니까, 어머니!
>
> 너덜너덜 솜저고리, 겨울 삭풍 괴로워 이 아들은 너 나 없이 다 벗은 여름 더위가 좋습니다.
>
> 평음平陰의 잘난 데 없는 왕씨 놈은 무슨 재주로 허구한 날 고루정자高樓亭子에 주지육림酒地肉林에 묻혀 산답니까.
>
> 부디 내 아들은 덕을 많이 쌓아 내세에 은왜銀娃한테나 장가들면 여한이 없겠네요.

건륭 일행이 잠자코 듣고 있는 사이 수레는 어느새 가까이 모습을 드러냈다. 그런데 수레는 한 대가 아니었다. 웃통을 벗어던진 건장한 세 사내가 산더미처럼 수박을 실은 작은 손수레를 하나씩 밀면서 힘겹게 걸어오고 있었다. 아슬아슬하게 쌓아올린 수박도 위태로웠으나 땀범벅이 된 사람들 역시 기진맥진해 보였다.

사내들은 지칠대로 지쳤는지 경사진 언덕 아래에서 아예 맥을 놓고 서 있었다. 건륭은 즉시 시위들에게 명령을 내렸다.

"멍하니 서 있지 말고 어서 좀 도와주게!"

몇몇 시위들이 대답과 함께 바로 달려가 거들었다. 수레는 곧 무난하게 언덕에 올라섰다. 마침 언덕 위에는 길손들이 쉬어갈 수 있도록 만든 정자가 있었다.

"둘째! 셋째! 수박을 두어 개 잘라 고마우신 분들에게 대접하도록 해라."

사내들 중 나이가 좀 들어 보이는 이가 정자 그늘 밑에 털썩 주저앉으면서 말했다. 이어 어깨에 걸쳤던 수건으로 땀을 문질러 닦더니 한 번 더 소리쳤다.

"뒤쪽에 있는 것이 잘 익었어. 마음씨 좋은 이분들이 아니었더라면 오늘 여기서 날 샐 뻔했어. 무슨 놈의 길이 이리 가파른지!"

그 사이 둘째, 셋째라 불린 사내들이 엄청나게 큰 수박을 한 팔에 하나씩 껴안고 다가왔다. 그러더니 바로 썩둑썩둑 썰어냈다.

"요놈이 잘 익었네! 어서 드세요, 정말 고마웠습니다."

시위들은 수박이 빨간 속살을 드러내자 절로 입에 침이 고이는 듯했다. 하지만 건륭의 눈치만 볼 뿐 선뜻 수박 앞으로 다가서지 못했다. 그러자 건륭이 먼저 수박 두 조각을 집어 기윤에게 한 조각을 건네주고 자신도 한 입 크게 베어 물었다. 그제야 시위들의 손도 바쁘게 움직이기 시작했다. 그때 셋째라 불린 사내가 입가로 과즙을 줄줄 흘리면서 말했다.

"역시 사람이라고 다 같은 사람이 아니라는 말이 맞는 것 같습니다. 지난번에도 비슷한 일이 있었는데 찻잎장수라는 놈들이 어찌나 게걸스럽던지! 배 속에 굶어죽은 귀신이 들었는지 조금 밀어주는 시늉을 하고는 남의 수박을 글쎄 열 통도 더 축내고 가는 게 아니겠어요? 물배가 남산만 해서 가다가 터지지는 않았나 몰라요!"

셋째라는 사내가 말을 마치고 일어서더니 뒤뚱거리면서 만삭이 된 아낙의 걸음을 흉내까지 냈다. 주위 사람들은 모두들 그 모습을 보고 배꼽을 잡고 웃었다.

건륭 일행과 세 사내는 한참동안 허물없이 얘기를 주고받았다. 그들 세 사람은 성이 왕씨였다. 모두 친형제들로 평음진平陰鎭 방씨네 소작농이라고 했다. 아직 장가를 가지 않은 서른을 넘긴 노총각들이기도 했다. 건륭이 그들에게 말했다.

"그러면 형씨들은 주인집에 수박을 사다주는 길이오, 아니면 팔러 나가는 길이오? 아직 홀아비라면서 '내 아들은 은왜한테 장가들었으면 좋겠다'라니?"

셋째가 건륭의 말에 바로 손사래를 쳤다.

"그거야 그냥 해본 소리죠. 우리 아버지와 할아버지께서 입에 달고 계시던 말이거든요. 물론 희망사항일 뿐이죠. 백 년에 한 명 날까말까 하는 우리 마을의 절세미인이거든요."

건륭이 그렇게 셋째와 격의 없이 얘기를 주고받는 동안 기윤은 일행의 맏이와 무릎을 맞대고 있었다. 맏이가 유난히 큰 기윤의 곰방대를 신기한 듯 쳐다보더니 입을 열었다.

"보아하니 형씨도 둘째가라면 서러울 골초구먼요! 곰방대가 부삽 저리 가라 할 정도로 크네! 형씨들은 그래도 팔자가 좋은 사람들이에요. 그 큰 곰방대를 꽉꽉 채워 입에 물고 있을 동안 쉬어갈 수 있으니 말이에요. 휴! 이놈의 팔자는 어찌 된 게……. 이것들은 올해 첫 수확인데 방 영감에게 드리러 가는 중이에요. 순무 대인을 만날 때 가지고 가서 충성한다고 하더군요!"

"순무에게 선을 대고 있는 걸 보니 방영감이라는 사람은 근방에서 방귀깨나 뀌는가 보죠?"

건륭이 셋째와 얘기를 나누다 말고 고개를 돌려 넌지시 물었다. 셋 중에서도 가장 순박해 보이는 맏이가 곰방대를 빽빽 빨아 연기를 풀풀 내뿜으면서 대답했다.

"소주蘇州에 실 뽑는 기계만 백 대가 넘는 어마어마한 비단 공장을 운영하고 있다더군요. 물건을 만들어내는 족족 외국으로 팔아넘긴다고 들었어요. 식구가 고작 넷인 집에 안팎으로 시중드는 사람이 칠팔십 명도 넘는다고 하네요. 어마어마한 부자죠! 돈이면 귀신도 부린다는데 순무라고 돈 앞에서 별수 있겠어요? 내일은 이곳 관제묘가 한바탕 시끌벅적할 거예요. 묘회가 있는 날이거든요. 얼른 수박을 따놔야 그때 팔아먹죠!"

건륭이 고개를 끄덕이면서 듣고는 다시 물었다.

"묘회가 있는 날이면 어쩐지 마음이 싱숭생숭해지지 않나요? 그 기분은 내가 알죠. 이곳은 아교阿膠가 유명하다고 들었는데. 묘회에 들어가고 나오는 물건들은 믿을 만한지 모르겠네요."

그러자 둘째가 수박 한 조각을 베어 먹다 단물이 뚝뚝 떨어지는 턱을 수건으로 문지르면서 끼어들었다.

"우리 방 영감도 처음에는 아교로 떼돈을 벌었잖아요. 방씨, 유씨, 오씨, 왕씨 모두 아교로 일어선 가문인데 맛은 집집마다 달라요. 아교를 사려면 날짜를 잘 보고 지금 만든 것은 절대 사지 말아요. 아교를 만드는 데 쓰는 노새 껍질은 가을 추수가 끝났을 때 최고로 맛있거든요. 가을 사료에는 풀씨가 많이 들어 있어 노새들이 먹으면 살이 잘 쪄요. 그렇게 달여 낸 아교는 호박처럼 노랗고 말간 것이 최상급이죠. 맛이 기가 막혀요. 아교는 특히 자궁이 약한 여자들에게 그만이라고 하네요!"

건륭이 둘째의 말에 바로 웃음을 터트렸다.

"그러니 부자는 아무나 되는 것이 아니라고 하잖아요! 방씨 집안도 만석꾼이 되기까지는 조상 대대로 물려받은 아교 만드는 기술이 있었기 때문이 아니겠어요?"

맏이가 다시 대화에 끼어들었다.

"아교만 만들어 팔았더라면 먹고 사는 데 지장은 없어도 이렇게까지 어마어마한 부자는 못 됐겠죠. 그 집 큰아들이 소주와 항주에서 외국 상인들과 비단 거래를 해서 코쟁이들 돈을 얼마나 많이 벌어들이는데요! 하얀 은자를 실은 배가 줄줄이 들어올 때 보면 돈 따르는 팔자가 따로 있다는 말이 실감날 정도예요. 건륭 이 년에 미산호의 칼잡이 풍청馮青이라는 자가 은자를 실은 배 한 척을 훔쳤는데, 자그마치 십만 냥이 실려 있었다고 하더라고요! 방씨 영감은 관부에 이만 냥을 주면서 수사를 부탁했죠. 그런데 관부 이 인간들이 일만 냥을 더 내놓으라고 했다잖아요. 결국 도둑도 못 잡고 돈만 이중으로 날리고 말았죠. 화가 난 방씨 영감은 이번에는 청방 두목 유귀劉貴를 찾아갔죠. 유귀는 평생 먹고 살만한 돈을 받고는 풍청을 잡아 단칼에 죽여 버렸어요. 그리고는 귀를 잘라 방씨 둘째아들에게 갖다 줬다고 하네요. 그러자 둘째아들이 즉석에서 또 은자 오천 냥을 던져 줬다나! 쯧쯧……, 동네 우물을 퍼서 장사한들 그보다 돈이 많을까요!"

왕씨 형제는 당초 잠깐 쉬어가려고 한 것이 분명했다. 그러나 말문이 터지자 자리에서 일어날 생각을 하지 않았다. 그렇게 어느새 한 시간이 훌쩍 지났다. 건륭은 내친김에 그들에게 은자와 건륭전의 교환 비율, 건륭전의 유통 상황, 소작농들의 소작료에 대해 자세하게 물어봤다. 마음씨 착한 왕씨 삼형제는 오래간만에 말이 통하는 사람을 만났다면서 그

간의 불만을 봇물처럼 쏟아놓기 시작했다. 건륭 역시 그들의 불만이 곧 대다수 서민들을 대변하는 것이라고 생각하면서 적당히 맞장구를 쳐줬다. 그러자 어느새 해가 서산으로 뉘엿뉘엿 넘어가려 하고 있었다. 왕씨 삼형제는 그제야 늦었다면서 서둘러 자리를 털고 일어났다. 건륭도 함께 일어나며 지시했다.

"일인당 은자 스무 냥씩을 상으로 내리거라! 왕의王義, 자네가 은자를 가져다주고 오게. 그들의 결혼 축의금을 내가 미리 낸 거라고 전해주게. 좋은 인연이 계속 이어졌으면 좋겠다는 말도 전하게."

건륭이 말에 오른 다음 멀어져가는 왕씨 삼형제를 바라보면서 태감들에게 명령을 내렸다. 이어 두 다리로 말허리를 바싹 죈 채 덧붙였다.

"오늘밤은 이곳 평음에서 묵어가지. 내일 열린다는 묘회 구경도 할 겸 말이야."

기윤은 순간 잠시 망설였다. 눌친이 없는 관계로 건륭의 안전을 혼자 책임지지 않으면 안 되기 때문이었다. 더구나 원래 계획대로라면 동평東平으로 가야 했다. 그래서 그곳 역관에 미리 귀띔까지 해둔 상태가 아닌가. 그런데 건륭이 갑자기 변덕을 부리니 그로서는 당황하지 않을 수 없었다. 건륭이 우물쭈물하는 기윤을 보고는 말했다.

"짐은 미리 계획한 대로 움직이는 순유는 의미가 없다고 생각하네. 발길 닿는 곳으로, 마음이 가는 데로 팔방을 두루 살펴보노라면 그 곳이 모두 백성들의 삶의 현장이 아니겠는가? 자네처럼 학문이 깊은 사람이 그리 융통성이 없어서야 쓰겠나? 이곳 평음은 산동에서 하남, 안휘로 통하는 요새이자 수륙 교통이 발달한 제법 큰 현이라네. 강도나 자객들이 후미진 곳에 출몰하지 이목이 잡다한 묘회에 나타나겠나?"

기윤은 그래도 마음이 내키지 않는 듯했다. 다시 마른침을 꿀꺽 삼키면서 아뢰었다.

"유통훈 대인이 산동에서 하남, 안휘에 이르는 주요 도로를 차단해 놓아서 평음 일대는 남으로 향하는 피난민과 여러 잡다한 장사꾼들로 복잡하옵니다. 신은 강도떼의 출몰이 두려운 것이 아니옵니다. 그보다는 쉬어 갈 수 있는 적당한 거처를 찾는 것이 다소 힘들 것 같사옵니다. 폐하께서 남으로 내려오신 것은 황하의 옛길을 시찰하시려는 것이 아니옵니까? 여기저기 머물다보면 시일이 점점 늦춰져 복伏날에 가까워질 수 있사옵니다. 그러면 폐하께서 혹서酷暑의 괴로움을 당하실까 염려되옵니다."

그러나 건륭은 기윤의 말이 끝나기도 전에 이미 고삐를 잡아당겼다. 그리고는 빠른 속도로 저만치 달려갔다.

평음은 과연 꽤 큰 현 소재지였다. 건륭 일행은 관도官道를 끼고 2리 길을 더 달려 평음성의 남문에 도착했다. 신시가 지난 시각이라 시장은 하루를 마무리하는 노점상들로 북적대고 있었다. 길에는 사람들도 많았다. 길 양옆의 가게에는 도자기, 종이와 먹, 차, 육류에서부터 철물, 쌀에 이르기까지 없는 것 없이 물건들이 즐비했다.

왕례, 왕지, 왕신 세 태감은 사람들 사이를 누비면서 열심히 객잔을 찾아 헤맸다. 그러나 들어가는 곳마다 만원이라고 퇴짜를 맞았다. 그렇게 족히 두 시간이 지나서야 비로소 사거리 동쪽 길목의 나가羅家 객잔이라는 곳을 찾을 수 있었다. 이어 평소보다 몇 곱절이나 되는 방값을 주기로 약속하고서야 겨우 동쪽 별채에 여장을 풀 수 있었다.

건륭은 짐을 내려놓고 수행원들이 채 숨을 돌리기도 전에 시장구경을 나가고 싶어 들썩거렸다. 기윤이 그런 건륭을 황급히 말리고 나섰다.

"이대로 나가시는 것은 위험하옵니다. 신이 악준이 발급한 통행증과 군기처 관인이 박힌 서류를 갖고 있사옵니다. 폐하께서 이곳 민정이 그토록 궁금하시다면 현령을 불러오면 되지 않겠사옵니까!"

하지만 건륭은 더 이상 말할 필요가 없다는 듯 단호하게 손사래를 쳤다.

"짐을 설득하려 들지 말게. 소용없네. 미복 차림이 아닌 순유는 의미가 없네. 옹정 삼 년에 내가 처음 산동을 찾았을 때의 일이지. 제남의 양도를 불러 수재민 구제 상황을 물었더니 터진 입이라고 말은 청산유수같이 잘도 하더군. 그 말대로라면 수재민들은 그 어떤 재앙이 닥쳐도 황은 덕분에 풍족하게 입고 먹을 수 있는 나날을 보내는 것 같더군. 그렇게 자기들끼리 미리 짜 맞춘 각본에 따라 제법 그럴싸하게 보고하는데 듣는 내가 얼마나 기분이 좋았는지 모르네! 그러나 그들은 내가 이튿날 거지 차림을 하고 이재민들의 죽 배식소를 찾아갈 줄은 꿈에도 몰랐겠지. 구름이 다 비칠 정도로 멀건 죽 한 그릇을 주면서 채찍으로 사람을 개 패듯 패는데 차마 눈 뜨고 볼 수가 없더군. 짐은 참혹한 현장을 직접 두 눈으로 보면서 개 짖는 소리를 믿으면 믿었지 지방관들의 교언영색巧言令色은 절대 믿지 않기로 했네!"

기윤은 건륭이 말하는 동안 연신 고개를 저었다. 그리고는 조심스레 아뢰었다.

"폐하의 말씀은 충분히 이해가 가옵니다. 하오나 그때와는 시기가 다르고 처한 상황이 다르지 않사옵니까? 나라를 다스리는 근본은 '도'道가 돼야지 '권술'權術이 되어서는 아니 되옵니다. 미복 순유는 '술'術이라 하겠사옵니다. 대청의 문무백관들이 하나같이 못 믿을 족속들이라면 폐하께서 어찌 오늘날의 태평성세를 이끌어 올 수 있었겠사옵니까? 폐하의 그 말씀에 소인은 공감할 수 없사옵니다. 눌친 대인이 없으니 폐하께서는 소인의 소견에 따라주셔야겠사옵니다."

기윤이 말을 마치고는 바로 왕신에게 지시를 내렸다.

"어서 달려가 현령을 불러오지 않고 뭘 하는 건가?"

"됐네, 그만하게. 말 꺼냈다가 본전도 못 찾았네그려. 나가서 바람이나 좀 쐬고 오려고 했더니 무슨 잔소리가 그리 많나!"

건륭이 졌다는 시늉을 하면서 한숨을 내쉬었다. 그러자 기윤이 뒤돌아서더니 배낭에서 책 한 권을 꺼내 건륭에게 두 손으로 받쳐 올렸다.

"신이 산동 제남에서 구입한 《요재지이》聊齋志異라는 책이옵니다. 얘기도 재미있고 글 실력도 좋은 것 같사옵니다. 현령이 올 때까지 심심풀이 삼아 읽어보시는 것도 좋을 듯 싶사옵니다."

건륭이 책을 받아들더니 심드렁하게 대꾸했다.

"글재주가 비상한 자네도 남의 책을 읽는가? 짐은 이런 패관소설을 별로 좋아하지 않는다네. 이런 데 나오는 사랑 얘기는 전부 재자才子가 가인佳人을 만나 가슴 절절한 사랑을 하는 내용 일색이더라고. 세상에 어디 그리 애절하고 아름다운 사랑이 있겠나? 정신 나간 사람들이 이상한 글이나 써서 똑같이 정신이 온전하지 못한 자들을 양산하는 게지. 지난번 짐이 태릉泰陵에 선제의 영구를 봉안하고 돌아오는 길에 한심한 사람을 만났지 뭔가. 어린 소년이 길을 막더니, 다짜고짜 천하절색의 외사촌 누이에게 장가들게 해달라는 것이 아닌가. 스스로는 공부를 할 만큼 해서 문필이 뛰어나다고 자랑하던데 내가 보니 문장이 앞뒤가 맞지도 않고 온통 틀린 글자로 도배돼 있더군. 성혼을 허락하는 어지를 내려달라고 떼를 쓰는데 억지도 그런 억지가 없었어. 참으로 기가 막혀 말이 안 나왔다네. 이게 다 천자가 사혼賜婚(혼인을 허락함)을 했네 어쩌네 하는 내용을 담은 그런 엉뚱한 책들 때문에 그런 것이 아닌가. 짐이 무슨 동네잔치나 보러 다니는 혼군인 줄 아는가!"

건륭이 말을 마치고는 허허 하고 서글픈 웃음을 웃었다. 기윤이 즉각 반론을 제기했다.

"하오나 이 책에서 포송령蒲松齡이라는 작가는 다소 허황된 귀신 얘기를 빌어 깊은 뜻을 시사하고 있사옵니다. 어떤 대목은 지나치게 신경질적이다 싶을 정도로 날카롭기까지 하옵니다. 육십 년 동안 거인시험에 낙방해 한이 쌓인 늙은 수재의 자조 섞인 비판이 아닌가 사료되옵니다. 범상한 갑남을녀의 자질구레한 일상을 주절거리거나 조정에 반하는 교리를 선동하는 그런 글쟁이는 아니옵니다. 그에 비하면 신이 가진 보잘것없는 재주를 갖고 남들이 '재자'라고 칭하는 것이 갈수록 부담스럽게 느껴지옵니다. 진정으로 큰 학문을 지닌 사람들은 겸손할 줄 알아야한다고 하옵니다. 그러나 지금 세태에는 공맹의 가르침을 까맣게 잊은 채 혀끝에만 인의仁義를 바르고 속으로는 남도여창男盜女娼을 꾀하는 가짜 유학자들이 적지 않사옵니다. 태평성세일수록 공맹의 정도正道로 민중을 교화해야 한다고 생각하옵니다. 그렇지 않으면 민심이 돌아서는 것은 잠깐이옵니다. 세 살 버릇 여든까지 간다고, 마음이 병든 사람을 고치는 일은 그리 쉽지 않다고 사료되옵니다!"

기윤이 그렇게 한참 말을 하는 사이에 심부름을 갔던 왕신이 돌아왔다. 기윤의 말에 귀를 기울이던 건륭이 바로 손사래를 쳤다.

"밖에서 잠깐 기다리라고 하게!"

건륭이 이어 기윤을 향해 말했다.

"자네 말에 공감하네. 학문만 뛰어난 줄 알았더니 세상을 보는 시각도 예리하군. 오히려 '재자'라는 두 글자로만 평가하기에는 자네가 아까운 사람이라는 말일세."

건륭은 천천히 몸을 일으켰다. 그런 다음 창가로 걸어가면서 말을 이었다.

"짐은 줄곧 인재 한 사람을 물색 중이었네. 전대미문의 엄청난 책을 집필할 인재 말일세. 황사성皇史宬에 소장된 기밀 도서와 민간에서 나도는 책들을 하나로 묶는 작업이 필요하네. 선대는 이 나라의 기틀을 단단히 다지기 위해 무치武治에 진력했어. 그러나 짐은 태평시대의 황제에 걸맞게 문치文治를 펼칠까 하네. 그래서 후세에 풍성한 문화적 유산을 선물해주고 싶네. 방금 자네가 한 말의 핵심이 바로 문치의 근본이 되는 것이네. 짐은 일명 《사고전서》四庫全書라는 대서大書를 편찬할 거네. 자네 말이 짐의 핵심과 통했으니 이것도 각별한 인연이 아닌가 싶네. 짐의 깊은 뜻을 저버리지 않기를 바라네."

기윤은 건륭의 말에 귀가 번쩍 뜨였다. 하기야 청비각清秘閣에 앉아 천하의 명작들을 두루 섭렵하고 후세에 길이 전할 책을 편찬한다는 것은 선비 된 사람이라면 누구나 원할 일이었다. 곧이어 기윤이 두 눈을 반짝이면서 여쭈었다.

"책 이름은 《사고전서》로 확정하셨사옵니까?"

"그렇네."

"경經, 사史, 자子, 집集 모두를 남김없이 수록한다는 뜻이옵니까?"

"그렇지! 《고금도서집성》古今圖書集成은 물론이고 《영락대전》永樂大典보다도 더 훌륭한 책을 만들어야지!"

건륭이 말을 이었다.

"그러나 너무 성급하게 달려들지는 말게. 자네는 아직 군기처 장경이라는 사품 미관에 불과하니 《사고전서》를 기획하고 출간하기에는 자격이 부족하네. 준비작업도 적지 않으니 조금 더 기다려보게. 지금 우리는 평음 현령을 만나보는 것이 급선무네. 들라 하라!"

태감 왕신은 건륭과 기윤의 대화에 온통 정신이 팔려 있었다. 먼지를 뒤집어쓰면서 헌책 더미에 묻혀 사는 것이 뭐가 그리 좋다고 저렇게 넋이 나간 표정을 지을까 하고 기윤에 대해 궁금하게 생각했다. 그런데 갑자기 건륭의 명이 떨어지자 화들짝 놀라면서 황급히 아뢰었다.

"이곳 현령 정계선丁繼先은 아문에 없어 데려오지 못했사옵니다. 몇

몇 난민들이 남관南關에 모여 부잣집을 털 계획을 세우고 있다고 하옵니다. 그래서 정 현령은 현승縣丞과 막료들을 데리고 그리로 갔다고 하옵니다."

왕신이 말을 막 끝낼 때였다. 갑자기 중문으로 관복 차림의 사내가 들어섰다. 허둥대는 모습으로 미뤄볼 때 이곳 현령 정계선이 틀림없었다. 기윤이 곧바로 지시를 내렸다.

"정 대인을 안으로 들이거라!"

정계선이 밖에서 그 소리를 들은 듯 황급히 달려 들어왔다. 이어 기윤을 향해 예를 갖춰 인사를 올렸다. 그리고는 건륭을 힐끗 일별한 다음 기윤에게 수본을 건넸다.

"점심을 먹다 말고 일이 생겨 쫓아나갔었습니다. 사람들이 왁자지껄하니 뭐라고 떠드는데 주위가 소란스러워 통 알아들을 수가 있어야죠. 당사자를 불러 물어보니 난민들이 흥분하게 생겼더군요. 이곳에 홍삼洪三이라는 토박이 불량배가 있습니다. 그런데 오갈 곳 없는 난민들이 다 쓰러지게 생긴 동네 절에서 하룻밤을 잤다고 일인당 엽전 스무 닢씩을 내라고 횡포를 부렸다지 뭡니까. 그렇지 않아도 이래저래 살맛 안 나는 난민들이 참겠습니까? 그놈의 부하들과 싸움이 벌어진 것을 겨우 뜯어말리고 오다보니 이렇게 늦었습니다."

정계선이 늦게 온 이유에 대한 자초지종을 잔뜩 늘어놓았다. 그 얘기를 다 듣고 난 기윤은 고개를 끄덕였다.

"일 때문에 늦었는데 누가 뭐라고 하겠는가. 내가 자네를 부르긴 했으나……, 사실 자네가 진짜로 잘 모셔야 할 주인은 여기 계시네. 이분은 넷째패륵마마시네. 그대도 참 보는 눈이 없군."

"패륵마마?"

정계선이 기윤의 말에 화들짝 놀랐다. 그는 그제야 건륭을 주의 깊게 바라봤다. 이제는 개국한 지도 꽤 오래 되어 대청의 종실에 패륵이라 불리는 사람들만 해도 수십 명에 달했다. 그러니 아랫것들이 그들의 얼굴을 일일이 다 기억하는 것이 오히려 이상한 일일 터였다. 아무려나 정계선은 무릎을 꿇고 머리를 조아리면서 경황없이 말했다.

"넷째패륵마마를 알아 뵙지 못한 이놈을 용서해주십시오!"

그러나 건륭은 개의치 않으며 물었다.

"방금 얘기했던 그런 이재민들이 평음현 경내에 얼마나 되나? 모두 산동 사람들이겠지?"

정계선은 체구가 작은 편이었으나 그에 비해 건륭에게 대답하는 목소리는 대단히 우렁찼다.

"아뢰옵니다, 패륵마마! 전국 각지의 사람들이 다 몰려들고 있습니다. 산해관 밖에서 오는 이들도 있고, 직예 쪽에서 오는 사람들도 있습니다. 올해는 산동성에 피해가 큰 탓에 현지 이재민이 훨씬 많습니다. 내리 사흘을 굶은 사람들이 눈에 뵈는 게 있겠습니까? 동네 개나 닭을 훔치는 것은 다반사입니다. 심지어 민가의 자물쇠를 부수고 들어가 솥을 들고 나오지를 않나, 식량창고를 부수지 않나……. 전쟁이 따로 없습니다. 소인이 제 자랑을 하는 것이 아니오라 예전에 여러 곳에서 현령으로 있었지만 항상 '탁월하다'는 평가를 받았었습니다. 그런데 올해는 좋은 점수를 못 받을 것 같습니다. 사건이 꼬리에 꼬리를 물고 터지는데 쉴 틈이 없습니다. 소송이 얼마나 많은지 대나무 회초리를 네 번씩이나 바꿨습니다."

정계선은 민생 현장과 가장 가까이 있는 관리답게 고충이 많은 듯했다. 시원시원한 성격답게 하고 싶은 말을 다 털어놓으면서도 뭔가 입에 올리기 힘든 말이 있는지 미간을 심각하게 찌푸리고 있었다. 건륭과 기윤은 그런 정계선의 모습을 보면서 약속이나 한 듯 웃음을 터트렸다. 기윤이 그를 격려했다.

"이곳 상황은 폐하께서도 잘 알고 계시는데 그까짓 실적 평가가 뭐가 그리 중요한가. 이부吏部에서 알아서 할 일이니 그런 것에는 신경 쓰지 말게."

기윤의 말이 끝나자 건륭이 부채 끝으로 손바닥을 툭툭 치면서 입을 열었다.

"난민들에게 죽은 끓여주고 있겠지? 굶어죽을 정도도 아닌데 치안을 어지럽히고 다닌다면 아무리 난민이라고 해도 마냥 봐줘서는 안 되지. 그런 자들이 있으면 엄히 문초하도록 하게!"

정계선이 즉각 대답했다.

"죽은 제공해주고 있습니다만 일인당 하루에 반근씩입니다. 너무 적지 않습니까? 그런데 그 와중에도 죽을 끓이는 자들의 작태가 가관입니다. 벼룩의 간을 빼먹는다더니 쌀을 뒤로 빼돌리지를 않나, 이재민도 아닌 사람들을 한 무리씩 끌고 와서 퍼 먹이지를 않나……. 정말 어이가 없습니다. 상황이 이러니 배고파 우는 아이에게 회초리를 든다고 해서 울음을 그치겠습니까? 그렇지 않아도 할일이 산더미 같은데 매일같이 전국 각지에서 밀려드는 난민들과 씨름하다보면 날을 새기 일쑤입니다. 엊그제 사회社會(일종의 축제)에서는 은왜라는 계집을 서로 보겠다고 하는 바람에 또 난리가 벌어졌습니다. 결국 홍삼의 무리와 다른 패거리 사이에 싸움이 붙어 무대를 때려 부수고 난동을 부렸습니다. 그 바람에 많은 사람이 다쳐서 이 사건도 빨리 매듭을 지어야 하는데……."

건륭은 당초 정계선의 설명을 대충 들은 다음 돌려보내려고 했다. 그러나 은왜라는 이름이 나오자 다시 물었다.

"이곳 평음에서는 은왜니 홍삼이니 하는 이름이 들어간 노래를 많이 들었어. 얼마나 대단한 사람들이기에 노래까지 지어 부르나?"

"남들은 자색姿色이 양귀비 저리 가라 할 정도라고 호들갑을 떠는데, 제가 보기에는 별 볼 일 없는 계집입니다. 얼빠진 사내들이 그 계집의 주위만 돌면서 분란을 일으켜대니 사회질서를 문란케 한다는 명목으로 삼천리 유배라도 보내고 싶습니다. 그러나 딱히 계집이 죄를 지은 것도 없지 않습니까? 게다가 예쁘게 생긴 것도 죄냐고 따져 물으면 할 말이 없을 것 같아 이러지도 저러지도 못하고 있습니다. 이곳의 실세라는 자들도 그 계집의 치마폭에 감겨보지 못해 안달인데 그 계집 하나 때문에 부자들에게 미운 털이 박힐 것까지는 없지 않겠습니까!"

정계선은 여전히 뭐 하나 숨기는 것 없이 솔직했다. 건륭과 기윤은 그런 그의 시원시원한 태도에 마주 보며 웃을 수밖에 없었다. 건륭이 물었다.

"자네는 연관捐官(돈을 주고 관직을 사는 것) 출신인가?"

정계선이 건륭의 말에 무슨 소리냐는 듯 정색을 했다. 이어 당당한 어조로 아뢰었다.

"아닙니다. 소인은 옹정 십이 년의 이갑진사二甲進士입니다. 술은 좋아하지만 색은 멀리하는 편입니다. 절강성 영파寧波 출신이나 고향 사람들과는 잘 어울리지 않습니다. 어릴 때부터 부모 없이 온갖 고생을 다하고 크다 보니 성격이 이 모양이 된 것 같습니다."

정계선이 말을 마치고는 자리를 털고 일어났다. 이어 다시 인사말을 장황하게 덧붙였다.

"날도 저물었으니 두 분 나리께서는 편히 쉬십시오. 소인은 역관으로 가봐야겠습니다. 복건성의 노작 대인이 북경으로 압송돼 가는 길에 오늘 밤 여기서 묵는다고 합니다. 딱한 처지에 놓인 사람을 좀 위로해주고 와야겠습니다. 말로 위로가 될지는 모르겠지만 말입니다."

건륭은 노작이 여기에 묵는다는 말에 깜짝 놀랐다.

"잠깐만! 자네는 노작과 어떤 사이인가?"

"같은 해에 진사에 합격한 동문입니다. 나중에 그 사람이 밖에서 잘 나가게 되면서 왕래가 끊기긴 했지만 말입니다."

"사고가 난 뒤로 만난 적이 있나? 사건에 대해서는 뭐라고 하던가?"

"상처에 소금을 뿌리는 격이 될 것 같아 굳이 물어보지는 않았습니다. 뭐라고 대충 얼버무리는데 아마 여자 문제 때문인 것 같았습니다. 홍루에 있는 어떤 계집을 빼내기 위해 이만 냥을 썼다는 것 같았습니다. 흠잡을 데 없는 사람인데 이런 일로 앞길을 망칠 줄은 몰랐습니다."

"그래! 여자 때문이라면 너무 억울하지!"

건륭이 바로 정계선의 말에 맞장구를 쳤다. 정계선이 다시 노작을 두둔하듯 말을 이었다.

"거물들과 비교할 바는 못 됩니다만 제齊 환공桓公이니 문천상文天祥이니 관중管仲이니 하는 역사 속으로 사라진 유명인들 중에도 여색을 탐한 이가 많으나 저렇게까지 망가지지는 않았지 않습니까? 모두 다 자기가 하기 나름이죠!"

건륭이 정계선의 말에 다시 빙그레 웃었다.

"자네는 참 재미있는 사람인 것 같네. 이 문제는 나중에 시간이 날 때 계속 논의하도록 하고 오늘은 그만 물러가게. 노작의 과거시험 동문이라니 가서 잘 위로해주게. 북경에 가면 폐하께 무조건 머리 숙여 빌라고 전해주게."

"예, 패륵마마!"

정계선이 물러가자 건륭은 고개를 들어 천장을 뚫어지게 응시했다. 아마도 노작에 대해 생각하는 것 같았다. 기윤이 조심스레 입을 열었다.

"정아무개의 말이 노작의 자백과 맞아 떨어집니다. 여자 때문이라는 말이 맞을 것이옵니다. 노작이 언젠가 비슷한 얘기를 한 적이 있사옵니다. 연로한 노모를 돌보기 위해 여자를 속신贖身시켰다는 것 같았사옵니다."

건륭이 기윤의 말에 무슨 뜬금없는 소리를 하느냐는 표정을 지었다. 그리고는 손사래를 쳤다.

"그 생각을 하는 게 아니네. 사방의 난민들이 이곳으로 몰려들고 있다는 게 어쩐지 불안하네. 평음현이 이 정도라면 다른 현들도 상황이 비슷할 텐데, 그렇게 되면 일지화가 잠입해 사건을 일으키기 안성맞춤인 형국이네. 이곳이 민란의 온상이 되지 말라는 법이 없지. 각별히 조심해야겠어. 그리고 직접 내려와 보니 산동에는 극빈층이 너무 많아. 토지 겸병 현상도 보고받은 것보다 훨씬 심각하고. 소작료가 지나치게 높은 것이 문제인데 그렇다고 조정에서 강제로 낮출 수도 없고, 자기들끼리 맘대로 하도록 내버려둘 수도 없으니 고민인 걸세."

기윤은 자나 깨나 나랏일 때문에 노심초사하는 건륭의 모습을 보면서 깊은 감명을 받은 듯했다.

"소작료 인하를 권장하는 조서를 발표했사오니 결과를 지켜보는 것이 좋겠사옵니다. 하루, 이틀 사이에 즉효를 볼 수 있는 상황이 아니지 않사옵니까. 산동의 악준이 소작료 인하와 관련해 필히 상주문을 올릴 것이옵니다. 폐하께서 적당히 어비를 달아 각 지역에 발송해 본받게 하는 것이 바람직할 것이옵니다. 관리들 사이에 경쟁심을 부추기면 토지 겸병 속도가 늦춰질 줄로 믿사옵니다. 또 땅이 없는 가난한 백성들의 황무지 개간을 장려하는 것도 괜찮은 방법이라고 사료되옵니다. 황무지 개간 자체에 지나치게 집착하느라 생살을 베어 환부를 땜질하는 사태만 초래하지 않으면 얼마든지 가능성이 있사옵니다. 또 개간한 땅에 대해서는 몇 년 동안 각종 부세를 전액 감면하고 종자와 농기계를 무료로 빌려준다면 농민들이 환호작약할 것이옵니다. 폐하! 폐하께서는 오시는 길 내내 무단 방치된 황무지들을 보면서 한숨을 쉬지 않으셨사옵니까? 그 많은 땅을 전부 개간한다면 땅값이 떨어지지 않겠사옵니까!"

"그래, 좋은 발상이네. 그리 해보세! 방금 자네가 말한 그대로 조서를 작성하게. 그런 다음 군기처로 보내 천하에 내려 보낼 것이네."

건륭이 기윤의 제안에 미간을 활짝 폈다. 이어 흡족한 미소를 지으면서 《요재지이》를 집어 들었다. 기윤은 서둘러 먹을 갈아 조서의 초안을 작성하기 시작했다.

27장

사교邪教의 포교 현장으로 가는 건륭

다음날인 5월 13일은 관성인關聖人(관우關羽를 일컬음)의 탄신일이었다. 건륭은 날이 밝자마자 자리를 박차고 일어나 기윤과 함께 묘회廟會 구경에 나섰다. 색륜을 필두로 한 시위들은 건륭의 신변 보호를 위해 오래도록 의논한 끝에 향객香客으로 변장해 먼발치에서 따라가기로 했다.

동이 튼 지 얼마 안 된 시각이라 시원한 새벽바람에 나뭇잎이 살랑거렸다. 집집마다 밥 짓는 연기가 하얗게 피어오르고 있었다. 아침 일찍 길을 나선 사람들도 하나둘씩 보였다. 그들 중에는 손수레에 취사도구와 식재료를 싣고 가는 아낙이나 노새에 과일과 야채를 싣고 가는 사람도 있었다. 말 안 듣는 가축의 궁둥이를 걷어차면서 가축시장으로 향하는 사람도 보였다. 다들 묘회 입구의 좋은 자리를 차지하기 위해 걸음을 서두르고 있었다.

이른 시간이어서 향객들은 아직 그리 많지 않았다. 건륭은 그럼에도 흥이 도도해져서 발걸음을 늦추고 장사꾼들과 담소도 나누었다. 그러던 중 노새에 혼돈餛飩(중국식 물만두의 일종) 취사도구를 잔뜩 싣고 걸어오는 아낙을 발견하고는 자연스럽게 먼저 말을 걸었다.

"아주머니, 여자 몸으로 힘들지 않아요? 바깥주인은 같이 안 나오셨나요?"

"무슨 놈의 팔자인지 우리 집구석은 항상 내가 아등바등해야 사니 어쩌겠어요!"

남자처럼 키가 크고 골격이 굵은 아낙은 목소리 역시 유난히 우렁찼다. 그녀가 덧붙였다.

"좋다는 것은 다 해먹여도 매일 열사흘 굶은 것처럼 시들시들하니 속이 터진다고요. 식구들이 굶어죽지 않으려면 내가 억척스러울 수밖에요! 오늘은 만두가 좀 많이 팔릴 것 같아 고기 좀 다져달라고 했더니 칼을 들자마자 자기 손가락부터 다져버렸어요. 상처를 싸매러 의원을 찾아갈 겸 양념도 좀 사오라고 했으니 이따 올 거예요. 보다시피 나는 전족을 하지 않아서 발이 도둑발 같아요. 우리 동네에서는 마아무개 마누라라고 하면 몰라도 '도둑발'이라고 하면 모르는 사람이 없죠. 워워! 이놈아, 너도 농땡이 치려고 그러느냐. 가, 어서!"

아낙은 잠깐 길섶으로 고개를 트는 노새를 힘껏 채찍질하면서 내몰았다. 건륭이 마지못해 걸어가는 노새와 발 큰 여인을 번갈아 보면서 다시 입을 열었다.

"나는 외지에서 온 객상이에요. 아주머니, 우리 고향에서도 묘회가 서는 날에는 명절 못지않게 법석댄다오. 보통 도자기, 비단, 골동품, 옥그릇 따위를 내다 파는 사람이 많죠. 그런데 이곳 관제 묘회에서는 먹을거리만 파나 보죠?"

아낙이 대답했다.

"아, 우리도 대체로 그렇기는 하지만 올해는 사정이 좀 달라요. 이 일대에 요즘 외지 난민들이 많이 몰려들어 혼잡하기 이를 데가 없어요. 곧 굶어죽게 된 사람들이 그런 것 따위에 관심이나 있겠어요?"

"오, 그렇군요!"

건륭이 그제야 알겠다는 듯 고개를 끄덕였다. 이어 빠른 걸음으로 아낙을 뒤쫓아가면서 다시 물었다.

"이걸 다 팔면 이익이 얼마나 남나요? 물만두만 팔아가지고 가족 생계를 꾸려갈 수 있어요?"

아낙이 이마에 맺힌 땀을 닦고는 건륭을 힐끗 쳐다봤다. 이어 자세히 얼굴을 살펴보았다.

"그쪽은 어째 장사꾼 같지가 않네요. 마치 장원급제하고 미행微行을 나온 높은 사람 같네요. 장사꾼끼리는 이런 걸 묻지 않거든요. 관심도 없고요! 하루에 잘 팔면 건륭전 삼백 개는 벌죠. 그것이면 다섯 식구가 남에게 아쉬운 소리 하지 않고 살 수 있어요. 아픈 사람이 없고 일이 잘 풀리면 일 년쯤 되면 여윳돈도 조금 쥘 수 있죠. 그런데 우리 집 저 원수는 억센 마누라 덕에 이제 좀 숨통이 트이나 싶으니 요즘 땅 사고 일꾼을 사서 농사를 짓는다고 난리를 떨지 않겠어요? 같잖아서 원! 며칠 전에 꿈 깨라고 걷어찼더니 픽 하고 나가떨어져 갈비뼈가 부러졌어요. 생각해보세요, 땅값이 천정부지로 올라 채소밭 한 무를 사려면 은자 칠십 냥이에요. 적당히 두 무만 산다고 해도 꼬박 사 년을 모아야 한다고요. 딸년 나이가 열다섯이니 시집도 보내야 하고 아들놈 장가를 보내려 해도 돈이 필요하지 않겠어요? 나이 오십도 넘은 영감탱이가 이제 와서 부자가 되면 얼마나 큰 부자가 되겠다고……, 나 원 참! 그런데 내가 말은 이렇게 해도 우리 집 남정네도 꽤 괜찮은 사람이에요. 언제 모아뒀는지 쌈짓돈으로 떡 하니 땅 한 무를 사놨지 뭐에요. 그걸 보고 나도 마음이 싱숭생숭한 게 열심히 노력하면 부자가 될 것 같은 희망도 생기더라고요."

"잘 될 거예요. 열심히 하려는 마음이 가상하잖아요!"

건륭은 건륭전 얘기가 나오자 기분이 좋아진 듯 만면에 웃음을 머금고 그에 대해 다시 물었다.

"여기서는 건륭전을 많이 알아주나 보죠?"

아낙이 다시 호탕하게 대답했다.

"당연하죠! 그쪽은 꼭 건륭전을 모르는 사람처럼 말하네요? 어디 하늘에서 구름 타고 내려오셨나? 처음에는 우리도 옹정전을 썼죠. 그런데 건륭전은 큰 데다 구리 성분이 많아 반짝반짝 빛이 나는 것이 보기가 좋잖아요. 하나쯤 구해서 베개 밑에 깔고 자면 복이 들어오고 애들이 무사하게 잘 큰다고 해서 다들 그렇게만 알고 있었거든요? 그런데 장사꾼들이 너도나도 그것만 좋아하더라고요. 나중에 듣자니 건륭전을 사들여 주전자니 뭐니 이상한 걸 만들어 팔던 구리장인銅匠들이 여럿 목을 잘렸다나 뭐라나. 아무튼 그런 짓거리를 하는 자들이 없어지고나서부터 건륭전이 제대로 유통되기 시작한 것 같아요. 이게 죽고 싶어 환장했나? 남의 채소바구니는 왜 기웃거려?"

아낙이 한참 수다를 떨다 말고 채찍을 높이 들더니 노새의 머리를 내리쳤다. 그러자 놀란 노새가 아낙을 골려주겠다는 듯 네 발굽을 높이 들더니 앞을 향해 내달리기 시작했다. 아낙도 소리를 지르면서 허겁지겁 노새 뒤를 쫓아갔다. 건륭이 그런 아낙의 등 뒤에 대고 소리쳤다.

"아주머니, 점심에 물만두 먹으러 갈 테니 기다리세요!"

어느새 해가 중천에 떠올랐다. 건륭은 인파를 따라 걸었다. 평음은 그다지 유명한 고장이 아니었다. 그러나 관우가 조조와 작별할 때 천리 길을 떠난 곳이라 해서 제법 크고 웅장한 관제묘가 세워져 있었다. 그 관제묘 안에는 어마어마한 크기의 돌이 있었다. 전하는 바에 따르면 관우가 칼을 갈 때 사용했던 마도석磨刀石이라고 했다.

관제묘는 역대 사대부와 관리들, 그리고 선남신녀善男信女(불교도들을 일컬음)들이 한 시대를 풍미한 영웅을 기리자는 뜻에서 십시일반으로 세운 곳이었다. 세월이 흐르면서 향객들이 점점 더 몰려들더니 어느덧 꽤나 유명해졌다. 유명세만큼이나 멋들어진 곳이기도 했다. 석 장 높이의 정전이 아름드리 송백나무로 반쯤 가려져 신비로움을 뽐냈고, 좌우 편궁에는 향객들이 쉬어갈수 있도록 만든 고풍스러운 정자를 비롯해 벽화가 그려진 행랑과 비석들이 운치를 더해주고 있었다.

관제묘 앞의 널찍한 공터 서쪽에는 어느새 만들었는지 연극무대가 마련돼 있었다. 생단정축生旦淨丑(연극에서의 각 배역들)들은 무대에 오를 준비를 하느라 여념이 없었다. 또 징소리, 북소리가 요란한 가운데 10여 명의 도사들은 막무가내로 몰려드는 장사꾼들을 한쪽으로 인도하고 있었다.

공터에는 어느새 사람들이 새까맣게 몰려들었다. 연극무대 앞에서도, 유랑곡예단을 에워싼 인파 사이에서도 함성과 박수가 끊이지 않았다. 태극도 깃발을 내걸고 사주팔자, 손금과 관상을 봐주는 점쟁이들도 침방울을 튀기면서 신나게 떠들고 있었다. 그야말로 딱히 어느 한 곳에 시선을 두고 있기 어려울 정도로 볼거리가 풍성했다.

건륭은 천천히 걸음을 옮기면서 여기저기에 호기심 어린 시선을 던졌다. 그러나 기윤은 달랐다. 마음 편히 구경할 여유가 없었다. 건륭의 말에 맞장구를 치랴 수시로 주위를 경계하랴 경황이 없었다.

건륭은 관제묘 밖을 빙 둘러보고 나더니 묘당 안으로 들어갔다. 대배전大拜殿과 춘추루春秋樓 등은 이미 사람들로 발 디딜 틈이 없었다. 게다가 매캐한 향 연기가 자욱했다. 건륭은 안으로 비집고 들어갈 엄두를 못 내고 물러나 뒤뜰로 갔다. 그곳에서는 자연 그대로의 아름다움을 간직한 태호석太湖石이 그의 눈길을 끌었다. 건륭이 한참 구경하고 관제묘를 나서면서 기윤에게 물었다.

"저 태호석이 어화원御花園에 있는 것보다 더 보기 좋은 것 같구먼. 어디서 구했을까?"

기윤이 대답했다.

"폐하의 마음에 든 것도 저것의 분복이오니 사람을 시켜 북경으로 옮기는 것이 어떻겠사옵니까?"

건륭이 기윤의 반응에 히죽 웃었다.

"세상에 좋은 물건이 어찌 저 태호석뿐이겠는가? 마음에 든다고 다 북경으로 옮겨갈 수는 없지 않은가?"

건륭과 기윤은 유쾌한 웃음을 흘리면서 관제묘를 나섰다. 순간 둘은 먼발치에서 물만두 그릇을 나르느라 여념이 없는 마씨 아낙을 발견했다. 건륭은 아낙을 향해 알은체하면서 잠시 후 다시 들를 것을 약속했다. 그때 갑자기 와르르 웃음소리가 터져 나왔다. 건륭이 소리 나는 쪽으로 시선을 돌리고 보니 사람들에 의해 겹겹이 둘러싸인 한 노인이 얘기 한 마당을 펼치고 있었다.

건륭은 호기심에 까치발을 하고 고개를 한껏 빼들었다. 마침 유통훈이 어쩌고저쩌고 하는 대목이 나오자 건륭은 자신도 모르게 귀를 기울였다. 노인은 얘기를 어찌나 재미있게 하는지 처음 듣는 사람은 유통훈을 사람이 아닌 신선으로 착각해도 이상하지 않을 정도였다. 얘기 속에 간간이 양념처럼 등장하는 장님도사 오할자와 황천패 역시 도창불입刀槍不入(칼과 창이 뚫지 못하는 몸)의 영웅으로 묘사되고 있었다.

좌중에서는 박수갈채가 끊일 줄 몰랐다. 건륭이 뒤돌아보니 기윤도 소리 없이 웃고 있었다. 건륭이 눈짓으로 마씨 아낙의 천막을 가리켰다.

그러자 기윤이 따라 나섰다. 건륭이 걸어가면서 말했다.

"연청은 민간에서 사람대접을 못 받고 신출귀몰한 신으로 통하는군!"

기윤도 건륭의 농담을 받았다.

"《서유기》 같은 것도 전부 저런 얘기꾼들에 의해 만들어지고 널리 알려진 것 아니겠사옵니까? 유통훈은 몇 건의 사건을 제대로 수사하더니 아주 영웅이 다 됐사옵니다."

인파는 시간이 흐를수록 더 많이 밀려들었다. 무대 위에서는 관우를 기리는 연극이 한창이었다. 또 밑에서는 구경꾼들이 바람에 일렁이는 밀밭이 따로 없을 만큼 밀고 밀리면서 아우성을 쳐댔다. 건륭이 인산인해를 이룬 사람들을 둘러보면서 말했다.

"저 안에 비집고 들어가 곤욕을 치르느니 물만두나 한 사발 비우는 게 낫겠지? 마씨 아낙의 천막이 시원해 보이는구먼. 자, 배도 출출한데 가보자고!"

"아이고! 귀한 손님, 어서 오세요. 귀한 분이시라 역시 약속을 잘 지키시네. 그래 물만두 드시러 오셨나요?"

아낙은 눈썰미가 좋은 그녀답게 멀리서 걸어오는 건륭을 금방 알아봤다. 그리고는 기다리는 손님에게 물만두를 떠주면서 큰 소리로 떠들어댔다. 이어 한쪽에서 사발을 닦고 있는 말라깽이 사내를 향해 그만 내려놓으라고 손사래를 쳤다.

"당신은 무슨 놈의 눈치가 그렇게 도끼날처럼 무뎌요? 귀한 손님이 오셨는데 어서 식탁이나 깨끗이 닦지 않고 뭘 해요!"

아낙은 말을 마치기 무섭게 사내에게 눈을 흘기면서 재빠른 동작으로 파초 잎 부채와 시원한 냉차 두 그릇을 가져왔다. 건륭은 마침 목이 말랐던 터라 차를 단숨에 들이켰다. 그러자 아낙이 찬물에 담가뒀던 수건까지 비틀어 짜서 그에게 건넸다. 때마침 한줄기 시원한 바람이 그의 목덜미를 훑고 지나갔다. 순간 더위가 확 가셨다. 건륭이 기분이 좋아졌는지 목소리가 높아졌다.

"여기가 시원하니 좋군. 준비해 온 건 있는 대로 다 내놓으시오. 내가 돈은 후하게 지불할 테니!"

아낙은 건륭의 말이 끝나자마자 바로 꿔다 놓은 보릿자루처럼 어리벙벙한 표정을 짓고 있는 사내에게 고기소를 넣은 호떡, 양장피 무침 등과 각종 밑반찬들을 들려 보냈다. 이어 자신이 직접 만두국물 두 그릇을 들고 왔다.

"이 국물은 내가 공짜로 드리는 거니 먼저 한 사발씩 드시구려. 혼돈은 즉석에서 빚어 삶아야 맛있는 법이니 잠깐만 기다리시오."

아낙이 말을 마치더니 바로 사내를 향해 다시 고함을 쳤다.

"나리께서 후하게 값을 쳐주신다고 하는데 어서 물이나 한 통 더 길어다 수건 담가놓지 않고 뭘 해요! 조심해서 다녀와요. 몇 개 안 남은 갈비뼈마저 부러뜨리지 말고!"

천막 안의 사람들은 악의 없이 소리를 지르는 아낙과 순순히 지게를 둘러메고 나서는 사내를 보면서 약속이나 한 듯 킬킬거리면서 웃었다. 건륭 역시 미소를 머금었다. 이어 아침을 거르다시피 해 출출했던 터라 입맛을 다시면서 맛있게 만두국물을 떠먹었다. 그러나 기윤은 건륭의 눈치를 보느라 편하게 먹지 못하고 숟가락만 들었다 놨다 했다. 건륭이 그런 기윤의 앞으로 음식접시를 밀어주었다.

"된장에 대파를 찍어 먹어보게. 맛이 괜찮은데?"

기윤이 즉각 대답했다.

"하북과 하남 사람들이 대파를 된장에 잘 찍어먹기는 하옵니다. 저도 가끔씩 먹기는 합니다만 먹고 나면 입 냄새가 너무 나서 민망합니다. 그래서 귀인들은 파와 마늘을 꺼리나 봅니다."

"우리는 귀인도 아닌데 뭘 그런 걸 다 따지나!"

건륭과 기윤 두 사람이 그렇게 한마디씩 주고받고 있을 때였다. 밖에서 세 명의 사내가 불쑥 들어왔다. 똑같이 남색 장삼을 입은 것이나 장삼 한쪽 자락을 허리춤에 쑤셔 넣은 모습이 한눈에 봐도 동네 건달들이 틀림없었다. 그들은 벌건 가슴을 다 내놓은 채 술 트림을 하면서 들이닥치더니 사람들에게 막무가내로 눈을 부라리며 빈자리를 찾았다. 그러자 마씨 아낙이 당황한 기색으로 황급히 물 묻은 손을 앞치마에 문지르면서 다가갔다. 이어 얼굴 가득 웃음을 바른 채 굽실거렸다.

"신申씨 오라버니들, 오랜만이네요. 미리 말씀을 하셨으면 손님을 덜 받고 자리를 비워뒀을 텐데! 오늘 따라 사람들이 왜 이리 밀어닥치는지, 그쪽은 지저분하니 이리로 오시죠."

아낙의 말에 세 사내들 중에서 고슴도치처럼 까칠하게 수염을 기른 사내가 싸늘하게 냉소를 터트렸다.

"우리 신룡申龍, 신호申虎, 신표申豹 삼형제는 홍삼洪三 나리의 구역에서는 마음대로 할 수 있다는 것 알지?"

수염 기른 사내가 거만을 떨더니 갑자기 건륭이 앉은 자리를 가리켰다. 이어 험상궂은 인상을 쓰며 명령조로 말을 이었다.

"저 자리를 비워! 저쪽이 시원해!"

사내의 말이 끝나자마자 시위대장 색륜이 바로 눈짓을 보냈다. 천막 밖에 있던 시위 몇 명이 기다렸다는 듯 조용히 안으로 들어왔다.

"이건 우리가 은자 스무 냥에 산 자리예요. 그런데 어찌 막무가내로 비워라 마라 하는 거요? 그쪽은 앞뒤 순서도 없이 막나가나 보지?"

기윤이 힐끗 색륜 등의 행동을 살피더니 화를 내며 세 사내를 올려다봤다. 그러자 아낙의 남편이 뭔가 심상찮은 기미를 눈치챈 듯 달려왔다. 이어 헤헤 하고 헤식은 웃음을 지으면서 사내들에게 굽실거렸다.

"신 나리, 여태 나리들 덕분에 저희들이 먹고 살지 않습니까? 나중에 찾아뵙고 오늘의 무례를 빌겠습니다."

아낙도 이어 비집고 들어왔다.

"말할 줄 모르면 입이나 다물고 있어요. 괜히 나리들 비위 긁지 말고! 신씨 오라버니들은 용, 호랑이, 표범인데 우리 같은 별 볼 일 없는 사람들을 괴롭히겠어요? 날이 더우니 괜스레 짜증이 나시죠? 그러지 말고 여기 앉으세요. 여기가 바람이 잘 들고 복이 들어오는 자리예요. 우리 친정 외삼촌의 둘째며느리가 홍삼 나리 둘째부인의 조카랍니다. 그래서 세상은 넓고도 좁다고 하나 봐요. '중 체면은 안 봐줘도 부처님 면목은 봐준다'는 옛말도 있지 않습니까!"

아낙은 갖은 수완을 동원해 억지로 세 사람을 자리에 눌러 앉혔다. 그러나 건륭의 입맛은 이미 깡그리 사라진 뒤였다. 그래도 그는 뜨끈뜨끈한 물만두를 숟가락으로 두어 번 휘저으면서 애써 떠먹으려고 했다. 그러나 도무지 넘어가지 않았다. 급기야 탁자가 내려앉도록 힘껏 누르면서 벌떡 일어섰다. 이어 기윤에게 내뱉듯 말했다.

"계산하고 가지, 효람!"

기윤이 즉각 주머니에 손을 넣더니 삼사십 냥은 족히 될 것 같은 은덩이를 꺼냈다.

"아주머니, 앞으로 자주 올 테니 잔돈은 거슬러 줄 필요 없소."

아낙이 은자를 보는 순간 깜짝 놀라면서 말을 더듬었다.

"하이고, 세상에! 스무 냥을 주신다고 할 때도 설마 했었는데! 아무리 나중에 다시 오신다고 해도 이렇게 많이 주시면 부담스러워서……."

신씨 세 형제의 눈빛이 순간 번뜩거렸다. 그리고는 음험한 시선을 주고받더니 그중 한 명이 거들먹거리면서 다가왔다.

"설마 가짜는 아니겠지? 아주머니, 이리 내놔봐! 요즘 가짜 은이 얼마나 많이 나도는데. 내가 봐줄게!"

아낙이 주춤거리자 사내가 다짜고짜 손을 뻗어 빼앗으려고 했다.

"잠깐만! 설사 가짜라고 해도 아주머니가 알아서 할 일이야!"

건륭이 신표로 불린 사내의 손목을 와락 잡으면서 냉소를 터트렸다. 그러자 신룡, 신호라고 불린 두 사내가 벌떡 자리를 박차고 일어났다. 신표는 건륭에게 잡힌 손목을 빼려고 아등바등 애를 썼다. 그러나 아무 소용이 없었다. 그가 불길한 예감이 들었던지 다른 한 손으로 건륭을 가리키면서 고래고래 소리를 질렀다.

"큰형! 둘째형! 이자들은 보나마나 식량창고를 털 강도들이에요. 어서 정 나리께 끌고 가 현상금이나 타요!"

신룡, 신호 두 형제는 동생의 말에 기다렸다는 듯 코웃음을 치면서 달려들었다.

"틀림없어! 이마에 '강도'라고 딱 적혀 있군! 자식들, 겁도 없이 여기가 누구 땅인 줄 알고 깝죽거려?"

신룡과 신호는 큰 소리를 지르면서 건륭이 앉았던 의자와 식탁을 발로 걷어찼다. 아낙이 안 되겠다고 생각한 듯 달려들어 말리려고 했다. 그러나 아낙의 남편은 어디서 그런 힘이 솟았는지 아낙을 꽉 붙잡고 놓아주지 않았다.

"이봐, 마누라! 우리는 어느 쪽에도 밉보일 수 없어. 참아, 무조건!"

건륭은 여전히 신표의 팔목을 꽉 잡고 놓아주지 않았다. 그때 색륜이 손님으로 위장한 다른 세 시위들에게 눈짓을 보냈다. 그렇지 않아도 주먹을 쥐고 명령이 떨어지기만을 기다리고 있던 시위들이 신씨 형제들을 덮쳤다. 손바닥만 한 동네에서 거들먹거리던 건달들이 정규 훈련을 받은 무예 고수들의 상대가 되겠는가. 신씨 형제들은 시위들의 무자비한 주먹질과 발길질에 온통 피투성이가 된 채 땅바닥에 널브러지고 말았다. 그동안 순진하고 힘없는 백성들을 괴롭히다가 오늘 단단히 임자를 만난 셈이었다. 그러나 여전히 입은 살아서 드러누운 채 악을 써댔다.

"우리 백호회 형제들이 올 테니 기다려! 맷돌에 갈아버릴 놈들 같으니라고!"

얼마 후 구경꾼들이 재미있는 일이 생길 것 같은지 하나둘씩 모여들기 시작했다. 신씨 형제들은 비틀거리며 겨우 일어났다. 인상을 험악하게 구기면서 눈을 부릅떴지만 다시 건륭에게 덤빌 엄두는 내지 못했다. 바로 그때 빙 둘러선 구경꾼들 사이에서 자그마한 소동이 벌어졌다.

"은왜다!"

누군가 고함을 지르자 사람들이 일제히 떠들어대기 시작했다.

"은왜가 관음보살 역할을 맡나보네. 저기 봐봐!"

사람들의 말이 끝나기 무섭게 사내 한 명이 구경꾼들을 거칠게 밀치면서 뛰어왔다. 이어 신룡을 향해 발을 굴렀다.

"홍삼 나리께서 기다리시는데 자네는 여기서 뭐하고 있나? 어서 가봐!"

신룡은 아차 싶었던지 바로 사내의 뒤를 따라갔다. 신호 역시 사내의 뒤를 따르면서 건륭을 향해 가래침을 내뱉었다.

"사내대장부라면 내가 다시 올 때까지 꼼짝 말고 거기 있어. 갔다 와서 요절을 내줄 테니!"

기윤은 아직도 거친 숨을 토해내는 건륭을 걱정스레 쳐다봤다. 홧김에 이성을 잃은 판단을 하지 않을까 염려된 것이다. 잠시 고민을 하던 기윤이 부드러운 어투로 건륭을 달랬다.

"나리, 보시다시피 별 볼 일 없는 동네 건달들입니다. 저런 자들 때문에 심기를 다칠 필요는 없습니다. 저자들에 대한 처분은 현령에게 맡기시면 충분합니다."

"이제 큰일 났어, 큰일 났다고! 이걸 어떡하나……."

기윤의 말이 끝나기도 전에 아낙의 남편이 사색이 된 채 뭐 마려운 강아지처럼 안절부절못했다. 그러나 아낙은 언제나처럼 대범했다. 별일이야 있겠느냐며 남편을 끌어다 눌러 앉혔다.

"큰일은 무슨, 하늘이 무너지는 것도 아닌데! 하여튼 남자답지 못하게 호들갑을 떠는 데는 뭐가 있다니까. 그나저나 나리들은 어서 자리를 뜨는 게 좋겠어요. 저것들이 홍삼을 찾아가나본데 그자는 현관들도 피해가는 무서운 인간이에요!"

"그러면 우리는 어떡하나? 우리도 다 버리고 삼십육계 줄행랑을 놓아야 하지 않겠어?"

"그자들이 난리쳐봤자 솥이나 부수지 집까지 찾아와서 난동을 부릴까봐? 뭐가 무섭다고 도망가?"

건륭은 만두가게 부부의 말싸움을 뒤로 하고 싸늘한 표정을 한 채 천막을 나섰다. 뇌리에서는 은왜라는 여자를 보고 가야겠다는 생각이 샘솟고 있었다.

천막 앞의 공터에는 인파가 구름같이 몰려들어 있었다. 징소리와 폭죽소리 때문에 귀가 따가웠다. 얼마 후 사람들이 비켜선 길 가운데로 용의 탈을 쓴 사람들이 살아 꿈틀대는 용의 모습을 연출하면서 나타났다. 그 뒤로 화려한 차림을 한 금동옥녀金童玉女들이 긴소매와 허리띠를 나풀거리면서 꽃과 은박지를 뿌렸다.

분분히 흩날리는 은박지 사이로 4인교를 변형시켜 만든 '연화보좌'가 나타났다. 보좌 위에는 미색이 수려한 여자가 단아한 자태로 앉아 있었다. 갸름한 계란형 얼굴에 버들잎처럼 가늘고 둥근 눈썹, 애교가 자글자글 끓는 봉황의 눈과 도톰한 앵두 같은 입술이 무척이나 매력적인 여자였다. 한나라 때의 궁장宮裝을 하고 단정하게 쪽진 그녀의 머리에는 귀밑까지 오는 흰 비단 댕기가 바람에 나풀거리고 있었다. 또 오른손은 다섯 손가락을 모아 가슴에 세우고 왼손에는 버드나무를 꽂은 정병淨甁을 받쳐 들고 있었다. 그녀가 탄 연꽃보좌는 귀청을 찢을 듯한 음악소리 속에서 마치 물결에 출렁이는 배처럼 아래위로 오르내렸다. 때마침 찬란한 햇빛이 여인의 머리 위로 쏟아졌다. 순간 인간 세상에 내려온 선녀라고 해도 믿을 정도로 몽환적이고 신비스러운 분위기가 풍겼다.

건륭은 은왜라는 여자를 본 순간 첫눈에 반해 자신도 모르게 무작정 인파 속으로 비집고 들어가려고 했다. 그러나 기윤의 눈짓을 받은 시위들이 건륭의 앞을 막아서면서 뜻을 이루지 못했다. 건륭이 기윤의 뜻을 알아차렸는지 한숨을 짓더니 바로 웃음을 터트렸다.

"기윤, 모처럼 눈요기를 실컷 하려고 했더니 어찌 이리 각박하게 막을 수 있다는 말인가?"

"《반야심경》般若心經에서는 '색불이공, 공불이색. 색즉시공, 공즉시색'色不異空, 空不異色. 色卽是空, 空卽是色이라고 했습니다. 굳이 '공'空을 좇을 필요가 있겠습니까?"

건륭은 기윤의 말에 어이가 없어 웃기만 했다. 기윤 역시 빙그레 따라 웃으면서 말을 이었다.

"관제묘 앞에서 누군가 약을 나눠준다고 사람들이 달려갔습니다. 벌써 신시가 넘었는데 그쪽에 잠깐 들렀다 처소로 돌아가시죠!"

건륭 일행은 기윤의 말대로 관제묘로 발길을 돌렸다. 과연 사람들이 많이 모여 있었다. 일부는 앉아 있고 일부는 서 있었다. 무릎을 꿇고 있는 사람들도 없지 않았다. 하여간 족히 오륙백 명은 될 것 같았다. 대부분이 여자와 아이들이었다. 그들이 둘러싸고 있는 안쪽에는 스무 살쯤 된 젊은 도사가 토대土臺 위에 다리를 괴고 앉아 있었다. 눈을 감은 것으로 보면 공력을 모으고 있는 듯했다. 또 다른 도사 두 명은 누런 종이를 한 움큼씩 들고 다니면서 사람들에게 나눠주고 있었다. 기윤이 건륭에게 귀엣말을 했다.

"저 도사가 관음보살 역을 맡았어도 은왜 못지않겠는데요. 코 밑에 수염도 안 난 어린 자식이 무슨 법술을 안다고!"

노파 한 명이 옆자리에서 기윤의 말을 듣더니 합장을 하며 책망하듯 중얼거렸다.

"저 충허沖虛 도사는 진짜 신선입니다 우리 손자가 저분이 지어주신 약을 먹고 병이 다 나았어요. 그런데 무슨 그런 망측한 소리를 하세요?"

기윤과 노파가 묘한 신경전을 벌이는 사이 종이를 나눠주던 도사가 기윤의 앞으로 다가왔다. 기윤은 머리를 가로저었다. 그러자 도사는 건륭에게 다가갔다. 건륭은 손을 내밀어 종이 한 장을 받았다. 이어 다른 사람들처럼 삼각형 모양으로 접어 손에 받쳐 든 채 도사를 바라봤다. 잠시 후 도사가 주문을 읊조리기 시작했다.

까마귀가 고목 위에 날아들듯,
코끼리가 개펄을 걷듯,
물고기가 물 빠진 개울에서 허덕이듯,
끝 간 데 없이 이어지는 중생들의 고달픈 삶.
끈질기게 들러붙는 액운이지만
우리 문에 들어서는 순간 다 떨어져 나가리!

도사의 목소리는 높지 않았다. 그러나 가는 떨림과 묘한 여운을 남기는 매력적인 목소리였다. 말뜻을 음미하던 건륭의 얼굴이 순식간에 무섭게 굳어졌다. 갑자기 이들이 혹시 일지화의 일당이 아닐까 하는 의심이 들었다. 기윤 역시 이곳이 일지화의 포교 현장일지도 모른다는 생각을 했다. 다시 도사의 염불이 이어졌다.

공작불孔雀佛은 보물창고를 열고,

약사불藥師佛은 아들, 손자들에게 보물을 나눠주네.

장천사張天師는 고향에 돌아와 어머니 분부를 듣고,

하원下元 갑자년에 인간의 종말이 임박한다네.

임자년에는 낟알 한 톨 못 건져 백성들이 굶어죽고,

계축년에는 삼신을 범해 온역瘟疫(전염병)이 번질 것이네.

인연이 닿는 자는 내게로 와 삼재三才의 보호를 받을 것이요,

인연이 없는 자는 재화災禍를 피하지 못해 집안에 피가 흥건할지어다.

세상 사람들에게 권하노니, 선을 베풀어 방생放生하고 재계齋戒하라.

조사께서 영험한 부적을 내려 그대들을 제도할 것이니!

염불을 마친 도사가 미소를 머금고 두 눈을 떴다. 그러자 사람들의 광기 어린 환호가 터져 나왔다.

"나무용화노조南無龍華老祖!"

"나무자항노조南無慈航老祖!"

"나무아미타불南無阿彌陀佛!"

"나무대자대비南無大慈大悲 구생약왕보살救生藥王菩薩! 부디 우리 손자가 거인에 합격하게 해주시옵소서!"

"나무아미타불! 부디 우리 남정네 병을 치유해 주시옵소서!"

……

충허도사는 열광적인 신도들에게 둘러싸여 은은한 미소를 머금고 있었다. 그는 사실 일지화 역영이었다. 닷새 전에 하남을 떠나 산동으로 잠입한 터였다. 산동 남부에서 유통훈과 고항의 포위망을 뚫고자 했던 것

이다. 그러나 산동에서 안휘, 강소, 하남으로 통하는 모든 길목은 쥐새끼 한 마리 빠져나가기 힘들 정도로 통제가 대단했다. 직예보다 경계가 더 극심해 날개가 돋지 않은 이상 변경을 넘을 수 없었다. 더구나 산동 경내를 벗어나려면 현지 현령의 증명이 있어야 했다. 동시에 정당한 출입을 증명할 만한 유력한 증인도 필요했다. 결국 꼼짝없이 발이 묶여버린 일지화는 궁여지책으로 현지 난민들 사이에서 포교활동을 벌이기로 했다. 찢어지게 가난해 약 한번 지어먹지 못하고 죽어가는 사람들에게 일단 약을 보시하면서 민심을 얻다가 다른 계획을 세울 요량이었던 것이다. 그러던 중 미행을 나온 건륭과 딱 마주치고 말았다.

역영이 토대에서 내려섰다. 이어 뇌검이 건넨 불진拂塵(마음의 티끌과 번뇌를 털어내는 불교의 상징적 도구로, 긴 막대기에 짐승의 털이 묶여 있음)을 받아 머리 위에서 둥그렇게 원을 세 번 그려보였다.

"여기 모인 사람들은 노조老祖와 인연이 닿아 약을 받게 됐으니 이제부터는 노조께 의지하는 일만 남았느니라!"

약? 약이 어디 있다는 말인가? 건륭은 의아스러워하면서 주위를 두리번거렸다. 놀랍게도 주위 사람들이 너도 나도 누런 봉지에 든 뭔가를 펼쳐보면서 기뻐하고 있는 모습이 눈에 들어왔다. 그제야 그 역시 반신반의하면서 자신이 들고 있던 누런 종이를 펼쳐봤다. 순간 그는 깜짝 놀라고 말았다. 그 속에 약가루가 들어 있었던 것이다. 아무 냄새도 없는 갈색 분말이 반 숟가락이나 들어 있었다. 그가 어찌 된 영문인지 궁금해 하고 있을 때 뇌검, 당하, 한매, 교송 등 네 명의 '도사'들이 누런 배낭 속에서 미리 포장된 약을 하나씩 꺼내 나눠주기 시작했다. 이번에는 기윤도 하나 받았다.

"이게 뭔데 병을 고친다는 거죠? 제가 보기에는 재 한줌에 주사朱砂를 섞은 것 같은데요."

기윤이 코로 킁킁 냄새를 맡았다. 그는 세상이 인정하는 독실한 유학자였다. 따라서 귀신놀음 같은 것은 믿지 않았다. 그가 그런 생각을 하고는 약을 버릴 요량으로 종이를 움켜쥐고 있을 때였다. 역영이 어느새 건륭에게 다가왔다. 이어 까만 눈동자를 반짝이면서 건륭과 기윤을 눈여겨봤다. 그리고는 건륭을 향해 공수를 하면서 입을 열었다.

"외람되오나 단월檀越(절에 물건을 보시하는 시주) 거사께서는 불문의 제자이시죠?"

건륭은 실제로 옹정 11년에 불문에 귀의한 거사였다. '장춘거사'長春居士라는 호를 하사받은 적도 있었다. 역영은 그걸 귀신처럼 알아맞혔다. 건륭은 역영의 말에 본인의 신분이 드러나기라도 한 것처럼 당황했다. 그러나 곧 마음을 진정시키면서 웃음을 머금었다.

"보시를 많이 하는 시주이기는 하나 불문의 제자까지는 아니오."

"억양이 북경사람 같습니다만?"

"아! 나는 북경사람은 아니오. 고향은 봉천奉天인데, 북경을 자주 드나들면서 장사를 하다 보니 말투가 그리 변했나 보오."

건륭이 가까이에서 본 역영은 연화보좌 위에 앉아 있던 은왜라는 여자와 비슷했다. 그는 역영에게 순간적으로 호감을 느끼고 입에서 절로 칭찬이 쏟아졌다.

"도사의 뛰어난 법술에 나는 가슴이 확 트이는 느낌이 들었소. 보기에 강서江西 사람 같은데?"

역영이 바로 대답했다.

"나도 내가 어디 사람인지 잘 모릅니다. 얼굴 생긴 것이 계집애같이 생겨 부모를 잡아먹었다면서 백부께서 내쫓은 뒤로 이렇게 뜬구름 같은 인생이 돼버리고 말았습니다. 양주에 있는 도사가 설법을 부탁하면서 한번 와 줬으면 하던데, 세상이 하도 어수선해 경내를 벗어날 수가 있어야 말이죠. 그래서 여기에 발이 묶인 것도 인연이라고 생각해 전도하고 보시를 구하는 중입니다."

건륭은 상대가 화연化緣(중생을 교화하는 인연)을 위해 나온 도사라는 믿음이 들면서 경계심을 풀었다.

"법력이 신통한 도사에게 보시할 수 있는 것도 거사로서 영광이죠."

기윤이 건륭의 말을 듣고는 열 냥짜리 은자를 내밀었다. 역영이 웃으며 절을 했다. 뇌검이 은자를 받아갔다. 건륭이 몇 마디 더 주고받으려고 막 입을 떼려고 할 때였다. 갑자기 멀리서 왁자지껄 떠드는 소리가 들렸다. 고개를 돌려보니 큰 싸움이 벌어진 것 같았다. 사람들이 한데 엉켜 돌아가고 있었다. 나중에는 여인들의 비명과 아이들의 울음소리까지 들렸다. 아수라장이 따로 없었다. 급기야 음식 난전이 천막째 나뒹굴더니 눈 먼 몽둥이와 주먹이 난무하기 시작했다.

"왜들 저러는 거야?"

부드럽고 자상해보이던 역영의 얼굴이 순간 험악하게 일그러졌다. 동시에 옆에 있던 교송喬松이 미처 역영의 질문에 대답하기도 전에 시위 하나가 달려와 기윤에게 아뢰었다.

"홍삼이라는 자가 은왜라는 계집을 빼앗으려고 난동을 부리자 난민들이 덩달아 가게를 부수고 물건을 빼앗고 있습니다. 정 현령이 친히 사람들을 거느리고 현장에 도착했다 합니다."

기윤은 건륭의 신변 보호가 시급하다고 생각한 듯 단호했다.

"우리는 이런 아수라장에 끼어들 필요가 없습니다. 갈 길이 바쁜데 처소로 돌아가시죠, 나리!"

그 순간 역영도 생각을 굳혔다. 혼란을 틈타 탈출구를 찾기로 한 것이다.

"홍삼 그 자식, 손 좀 봐줘야겠군! 누구는 가난한 백성들을 구제하느라 바쁜데 어디 힘자랑을 할 데가 없어서 묘회에 와서 횡포를 부린단 말이야? 자식, 혼을 내주고 오자고!"

역영이 분을 삭이지 못한 듯 씩씩거렸다. 그러더니 바로 호인중과 네 자매를 데리고 싸움이 벌어진 곳으로 달려갔다.

난장판이 된 현장에서는 향객들이 사방으로 도망치고 있었다. 장사꾼들은 제발 집기는 부수지 말라면서 애원하고 있었다. 기윤의 만류를 뿌리치고 현장으로 달려간 건륭은 먼발치에서 그 모든 것을 지켜봤다. 보아하니 은왜를 겁탈하려는 홍삼의 백호회와 은왜를 보호하는 무리들 사이에 싸움이 벌어진 것 같았다. 신씨 형제는 뚱뚱한 사내 한 명을 등 뒤에 보호하면서 한쪽으로 물러나 있었다. 애꿎은 것은 뒤늦게 도착한 아역들이었다. 칼부림까지 난 현장을 수습하느라 진땀을 빼고 있었다.

"홍삼이 저기 있다!"

현장에서 누군가가 고함을 질렀다. 역영이 그 소리를 듣고는 장검을 뽑아들고 쏜살같이 달려갔다. 홍삼의 두 부하가 불길한 예감을 느꼈는지 뒤쫓아 갔다. 그러자 호인중이 기다렸다는 듯 비수를 던져 둘의 급소를 맞혔다. 그 사이 홍삼에게 다가간 역영이 두어 번 칼을 휘둘렀다. 홍삼의 머리는 순식간에 잘려나갔다.

툭!

홍삼의 머리통이 둔탁한 소리와 함께 땅에 떨어져 나뒹굴었다. 그 모습을 보고 놀라 악에 받힌 백호회 무리들이 역영에게 우르르 달려들었다. 역영 역시 날렵한 몸짓으로 대응했다. 아슬아슬한 칼싸움이 이어졌다. 그러던 중 갑자기 역영의 뇌양건雷陽巾이 벗겨지면서 치렁치렁한 머리카락이 흘러내렸다. 그러나 누구 하나 그런 것에 신경 쓰는 사람은 없었다. 그러나 시종일관 역영에게서 눈길을 뗄 줄 모르던 건륭은 달랐다. 역영이 여자라는 사실을 알아차리고는 큰 충격을 받았다.

역영은 그 동안 남자처럼 변장해 사람들을 속였다. 당연히 모두들 속아 넘어갔다. 하지만 건륭은 그가 남자라고 보기에는 어딘가 이상하다고 계속 생각하던 참이었다. 순간 그는 이 여자가 사교와 관련된 인물일지도 모른다는 생각이 불현듯 떠올랐다. 순간 몸을 흠칫 떨었다. 그때 궁지에 몰린 신씨 형제의 고함소리가 들려왔다.

"반적反賊이 사람을 죽였다! 저년들을 잡아라!":

더 이상 주저할 여유가 없었다. 건륭은 급기야 신씨 형제를 가리키면서 크게 소리쳤다.

"저자들을 잡아 연행하라!"

건륭이 이어 다시 역영을 가리켰다.

"저자도 잡아라!"

그러나 건륭이 다시 시선을 돌렸을 때 역영은 이미 어디로 사라졌는지 보이지 않았다. 신씨 형제들 중에서도 맏이와 둘째만 잡히고 셋째는 어디론가 숨어버린 뒤였다.

사태는 겨우 진정됐다. 정계선은 애꿎은 은왜에게 화풀이를 했다.

"제기랄, 다 네년 때문에 일어난 일이 아니냐? 사내만 홀리고 다니는 불여우 같은 년! 나중에 단단히 치죄할 테니 그리 알거라."

정계선은 이어 건륭 쪽으로 고개를 돌렸다. 그가 예를 갖추었다.

"패륵마마, 경내에서 이런 불미스런 일이 벌어져 황송하기 이를 데 없습니다!"

그러나 건륭은 정계선에게는 눈길도 주지 않은 채 말했다.

"패륵은 무슨 패륵! 짐은 당금 황제 건륭이야!"

정계선은 건륭의 청천벽력 같은 선언에 화들짝 놀랐다. 그 자리에 허물어지듯 쓰러졌다. 이어 길게 엎드린 채 땀을 흘뿌리면서 죽어라 머리를 조아렸다. 건륭이 정계선의 젖은 등허리를 바라보면서 안색을 풀고

히죽 미소를 지었다.

"몰랐으니 그럴 수도 있지! 더 말하지 않아도 짐은 자네의 마음을 알고도 남음이 있으니 그만 일어나게."

건륭은 앞으로 발걸음을 떼어놓으면서 물었다.

"백호회라는 무리들이 혹시 청방青幇은 아닌가? 몇 사람쯤 되나?"

정계선이 허겁지겁 일어나 앞으로 다가서더니 조심스레 아뢰었다.

"백호회는 홍방紅幇(청나라 때 양쯔강 하류 지역에서 생겨나 사염私鹽 밀매와 같은 반사회적 활동을 전개하다 차츰 도박과 강도, 매춘 따위를 업으로 하는 범죄단체로 변한 조직)이라고 알고 있사옵니다. 홍삼이 키우는 무리들이온데 모두 천이백 명 정도 된다고 하옵니다. 가게를 경영하는 자도 있고 농사짓는 이들도 있다 하옵니다."

"특정한 지역을 떡 주무르듯 하면서 온갖 횡포를 부리는 자들이라는 사실을 뻔히 알면서도 어찌 지금까지 방치해 뒀단 말인가?"

건륭이 따져 물었다.

"소인은 작년에 이곳 평음으로 발령을 받아왔사옵니다. 그 당시 홍삼 일당은 이미 허리가 굵어질 대로 굵어져 쉽게 건드릴 수 없었사옵니다. 무슨 증거라도 있어야 잡아들이겠는데 그런 것도 없고 해서 홍아무개를 여러 번 잡았다 풀어줬사옵니다. 요주의 인물인 줄은 알고 있었사오나 워낙 몸통이 큰지라 이번처럼 크게 난동을 부리지 않는 이상 건드리기 어려웠사옵니다."

"이 일을 모두 자네 책임으로 몰아붙이기는 무리인 것 같네. 전임자의 잘못도 있겠지. 사후 처리는 어떻게 할 생각인가?"

정계선이 잠시 생각하더니 대답했다.

"일단 주범이 죽고 난동세력들이 주춤하오니 난민들을 잘 다독거려 거처로 돌려보낸 다음에 구체적인 대처방안을 강구할 생각이옵니다."

그러자 건륭이 바로 명령을 내렸다.

"오늘 잡아들인 난민과 백호회 일당은 즉각 법에 따라 처리하게!"

"예, 폐하!"

"즉각 안민고시安民告示를 내리게. 홍삼은 이미 죽었고, 홍방 세력의 본거지를 토벌하고 와해시키는 것은 시간문제일 터이니 백성들은 안심하고 생업에 종사하라고 이르게!"

"예, 폐하! 즉각 집행하겠사옵니다. 하오나 난민들은……."

건륭이 정계선의 말에 잠시 고민하더니 천천히 입을 열었다.

"고인 물은 썩기 마련이네. 경내를 봉쇄하는 것도 너무 오래 지속되면 곤란하지. 무작정 막아버린다고 일지화가 잡히는 것도 아니고. 지금부터 계엄령을 취소하고 변경을 개방하라. 그리 하면 난민들이 알아서 분산될 것이다. 기윤, 자네는 즉각 어지를 작성해 유통훈에게 쾌마로 발송하게. 다른 지역에서도 해금령을 집행하도록 하게!"

건륭이 이번에는 정계선을 향해 지시했다.

"자네도 물러가 뒷수습에 착수하게! 음……, 그리고 은왜라는 그 계집을 나에게 데려오게. 짐이 몇 가지 확인할 것이 있어서 그러네."

건륭이 말을 마치고는 얼굴을 붉힌 채 옆에 있는 기윤의 눈치를 슬쩍 살폈다. 그러나 기윤은 아무 말도 듣지 못한 척 무표정한 얼굴을 하고 있었다.

〈6권에 계속〉